春暖南粤

葉選平

陈慧群 著

南方日报出版社
NANFANG DAILY PRESS
中国·广州

图书在版编目（CIP）数据

春暖南粤 / 陈慧群著. -- 广州 : 南方日报出版社, 2011.10
ISBN 978-7-5491-0257-0

Ⅰ. ①春… Ⅱ. ①陈… Ⅲ. ①长篇小说－中国－当代 Ⅳ. ①I247.5

中国版本图书馆 CIP 数据核字(2011)第 204663 号

春暖南粤　　陈慧群 著

出 版 人：周洪威
责任编辑：周洪威　付惠平
封面设计：明　室
责任校对：阮昌汉
责任技编：王　兰
出版发行：南方日报出版社
地　　址：广州市广州大道中 289 号
电　　话：（020）83000502
经　　销：全国新华书店
印　　刷：佛山市浩文彩色印刷有限公司
开　　本：787 mm×1092 mm　1/16
印　　张：22.75
字　　数：350 千字
印　　数：1-13000 册
版　　次：2011 年 10 月第 1 版
印　　次：2011 年 10 月第 1 次印刷
定　　价：38.00 元

投稿热线：（020）83000503　读者热线：（020）83000502

网址：http://nf.nfdaily.cn/press/

序 言

张东明

慧群先生的长篇小说《春暖南粤》，是根据他创作的同名电视剧改编过来的。我抽空读了小说，觉得还是比较欣慰的。

首先，农村题材文学作品的创作，长时期以来是我国文学发展的薄弱环节，《春暖南粤》在某种程度上弥补了这一缺憾。作品不但敢于直面农村的现实矛盾，而且大胆深刻地触及了农村发展道路这一严肃问题，给人以警醒和振奋。作品内涵朴实，用通俗流畅的语言勾勒出一幅具有岭南特色的农村社会发展与进步的生动画卷，让广大读者领略了多姿多彩的粤东农村社会景观。

值得一提的是：一部农村题材文艺作品，缘何诞生在最现代化的深圳，而且是出自一位民营企业家之手？其实，除了深圳文化兼容并蓄的大视野的生动体现，即以深圳人“敢为天下先”的创新精神和深邃敏锐的洞察力，用深圳人开阔的眼界感悟生活这些重大因素外，还跟慧群先生的农村背景和情结密切相关。陈慧群出身于粤东农村。为了创作这部作品，他花了几年时间深入田头村落，拜访乡镇干部和村民，可谓历经阴晴圆缺、风风雨雨；作为在现代化大都市浸染了二十多年的民营企业家，能够自觉地关注农村建设，可以看出陈慧群对农村的不忘本，以及作为一个艺术家的文化自觉和社会责任。

其次，这部以社会主义新农村建设和社会经济发展模式转型升级为叙事宏大背景的文学作品，其艺术探索是值得肯定的。

一是作品运用对比的艺术表现手法，通过对作品中两位主人公之间政绩观与人生观的较量和冲突，对新农村建设中的发展之路和为官之道，以及对搞活经济与党风建设的关系、发展经济与保护生态环境的关系、干部政绩观与百姓切身利益的关系等等作了深入的艺术再现。文中的两位主人公，粤东梅山乡党委书记陈伟华和花关镇党委书记万锋强，他们同时上任，起点相同，两人都是莲花县优秀的后备青年干部，却因工作环境的强烈反差（市里最穷的乡与最富的镇），性格的明显差异（一个耿直磊落，敢想敢干；一个机警世故，弄虚作假），动机的显著差别（一个想为老百姓脱贫奔康做一番事业；一个为个人前程忙于钻营），思想观念的巨大落差（一个从实际出发，努力践行科学发展观；一个迷信GDP，不惜弄虚作假），从而走出了不同的人生轨迹。在这强烈对比中，“老百姓给咱巴掌大的地方，我要为百姓撑起一片天！”这句来自主人公陈伟华，集中反映了他朴实无华的实干精神和满腔热情干事业的肺腑真言，才在作品中打动、感染和激励了无数人。

二是作者善于在矛盾冲突中塑造人物典型形象。作品一开始，小小的梅山乡随着新上任的党委书记陈伟华的到来便陷入一个个矛盾漩涡之中：高污染的电镀厂关还是不关？一边是乡财政收入的主要来源，一边是严重威胁了农民的生命财产安全？梅山乡的发展道路该如何选择？是不顾本身条件的实际，盲目地选择发展工业的方式，还是按照自身条件与自然规律，为百姓谋取长远利益，走发展生态经济与循环经济之路？对县里布置下来的突击积造有机肥运动执行还是不执行？是守土有责、守土尽责，扎根基层、耕耘一方热土，还是弄虚作假，热衷于表面文章，大搞“形象工程”？这一个个场景、一对对矛盾、一次次冲突都是一个个难以翻越的坎，拷问着每一个基层党员领导干部的良知、道德、责任、世界观与人生观，从而塑造了陈伟华这个耿直磊落、敢想敢干、敢于负责任的党员乡镇基层干部典型人物形象。

《春暖南粤》除了集中笔墨塑造了陈伟华、万锋强两位性格鲜明的艺术典型外，还随着情节的展开在各种矛盾中塑造了林英琴、瞎子大爹、马跛子等一批个性鲜明的人物形象，这些人物身上都闪现出个性魅力，并以此揭示了改革发展中民众精神力的独特作用，使作品具有较强的立体感。如文中对那个看似“闲散”的人物瞎子大爹着墨不多，但他贯穿了整个作品，是山乡巨变的见证人：是他拉着二胡用客家弦诗向新任书记陈伟华唱出了梅山乡落后的实情；调查组进驻梅山乡调查陈伟华时，是他用激愤的客家弦诗为陈书记鸣不平；梅山乡发展出现新气象时，又是他用客家弦诗唱出了人们的心声。可以说，瞎子大爹是梅山乡老百姓的典型代表，更是贫困山区群众的缩影，他用自己独特的方式表达出贫困山区百姓对幸福美好生活的追求和对“实干干部”、“为民干部”的爱戴与认同。

三是采用有利于情节构造的叙事方式，使小说情节的展开显得紧凑而富于冲突性和可读性。小说一开始，两个主人公就进入了戏剧性冲突：一个坐着崭新的帕萨特轿车到“县里第一镇”出任最高长官，在高速路上超越另一个后迅速绝尘而去，可谓是“春风得意马蹄疾”；另一个则坐着屁股后面冒黑烟、随时都要散架趴窝的破吉普，到依赖国家扶贫救济款的贫困山区上任，在路过前者的辖区时还因以前修车欠了一大笔修车费而被修车铺的人摘了车牌，可谓是“屋漏更兼连夜雨”。通过这种快节奏的冲突，两位主人公的命运由此揭开了序幕。而在陈伟华将梅山乡的发展思路确定为发展“三高”农业，走生态农业和循环经济的可持续发展道路，带领群众走向奋斗之路时，作品却通过马跛子在茶山工地建设中舍身排险而意外身亡，陈伟华因之被停职接受调查，并由于放心不下茶苗到车站和大伙一起装车时不慎受伤住院，恢复职务后又遭遇暴雨冲毁茶垄和冲垮小学教室、砸伤小学生等一系列情节，反映了走科学发展之路的艰辛与困难，更通过因陈伟华上任不久就对高污染电镀厂果断叫停而触发的干部队伍内部的矛盾冲突，折射出世界观、政绩观乃至人性的激烈斗争。总之，《春暖南粤》作为一部聚焦“三农”、阐释时代主题的艺术作品，通过其快节奏的叙事方式，在鲜活故事情节的层层推进和曲折发展中，彰显了执政为民和科学发展观的执政理念，准确再现了当前农村改革和发展中种种不容回避的严重问题、重重困难及其光明的发展前景。

梅山春意暖，南粤百花开。《春暖南粤》怀着对百姓的敬畏和对土地的热爱，对着那些默默伫立的大山发出了回声激荡的呐喊，深刻反映出当代农民经受市场经济洗礼的苦与乐。相信这样一部深深植根于农村改革发展与建设的历史进程，刻画新的历史时期农村基层领导干部与农民群众的思想变化、情感体验、现实冲突与内心碰撞的文学作品，将会让广大读者深刻地体验到一次现实主义的审美创造。

（作者系南方报业传媒集团总编辑）

目录

序 言 / 张东明

1 一 驿路梅山

21 二 风波频起

38 三 新官上任

55 四 县城巧遇

67 五 探访茶山

83 六 土豆调动

97 七 山乡创业

111 八 谋事在人

125 九 意外打击

145 十 清者自清

163 十一 暴雨突袭

目录

180　十二　负面报道

197　十三　善恶相报

216　十四　争取投资

231　十五　水源纷争

253　十六　人顺路顺

269　十七　生态梅山

287　十八　杯中景象

303　十九　天道酬勤

319　二十　硕果累累

337　二十一　惜别梅山

一　驿路梅山

巍峨连绵的岭南山脉横亘在波澜壮阔的大海边。

清晨，一辆老式吉普车穿行在海岸边的山间公路上。山脉恒静，大海涌动，动静之间虽只一线牵连，但却大有天地。陈伟华看着车窗外的东方霞光，心里触动，感觉行走在海岸线边的不光是座下这辆老爷车，自己人生更是如出一辙。这一去要是走得好，就像海浪用无休歇的冲刷换来沙滩的光洁，人人称羡。走得不好，撞上崖壁，水花四溅，一切就都破碎了。

他让司机把车停下来，想要好好透透气。下了车后，他站在公路边悬崖上，眺望着远处的大海。身后那辆吉普车看上去破旧不堪，车身斑驳，再加上深浅不一的修补油漆，仿佛一位久历沧桑的世纪老人。令人烦躁的发动机轰鸣声虽然没有了，车后排气管吐出的黑烟却还没散尽，随风吹来，混杂在海边潮湿清新的空气里。

穷乡僻壤，新官上任坐的就是这破车！陈伟华无可奈何。令人欣慰的是，今天天气不错，这是唯一可以给自己好心情的理由。看着远处绚丽的霞光浮游在海天之间，朝阳上升后显得越发壮丽，潜藏在陈伟华心中的那份固有激情开始抬头。老天既然在上任伊始给了他个好脸色，没有乌云密布，那就应该错不了！一定错不了！陈伟华暗中为自己的这一去加油打气。

他回头看了看，公路蜿蜒向前，消失在山海交接处。既然来了，就得勇往直前。“出发！”他抬手一挥，斩钉截铁地说了句。这简短的话语中充满了豪情力量，令神情疲惫的王师傅听了也不免一振，说声“好嘞”，立刻钻进了车里。吉普车在曲折蜿蜒的盘山公路上再度不停疾驰，时隐时现于青山、田野之间。

坐这老爷车真的很难受，加大马力爬山时，车吼叫得很厉害，里面还起了烟。伴随着一阵剧烈的咳嗽，陈伟华把车窗打开到最大，并把脸伸向车窗外，长长透了口气。

敞开的车窗只是让他稍微舒服了一点，车里弥漫的废气烟味有增无减。陈伟华被熏得又一阵剧烈咳嗽，终于忍不住对司机说：“我说王师傅，能不能把空调打开？”

“空调？陈书记，不好意思，这车哪来的空调，我给您开个风扇吧。”开车的王师傅带着半调侃的语气。这是他第几次开着这辆破车去接新上任的一把手，连他自己都记不清了。对于这位新来的书记大员能在梅山呆上几天，他毫无兴趣知道，也毫不在意，故说话也没显得那么唯唯诺诺。车上的风扇打开后，风力够强大，却把车里的气味吹得更加呛人。陈伟华只好说：“行了行了，快关了吧。”

陈伟华咳嗽着，见这车爬山实在费力，就又问这车跑了多少公里了。王师傅回答说：“呵呵！要说这东东？快七十万公里了。”他在驾驶席上虽然搞得一副灰头土脸的样，但说话时却还是带着点幽默。

陈伟华吃了一惊，问：“不是说六十万公里就该报废了吗？这车比我的工龄都还长呢！你常常开着也够危险的，我这坐着也开始不安稳了！”

车费力，王师傅此时神情也显得疲惫，回答得真有点无可奈何：“咳，就这车还是前几年打了多少报告才同意给配的。现在进山出山办点什么事儿可就全靠它了。您别看它毛病多，怎么说也算是辆车啊，不然今天都不知道该怎么来接您了。您也可真够倒霉的，被下放到我们这破地方来。我很同情您，陈书记，慢慢熬吧！”

慢慢熬吧！陈伟华听着王师傅的话，不再言语了，两眼直直地望向窗外。路继续向远方延伸，云霞正在慢慢散去。山下青山绿水尽收眼底，浓绿的麦田在蓝天白云的映衬下更显得格外春意盎然。王师傅指点说这就是我们梅山的地方了，但去乡政府驻地还得先上高速，经过花关镇地盘。

“花关镇？那的确是个好地方！咱们梅山，看上去风景似乎也不错！”陈伟华心里想。

陈伟华接到梅山乡党委书记的任命通知是一个意外。谁也没有料到县里会让他去这么一个没人愿去的地方。早前，陈伟华得到的消息是另一个版本，他将赴任花关镇党委书记。

花关和梅山，天差地别的两个地方。那天在县礼堂开会宣布任命决议前，还有位干部拉着陈伟华的手跟他说："恭喜啊，老陈！听说你当上了咱们莲花县第一镇的党委书记，前途无量啊！你要不请客我就把你拉倒。去梅山的人，呵呵，心里肯定恼火！"

莲花县第一镇指的就是花关镇。陈伟华当时听得心里那个高兴，却还故作不知："这消息我怎么没听说？"那干部搡了他一把，笑嘻嘻地说："你就别装了，跟我们还有啥保密的？到时候上了任，你可得请客吃饭！不然我们都不答应。"大家一阵笑。恰在此时，万锋强步入礼堂，看了满面春光的陈伟华和大伙儿一眼，然后不动声色地走到一边坐下。这事儿还没准呢！对他来说，他喜欢看谁笑到最后。

这会可开得够漫长，对陈伟华和万锋强来说，更如热锅上的蚂蚁般煎熬。会议快结束的时候，县委组织部部长邓清明终于宣布了新的任命决议——万锋强担任莲花县花关镇党委书记，陈伟华担任莲花县梅山乡党委书记。这个任命通知让所有参会的人都大吃一惊。

陈伟华更想不通，他绝没意料到花关镇党委书记一职竟落在万锋强头上！论才干，自己应该是花关镇党委书记的首选。而谁都知道这个梅山乡党委书记不好当，那是个穷山恶水的地方，一年之间乡党委书记都换了好几任，凭什么要把自己丢在这个穷山沟里？自己这些年的建树在全县都是有目共睹的。他满腹委屈地找到邓清明，要向他讨个说法。

来者不善，邓清明心知肚明。他丢给陈伟华一支烟，但陈伟华没那个心情，他顾不得点火就直接愤愤不平地问道："我去花关镇都是半公开的事了，开始你跟我谈话不是这样说的？咋今天突然宣布万锋强到花关？提不提拔我也没意见，可也不该捉弄人，让我去梅山乡什么意思？你们总得说个理由吧？"

邓清明一怔，反问道："理由？你指的什么？"

陈伟华没料到他会有此倒钩回踢，倒被问住了，止不住愣了一下。是啊，什么理由？这话自己刚才问得有点蠢。但既然问了，就要得到个答案。于是他又烂着脸子问："就是你们把我弄去梅山的理由！"

邓清明可是个老官场了，见他还不开窍，也变了脸，严肃地说："陈伟华，你好歹也是个乡党委书记了，咋连话都不会说？我问你，谁答应过你去花关镇当党委书记？当时跟你谈话时只是说你作为花关镇党委书记候选对象之一，再说呢，就是下了任命文件也还可以收回来重发嘛！你问我要理由，好！我可以答复你八个字——‘县委决定，工作需要！’这理由够了吧？”顿了顿又说：“不是老同学我说你，你在工作上是有能力，可你在政治上太不成熟了，就凭你这性子，我怕你这次连梅山这个小乡的书记也当不好！”

邓清明一通话头头是道，炮打连珠，陈伟华听得哑口无言。但一肚子闷气仍无法化解，他只得站起身往外走。邓清明话还没完，见陈伟华无可奈何地开溜，又得理不饶人地在他身后抛下一句：“当初在双坪那个穷镇你是怎么拼命来的？县里谁不说你是把尖刀？今天你给我使性子，是不是想躺功劳簿上过日子了？要这样我可以成全你。”

这一下彻底将了陈伟华的军，也无疑是赶鸭子上架，他只能接受现实了。“放弃幻想，准备战斗”，今天在赶赴梅山乡走马上任途中，他也终于过了自己这一关，决定要继续整出点名堂。

“上高速了！”王师傅跟陈伟华几乎是同时说。梅山和花关相邻，很长一段路走的都是同一条高速。

万锋强春风得意，坐在一辆崭新的帕萨特轿车内。坐在副驾驶位上的是来接他的花关镇副镇长胡守国，二人有一句没一句地闲聊着。

胡守国早就听说花关镇要来一个年轻能干的书记，不过当见到万锋强时还是吃了一惊，没想到他这么年轻。胡守国打着“哈哈”，从前排再次回过头来说：“万书记啊，不是我胡守国当着面说好话，像您这么年轻又如此有能力的人，我还真是第一次遇到。”

万锋强笑笑：“哪里哪里，这话你就不要再重复了。因为人年轻，嘴上无毛，办事不牢，很多时候我都感到没底。”胡守国说：“万书记真是太低调了啊！高调做事，低调做人，向您学习，向您学习！”万锋强说：“你们是熟悉地方的领导，工作时间长，业务能力精，熟悉地方情况，是我该向你们学习才对。花关是咱们莲花有名的工业和商贸大镇，财税收入占了全县三分之一。镇长一直在住院，这次调任对我来说是个极大的挑战，不向大家学习是搞不好工作的！以后还望胡副镇长大力支持。我来之前县委方书记给我敲了硬指标，莲花县的经济能不能实现翻番很大程度上要看我们花关了。怎么样？胡副镇长，有信心吗？”

胡守国心里说，呵呵，你这不是在考我吗？官场中的话我要这都不会说，我死了算了。于是认了真，说：“万书记年轻有为，跟着您干，咋会没信心？我们原以为您交接工作怎么都要一个星期，没想到这么快走马上任，这就是办事效率！”万锋强苦笑：“这算什么办事效率？只能说我在县政府办公室的工作比较简单而已。但愿我到了花关以后，在大家的配合下，能实实在在做出点成绩。”胡守国点头说：“一定会的，一定会的。万书记这么年轻，真的是前途无量！哎呀，接个电话——”

万锋强觉得这个老胡面子上不错，可能是为官久了，场面话挺能说。他看着车窗外一路退去的风景，心里忽闪过一个着力栽培自己的吴县长的身影，耳畔也不住回想着他的话：“锋强啊，这次你的任命组织部原先有安排的，是让你去梅山，是我在常委会上积极推荐，最后县委常委会决定任命你为花关镇书记。花关镇财政收入占整个莲花县的三分之一，这个重要性我不用强调，你也会明白，下一步路怎么走就是你的事了，做不出成绩，我这个老家伙在县里可不好给你说话呀。”

胡守国接完电话，说：“万书记，今天是这样给您安排的——中午镇里的领导班子在花关大酒店给您接风，下午再带您去看看住处，目前我给您安排的是政府机关公寓，要是不满意，我们再及时调整。”

万锋强说：“今天我第一天上任，一切安排都听你们的。只是这个喝酒，你们要放过我！”

胡守国闻言欢喜起来，呵呵一声笑，说：“原来万书记也有不能耐的，怕的是这个。也对，人还年轻，还没那个什么太久经（酒精）考验过。但到了我们花关，您就是一镇之主了，今后想要逃过这一关，估计是不可能！”

万锋强说：“那我不是躲得了初一躲不过十五，终有一天得喝到医院里去？”

胡守国说：“是哦！不过您今天运气好，遇到了高人。我老胡其实喝酒二斤不醉，但我平时低调，很注重保养，最近几年就不爱表现了。今天的应酬，我可以重出江湖替您挡一挡。但以后不在同一个桌上吃饭，那您就得要自求多福了。”

万锋强笑：“好的，好的！那我先行谢过老胡了。不过有件事我得问问，是你低调保养呢还是你老婆管得严？这个你要如实汇报。”胡守国急了，说：“天地良心，我老婆的确对我很好的，从不干涉我工作中的事情。”万锋强说：“我是说酒桌！”胡守国说：“唉，万书记啊，您就别装糊涂了。酒桌不也就是工作吗？多少事不都是在酒桌上谈成的！说起来，我老婆只拿菜刀追着我砍过一次，那次是我实在醉得不像样了，竟把她的名字叫成了初恋情人的。”

两人正在车里哈哈大笑，忽然闻到一股油烟气味。气味顺风飘进车里，胡守国四处观望，终于在车流中找到了气味的来源，皱眉指着前方行驶的一台吉普车说：“嗬，那是哪儿来的老爷车？不对啊，好像是梅山乡的那辆‘油筒子’。难道他们今天也接领导上任？”

司机看清楚了前方那辆车的车牌，把电动车窗升了起来，跟车里的两位领导说：“这是梅山乡政府的车，早该报废了，亏它还能上高速跑那么快。”

胡守国咳嗽一声，说：“怪不得了。追上前面车看看，是不是他们也接领导上任。”万锋强禁不住问：“梅山？是不是就花关再往西去的那个梅山乡？”

“是啊，书记您看，就隔着一座山，”胡守国先竖起大拇指说，“山这边的花关是莲花县的这个，”再伸了伸小手指接着说，“而山那边的梅山却是个地地道道的倒霉山。要也是新官上任，那个滋味可不好受！这就是那个古话了，叫啥几家欢乐几家愁的，呵呵。”

“我可是差一点点就去了这个梅山啊！”万锋强擦了擦额头上的汗，“对了，我是听说梅山乡的新任一把手也在今天上任，看能不能靠上去看看。”胡守国接过去说：“这倒不清楚了，梅山乡的书记最快的时候几个月就换一次。司机，万书记说了，追上去看看！”

万锋强也拍了拍司机的肩膀说：“追上去看看，我瞅瞅是不是陈伟华在里面。这家伙挺能耐的！能者多劳，勇挑重担。”司机踩下了油门加码跑，帕萨特轿车很快就赶上了前面的破吉普。两车并排而行，万锋强朝里张望，没错，坐在车里的人正是陈伟华。

陈伟华心情已经调适大好，正在观望一路风景，压根没注意到那辆帕萨特。王司机瞥见那辆车若即若离，好像是往吉普车靠，就问陈伟华：“陈书记，那辆车怎么这样开的？”

陈伟华见问，一转头，看到坐在帕萨特车后座上的万锋强，半伸着脑袋在外。他赶紧摇下车窗，问：“锋强，怎么是你？你把脑袋缩回去！”万锋强没听见，反而更伸出一点，大声说：“我去花关。英琴也在花关，你在花关停一停，我们吃个饭哦。”

吉普车发动机的轰鸣声很大，掩盖了万锋强的声音，陈伟华根本听不清他在说什么。万锋强无奈，只好重复道：“我说英琴……”话还没说完，一阵风过，吉普车废气再次把他给呛得咳嗽起来，眼睛也熏得睁不开。万锋强只好做手势，连比带划，告诉陈伟华电话联系。

“开慢点！”万锋强缩回头，关上车窗，靠在车椅上长喘了两口气。没等陈伟华的电话来，他掏出手机拨打了过去，接通后直接说：“伟华，我刚说你到花关时停一停，我们吃个饭，英琴也在那儿。”

陈伟华一心只想早到任所，听万锋强诚恳相邀，打个哈哈：“锋强，那是给你接风的饭局，我就不好插一腿了吧。”万锋强说：“你这么说就不靠谱了，咱同学来的，又都快变连襟的兄弟了，吃个饭还分你我？是不是安排你去梅山，我去花关，你心里有意见啊？工作是工作，私交是私交。再说了，你去那地方，凭你的才干更容易出成绩。你是创业难，我是守业更难啊！你可别三两下赶上来，把我撂后面了，让我没地儿钻！”

“你哪里来那么多废话？反正都是干事儿，去哪儿都一样。之前我是有多想，但现在没了，只打算早一点到那儿。我过几天再来看你们，咋样？有时间你也百忙之中到我那鸟不生蛋的地方看看去。”陈伟华调侃着。

“好啊！有你这句话就行，那就这么说定了。这是在花关的地盘上，你不肯停下吃饭，那我这就给你开道。”万锋强挂断了电话。

帕萨特迅速超过了吉普车。陈伟华听完了万锋强的电话，来了精神，座下车虽然老旧，但斗志不输，跟着对司机说：“王师傅，赶超！”

王师傅开车之人，交通事故看得多了，不想那么干。但又不好抗命，于是不紧不慢地说：“陈书记，咱这车没他的好啊。”陈伟华这可不服了：“什么没他的好，开！姜是老的辣，没听说过吗？”新官上任，第一把火烧到司机头上，司机哪敢怠慢，王师傅无奈，只好硬着头皮脚下猛踩油门。

帕萨特司机往后视镜一看，“油筒子”追上来了，急报万书记。万锋强听说，“呵呵”一声，说道：“老陈这是不服我啊！司机，别让他争了先。看着点，要稳住了。”两辆车在高速公路上你争我抢，互不相让。最终，帕萨特还是抢到了前头，吉普被远远地甩在了后面。

看着竞争对手绝尘而去，自己座下的吉普越来越慢，跟个乌龟爬差不多，陈伟华干着急。“王师傅，怎么不追了？”他连声直催着司机。

王师傅十分不乐意，说：“哎呀！您这样做根本就不对，是害我丢工作。再说我们这老家伙跟他们那新东西绝对不是一个档次的，没得比。啊对了，陈书记，我还得告诉您，我们这车就快没油了。”

“居然有这样的事？在高速公路没油怎么了得？”陈伟华愠怒说，“你是怎么搞的？”王师傅打起精神，靠边线慢慢开着车往前滑。“到了到了，前面就是加油站了。我就记得这附近有加油站的。”他盯着前面，不无庆幸地解释说。

王师傅把就快没油的破吉普车“吭哧吭哧”开向加油站，这可吓坏了里面好多人。前面闪出两个保安，冲过来把车拦住。王师傅仔细一看，认识的。一个保安冲他喊：“王师傅，你那排气管的火星子太吓人了，我们这可是一级防火单位，存着十几吨油呢，出了事可不得了！”

“那咋整呢？不进去怎么加油？”王师傅把头伸出窗外，反问那保安。“好办！”另一个保安说，“你把火熄了，我们帮你推进去。

“我这车一熄了火就难打着，你们又不是不知道。”

“那不行！”先前那个保安说，“你这车想要加油就得熄火。”王师傅小心翼翼地看了看陈伟华，陈伟华一声不吭。王师傅只好不情愿地熄掉发动机，打开车门下去。

陈伟华也跟着跳下去，几个人一起努力把车推进了加油站。加油站工作人员拿起油枪问陈伟华：“加多少？”陈伟华一脸茫然地看着王师傅。王师傅正在摸身上口袋，脸上神色有些尴尬。陈伟华催问：“加多少，你说话啊？”

王师傅只好吞吞吐吐地说：“我没……没带钱……”

“没带钱，你出的哪门子车啊？”陈伟华脱口而出。王师傅赔着小心，说：“对不起，陈书记，您还不十分了解梅山的情况。最近几个月，我连工资都没拿到了，生活费都是用我老婆卖猪的钱。我平时出车，从来没有存过五升油的。昨天出来接您，财务上也没借到钱，只好自己垫钱加了二十升。至今我手上已经攒了三四千块钱的油条子，您看是不是……今天实在是垫不出来了。”

“乡里居然穷到这地步？”陈伟华听了差点跳起来。眼下只得先解决加油的事，于是掏出张百元票子递了过去。“我再给你两百吧，你先把日子过起来，以后别再靠老婆了。你一个大男人，怎么都说不过去啊！以后有事找领导，我既然来了，大小事务就得管。”

“哎呀！陈书记，这——”王师傅搓着手。

“是不是嫌少？我也不是很有钱，你先拿着这点过几天，以后再想办法解决。我一定会让大家都有好日子过的，放心吧！”陈伟华说得斩钉截铁。见王师傅还在不好意思，陈伟华有点不耐烦，说：“你把钱收起来。”

王师傅接过钱，装口袋里了。

加完了油，吉普车重新上路。王师傅认认真真开车，没再有一点倦怠马虎。陈伟华则表情凝重，变得沉默不语。乡里竟然拿不出钱，自古巧妇难为无米之炊，可该怎么打开新局面？高速路进入山里，两山夹峙，迫入心房，压抑得他无法喘气。

王师傅从汽车后视镜里偷偷打量了他几眼，打破了沉闷：“陈书记，对不起，刚才让您破费受累了，您要不要喝口水？”陈伟华说：“没事儿，你专心开车。刚才我态度不好，让你难堪了。这事别介意。”

听到这话，王师傅真有点受宠若惊，回答说：“陈书记，您太客气了。”陈伟华想了想，忽然问：“王师傅，你是梅山本地人吗？”

“是啊。”王师傅回答说。

“那你知不知道梅山一共有多少人口？”陈伟华接着问。

“这个——”王师傅拿不准。不在其位不谋其政，有多少人要吃饭穿衣不是他考虑的问题。但书记发问，他不得不认真对待，故歪着脑袋作思忖状，半天了才回答：“这个——多少人？陈书记，您把我考死了，这我还真不知道。也就万把人吧？”

陈伟华说：“你这答案不对啊！我告诉你，梅山的人口一共两万多。这当中年轻劳动力占百分之四十五，大部分都外出务工了，只剩下一万一千多人的老人和小孩留守。全梅山乡的耕地不足两万亩，年财政收入更不足百万，如今是莲花县有名的贫困乡啊！”

王师傅点头就像鸡吃米：“可不是吗陈书记！梅山这地方是真穷，除了山还是山。以前的书记走马灯似的换来换去，没个正经管事的人，眼下已经欠了干部和教师们好几个月工资了。就我开的这辆破吉普车，已经接过五六任书记了。他们来的时候都是摩拳擦掌，发誓要把梅山变个样儿，可一到梅山，行李还没打开就泄劲了，没一个干到任期届满的。你前任那个王书记更离谱，报到没几天就跑到组织部哭着喊着要换地方，说宁愿到县政府当门卫也不肯当这穷书记。如今好像是到县政协当副秘书长去了，天天陪老干部们钓鱼，日子过得那叫一个轻松滋润。陈书记，咱这破地方，以后就真靠您操心了！唉——”

“好好的，你这又是叹哪门子气？”陈伟华觉得他意犹未尽，止不住问。

王师傅瞥了他一眼，见他神色可亲，于是大着胆子说下去：“陈书记啊！您要不生气我直说了吧，我是担心您呐！不是我说您呆不下，双坪镇那个陈书记我们都听说了，是个特别能干的人！可是，您这参天大树，移栽到梅山乡，地土不肥，我怕您没个帮衬的，也无法扎根，顶不了天啊！您看人家花关镇这面貌景象，用个词来形容叫什么来着？欣欣向荣！这地方才适合您茁壮成长。”

王师傅一提到花关镇，陈伟华急忙打住，说：“哟！你这连用两个成语，文化不低啊。不过刚才说的我可就不爱听了，从来就是人定胜天的。在高产田里搞大丰收算什么本事，靠山吃山，靠水吃水，我就不信咱们梅山就是一座废山。是骡子是马，拉出来遛遛，得跑几圈下来才知道啥叫能耐啊！”

他这话里有话，王师傅人不傻，也算是听出了点道道，但不好细问。此时外面的村庄景象越来越可观，就像王师傅说的欣欣向荣。“花关镇，的确是不错！”陈伟华走马观花，不停赞叹。

车在公路上拐过一个大弯，下面出现了一个依山傍水的大镇，楼房林立，街市人来人往，一片兴旺景象。“花关镇到了！”王师傅直了直腰杆，陈伟华也精神一振。

吉普车驶进镇上的宽阔街道，远远看到一家汽车修理厂的店铺招牌上，“花关镇”三个字清晰可见。王师傅眼睛睁得老大，直直盯着前方，准备加速把车开过去。

“你慢点儿，这是在街道上了！”陈伟华急忙提醒。“知道知道，陈书记，您别说话！前门有个坎，看过不过得去。”王师傅脸上神情紧绷，聚精会神。这做贼似的样子令陈伟华有点摸不着头脑，不知他葫芦里卖的什么药。

车被截住了。

好几个修车工突然冲出来，王师傅一脚急刹。王师傅赶紧下车，满脸堆笑走过去打招呼。陈伟华一看这架势，有点摸不着头脑，闹不清这些拦路虎是怎么回事。他狠狠拉开车门，绷着脸走过去喝问："干什么干什么？拦路打劫啊还是咋的？"

"哟！不给钱还来横的？"那几个人一听，丢下司机，"呼啦"一声把陈伟华给围了。其中一个看上去像领头的人冲他说："就这破车真打劫也看不上！你是当官的吧？那好！八千多修车款，拖了好几年了，给钱来！今天不给钱就别想把车开走。"

"对，先把车扣了再说！看他横什么。今天他要不给钱，天王老子也不让过！"修车工群起附和。

王师傅见这情形，吓得赶紧过来解围："各位师傅，少安毋躁，少安毋躁。来根烟，消消火，有账算不蚀嘛。这是我们乡今天刚来的陈书记，他不了解情况，不知者不为过。都怪我不好，今年年底前我们就算拆房子卖地也要想办法把这账给结了，怎么样？今天就别为难我们陈书记了，你们想想，他堂堂一个乡党委书记，半道被人扣了车到不了任，县委怪罪下来你们也吃罪不起呀！"

领头的师傅将烟燃上后猛吸一口，略带嘲讽地说："哟呵，你们梅山又换新书记了？换了我们就找不到人要账了？这叫跑得了和尚跑不了庙，这不又来了个顶缸的。老王，我告诉你，你可别在我们面前一口一个书记，书记怎么啦？书记欠钱就可以不还啦？你们是政府，怎么能欠我们小老百姓的钱不给呢？这不欺负老百姓吗？有这样的政府吗？这账我们都要了好几年了！旧社会国民党估计也没这样的。天底下的事，抬不过一个'理'字是不是？"

陈伟华看着那人的样子，忍不住笑了，心平气和对他说："你说得有道理，欠的钱当然要还。既然这车是我们梅山乡政府的，这事就该由我来承担。这样吧，欠你们的八千块钱修车费，我们现在就还。不过大家也知道，梅山乡政府实在穷，拿不出这么多钱，我自己身上也没有。既然你们想要这车，那就拿去好了。"

领头的那人一听，倒吃惊得后退了一步，说："哎呀，你这么爽快啥意思？"司机王师傅急了："陈书记，这可不行啊，我们梅山乡政府就这么一辆车，还要靠它出门办事呢，要真给了他们，别说以后，今天就到不了梅山。”

陈伟华不听，反而又笑嘻嘻地对那领头的人说：“这破吉普车坐得我也难受，正好不想要了，你们想要就拿去，省得我们自己处理。”那几个修理厂工人听了这话，各自拿眼打量着车身，都相互点头。陈伟华话锋一转说：“不过这车虽然破，但算下来两万块钱还是要的。所以你们把车扣下之后，除去八千块钱修车费，还得再还给我们一万二的现金。”

领头师傅不同意了：“陈书记，怎么能这么算账呢？”

陈伟华说：“那你说该怎么算啊，这车你们想要，我就大方地给你们，但是钱的事当然得算清楚了。要不这样，你们给个整数，一万就行。怎么样？这买卖很合算了。”

修理厂的几个工人没想到陈伟华会出这么一招，个个面面相觑。领头的人更是坚持不干，对陈伟华说：“明明你欠我们八千，凭什么还要我们给你一万？”

陈伟华有理有据分析道：“你别装了。你不会算账？虽然你们要倒掏一万，可你得着这车了啊。车你们要去，一手钱一手货，当面交割！”

那领头的没脾气了，改口道：“你这破车谁稀罕要。”

陈伟华却较起了真，一本正经地说：“刚才你们自己说的啊，还不起钱就扣车。我想你们扣车也麻烦，以后还得来取，干脆卖给你们算了。扣掉我们的修车款，剩余的钱掏出来付给我们，我们现在就走，大家都撇脱点。”

“欠的钱咋办？”

陈伟华拍胸脯保证，说：“好办！先让我们把车开走，我保证年底一定把修车费送上门来。”

领头的师傅也没有别的办法，只好说：“那我们今天就给你陈书记一个面子，不过到年底不结清可别怪我们不认人！”

“好嘞！”司机王师傅连声道谢，赶紧开车上路。车子刚刚启动，那师傅又忽然跑回来拦住说：“慢！讨账无君子，你们得把车牌押在这儿，也好早晚想着这笔账。”

还没等陈伟华反应过来，几个人不由分说，眨眼间把车后的牌照卸了下去。领头的那人模仿交通警察做了个放行的姿势，又把到手的东西扬了扬，冲陈伟华大声说："陈书记，我们替你们保管好。丢不了！"

陈伟华无可奈何，连说"好好好"。车缓缓开过了修理厂，王师傅可还愤愤不平，嘴里喋喋不休地骂道："这些家伙，胆儿够大的，连乡政府的车牌都敢下！"

"下了好！我就是要他们打这一耳光。"陈伟华说。王师傅不明白，但也没有再问。总算太平无事了，他继续往前开。开过一段开阔的路面，一辆奥迪车忽然从后面蹿了上来，插到了吉普车前，不管王师傅怎么按喇叭都不挪位。最后，那奥迪车猛一刹车，竟在他们的车前停了下来，把路给堵了。

吉普车差点咬尾撞上，王师傅火气很大："嘿，今天可真是怪了，这又是哪儿跳出来的拦路虎？"他正要下去理论一番，陈伟华却一声不吭地推门下了车。奥迪车的车门也开了，一位面容俏丽、气质优雅的女人从车上下来。

下车准备理论的王师傅目光一呆，火气顿时消了大半。于是换了副口气："我说，有你这么把车停在马路当中的吗？"

那美女不理王师傅，却冲他一旁的陈伟华莞尔一笑。陈伟华拍了拍王师傅的肩膀小声说："这是找我的。"

陈伟华直走到那位美女跟前。张着耳朵的王师傅只听那美女先开了腔，声音挺大，字字句句入耳清晰："陈大书记，不打一声招呼就偷偷走了，这算个啥事啊？想躲梅山去？我告诉你，我们之间的事没那么容易完，还长着呢！今天把你拦住了，你就得给个说法！"

"我去上任报到，你挡着道啥意思啊？赶紧把车停到路边去。"陈伟华带着责怪的腔调。谁知那位美女置之不理，反而笑盈盈地靠近他，娇嗔地说："我怕我让了你，你就跑了。"

陈伟华拿她没办法，只好对她说："行了，行了，英琴，我不跑还不行吗？"

林英琴到了后面，瞅车屁股，一声惊叹："哟，你这书记的车够牛的，连个车牌都没有。"一听这话，陈伟华仿佛被人打了一闷棍，唉声叹气说："唉，别提了。"

林英琴反倒好奇，问他："怎么了？"

陈伟华连连摇头："你就别问了吧。这事儿一时三刻也说不清，以后再说。”林英琴听了更感到奇怪，“呵呵”一声：“哟，还保密啊。”随即也就不再多问，叫陈伟华上她的车。陈伟华一口回绝：“不用了，我有车。”

林英琴瞥了一眼那辆吉普，劝陈伟华说：“这也叫车啊，都快散架了。赶紧上我那辆吧，你不是一直说要认识一些有投资意向的企业家吗？我今天特意约了好多个老板，介绍给你认识，你可别老说我不支持你的工作。”

但陈伟华还是回绝了她：“谢谢啦。我还是坐我自己的车吧，今天是我第一天上任，坐你这个大企业经理的车我看就没必要了。”

林英琴没辙，只好上了自己的车，丢给陈伟华一句：“死脑筋，亏我还那么一心想要帮助你。”陈伟华回到自己的破吉普上，对王师傅说：“跟上前面的那辆。”

王师傅好奇地问：“陈书记，这是您爱人？”

“未婚妻。”陈伟华答道。

王师傅再度长喘一声，跟着作恍然大悟状：“怪不得了，她对您那么亲热。不过这姑娘好面熟啊，好像在哪儿见过。”

吉普车驶过街边一个报摊前，报摊上挂着一本财经杂志，封面上人物正是陈伟华未来的老婆，笑盈盈的，旁边标题是：新生代女企业家林英琴。怪不得王师傅觉得林英琴面熟。

吉普车跟着林英琴的车拐过一条繁华街道，经过花关镇政府，来到镇政府大楼旁县委下属的花关大酒店。酒店前的停车场上已经停着几辆轿车，花关镇新上任的书记万锋强的那辆崭新帕萨特也位列其中。酒店门口竖着的大红标语牌上写着：“热烈欢迎花关镇党委新领导到任！”“热烈欢迎万锋强书记！”

“挺热闹的啊这儿！下车，吃午饭去。”陈伟华叫司机王师傅把车停在林英琴车旁边，下了车后两人跟着林英琴走。

酒店的包房里热闹非凡。

桌面上菜肴丰盛，胡守国举着酒杯，对坐在主席位置的万锋强说：“万书记，既然单老板忙，您说不等了，那我就首先代表我们在座的敬您一杯。这一路过来虽然时间不长，但是万书记的话让我相当感动、相当激动。万书记，您放心，我们一定全力配合万书记的工作，不辜负县委方书记对我们花关的期望，让莲花县的经济翻番。不如这样吧，大家同请万书记干了这一杯！”

“好！”大家赶紧举起酒杯随声附和。

面对众人的盛意热忱，万锋强实在推脱不掉，只得端起酒杯：“万锋强初来乍到，非常感谢大家的热情招待。以后工作中的事，就要靠大家齐心协力了。经济翻番的任务可不是说翻就翻的，还得靠在座的各位有识之士鼎力相助。”稍作停顿，他接着又说：“都说在乡镇要想办事难，不错。中国太大，地广、人多，乡镇干部素质参差不齐，意见不统一事情就多，我们这些当干部的心里多多少少都有些顾虑，怕事，多做多错。但是我万锋强不一样，我不怕事，尤其不怕好事。各位心里都有着未来的发展计划，只要是利国利民的好事，你们尽管来找我万锋强，我一定不设卡，一路给你们开绿灯！”

他这话给了在座的企业家更多信心，大家一致叫好。

“嗯，大家举着这酒杯手也举酸了！我先干为敬——大家有请！”万锋强人利索，一仰脖，将杯中物一饮而尽。胡守国赞叹一声：“啊！万书记真是痛快人。好，大家都一口干了它再说话。”

重又落座后，一位企业负责人道：“万书记，您刚才这话可说到我们心里去了！”他这话音未落，一把亮嗓子从门外传了进来：“我说老单，万书记说什么了就说到你心里上了？你得说给我听听，不然我不答应！”林英琴人未到声先到，众人不禁一个惊喜。

“千古美人来了！谁要不一醉方休，谁就不够意思！”座中有人豪言。林英琴和陈伟华双双现身门边，林英琴看着这热闹的场面，笑着说：“怎么？我还没来就喝上了，该怎么罚，你们自个说！”

万锋强不理会林英琴，笑望着陈伟华说：“伟华，可算等到你了，英琴不放心你，怕你跟丢了，非得要去接你。来来来，我来给你们介绍。诸位，这位就是我们莲花县大名鼎鼎的青年才俊陈伟华，梅山乡新任书记。”

一听到“梅山”两个字，众人讶然，颇有议论之声。

“梅山，‘霉山’，那可不是个太好的地方。陈书记口碑不错，政坛新秀，怎么会被贬到那里去了？”

“话也不能那么说。越是艰苦的地方就越是能锻炼人，陈书记人还年轻，去锻炼锻炼也未尝不可。那儿风景秀丽，也是一大资源，我就很看好，准备去搞个休闲山庄啥的。既然今天有缘认识陈书记，那太好不过了！来来来，先干三杯，后来三杯，古定的规矩。”

大家哄然叫好。

万锋强生拉硬拽，让陈伟华坐了上席，自己在旁边添了张椅子作陪。筛上酒来，陈伟华举起杯：“今天非常荣幸认识在座的诸位，梅山和花关都守着兰溪河，你们在上游，我们在下游，这就叫君住兰溪河头，我住兰溪河尾了。共饮一河水，同是一家人，欢迎大家以后常到梅山来指导工作，尤其欢迎座中企业家来投资办厂。刚才这位老板就说得好，梅山风光秀丽，适合发展旅游业，来办个休闲山庄，那真是太好不过了。以后旅游搞起来了，你们去投资的都有钱赚，这叫你好我好大家好，才是真的好！”

“不错不错，你好我好大家好，才是真的好！”大家齐笑。

“我先干为敬！”陈伟华一口干掉了一大杯。林英琴急忙过去递给他纸巾，给他倒茶。陈伟华抹抹嘴，说没事儿，表示不用她照护。

万锋强呵呵一声，站起来大声道：“我都忘了跟你们说了！我们这位美丽无比的女企业家可是名花有主了的哦！大家都是明眼人，不用我介绍，也都知道是谁有这福气了。以后大家没事想念想念她可以，千万别做无用功，要把精力全都放在搞好手中工作上！”

大家随着又是一阵哈哈大笑。等笑过了，林英琴才把座中几位陈伟华不认识的企业负责人一一做了介绍，并说：“伟华，这些都是咱们莲花县排行前十名的企业一把手，这半个桌面坐的人身价总资产可都过了亿的。”

“没问题，当然没问题了。第一美女发话，我们哪敢不从啊！谁要不从，我们罚他喝酒，喝到他答应为止。来，我们齐敬大美人一杯！”

林英琴喝下酒后，专门对鲍鱼养殖基地的单总说：“老单！你的鲍鱼养殖基地不是打算要扩大投资嘛，我给你找了个干实事的人，有机会你们单独谈谈。”胡守国看在眼里，有点干着急，看了看万锋强，万锋强嘴上只是笑笑。

老单做人稳妥，不敢轻易答应，只说：“是啊是啊，但我们还在考察市场，考察市场。”陈伟华打蛇随棍上，赶紧说：“那欢迎单总到我们梅山去走走看看。”老单打着哈哈：“好，好，好，有时间一定去。”随即转移话题，举杯对上首的说：“万书记，还有陈书记，我敬你们！”

大家纷纷举杯。陈伟华看这架势，扯下去没一两个时辰结束不了，赶紧叫服务员上米饭。万锋强却不放过，说：“伟华，何必这么着急，今天我虽刚到任，但也让我尽尽地主之谊。这里除了老单要忙，大家一醉方休，不然不答应的不再是你未来老婆了，是我。”陈伟华心里只想早点到任，说：“老同学，我这次是路过，专来打秋风的，要从你的地盘上抢点生意过去做。现在跟大家混了个脸熟，目的达到了，马上要走！离梅山还有一段路，我中午之前得赶到乡里。”

“陈书记真是个实干家！好，那我们以后就到你的地头去走走看看，条件适合的话大家就合作做点什么。”好些企业家赞赏。“你们能去，那我可得烧高香了！我先吃饭。”陈伟华十分真诚。

万锋强转向林英琴说：“英琴，看看，伟华是怎么搞的？你别不是亏待他，好久没给他饭吃了吧。”陈伟华大口吞咽着食物，含糊地“呵呵”着说：“吃人家的嘴软，随你怎么说！”林英琴埋怨地看了一眼陈伟华，陈伟华说：“赶时间，赶时间！那边的人都等着呢，下次有机会再跟诸位慢慢坐下来聊。王师傅，加快进度！”

万锋强留不住，林英琴将陈伟华送出去时，不高兴地蹦出一句：“你这是忙啥呢？有这个机会，你就要坐下来慢慢跟这些企业家啥的打交道啊！感情熟络了，以后还怕没发展？我看你今天心情不对。你跟万锋强心里是不是有点什么？”陈伟华坚决否认：“我哪有啊！怎么会呢？这不好好的嘛！我真的是忙，只想早点到我那一亩三分地上去看看。还有啊，以后你做事，不要没经我同意就那个什么了。再说这种场合，我不早点走，会坏了人家兴致！你没见那个胡副镇长的脸色，颇有点怪我喧宾夺主的味道了，再不走就真扫兴了。”

林英琴气哼哼地说：“你还怪我自作主张？我是想你在那地方早点出头。十大企业家，我都出面给你约过来了，你屁股没坐热就走，架子也太大了。要搁你那儿去，你能请得起吗？”

陈伟华连忙解释说：“真不是我架子大，今天人家开席要招待的可不是我。见好就收，我真得走了。”林英琴只好无奈地说：“你那辆车能行吗？要不要开我的车过去？”陈伟华自信满满地点头说：“行，行，你不用操心了。帮我再联络那个什么十大企业家，不在梅山搞出点名堂，我没法过自己这一关。”

林英琴叹了一口气说：“当初，不说了……”林英琴话只说了一半，陈伟华已经明白了她的意思，安抚她说：“这个问题咱们不都已经达成共识了吗，去哪儿工作都一样嘛，都是做事干活吃饭睡觉。”林英琴无言以对，只得嗔怪地说：“你这个傻瓜。”

陈伟华笑呵呵地点头承认说："说对了，我就是个傻瓜，农民出身，身上没有三两土，就觉得走路打飘。我去那一亩三分地了！"

这个小小的玩笑让林英琴忍不住笑了，依依不舍地望着陈伟华说："我还真有点不愿你离开。自己小心点身体，别傻干，干不下去了，你就跟我说，我的企业有你的饭吃。"

"好，好。我知道你有钱，行了，你快进去吧，都等着你呢。"陈伟华应承着她，快步走向吉普。林英琴看着他上了车，脸上又充满了一种无奈。

司机王师傅跟着上车，心里也有点依依不舍。"可惜刚才不能喝酒！那么多好菜。这花关镇真是个有钱的地方，那一桌酒席，鲍鱼海味，起码上万！"

"有啥好羡慕的！专心开车。"陈伟华瞪了他一眼说。王师傅马上闭嘴，专心开车。

离开高速后，又是盘山公路。路边悬崖陡峭，吉普车像一只甲壳虫，尾部冒着浓黑的烟，缓缓地爬过一座山又一座山。接下去的路况越来越差，吉普车一路颠簸，最后总算拐进了一片山区里的小坪坝。

把车在小坪坝旁的路边停稳，王师傅告诉陈伟华："这就是梅山。"二人下了车，放眼望去，一片典型的南方粤东山区景象呈现在眼前。近处，几棵荔枝、龙眼树的枝丫随风摇摆，远处则是几片没有连成片的香蕉园，山坡、谷底里无序地排列着一些黑瓦屋，看不到一栋高楼。

看着远近的山景，陈伟华突然问："王师傅，你说梅山这地名有啥来历没有？"

"梅山就是五座大山的统称，包括莲花山、黄花山、凤凰山、白日山、云雾山，远远看去像朵梅花，啥意思也没有。"听起来王师傅的解释也没啥意思。

稍作停留后，二人上车继续前行。梅山的乡街依山傍河，顺着山势自然而成，上半边靠山的店铺同下半边靠沟底的店铺足有五米的落差。不规则的街道上稀稀落落地走着些扛着檩木、挑着柴火、叫卖挑担的山民。街边的房舍很多都已年代久远、破旧不堪，有些甚至歪斜欲倾，只好用一根大木头撑住。房舍虽已破旧，而日用百货、小吃摊铺、山货收购站这些店铺却都在这些房舍里，还不时有人出来进去，旗幡、凉蓬随风抖动。

街道渐行渐窄，吉普车不太好通过。陈伟华示意王师傅停车，自己下车慢慢沿街步行。王师傅说车开得过去，不用担心，让他上来不用走。陈伟华闻言把手一伸，说：“你有钱？那把刚才的还给我。”

王师傅没弄明白，愣了半天，陈伟华却说：“已经到了梅山，还坐什么车。乡里财政那么困难，给乡里省点油钱吧，省点是点嘛。”

“是哦！”司机王师傅憨厚地笑笑，挠了挠头，下车后跟在陈伟华身后往前走。走到一个三岔街心，周围热闹起来，王师傅告诉陈伟华这是梅山乡的中心。

乡中心的街道旁，陈伟华看到前面围了一群乡民，里面传出南方粤东特有的二胡演奏和粗喉大嗓的唱曲声。陈伟华感到诧异，问王师傅道：“怎么，这梅山的群众文化生活还挺丰富的嘛！瞧瞧去。”

司机王师傅不肯去，怕陈伟华再晚了就耽误了，乡里四大家领导都还在等着为陈伟华接风。陈伟华却执拗地说：“不要搞形式主义，还接什么风啊！反正我们吃过了，他们等不耐烦自然会解决。”

王师傅只好随着陈伟华挤进人群。人群的中间坐着两个老汉，一个打板，一个拉弦。拉弦的老汉衣衫褴褛，肩膀上斜挂一条装钱的土褡裢子，全身随着上下按弦杆的手有节奏地抖动着，自拉自唱十分投入。老汉是个盲人，双眼望天，无珠的眼眶使劲向上翻着，他嗓音粗粝、嘶哑，正唱着一种透着激越之情的客家小调：

弦子一拉格梆梆，
光拉不唱不成腔；
梅山本是好地方，
山清水秀鸟语香；
如今外面形势好，
梅山就是不变样；
树木砍光河断流，
下雨满山黄泥汤；
兔子拉屎换地方……

陈伟华听到这儿皱了皱眉头，低声问王师傅：“这唱曲的人是谁啊？”王师傅说：“这是本乡邓坪村的一个瞎子，唱曲也是为了糊口。从我记事儿起他就在这一带卖唱，你听他嗓子都吼哑了。要说这瞎子也不简单，眼瞎心灵，能即兴现编现唱，碰到什么事都能马上编出词儿来。”

只听那瞎子老汉继续唱道：

如今梅山真窝囊，
电影不放戏不唱；
电视出声不出像，
乡上干部换得勤；
板凳不热又走光，
落后面貌咋变样……

陈伟华只顾听老汉唱曲，竟没留心几个村民已在偷偷围观他。一个村民绕过陈伟华身后，问司机王师傅：“城里来的亲戚？”

司机王师傅附耳咕哝：“新上任的书记。”

那村民吃了一惊，和围观的众人相互嘀咕了一阵后，担心地望向老汉，还有人直接打量起了陈伟华。当那老汉唱到“乡上干部换得勤”时，一个好心人附在瞎子老汉的耳边说：“瞎子，你瞎编要编出事来了，乡里新来的书记正在听你唱曲呢。”

瞎眼老汉赶忙收起二胡站了起来，笑着朝天上作了个揖说：“瞎子我本是江湖艺人，一贯无党无派，唱曲只为哄大家伙儿高兴，施舍几毛钱票子混口饭吃。新来的书记，愿您是梅山人的福星，恕瞎子我有眼无珠，我这里给您赔罪了！”

陈伟华知道这是王师傅传出来的，瞪了王师傅一眼，上前搀扶老汉坐下来说：“您老人家唱得好嘛，唱出了梅山的实情。下次还要请您编些曲子，给咱梅山人鼓鼓劲呀，我这人天生喜欢听曲子，以后有空我专门来听您唱！”陈伟华说完，掏出一张十元的票子塞到瞎老汉手里，转身走了。

瞎子老汉用手仔细捋了捋那张票子，起身朝陈伟华离开的方向深深地鞠了一躬说：“真是个有善心的好人啊！”又转向围观的群众说，“不是我瞎子得了钱讨好卖乖，我看这书记跟以往的书记有点不一样，老天对梅山总算是开眼了！”

二　风波频起

瞎子老汉的唱曲声越来越远，陈伟华又继续在附近的街上看了看，停下来问王师傅："乡政府在哪儿？"

王师傅用手指着前面的方向说："远着呢！穿过前面的乡集，还要再拐两个弯。"

梅山乡政府大院里，乡长卓长富和乡干部们正在焦急地等着他。卓长富闲不住，在院子里、大门口来来回回地奔忙，一会儿朝门口张望一下，一会儿又走回院子里查看。卓长富等得心焦，跟身边的一位干部发牢骚说："唉，这陈书记真够慢的。"

那位乡干部接着他的话茬说："听说这个书记能力很强啊，中文系毕业，从小管理区的书记当到乡长、镇长，这回咋到梅山当书记了？"

另一位干部也凑上来说："不是说他差一点到花关镇当一把手去了吗？最后还是万锋强去了。"

乡副书记许文才和另外一些干部抽烟的抽烟，嗑瓜子的嗑瓜子，民政助理范升仕抓起一把瓜子递给许文才问："怎么还没来？"

许文才倒是沉得住气，不紧不慢地说："咱们这儿的书记，来，来得比谁都慢，走，走得比谁都快。"

范升仕对陈伟华似有所闻，跟许文才议论道："听说这个新来的挺出名的，有个外号叫'陈蛮子'，好像做事手段挺硬朗的。"

"手段硬朗有什么用，在这个么屁也不产的地方，能折腾出什么花儿来？"许文才不屑一顾地说。

两人正聊着，卓长富打岔道："许副书记，是不是派个人去看看，怎么到现在还没到，会不会出什么事儿啊？"

许文才心不在焉地说："能出什么事儿啊，王师傅不是开车去接了嘛。"

卓长富说："我就担心那辆老爷车歇在半道了。"

话音刚落下，一阵刺耳的刹车声从门外传了进来。卓长富紧绷的脸终于舒展开，跟大家说："哎，你们看，我说来他就来了。"

大家迅速把目光集中到了门口，见一个人从门外气喘如牛地跑了进来，大家定睛一看，不是他们苦等的陈伟华，却是黄花山村村长、村支书向大成。

"卓乡长，许副书记，不好了，不好了，打……打起来了！"向大成惊慌失措地嚷嚷道。卓长富和许文才叫向大成先冷静下来，向大成平息了一下呼吸，这才把事情简单描述了一番。卓长富和许文才听完事情经过，跟着向大成就往外走，临出门时吩咐范升仕："你们几个在这儿等着陈书记，我们去去就来。"

陈伟华已经快到乡政府了，跟王师傅在狭窄的乡街上走走停停、东看西看。一身城里人的打扮让他在人群中显得格外扎眼，两边赶街的人们都好奇地盯着他看。

路过一块不大的空场子旁，陈伟华见二三十个村民或蹲或站，守着脚下粗细不等的木材，眼巴巴地等待买主。陈伟华走近那些木材看了看，发现那些木材全都砍自山上的幼树。

卖木材的村民们以为来了大买主，一下子把陈伟华围在了中间，一个村民一上来就做起了推销："老板，买我的，这根都能做屋檩子了，只要十二块。"另一个村民抢着说："我这一捆多顺溜，做锄头把、搭菜秧架子都没说，十块给你！"第三个人的价钱更便宜："我这捆只要八块！"

陈伟华看着地上横七竖八的幼树，又看着那些不停向他兜售的乡民，不禁感到一阵痛心，问那些乡民道："乡里难道没宣传过绿化环保的重要吗？"

乡民们马上明白来了干部，一哄而散。

陈伟华气头上来了，忍不住大声吼道："你们看看，你们把这么小的树都砍了，这不是害命吗？你们看看，山都让你们砍秃了，你们知道这样做的恶果吗？树砍光了水土咋能不流失？你们不为自己着想，也要为子孙想想，这样砍下去你们下半辈子咋办？"

山民们更是躲得远远的，没人敢吭气，却都偷偷打量着陈伟华，像看一个疯子。陈伟华见他的激愤未能激起半点反应，更是火冒三丈，拉住一个乡民大声喝问："这么小的树都砍了，难道你一点也不心疼？"

那乡民一把甩开陈伟华的手，挑衅地说："我心疼它？那谁心疼我？乡里三提五统上交提留，教育积资，屋里称盐打油，红白喜事人情往来哪来的钱？不砍树我靠什么过活？你别站着说话不嫌腰疼！"

陈伟华顿时被噎得没话说。那乡民斜眼发着牢骚，跛着脚走开了，一颠一颠地向远处走去，把陈伟华晾在了一边。陈伟华还在愣着，司机王师傅奔了过来，着急地对陈伟华说："哎呀，陈书记，一眨眼您怎么就没影了，急死我了。"

刚才司机王师傅一不留神，转过身就看不着陈伟华了，总算在这里看到了他。陈伟华没好气地说："急什么，都到自己家了，还怕我丢了？"

王师傅催促道："咱们赶紧走吧，乡长，还有副书记他们都在乡政府等着您呢。"陈伟华这才不再多说，跟着王师傅沿街而行，向乡政府走去。走到一个长满了青苔的老院子门口，王师傅停了下来。这是一处青砖瓦舍的老房子，木窗棂已经开始朽烂，满载着五十年代的旧建筑气息，门口依次挂着"中共莲花县梅山乡委员会"、"梅山乡人民政府"及乡人大、政协等一溜木牌。

王师傅说："到了，进去吧。"

两人走进乡政府大院，却发现院子里空无一人。王师傅觉得蹊跷，边往里走边嚷嚷："卓乡长、许副书记，陈书记来了。"

范升仕和其他几位干部迎了出来，与陈伟华热烈握手。范升仕说："哎呀，陈书记，欢迎欢迎，您辛苦了！快到屋里坐坐，休息休息。我叫范升仕，是乡里的民政助理。"

司机王师傅插话说："范助理，怎么就只有你们几个，卓乡长还有许副书记他们呢？"

"他们都去黄花山村了，没什么大事儿，一会儿就回来。"范升仕答道。陈伟华皱着眉说："乡长和副书记都去了，那还叫没什么大事儿？"范升仕被这句话堵得说不出话，他尴尬了片刻笑着说："陈书记，您不了解情况，那黄花山村是我们整个梅山乡最难管理的村，再加上那个村长向大成又是个木头脑袋，动不动就闹事儿，您想咱们梅山唯一的一家大型企业就在他们黄花山村，那可是多好的事儿，可那向大成还要挑着村民闹。"

陈伟华没听出个所以然，让范升仕再详细说说。范升仕却怕说错话，不敢再往下说，赶忙打岔道：“哎呀，这，没啥好说的。您屋里坐坐，用不了一泡茶的工夫，他们就该都回来了。”

陈伟华却一定要知道事情的详细情况，咄咄逼人地看着范升仕，看得范升仕额头冒虚汗。范升仕无奈，只好把事情的大概情况说了出来：黄花山村的村民和梅山乡唯一的工业企业浩源电镀厂的工作人员发生了纠纷，村民们堵在厂门口，就要和厂里的人打起来了。黄花山村的村长向大成急急慌慌地跑来乡政府报信，乡长卓长富和副书记许文才得知了消息，就跟着向大成一起到电镀厂去了。

陈伟华听明白情况，拉着范升仕说：“这还不叫事？领我去看看。”

卓长富和许文才已经赶到了电镀厂门口。电镀厂大门紧闭，门口聚集着大批村民，门前满地的死鱼烂虾散发着难闻的气味。那些死鱼烂虾的旁边横放着辆平板车，车上躺着一个哼哼唧唧、痛苦呻吟的病人。

工厂的保安马跛子集结了一批人挡在厂门口，把厂门口防护得严严实实，不让村民冲进去。

一位老汉站在前面，愤愤不平地跟马跛子理论道：“马跛子，你黑了良心了?！有奶就是娘，冲着人家老板摇尾巴，你们这个厂开着，我们村子里多少人病倒了？二狗子的妈每天咳嗽，看病吃药的钱都没有。现在二狗子也躺倒了，今天你们不给个说法，就是不行！”

马跛子转了转眼珠子，说：“你家二狗子生病跟咱们厂有什么关系，要说有污染，我天天在这里上班，我怎么没得病？你们这帮人不要听人家挑拨离间。”他的话激怒了村民们，大家义愤填膺，齐声高喊着要电镀厂的老板出来给个说法。

眼看着村民们就要冲进厂子里，马跛子慌了神，叉着腰往厂门前一横说：“你们敢！”村民们不理马跛子那一套，抄起家伙就要往里冲。马跛子赶忙叫堵住厂门。两方正闹得不可开交，不远处有人大喊了一声：“住手！”

向大成满头大汗地跑了过来，往中间一站，两边的人都不由自主地往后退了一步。向大成气喘吁吁地说：“不是跟你们说了，一切等我回来再说吗？我把卓乡长还有许副书记都找来了，大家都别冲动。”

卓长富和许文才随后跟到。许文才说：“到底怎么回事，怎么突然就闹成这样了？电镀厂是咱们梅山唯一的工业企业，当初成立的时候可是乡里特批的，你们这么闹，那可是跟乡里对着干啊！”

向大成听出来许文才打的官腔，明显向着电镀厂说话的，就把他领到平板车前，指着平板车上的病人说：“许副书记，你话可不能这么说。你来看看，自从这个电镀厂开在咱们村里，咱们村里水也臭了，鱼也死了，地也荒了，村里的病人越来越多。”

许文才没言语了。向大成担忧地说：“你看看，这厂子要是再这么开下去，非出人命不可！”

许文才没顺着向大成的话茬，反问道：“有病还不赶紧去看，把人放在这门口算什么意思？”向大成照实说：“要看病那也得有钱啊！”许文才一听，批评起来：“你这话什么意思？想拿人讹钱啊？你是个村长，你应该做好群众的工作，怎么能跟着群众一起闹事儿呢？”

向大成一愣，没想到自己本想主持公道，却反倒被领导责难。他是个直脾气，听明白了许文才话里的意思，十分不平，于是跟他顶撞起来：“许副书记，你怎么能这么说呢？关于电镀厂污染的事情我给乡里汇报过不止一次两次了，要是早点有人出面解决，也不会闹到现在这个地步！”

许文才一听这话也火了，训斥道：“你这话什么意思？想往乡里推责任啊？”

卓长富一看架势不对，赶紧上前劝说道：“好了好了，大家都少说一句！当务之急，先把病人送到医院。我看这人病得不轻啊，其他的事儿都好商量！”

许文才看了看周围群众气氛不对，心里十分火，声色俱厉地说：“商量什么呀商量，跟这样不懂道理的人，就是不能商量！向大成，我告诉你，赶紧让人都给我散了。不像话！要是这事儿闹出去了，谁还敢到咱们梅山来投资建厂，你别一粒老鼠屎坏了一锅粥！”

向大成张口结舌，心里十分憋屈。马跛子在一旁看着，洋洋得意。他转过头对周边村民们说：“都听到没有？还不走啊？走了，走了！”

这时躺在平板车上的二狗子又开始痛苦呻吟起来，捂着肚子疼得直打滚。二狗子爹吓坏了，忙不迭地上前照看，又求救般地问向大成：“村长，你看……我们可该怎么办啊？”

向大成和卓长富赶紧上前，凑着身招呼。看见二狗子脸色煞白、头冒冷汗，卓长富慌了神，不无着急地说：“哎呀，这……这么严重，赶紧送医院啊！”

许文才斜睨了二狗子一眼，似乎不为所动，轻描淡写地说：“装得真可怜。”向大成闻言气得干瞪眼，止不住质问许文才：“什么装？你是副书记，说话要负责任！”

就在两人欲再起争执之际，二狗子大叫一声，瞬间疼得晕了过去。二狗子爹扑了过去，呼天抢地高喊着：“二狗子！二狗子！”

眼前的景象让村民们乱作一团，大呼小叫道：“出人命了！出人命了！电镀厂出人命了！让电镀厂的人出来说话！”骚动的人群冲向电镀厂，任凭马跛子怎么拦都拦不住。许文才一看这情形，心想坏了，腿脚不自觉地往后退了两步。卓长富挺身而出，虽在尽力制止，让大家克制情绪，保持冷静，但他一人势单力孤，根本不起作用。

丧失理智的村民跟电镀厂保安瞬间动起手来。突然，急促的汽车喇叭声响起，紧接着一辆破旧不堪的吉普车飞驰而至，“嘎”一声停在了厂门前。大家还没反应过来，范升仕和陈伟华已从车上跳了下来。范升仕大吼：“都住手！新到任的陈书记来了，陈书记来了！”

惶急无计的卓长富像是迎来了救星，大喊：“乡亲们，大家冷静！咱们梅山乡新任党委书记陈伟华来到这里了，大家有话慢慢说，千万别激动！”

混乱的局面总算停止，大家不约而同地把目光投向了陈伟华，谁都没想到新任的乡党委书记会在这个时候赶到。片刻的宁静过后，人堆里不知是谁大声说道：“梅山乡的书记换得比孩子脸还快，这样的书记有什么用！政府不可靠，都反映多少遍了，我们村的事只能自己解决！”

陈伟华一听这话正要回应，许文才抢先迎上前对他说：“陈书记，你怎么到这里来了？”

许文才说完，又责怪范升仕：“范助理，你怎么把陈书记带到这里来了？”

陈伟华面色凝重，直截了当地说：“出了这么大的事儿，我怎么不该来？”

许文才却大不以为然地说：“陈书记，其实也没什么事儿，都是不明真相的群众瞎起哄。”

他这话村民们却不答应了，有人随声反驳道：“都出人命了，还没事儿？许副书记，心里装着点咱老百姓好不好？你毕竟还是共产党的官。”许文才听到这话，脸上红一阵白一阵，说不出话来。

陈伟华可不比许文才，敢把人命当儿戏。老百姓说得太在理了，闻言他慌忙上前查看情况。人群闪开一条道，陈伟华走到那辆平板车前，一眼看到了处在昏迷状态中的二狗子。“这都晕过去了！你们不送医院，到底怎么回事？”他着急地向左右问道，“多久了？回答我！他晕过去多久了？”

周围鸦雀无声。卓长富闷着头说：“也就一会儿。”

陈伟华一听，火头直往上冒，大声责问道：“也就一会儿？真出了人命，谁负责？还不赶紧送医院？”

卓长富被他后面这一声断喝吓得说不出话，愣了半天不知如何是好。却见陈伟华一伸手把二狗子从平板车上扶了起来，又麻利地往自己背上一背，推开众人，大步流星往前走去。

大家看在眼里，都不说话了。只见陈伟华背着二狗子，大喊王师傅。王师傅赶紧把车开了过来，陈伟华把二狗子放车上了，这才转身对村民们道：“乡亲们，我叫陈伟华，新来的书记。今天因为刚到梅山报到，还不了解情况。请大家给我一点时间，你们的事等我弄清楚之后，一定给大家一个满意的答复！”

他的话听起来合情在理，村民们没吱声，也没散去。大家都在观望，他们的眼睛是雪亮的。陈伟华知道这一点，村民们是在对他进一步“观其行听其言”。于是环顾了一眼四周，大声问道：“这里谁是村长？”

向大成站出来，大声答道：“我！”

陈伟华盯着他，说：“上车！什么情况路上给我说清楚！”

向大成过去，准备跟陈伟华上吉普车。经过许文才身边时，许文才顺手把他拉到一边，低声告诫道：“记住，该说的说，不该说的别胡说！否则出了乱子，你我都负不起这个责！”

向大成点头，很快过去跟着陈伟华上了车。

吉普车走出了很远，望着还在原地观望的村民，卓长富说：“乡亲们，都散了吧！人已经送医院了，大家有什么事都本着和谐安定的原则，一切好商量。刚才大家听到的，咱们的新书记也都说了，等他了解过情况，一定会给大家一个满意的答复。”

新书记首重人命，村民们都亲眼目睹，再经过卓长富安抚，情绪已经平复，纷纷散去。许文才松了口气，但心里对陈伟华刚才的“作秀”颇不服气，暗里说：“第一天上任就表演得那么好看！不过没用，自古强龙难压地头蛇，在梅山谁说了算，还没谱呢！”

吉普车上，向大成把之前事情的经过详细向陈伟华作了汇报。陈伟华明白了整个的来龙去脉，问向大成道：“这个电镀厂污染的情况都有材料吗？”

向大成说：“有啊，都给乡里送了好几次了，可是……”向大成欲言又止，最后还是下定决心说：“可是他们都说没那么严重。”

陈伟华问道：“没那么严重？非得死了人了才叫严重？乡里领导如此漠视群众切身利益，难怪会出事了？他们都是谁啊？这说的还是人话吗？”

见他上火，向大成嗫嚅着不敢作答了。陈伟华紧接着再问：“当初建厂的时候没有征求村里人的意见吗？”

向大成已感知这新书记是个可靠的人了，于是鼓起勇气，说：“陈书记，这事儿您就别提了！当初，咱们乡里有个别领导绕开我这个村长，直接指使村里的马跛子，串通个别群众做所谓代表，在没有征求大部分村民同意的情况下就把厂子建起来了。现在污染那么严重，大部分村民意见很大很大啊！这事儿不知何时是个了结，我这个村长，如今是耗子钻进风箱里，两头受气！”

听了这话，陈伟华脸色铁青，不再言语了。

吉普车开到一块大坝子前停了下来，大坝子前有一排土瓦屋，土屋的门上挂着一个大大的红十字。王师傅告诉陈伟华乡医院到了。

陈伟华气喘吁吁把二狗子背进了医院，放在唯一的一张病床上。二狗子渐渐醒了，哼哼着，痛苦不已。两个穿着旧白大褂的年轻医生正懒洋洋地坐在急诊室里闲聊。陈伟华火了，冲他们吼道：“病人到了不抢救，倒有心思聊闲天！什么工作态度？我要找你们院长。”

当中的一个瞟了陈伟华一眼说：“你火什么啊？找院长能把我怎样？开除

我？千万别整我，把我调县城去！那里工作压力大，我去了不习惯。”

“整你进县城？你做梦吧！”他同事笑。

陈伟华正要发作，外面走进来一位年纪稍长的医生。“这不是向村长吗？”他跟向大成打着招呼。向大成赶紧告诉陈伟华，这位是院长。陈伟华忍着火气问：“你是院长？病人肚子痛得那么厉害，话都说不出来，你们医院的医生不忙着抢救，倒有心思跟我抬横杠。”

院长被陈伟华说得不好意思，向那年轻医生呵斥道：“小刘，你又来！老这样，张狂得也太不像话了。还不赶紧过来？看病人啦！”

院长的训斥起了作用，二人赶紧走到病床前。二狗子神智渐渐清醒，却仍然止不住痛苦地哼哼。小刘问了问情况，做了些例行检查，而后下诊断说：“有点像是食物中毒引发的胃溃疡，不好确定，我们乡卫生院设备简陋，得赶紧送到县医院去抢救。”

陈伟华说：“既然这样，做个胃镜、拍个片子不就知道了？还可以通肠胃，用得着去县里？”得知陈伟华的身份，院长虽然有点不敢相信，态度却立刻变了，立刻叫那俩医生闪开，他亲自去给二狗子诊断。那俩医生怔怔地站在一边，面面相觑。

院长一边给二狗子看病，一边向陈伟华抱怨道：“陈书记啊，你刚说做胃镜？你还把我们医院真当回事了？这名义上叫医院，实际上不如大城市里一个社区服务站。经费紧张啊，莫说胃镜，连个血压仪坏了都换不起，你看这有啥设备？内科顶多治个头疼脑热伤风感冒，外科也只能抹抹红汞、擦擦碘酒。”他说完，也看完了二狗子的情况，最后对陈伟华说：“先开点止疼药吧，通通肠胃，然后还是到县里医院保险些。”

乡医院这样的情况让陈伟华直摇头，止不住对向大成说：“你说这叫啥医院？这点事就让去县城！”

接着，陈伟华又扭过头问院长：“你们也想想，农民动不动到县里，好几十里路，来回、吃住得花多少钱？以后要想法改善这里的条件！”

院长苦笑道：“我咋不晓得农民艰难，可是有啥办法？医院条件这么差，收入低，好的医生们都不愿调来，就是这么一个简单的情况呀。”

陈伟华无可奈何，怕二狗子的病耽误不起，对他说：“走，送你去县医院。”二狗子却不领情，推开他道：“我不去县里，别害我欠一身债。”

二狗子被几人强制送进了车，趁人不备又挣扎着跳了下来，捂着胸口强拧着往回走。陈伟华拦住他，大怒着说："你这人咋这样，不要命啦？你给我回去，大家都快点儿过来，帮忙把他再弄上车去。真是反了你了！"

大家七手八脚，完成了任务。陈伟华"砰"地一声关上了车门，然后掏出皮夹子，将钱包里所有的现金都掏了出来，塞到王师傅的手里说："够不够？"又转头问向大成："你身上有多少？"

向大成在口袋里掏了半天也没掏出几个子儿，颇为尴尬地说："我……好像没多少。"陈伟华将他手里那几个小钱一把抓了过来，一并交给王师傅，对他说："病人就交给你了，必须治好了才准回来。有任何问题直接给我打电话！钱不够我叫人送去。"

王师傅应承着，把车开往县城。陈伟华看着车子离去，对向大成说："向村长，刚才看病的钱就算我借你的，过几天再还给你。你先回去进一步做好村民工作，有什么事直接找我汇报。记住，不能再出乱子了，稳定大局最重要！"

向大成点头就像鸡吃米，这新书记，他服！

陈伟华走进乡政府。经过刚才的一番折腾，这会儿他还真感觉累了，肚子也饿了。乡政府的院子里已聚集了不少人，所有的乡干部都到齐了，只等着他发表上任讲话。

卓长富见陈伟华到了，眼神迅速环顾了一下四周，而后定在了一棵老树根上——这个院子里的制高点，一个天然的讲台。卓长富站到老树根上，向乡干部们说了："同志们，其实大家刚才都见过了，我现在就来跟大家正式介绍一下。"

干部们有笑着的，掌声立刻哗啦响起来，着实热烈地响了一阵。

卓长富点了点头，场面话是说得多了的，这点难不倒他。只听他接着道："陈书记大学学历，文凭高，又有丰富的农村工作经验，之前靠着扎实的工作作风和顽强的开拓精神，到一方就造福一方！我们乡有了这样的领路人，整个梅山就有希望了！让我们再次用热烈的掌声欢迎我们陈书记！"

掌声更加响亮。卓长富从老树根上跳下，老树根随着他的动作一晃，差点把他摔了个趔趄。干部们随之哄笑声起，一个干部趁机打趣："乡长，小心闪着腰，不然嫂子明天早上要找我们算账了。"

大家笑得更厉害了，陈伟华也跟着笑。

等都笑过了，卓长富这才把在场的干部们一一介绍给了陈伟华。在介绍到一位女干部时，陈伟华与之相视一笑。卓长富见状，打着哈哈：“陈书记，这位漂亮的大美人是我们这儿仅有的女干部，妇联主任兼宣传委员！噢，是刚调任花关镇党委书记的万锋强的夫人。”

陈伟华笑着点了点头说：“林主任就不用介绍了，我们认识。”卓长富摸了摸脑袋，恍然大悟道：“看我这脑筋！按说这是个秘密，不过这关系也瞒不住，不如早点公开算了，免得以后大家开起玩笑没个分寸。”

卓长富随即转向众人，告诉大家：“陈书记的未婚妻跟我们林玉芬主任是同宗的堂姐妹，也就是说花关镇的万书记跟咱们梅山乡的陈书记是‘一担挑’的未来连襟！”

卓长富郑重地向大家介绍完，又调侃林玉芬：“你们之间不知有没有什么精彩的故事让我们下酒？”

林玉芬嘴一咧，露出一排雪白的牙齿，笑着说：“你们别打算拿我们当下酒菜，我们老林家姓大，虽说一个湾里住着，但是已经是第五代了，要不，陈书记和我还真该回避呢！”

林玉芬的话倒让陈伟华不好意思了，跟大家说：“我未婚妻是姓林，跟林主任是一个大村住着，是堂姐妹，这不假，可咱们都是党员干部，国家公务员，同志之间无亲疏嘛。没听说过吗？亲戚连亲戚，一直连到北京去，要说五百年前咱们在场的说不定都是一家子呢。怎么样，大家都饿了，赶快吃饭去吧！我可是饿鬼赶投胎呀。”

大家一阵笑。卓长富催促说：“那就快走，啥都不说了！大伙都等了几个钟点了，还真是饿坏了！走，同志们立刻杀到‘老友记’去。我的天，都下午了，之前叫做的饭菜估计都馊了！”

乡干部们一阵乱脚疾走，来到“老友记”餐馆。餐馆极其简陋，房间里并排摆着两张大圆桌，桌上摆满了菜，旁边放着一箱酒。这是专为陈书记接风准备的，可比不得花关镇的排场了。大家把陈伟华和卓长富拥到了坐席的中间，随后依次坐下，满满当当两桌人。卓长富站起来说：“乡里班子四大家四套人马共十九人，陈书记来了就正好二十个，吃饭刚好两桌。今天到得很齐，同志们，咱们就在这儿再次欢迎陈书记的到来！”

饭店老板娘葛小玉走了出来，打过招呼后便开始殷勤地为大家斟酒。卓长富指着葛小玉诙谐地向陈伟华介绍说：“这是小葛，葛老板，她可是我们‘老友记’的大美人儿。她对我们大家只负责两陪——陪吃饭、陪喝酒，只有我们许文才同志才能享受到她的第三陪服务。”

大家一阵笑。许文才不好意思了，连忙说：“卓乡长笑话我了。陈书记，这是我的那位，叫葛小玉。她干别的不行，做饭洗衣还可以。陈书记一个人在梅山生活没有人照顾，衣服脏了只管拿来，没地方吃饭只管过来。这餐馆虽说是经营性的，其实也没指望它赚多少钱。”

陈伟华知道这餐馆是许文才爱人开的，于是一阵客套。大家吃起来，酒过三巡后，场面也跟着变得热烈。只听卓长富放下杯子感慨道：“说实话，陈书记，你来梅山可真要受罪了。我跟许副书记和你不一样，我们俩是土生土长的本地人。还有在座的各位，大家在这儿呆着，也都受苦了！”

卓长富是个诚实人，觉得让大家陪着本地人受苦甚是过意不去。接着他又端起酒杯对大家说：“但只要肯到梅山来，就是一种牺牲，干不干事都是一种贡献。特别是陈书记，我知道你来梅山当这个书记心里不好受！唉，也是屈了你呀，来！我们全体班子成员代表梅山两万百姓再敬你一杯！”

大家举杯一饮而尽。接着乡干部们开始单独向陈伟华表示心意，面对简单的酒席和干部们的真诚敬意，陈伟华举起酒杯，说道：“我是个直肠子，有话不说憋不住。今天谢谢大家了！我来这儿，就一句话，不把梅山搞上去，我陈伟华决不离开。酒我们就不要喝多了，老百姓看见影响不好！以后等把梅山经济搞上来了，我再陪大家喝个尽兴，好不好？”

乡干部们肃然起敬，都说这个当然最好了。忽听门外警笛声大作，一辆法院的警车呼啸而至，在梅山乡政府门口“嘎”一声停住。

一名出去打探情况的干部惊惶失措跑进来，上气不接下气地叫道：“卓……卓……卓乡长，县……县法院来……来……来了一帮人！”大家正不知道发生了什么事，闻言都吃了一惊。卓长富更张皇失措，脸色也变得煞白。

陈伟华还在纳闷到底发生了什么事，两名戴着大盖帽的法官已经板着脸走进来了。其中一名问：“请问哪位是乡长？”

卓长富赶忙迎上前，勉强笑着打招呼：“我是，我是……来来来，今天我们新书记到任，才开完欢迎会。一块儿先喝两杯再说……”岂知那名法官毫不领情，一摆手说：“谢谢了！我们是法院执行庭的，不受请吃。本院上月二十一日下达的开庭通知，你们拒不到庭应诉，我们只有依法进行缺席审判。判决书下达后你们又不申诉，现在已经进入执行程序，请你们配合。”

紧接着另一名法官展开一页纸，念起了终审判决书。就这一转眼工夫，门外已聚满了围观的群众，水泄不通。有人窃窃私语，有人大着胆子探头往里看。几名荷枪实弹的法警挡在门口，维持着秩序。

判决书针对梅山乡担保所属梅山造纸厂、梅山农机修造厂、梅山木器厂、梅山化工厂四家企业向县工商行贷款一案，要求归还银行欠款本息加罚息共计二百七十多万元。但鉴于这四家企业已无力偿还的实际情况，法院判决：对梅山乡所属造纸厂、农机厂、木器厂、化工厂的房产、土地及设备依法抵押拍卖；抵押财产拍卖所得与实际欠款总额相差的部分，法院决定对担保负连带责任的梅山乡政府拥有的办公大院土地、货车及吉普车同时予以抵押拍卖；同时要求梅山乡政府承担案件受理费两万元，要求在十日内到县法院缴清。

法官大声念完判决书，陈伟华一直专注地听着，没插一句话。法官把判决书递给卓乡长，说：“请乡长签字，之后我们将立即查封。”卓长富头冒虚汗，大脑一片空白，却坚决拒绝签字，说：“我不能签，这两百多万没有一笔款子是我这任乡长贷的。”

那位法官拿卓长富没辙，只得向他解释说：“当时为这几家企业办贷款手续的是乡经委，还注明由梅山乡财政担保。乡经委属于乡政府部门，你现在是乡政府的法人代表，我们履行的是法律程序，请你配合。”

卓长富看着判决书，脸色由僵到红，又由红转而煞白。到最后，觉得理屈顶不住了，终于松动下来：“好，我签，我签！”但他抖索着，半天也没从身上摸到笔。法官拿出自己的递给他，卓长富正要签，陈伟华却一把按住他说：“不能签！”

在场的人都一愣。陈伟华转头对法官说：“我是梅山乡新来的党委书记，叫陈伟华。这事我做主！”法官点头说：“书记签也行。”陈伟华把卓长富手上的判决书拿了过来，仔细看了看，然后抬眼望着法官说：“乡政府都抵押给你们了，那我们这一级政府难道就在露天里办公？”

法官进一步解释说：“我们扣押的只是土地，办公室等附着物你们可以暂时继续使用，等还清了贷款再解除扣押。”

陈伟华觉得这也不行，于是恳求法官说：“我能不能向法官同志们求个情？你们看，款子也不是我们这任班子担保贷出的。我今天刚来，能不能容我了解了解情况，然后我们再给法院一个答复？”

法官拒不同意，这个案件已经属于宽大处理，判决书的执行期也已过了，必须现在执行。陈伟华只得向两名法官赔着笑脸商量，提出了三条意见：第一，能不能不封车？乡里的吉普车破成那样也不值几个钱，但它是乡政府联系工作唯一的交通工具；第二，那辆卡车也能不能不封？梅山离县城那么远，乡里修路、农民建房、农产品买卖都指着它；第三，乡政府土地不能抵押，而且这山沟里，土地抵了也变不成钱。最好的办法是给乡政府留点面子，让大家想办法招商引资，改组现有企业，把死厂盘活，发展经济。

陈伟华的请求根本打动不了两名法官，他不得不再三保证：“请法院相信我们，一年为期，我保证用现款垫还工商银行，把所有欠款全部还清。”这话还有点意思，其中一名法官稍稍缓和了一些。但另一名法官却坚持要执行，对陈伟华说：“陈书记，现在说这些没用，我们也做不了主。我们这是执行法律程序，对不起，请你配合我们的工作。”

陈伟华笑容僵在了脸上，火气也跟着上来了：“你要封我们乡政府的车，抵押我们乡政府的土地你让我怎么配合？配合你们了我下一步的工作还怎么展开？贷款是企业与银行之间的经济往来，怎么赖到政府头上了？”

梅山乡虽穷，但干群关系不错。围观的群众中也有人愤怒地喊道：“一部破车都要拍卖，那以后我们运东西怎么办？这事儿我们人民群众坚决不答应！”众人纷纷回应道：“是啊，我们梅山已经够落后了，还要查封我们乡的东西，那还叫不叫我们活啦……”

老百姓们群情激奋，几名胆大的开始往餐馆里拥，与把门的法警发生了推搡。见此情形，两名法官更是拉长了脸，其中一名法官说：“乡政府用财政担保贷的款，不找你乡政府找谁？”

陈伟华脾气已经上来了，可不买账，说道：“用政府财政为企业担保贷款本身就是违规的，谁让银行他们放贷了？依我看，你们这样判决也是不对的。这字我们不签！”

“你是说我们法院判错了？”那名法官也气急了，声音抬高了八度。

陈伟华反问道："法院就不会错吗？"声音也不低。站在他身后的林玉芬吓坏了，赶紧扯了一下他衣袖，暗示他注意说话方式，却被陈伟华一把甩开。

那名法官不再跟陈伟华闲扯，而是码着脸，语气严厉、不容反驳地说："我们先封乡政府的车。你们要有什么意见和理由请以书面形式送达法院！"

陈伟华的倔劲也完全上来了，一掌拍在桌上说："今天你们不把道理讲清楚，我们就不能配合，你们也不能封！"

那两名法官气急败坏往门外走。陈伟华快步上前，将二人堵在了门口。门口的群众见陈伟华不含糊，有了撑腰的，堵得更紧了。其中一名法官冷冷地瞥了一眼陈伟华说："陈书记，你不要妨碍法院执行公务，为难我们！"

堵在门口的两名法警见场面不对，上前对陈伟华说："你有什么意见，请跟我们到法院去说。"陈伟华见这是解决问题的唯一办法，于是劝开众人，要跟他们走。卓长富急了，追出来，大声喊道："反了，反了，要带我们书记走？都愣着干什么？快喊人！叫他们离不开梅山！"

乡民们听见乡长的指令，"嗷"一声叫唤，顿时蜂拥过去把警车围了个水泄不通。有不明真相的群众说："哪有这么不讲理的？法院了不起吗？就可以随便抓人?!" 还有村民说："这么欺负我们梅山人啊！来乡政府抓人！把他们车子抬到坡上去。"

法警们赶忙上前，想要喝退大家，却根本不起作用。村民们有的伸手拍车顶，有人踢车轮，这下法警们全慌了。法院执行庭长也急了，赶忙拿出警车里的扩音话筒高声警告着。

场面越来越混乱，法院警车被团团围住，动弹不得。两名庭长怕事态升级，不断地告诫法警："不准还手！不能伤害群众！"

见乡民们情绪越来越激动，危急当中，陈伟华甩开法警，大步走上餐厅台阶，大声喊话："乡亲们！乡亲们！你们不要冲动，不要干蠢事！大家也不要慌，谁也不要喊。法律面前人人平等，我又没犯法，他们能把我咋样？大家还是快点散开，好让我跟他们去把这事解决掉。"

陈伟华的喊话总算稳住了乡民。陈伟华走到法官身边，说："我跟你们走，动作快点，等会儿我可不敢保证。不过到时候还要麻烦你们把我送回来，我们乡里可不给你出汽油钱！"

卓长富眼看陈伟华真的要被带走，冲上去挡在警车车头说："要带把我也带走，我是乡政府的法人！”林玉芬也挡了上来说：“你们要带人把我也带走。”干部们纷纷迎上来，又把车挡住不放。群众见状又围上来了，气氛再次紧张起来。

陈伟华心情十分复杂，劝卓长富说道：“卓乡长，领着大伙退回去，各人去干各人的事。放心，我陈伟华在梅山是扎了根了，谁也别想让我离开这儿。”

法警打开车门，陈伟华坐了进去。

警车在围观乡民们让出的车道中驶出乡政府，随之呼啸而去。卓长富看着远去了的车屁股，歇斯底里地吼叫：“封吧！你们封吧！干脆把乡政府的门也封上，我早就不想办公了。有本事你们把我们全乡老百姓都抵给银行，明天我就把梅山两万老百姓都喊到你们法院去！”

卓长富喊着喊着，一屁股坐在了地上，竟呜呜咽咽地哭了起来。林玉芬心里也很难过，劝说着：“卓乡长，哭不是办法！事不宜迟，赶快给县委打电话，先报告组织部邓部长。”

第二天，县法院蒋院长正在办公，县委组织部部长邓清明敲开了他办公室的门。邓清明是专门就陈伟华的事来找蒋院长要人的。对于陈伟华“妨碍执法”这件事，蒋院长的解释是：不是法院故意为难梅山乡陈伟华，陈伟华作为领导干部当着所有群众的面直接顶撞执法，实在是让法院难堪。

邓清明打着哈哈，帮陈伟华连赔不是，而后向他求情道：“陈伟华是我的老同学，也就是这么个犟脾气。蒋院长，你就多理解，他这么做也不是冲着法院的人来的。你看他上任第一天，就遇到咱们法院要查封梅山乡的财产，你说他能不着急吗？”

蒋院长说：“现在国家就是要加大执法力度，不能像以前那样判决容易、执行难，我们的工作也需要各级领导和群众的理解和支持。”

“支持当然要支持，但大家也要互相支持。”邓清明说。然后告诉蒋院长，梅山的情况确实很难，乡里连一辆像样的车子都没有，法院把那台老爷车扣了，他们进城办事就真难了。

“法院有法院的程序，可也得有所区分。”说到最后，邓清明向蒋院长商量道，“那些没用的东西就先别执行了，梅山乡的那些欠款，我一定督促陈伟华尽快想办法偿还。法院能否多给他一点时间，就算是对梅山乡的支持？”

蒋院长碍于邓清明的面子，同意支持梅山乡的工作，却挑明要账的是工商银行那边，法院无能为力。邓清明想了想，当即答应去找工商银行做工作。

最后，蒋院长提了个要求：“陈伟华有脾气，我们那两个执法的庭长也有点脾气，这事还是陈伟华错在先，让陈伟华当众给他们道个歉，这事情就算是过去了。”

邓清明答应了蒋院长的这个要求，并让蒋院长带他到拘押室里看看陈伟华。蒋院长笑呵呵地说：“什么拘押室？不经过县委同意，我们敢让他住拘押室吗？我把他安排在县法院招待所呢！”

蒋院长把邓清明带到法院招待所，陈伟华正百无聊赖地躺在房间里看电视。房间的地上，随意地丢着几个空啤酒瓶和未洗的碗筷。

陈伟华一见邓清明驾到，一蹦子跳了起来，激动地说：“组织终于来解救我了？”邓清明向四周打量了一下说：“你小子还很享受嘛！”

陈伟华整理着床上散乱的被褥，实话实说：“到底还是人民法院，不会亏待人民的干部。这不，每顿三个菜，还给整点儿啤酒，比我在乡里生活还要好。要不是乡里工作丢不开，我倒想呆在这儿不走了。”

邓清明坐到床角，摇摇头笑着说：“你这家伙！怎么就改不了？一个乡党委书记一上任就让法院弄走了，真不知道你下一步怎么开展工作。”

陈伟华哈哈大笑：“乡里伙食都开不开了，我这个书记还要啥面子？只要法院不扣押乡里的东西，我掉这个底子也值得。”

邓清明没空和他瞎扯淡，直截了当地说：“院长给了我面子放你走，可有一条，你也得给我面子，当面给那俩庭长道个歉。”

陈伟华一听，也有条件：“道歉可以，他们得停止执行，梅山欠的钱到时候我保证还。”

邓清明无可奈何地道：“行，这我都替你跟院长说好了，不过你的态度一定要诚恳。”陈伟华再次哈哈大笑着说：“只要不封政府的车，不抵押政府的地，道歉算个啥？我们这就走！”

陈伟华说着，在镜子前整理了一下着装，和邓清明出门而去。

走了两步，他又停下来，附在邓清明耳边悄悄说了两句。邓清明听他说完，白了他一眼道：“你这人咋得寸进尺？还想让那俩家伙送你回去？呵呵！我要不是组织部长我就真不管你这档子事儿！但谁让我是呢？”

三　新官上任

从堂姐林玉芬那儿获知陈伟华被法院带走的消息，林英琴就心急火燎地赶到了县法院。但她在法院门前徘徊了许久，没法得到一丁半点关于陈伟华的信息。无奈之下，她只好向法院门口的门卫询问，却碰了一鼻子灰。

林英琴带着一线希望拨打邓清明的电话，可令她失望的是，邓清明的电话一直处于关机状态。林英琴茫然地看着法院那庄严的大楼，忽然门口的铁栅栏开了，一辆带有法院标志的车呼啸着冲了出来。林英琴不经意地瞥了一眼，赫然发现坐在前排座位上的竟然就是陈伟华！

林英琴惊喜地向车上呼喊挥手，可那车速实在太快，“呼”地一下从她身边飞驰而去，陈伟华压根没看见她，让林英琴沮丧不已。

刚才邓清明陪同陈伟华去了县法院院长办公室，两名执行庭法官早已在那里等着。陈伟华看上去心情沉重，上前先给蒋院长深深鞠了一躬，又转身向两位法官再鞠一躬，痛定思痛地说：“院长大人，法官同志，只怪我平时学习不够不懂法，所以干出了干扰执法的蠢事儿。不过，你们想，县委派我去当梅山乡党委书记，一到任你们就要封我的院子，扣我的车子，这不是给我难堪吗？”

这话儿不中听，法院的三位不吭气，先耐住了火。陈伟华接着说：“再说，我既然到了梅山，就得站在梅山乡的利益上想事儿。你们到梅山去扣车封院搬东西，别说我是个书记，我就是梅山的一条小哈巴狗，它也得叫两声不是？”这话把蒋院长和两位法官都逗笑了，院长见好就收，上前握住陈伟华的手说：“陈书记，让你受委屈了，可我们是依法办案啊。这两天照顾不周，你多理解、多担待。”

陈伟华继续一本正经地表决心：“今后我一定加强学习法律知识，拜法院的同志们为师！”邓清明听了不耐烦，上前拉住他说：“行了行了，人家早就原谅你了。别搞得跟个小毛孩似的，哄骗谁呢？说这种幼稚矫情的话，大家都不爱听了！”

蒋院长打着哈哈，见已近午饭时间，便客气地要留饭。邓清明连连推辞，陈伟华却说：“蒋院长，饭就不吃了，不过……”“不过什么？”蒋院长问。陈伟华这人说话不肯吃亏，死要面子，他真怕他又说出点逆耳的来。却听陈伟华说：“能不能借院长的车跑一趟梅山，送我回去？”

蒋院长一愣：“我的车？”

邓清明赶紧打圆场说：“不用麻烦院长了，伟华，我让组织部派车送你回去吧！”

陈伟华却坚持：“邓部长，那不行，还是要法院的车送我回去，他们当着全乡干部和群众的面把我带到法院，我走的时候说过，法院咋把我带走，还得把我咋送回去，要不我今后怎么在梅山开展工作？”

院长似乎明白了陈伟华的意思：“陈书记，看来你还是对我们法院的工作有意见啊。”那两位庭长也听出了陈伟华的意思，不乐意道：“你们的车和财产我们都给你留下了，你还要我们送？”

陈伟华说：“话不是那么说。是你们带我来的，当然得把我送回去了。要让我留下也行，这儿好吃好喝管招待，那我就住着不走了！”

两位法官听了心里十分不爽，正要跟陈伟华理论，却被蒋院长拦住了。蒋院长将目光投向邓清明，说：“邓部长，你看这……”邓清明也觉得陈伟华这样有点过分，左右为难，只得劝说他道：“伟华，蒋院长和几位庭长都对梅山工作理解支持了，人家已经这样了，你就别不够意思了。”

蒋院长脑筋忽然转过了弯儿，满口答应同意送陈伟华回去，并且说：“法院派车送陈书记回梅山没问题，能为县委领导服务是我们的荣幸，梅山工作我们会大力支持！”邓清明虽不明所以，却顺势说道：“那太好了。”

两位法官虽满脸不高兴，也只好执行院长命令。陈伟华在车上把车座使劲压了又压，探头出来得意地说：“好家伙，不一样就是不一样！当了这么多年乡长、书记，坐院长这样的好车，我还是大闺女坐花轿，头一回呢！”

陈伟华安然无恙回到了梅山，乡干部们个个惊喜不已，庆幸法院的风波总算平息了。而电镀厂的纠纷却还没有完全解决，陈伟华顾不得休息，连忙带着卓长富、许文才、范升仕等几人赶到黄花山村浩源电镀厂。

刚到厂门口，马跛子立刻迎了过来。趁着陈伟华跟周围的几位村民打招呼之际，马跛子悄声问许文才：“许副书记，怎么办啊？”

许文才明知故问：“什么怎么办？”

马跛子用乞求的眼神望着他说：“您给发个话啊。”

许文才说：“现在我发话还管用吗？正职来了，我这个副职就得靠边站。”

马跛子不无担忧地说：“那我们这个厂不会真要关吧？”他的声音低得没有半点底气。

许文才把声音压得更低：“生出来的娃娃，还能给塞回去？在梅山，谁说了算还不知道呢。”

马跛子人不傻，听出了话里的意思，脸上立刻露出了笑容。

村民们得知陈伟华又回到了电镀厂，纷纷聚到了厂门口。大家看到陈伟华，纷纷向他打招呼问好。二狗子爹也来了，陈伟华上前安慰他说：“大叔啊，放心，二狗子去了县医院就能知道得的啥病了。”

安慰完二狗子爹，陈伟华又转身把许文才叫过来，问他：“听说村民们反映电镀厂污染环境，有没有这回事？”

许文才看了一眼旁边的向大成，否认道：“陈书记，你别听人乱嚼舌根子，根本没这回事儿。污染问题我们事先都已经考虑过了，绝对没问题的。”

陈伟华对许文才的话不置可否，又把征询的目光投向了卓长富。在陈伟华的目光直视下，卓长富不禁低下了头。

陈伟华在厂门前走了几步，站在村民们面前，说：“乡亲们，关于电镀厂的事情，对不起大家，我还没有做过充分了解，现在是到实地来考察的。我今天来不是给大家交代的，让大家失望了！前天到的这儿，当天下午被法院带走了，今天刚回来。这里究竟有没有污染，污染有多严重，我一定会查个水落石出。到时该咋办，就咋办！”

村民们闻言面面相觑，满以为今天能听到个处理意见，却没想到陈伟华会让他们都回去。

见村民们迟迟不肯走，向大成站了出来，说：“陈书记是个实在人，他不会坐视不管的。我向大成信得过他，大家也应该信得过他，都回去吧。”聚拢来的村民们听了这话，这才从电镀厂门前散开。

陈伟华转过身对马跛子说：“麻烦你给厂里的负责人通报一声，就说我陈伟华想要进厂看一看。”马跛子看着散去的村民还在暗自高兴，忽然听陈伟华说要求见厂长，顿时傻了眼。他无奈地望着许文才，陈伟华也顺着马跛子的眼光看过去。许文才狠狠瞪了马跛子一眼，说：“你个马跛子，看我干啥呀？还不赶紧跟你们厂长说，新来的陈书记要参观电镀厂！”

马跛子慌忙“嗯”了一声，说：“好，一会儿，一会儿……”

见他唯唯诺诺应承着，却又不肯立即动身，陈伟华说：“不是一会儿，是现在！就现在！”

马跛子只好一瘸一拐地走进厂里，把厂长涂光义找了出来。涂光义来到厂门口，见一众干部正等着他，立刻满脸堆笑道：“哎呀！许书记，还有各位，稀客稀客。各位光临指导，真是欢迎得很啊！”

许文才赶紧把陈伟华介绍给涂光义，涂老板走到陈伟华跟前，恭恭敬敬地跟他握手，热情不已地说：“陈书记，欢迎欢迎！实在欢迎啊！”许文才适时说：“陈书记，这位就是电镀厂的投资方‘浩源集团’的老总涂光义。”

陈伟华直接提出要求：“涂总，你好。我想进你们厂参观参观可不可以？”涂光义毫不犹豫地答应道：“当然可以。不过，我们厂里没有什么准备，怕是怠慢了陈书记啊。您看，这都到了吃饭的时间了，要不咱们先吃饭，再看厂？”陈伟华推辞了，执意要立刻看厂：“饭我们就不吃了！涂总，我就随便看看，你们厂是我们梅山唯一的一家工业企业，我到的第一天就应该来看看的。”

他不由分说就往厂里走。涂光义一呆，赶紧跟上。随之又一步抢到他前面说：“陈书记，我来给你带路。”

进到厂子里，陈伟华一行人来到车间里参观。一进车间，大家就被弥漫着的一股呛人气味熏得捂上了鼻子。涂光义解释说：“陈书记，我们厂刚建，味道有点大，有点大。”

走近电镀处理用的污水池前，陈伟华问涂光义：“涂总，这些污水有没有经过环保处理？”

涂光义结结巴巴地说：“有，有，当然有……”

陈伟华听他说得含糊，于是紧逼不舍地说：“带我去看看吧。”涂光义见陈伟华像是要来真格的，急忙借口说："那没什么好看的，味道大得很。许副书记啊，工作餐已经安排好了，你看……"

许文才知道涂光义没辙了，是在求助他。关键时刻连忙站出来解围道："陈书记，厂里面味道比较浓，咱们就走吧。先吃饭，大家边吃边聊。"

陈伟华却坚持说："既然来了，就要好好看看。刚说了，饭就不吃了。要吃饭，以后也有的是机会。怎么样，涂总，带路吧，我们去污水处理的地方看看。"

万般无奈之下，涂光义只好带着一行人来到工厂的污水排放口。排污口中，黑乎乎的污水未经任何过滤和处理，直接流入了不远处的一条小河里。眼前的景象让陈伟华大跌眼镜，根本无法相信，问涂光义："这就是你们的环保处理？"

涂光义脸色难看到了极点，皱着眉头望向许文才。许文才只得继续帮他解围："陈书记，要全面完善地污水处理，需要一定的资金投入。当初建厂的时候我们请监测站的同志来化验过了，没有多大的污染的。"

陈伟华指着眼前的黑水说："这叫没多大污染！这是哪里的监测站？卓乡长，你们把水和土壤都取样，明天送到县环保局请专家化验，并请县环保专家对这家浩源电镀厂周围土壤和流出的水的污染做全面的检测！"

卓长富答应道："好吧，我们尽快到县环保局落实这个事情。"

在污水河的不远处，也就是厂区对面，一片土地被推平了。陈伟华看着，不禁又皱起眉头问："这对面的地是怎么回事？"

许文才说："这是准备扩建的电镀厂房，等到建成，又能解决一大批的劳动就业问题。"

看到这状况，陈伟华的心情更复杂了。如果这个厂子不关停，可以给乡里带来一笔财政收入，但换来的后果将是不堪设想的。一旦把这个厂关停，不但要赔偿损失，还要招来很多方面的压力，更会招来不明道理的群众和个别乡干部的怨恨。

刚来梅山上任就遇到这么一个棘手的问题，陈伟华左右为难。他拿出一根香烟点上，长长地吸了一口。沉思了半晌后，便带着众人离开。

涂光义又忙不迭地跟上，说："陈书记，陈书记，你这难得来一次，饭都没吃上，说不过去啊。无论如何，把饭吃了！许书记，你给留留，都准备好了，千万别浪费啊！”

陈伟华头也不回地往前走，说：“饭就真不吃了，回去还有其他事情。我们走了。”卓长富、许文才、范升仕跟着走出去，涂光义一把将许文才拉到一边说：“许副书记，这新来的陈书记怎么架子这么大啊？”

许文才低声说：“新官上任三把火，都这个样子。慢慢来，这个人我也还有点吃不准！”

涂光义担忧地说：“那不会第一把火就烧到我头上吧？许副书记，当初我可都是给了钱的。”

许文才安慰他说：“涂总，你着什么急啊？放心，有我在呢。当初给你搞到了批文，你可是正正规规的企业，可不是什么想烧就能烧的，放心吧！”

从电镀厂出来已是正午，一行干部回到乡政府，在饭堂吃工作餐。陈伟华说：“慢着，慢着，吃饭之前我有话要说，保管大家吃得更香。”

大家都停了下来，不知道陈伟华的葫芦里又要卖什么药。陈伟华向大家说：“别人都看不上梅山，都说梅山苦，我看不见得，我到梅山来，一路看到的是一片风景秀丽的梅山。虽然在莲花县，我们梅山是排不上号的小乡，那是因为大家还没有看到梅山的资源，不知道怎么去开发。咱们莲花县里最富的是哪里？花关，可花关离咱们梅山有多远？也就隔了一座山，才几十里路，花关有咱们莲花最大的工厂企业，有咱们莲花县最好的城镇设施，那是历史环境留下来的。我们梅山的条件不比花关的差，我就不信，只要咱们大家抱成团，奔着一个目标去，不信梅山就成不了莲花县第二个花关！”

陈伟华的话，大家也都没听出个啥名堂。卓长富放下筷子再次感慨道：“说实话，陈书记，你来梅山可真要受罪了。”陈伟华把手一摆，打断他道：“老卓，你又来了！大家别以为我刚才的话是什么新官上任的豪言壮语，空头支票。梅山有什么好，我看在眼里；有什么不好，今天我也看在眼里了。梅山的发展要走自己的特色，要结合自身的情况和特长，不能一味跟人家学。就拿这个电镀厂来说吧，我觉得就并不适合咱们梅山。”

电镀厂的投建和许文才有千丝万缕的关系，一听说有可能要关闭，许文才的脸色马上就不好看了。陈伟华并没有注意到许文才，将眼光扫了一圈，问：“在座的有多少人以前去过那家电镀厂？”

在场的人没一个出声。

陈伟华说：“电镀厂的污染情况非常严重，很多地方都不符合环保标准，而且建厂并没有得到当地群众的同意，现在群众意见非常大。”干部们听着陈伟华的讲话，不知所措。陈伟华却越说越激动，坐在旁边的林玉芬赶紧起身打圆场：“哎呀，吃饭就吃饭，不谈工作。刚才会上不说，现在会后才说。吃饭，吃饭！”

许文才有话憋不住了，就电镀厂的情况，要跟陈伟华做个解释。陈伟华点了点头，许文才说：“要从经济发展水平和财政状况来看，多少年来，我们梅山乡都是县里的倒数第一。我是个土生土长的梅山人，梅山这么落后，我一直是看在眼里急在心里的，所以才千方百计，好不容易找来了一家企业。这事是上届乡党委政府集体讨论一致同意批准的，工厂建在黄花山村，投厂不久就产生了经济效益，并解决了部分农民的就业问题，这是一个天大的好事啊。但这个村的村长向大成，可能因得不到什么好处而意见很大，老煽动村民闹事。投资老板热情很高，想把企业做大，才决定扩建厂房并征用部分土地，现在已解决了扩建厂房土地的‘三通一平’。而向大成利用自己在一部分村民中的威信和影响力，老在这当中作梗，我们乡党委政府是夹在中间两头为难啊！”

陈伟华插话说：“办厂确实是件好事，梅山的确需要发展，但是这个利益必须是追求长期的，不能就为了眼前的经济效益，牺牲了长远的利益。污染是个事实，我们都亲眼目睹的。”

听了这话，许文才沉不住气了，对陈伟华说：“陈书记，您这话是说得没错，可是这大家的吃饭、穿衣等等都需要钱啊，人总不能看着远处的风景喝西北风吧？”

许文才说得在理，噎得陈伟华一时无语，不禁有些尴尬。这时候，陈伟华的手机忽然响了。

电话是司机王师傅打来的，王师傅还没说两句，陈伟华就连忙问起了二狗子的病情。王师傅告诉陈伟华说二狗子被检查出严重的铅中毒，必须住院。

听到这个消息，陈伟华沉默了一会儿，嘱托王师傅看护好二狗子。陈伟华挂了电话，看着大家说：“二狗子被查出来是铅中毒，等县环保局的化验结果出来，如果的确有污染，那我们就要采取措施。必要的话，该关停就关停。”

大家都不好表态，一时个个沉默不语，自顾自低着头吃东西。

晚上吃完饭后，陈伟华回到了林玉芬帮他安排好的宿舍里。宿舍干净而朴素，生活用品一应俱全。放好行李，林玉芬帮他打来洗脸水，絮絮叨叨地说：“累坏了吧？梅山的条件不好，不过这里还算干净，床单被褥都是我从家里给你带来的，都是新的没用过。牙刷口杯毛巾香皂都给你买好了，你要有换洗的衣服就堆在一边，我一个星期给你收一次。”

陈伟华笑道：“早知道你给我准备那么多用品，我就不用带行李了。”林玉芬把毛巾递给他，说：“赶紧洗把脸吧。英琴跟我说过了，怕你工作起来什么都忘了，要我好好照顾你，我可不敢得罪这个女强人啊。”陈伟华说：“我又不是什么孩子，还要人照顾，你去忙你的吧。”

林玉芬直话直说：“你刚来不久，情况不是很熟悉，对大家也不了解，我总觉得是不是太那个了一点。”

陈伟华觉得她话里有话，就说：“哪个呀？我陈伟华说话做事就是这个劲。”

林玉芬说：“要不然人家也不会在你背后叫你陈蛮子啊。”

陈伟华说：“呵呵，我跟你们万锋强不一样。他是八面玲珑长袖善舞，我就是个土包子。”

说到了万锋强，林玉芬就不再往下说了。林玉芬找了个理由告辞出来，临出门的时候，陈伟华叫住她说：“对了，我看到咱们乡这里还有广播站啊，你在学校时可是个资深的广播员，怎么样，重操旧业吧？”

林玉芬笑着答应道：“真是怀念大学的那一段日子啊！行，明天我试试看吧。”

等林玉芬离开后，陈伟华从衣兜里掏出一根烟，推门走到了阳台上。陈伟华看着梅山的夜景，呼吸着清凉的空气，点上一支烟深深地吸了一口，陷入了沉思。

次日早上，陈伟华起了个大早。清晨的空气中弥漫着乡野间的清新气息，他走到院子里，使劲呼了呼气，而后伸了伸腰，似乎有使不完的劲儿。他心情舒畅地在院子里跑了几圈，边跑边看了看手表，已经到了七点半钟。

陈伟华心里惦记着林玉芬的广播时间，于是快步走到广播室门口，犹豫了一下重重敲响了门。

“林主任……在不在啊？林主任？” 陈伟华在门外问道。门开了，林玉芬从广播室里探出头来说：“瞧把你心急的，我正在预热机器，马上就响了。”

林玉芬把陈伟华让进广播室，她先放了两首爱情歌曲，被陈伟华认为不够鼓舞人心。林玉芬只好放起了革命老歌，陈伟华这才拍手称赞说：“这听着才来劲，以后把这些老歌每天早上放一遍，等到七点半把昨天的通知再重复广播几次。”

广播喇叭里播放的歌声响彻乡里，还在睡梦中的干部们纷纷被吵醒。过了一会儿，歌声停止了，换成了播音员林玉芬清脆甜美的嗓音：“梅山乡广播室，现在开始广播：经乡党委决定，从即日起每天早上八点实行早点名制度，希望在职在岗的干部职工准时参加。集合地点，乡政府大院七棵树底下。”

广播通知反复播放了几遍，乡干部们怨声载道，三三两两打着哈欠、伸着懒腰从低矮的平房里走出来了，到乡政府大院里集合。陈伟华蹲在七棵树底下不时地看看表，等了一会儿，已是上午八点半钟，人还是稀稀拉拉没来齐。

陈伟华起身对乡长卓长富说：“开始吧。”

卓长富扫视了一下人群说：“还差不少人呢。”

陈伟华不打算再等了，示意卓长富开始点名。卓长富摊开花名册，挨个叫名字：“陈书记！”

“到！”

“许文才书记——”

无人应答。

“范升仕助理——”

“没来——”

点名结束后，陈伟华查看记录，缺席的人着实不少。陈伟华板着脸对卓长富说：“今后点名要形成长期制度，今天缺席的同志暂时不记账，但回来要说明事由。以后凡是点名缺席又没请假打招呼的，一律登记在册，该扣工资的就扣！”这话引起了一些干部的不满，开始小声喧哗起来。

有人说：“新书记又烧三把火了，竟然搞起人民公社那一套。”

有人沮丧：“晚上的娱乐活动这下泡汤了，以前早上九点钟才点卯，打牌想打多久就打多久。”

陈伟华的目光从干部们的脸上一一扫过去，严厉地说：“我们乡是一级政府，在老百姓眼里都是政府干部，要有点干部的形象。尤其是我们梅山的干部，就更要有股子精气神儿！”

干部们被镇住了，停止了喧哗。范升仕这时候才到，不声不响地挤进人群里的一个角落，抱怨道：“毕业十年后第一次起这么早，本来好端端的一个梦硬给喇叭搅黄了。”马上有人开玩笑对他说：“什么梦？春梦吧，是不是又梦到咱们的林主任了？”

陈伟华铁青着脸制止道：“够了！你们看看，你们哪点还像乡里的干部？”

正说着，许文才也磨磨蹭蹭地到了。人总算来得差不多了，陈伟华扬了扬手里的一份文件，告诉大家这是县环保局一大早专门派人送来的电镀厂污染情况分析报告。报告中对电镀厂周边四百米范围内的土壤进行了总铅浓度初步鉴定。鉴定结果表明，电镀厂周围一厘米至五厘米表层土壤总铅浓度为十六毫克到一百八十七毫克每公斤，超出背景值两倍；十五厘米至二十厘米耕层土壤总铅浓度有三个监测点，高出背景值五到十二倍。

检验结果白纸黑字已经放在这里，这些数据直接说明了电镀厂周边四百米范围内的土壤已受到了严重的污染。陈伟华就处理电镀厂的问题向干部们征求意见，干部们都知道这是个烫手的山芋，谁都不能得罪，没人愿意多发表意见。

最后，许文才站出来说了两句：“各位，听了这消息，我心里也挺难受的。可是这家电镀厂是我们梅山唯一的一家有经济效益的企业，当初，我们费了多大的力气去招商引资，可是所有企业一听是梅山，根本就不搭理我们。好不容易才有这家电镀厂老板看中我们梅山，愿意来投资，这家厂现在可是我们梅山发展经济的希望啊！”

陈伟华有了疑问，问为什么只有这家电镀厂愿意来投资？

许文才说明缘由：“因为其他地方都会提出高额的环境治理费，只有我们梅山，实在太缺钱了，只好不收环境治理费，要发展经济办企业就得有点牺牲。”

对于许文才的说法，陈伟华并不认可：“牺牲，那也是要看牺牲什么东西。环境你一旦牺牲了，那可是几年，甚至几十年的时间都未必能挽救回来的损失。况且土地污染带来的是一系列的连锁反应，到时候咱们梅山的老百姓就更没办法活了！”

一阵沉默之后，陈伟华又痛心疾首地说：“同志们，我们不能为了短期的经济效益，毁了子孙后代的活路啊。现在国家、省里、县里对环境保护和可持续发展这一块很重视，要是出了严重的环境污染问题，你我都担待不起！”

干部们更加不出声了。最后，陈伟华提议坚决关闭电镀厂，并决定把电镀厂推平了的土地重新整治复耕。

许文才还在打着笑脸不停地解释：“陈书记，这是唯一愿意来梅山的企业，有了它梅山才有致富的希望。至于环境保护这事，我想等到我们经济好起来了，再把这家电镀厂叫停也不迟。”

陈伟华心意已决，不可动摇地反对道：“以牺牲环境为代价来换取经济发展，是得不偿失的蠢办法，绝对通不过。我相信，就算没有这家电镀厂，我们也照样可以发展起来。”

许文才急了，跟陈伟华顶了起来：“当初人家可都是拿了批文签了合同的，我们突然不让人家干了，关厂很容易，经济损失谁来承担？人家企业老板能答应吗？”

以环境换经济的思路，陈伟华是坚决不同意的。两人互不相让，一个要叫停电镀厂，一个反对叫停。乡干部们在下面窃窃私语起来。为了让大家冷静地思考，陈伟华说：“同志们，我们要学会三个舍得，一要舍得放弃，二要舍得时间，三要舍得声誉，有舍才有得啊！”

许文才质问：“陈书记，你光说叫停，但你的思路我们都不明白，什么舍得不舍得？你不能让大家挨饿啊！”

陈伟华进一步解释说：“同志们，浩源电镀厂的污染不是一般的污染，是典型的重度污染。二狗子已经查出来是铅中毒，难道你们不怕自己就是第二个第三个二狗子？所以我们一定要下决心把它关停，重新寻找机会招商引资。”陈伟华的意思很明白，要敢于舍得，舍得不是一味放弃，而是蓄势待发，追求更持久、更长远的发展，形成循环经济。

他说：“梅山乡可以用足够的时间来发展乡里的‘三高’农业和生态农业，这需要用时间来印证和检验。三年、五年，哪怕是十年，一定会找到更好的路子。当然现在如果跟电镀厂单方面毁约，可能要牺牲一点声誉，但只要它是环境污染的罪魁祸首，就必须关停它。”

大家都很茫然。许文才又有疑问：“陈书记，你说得好听，可梅山的循环经济在哪儿呢？”

陈伟华说：“咱们梅山经济虽然不发达，但是自然环境优美，我们目前重点是‘三高’农业和生态农业的发展，这就是循环经济。”

林玉芬看了看众人，鼓足勇气对大家说：“我觉得陈书记说得很有道理，我们梅山就是要发展循环经济。”

干部们没人搭腔，放弃既得的利益，这个都有点难。除了林玉芬，陈伟华明显感觉到干部们对他的不信任，甚至还有抵触情绪。散会之后，陈伟华心情沉重，一个人站在窗边抽烟，脑子里满是会上的事。卓长富敲了敲门走了进来，坐下后，意味深长地对陈伟华说：“陈书记呀，你刚到梅山，处理的这几件事情，我都在场，看得清清楚楚。说实在的，我很佩服你。但是，有些事情我不得不提醒你。”

陈伟华让卓长富有话直说。卓长富提到了会上的气氛，告诉陈伟华大家都希望这家电镀厂越办越大，对于陈伟华要关闭电镀厂的意见，没几个人打心眼里赞同。

梅山乡的经济状况一直很困难，乡里有些干部家庭负担很重，虽说是干部，但生活也很拮据，大家都盼着浩源集团投资扩建，增加财税收入。至于是电镀厂还是别的什么厂不重要，大家也管不了，只要乡里有工厂企业，能够解决就业，家属有活干，大家的经济状况能得到改善就行了。陈伟华一上任就要关停电镀厂，就是断了大家的财路，大家能高兴吗？

陈伟华表情严肃地听着卓长富的话，叹了口气，又重重地点了点头。对所有人来说，眼前利益都是最重要的。卓长富倒不是想不通这件事，道理他还是懂的，靠污染环境来致富绝对不行。他是担心这些乡干部在以后的工作中对陈伟华的抵触，工作就更难开展了。对卓长富的理解，陈伟华表示谢意，两人探讨起了梅山下一步的发展。

陈伟华说：“首先，修路是要考虑的大问题，路通财通，改变投资环境；其次，要解决老百姓看病难，做到小病不出村；再次，要改变乡村教育的落后面貌。但眼前最重要的就是要发展经济作物，走循环经济的发展道路，让老百姓过上好日子。所有的工作，的确需要所有干部的配合支持。”

卓长富听了陈伟华的话，茅塞顿开，紧紧握住他的手，连连点头说：“陈书记，你放心，我肯定肯定配合支持你的工作。”陈伟华拍了拍他的肩膀，铿锵有力地说：“好兄弟，老百姓给我们巴掌大的地方，我们要为百姓撑起一片天！既然你也有这片心，那就一起好好干！”

“老友记”餐馆内，葛小玉和许文才正在吃晚饭。许文才把这天一大早开会的事告诉了葛小玉。一听说新来的书记陈伟华要关闭电镀厂，葛小玉猛地把手上的碗砸在了饭桌上，气急败坏地说：“凭什么？不让涂老板在梅山开电镀厂，岂不是挡了咱们的财路？”

许文才端着饭碗，左右看了看，压低了嗓音说：“你小点声，小心被人听见！”

葛小玉不满地拿起碗筷，扒拉两口饭，又把筷子生气地扔到一边，呵斥许文才道：“到底怎么了，你怕得连话都不敢说了？那电镀厂涂老板原先给你和马跛子的那笔钱怎么办？”

许文才生怕被人听到，赶紧把手指压在嘴上示意葛小玉噤声，看看周围没人注意，才颓丧地说：“人家若厂子都给关了，那不退给人家还能怎么办？”

葛小玉一听，气得“噌”地站了起来，冲着许文才骂道：“这个陈蛮子，既挡你的官路，又挡你的财路，简直是你许文才的天生克星，你还不赶紧想办法把他挤走？”

许文才把葛小玉拉着坐下，胸有成竹地抿了一口酒说：“你急什么？用不着我来挤，你看前面那些书记，哪个在梅山呆长了？还不是呆不了多久就乖乖走人。我现在要做的就是好好‘配合’他的工作，好戏还在后头呢！”

第二天，电镀厂老板涂光义一脸阴晴不定地找到许文才，询问关闭电镀厂的事。涂光义说：“许书记，当初咱们是怎么说的，你是怎么跟我保证的？现在好了，我资也投了，厂也办起来了，企业也向乡里缴纳了不少税，又安排了当地村民的就业，你们现在说关厂就关厂啊，原先合同怎么签的？乡政府的文件是怎么发的？这不是拿我开玩笑吗？”

许文才让涂光义少安毋躁，又劝说他先忍一下，别在火头上跟陈伟华对着干，先把厂子停一停，等他许文才慢慢来做工作。

涂光义却仍然着急上火。电镀厂暂时停一段时间可以商量，但如果厂子真的要被关停，那他涂光义的损失就大了。涂光义一再拜托许文才，请陈伟华放过浩源电镀厂，事成之后当然少不了许文才的好处。

许文才客气地送走涂光义，心里忽然生出一计。他不紧不慢地来到电镀厂，找到了马跛子。马跛子正躺在院子里的椅子上晒太阳，许文才将涂老板送给他的一袋子好烟好酒转赠给了马跛子，马跛子脸上顿时乐开了花。

马跛子还没高兴够，许文才却叹了口气说："唉，马跛子，你就快失业啦。"

马跛子一脸茫然："怎么了，出什么事儿了?"

许文才这才将陈伟华要关掉电镀厂的事告诉了马跛子，然后不无担忧地说："这电镀厂一关，其他人有手有脚也就算了，可是你马跛子……"许文才故意停住不说了。

马跛子这下急了，说："陈伟华这个穷乡破书记，一上任就要砸我的饭碗，我看不把这个陈蛮子搞下去，什么事都干不了！"

许文才装出很生气的样子说："跛子，这话可是你自己说的，你可不要乱来！不过呢，你们群众是有权利向上级反映情况的，这个我们乡干部也是不能阻拦的。"

马跛子自信地放言："我自己好歹也做过村里的会计，肚子里也装了一点墨水，不行了就向上级纪检部门写信反映情况。"

许文才没答话，心里却暗自默许。

陈伟华来到梅山乡已有一些时日，对各村的情况还不是特别了解。这天，他换了双球鞋，准备让卓长富做向导，带他到乡里各村走走。

正要出门，一辆奥迪车开进了乡政府大院。奥迪车豪华气派，一开进来就引起了众人的瞩目。林英琴从车里走了下来，陈伟华诧异道："英琴？你怎么来了？"

陈伟华把林英琴让进屋里，倒了杯水递给她。林英琴是特意从城里跑过来的，只是想看看陈伟华。上次陈伟华被弄到法院，她非常担心，还以为陈伟华经济上出了啥问题。

得知林英琴原来是广东省都能排得上号的莲花县女企业家，卓长富惊得瞪大了眼睛，愣是不相信这是事实。

林英琴打量了一下两人的装扮，问："怎么，你们这是要出去吗？"

陈伟华实话实说：“是啊，正准备下乡去搞调研。”

卓长富说：“陈书记，要不咱们改天吧？”

陈伟华却不愿耽误正事，邀请林英琴说：“要不这样，英琴你跟我一起下乡看看，了解了解我们梅山的情况，看看有没有商机给你投资的地方，有什么可以合作的投资项目？”

林英琴却说：“算了，我不去了。”她还要赶往花关镇洽谈项目，推却了陈伟华的邀请。陈伟华将她送到门口，林英琴从车里拿出一个报纸包着的东西递给了他。陈伟华打开一看，原来是被花关修理厂扣押的那块吉普车车牌，他不好意思地笑了。

林英琴取笑陈伟华道：“呵，你还知道不好意思！全莲花县的人都知道你这个上任第一天就被卸了车牌，还给法院扣押的段子了。”

陈伟华更加不好意思了，但嘴里说：“那又怎么着？这就是我陈蛮子的风格！”

陈伟华把那车牌重新包好后说：“你帮梅山乡垫付修理厂的钱，算我借你的，改日奉还。”说完转身就要走。林英琴倒有点舍不得他这么快走了，说：“你就这么着急忙慌啊！”

陈伟华道：“是啊！你忙我也忙，就不瞎扯淡了。改日有时间再陪你聊个够。”

“可以！”林英琴笑眯眯地看着陈伟华。陈伟华张头四顾，卓长富已避远，见他还嫌有点不方便，便清了清嗓子，高喊：“陈书记，我到门口去等你吧。”

送走了林英琴，陈伟华坐上卓长富的摩托车，准备先去黄花山村。路上卓长富打趣道：“陈书记，你可真有福气。什么时候请客喝喜酒啊？”

陈伟华笑笑说：“忙完梅山的事再说吧。再说她也挺忙的，她们那家房地产公司好多事都得她来处理。”

到了黄花山村边的黄花山上，二人把摩托车推上一个坡顶，支好车，陈伟华站在坡顶向山下远望。卓长富说：“我们现在站的，就是黄花山，下面看到的就是整个黄花山村。”

山脚下的村落是清一色黑瓦褐墙的房屋，在山坳里连成一片。几户人家已升起炊烟，鸡鸣狗吠。山坡上稀稀拉拉地散布着一些农作物，这就是村民赖以存活的资源。看着眼前贫困的山村，卓长富感慨万分：“当初当上乡长，我还确实高兴过一阵子，也真的想好好干一番事业。可现在，都当得没脸没皮了。老百姓背后都笑话我，乡长名字叫长富，乡里倒越来越穷了。”

陈伟华掏出烟来，递给卓长富一支，自己也点上一支，猛抽一口说：“老卓，我正戏还没开锣呢，你可莫打退堂鼓。说心里话，谁不想过舒坦日子？再说了，你我这类干部都是从土坷垃缝里钻出来的，祖宗八代才熬出了我们这八品正乡级，也是不容易呀，咱要就这样平平庸庸地混着，也对不起自己这半生的努力啊！”

卓长富叹了口气说：“我跟你不一样，你毕竟年轻些，当了书记就算上了主航道，再说常委里头也还有人能替你说话。我都四十八了，我们这级干部年龄上了五十就算到了头，我这四十八就等于五十八。我说想去县里看大门那当然是不可能的，我跟班子成员们是一个心思，只盼着你能在梅山扎住脚，领着大伙把梅山变个样，到老了每个月能拿到退休工资就算是我的福分了。”

卓长富对梅山这个穷底子并不抱太大信心，何况自己的职位比芝麻绿豆还小，自己的年龄也越来越大，再折腾又能怎样呢。陈伟华劝说他放开思路，梅山虽小，但梅山要改变，应该往哪个方向发展，卓长富作为梅山土生土长的老乡长最有发言权。

陈伟华的一番劝说让卓长富信心倍增，两人重又登上摩托车，准备再到别的村看看。摩托车刚刚驶出几条村道，突然“轰隆隆”响了几下，熄火了。

两人只好下车，卓长富朝那摩托车使劲踹了两脚。仍然打不起火，不由泄了气，说：“真不给人长脸。这下怎么办？这家伙重着呢！坐不成还得推着它走，真是一个大麻烦。”

陈伟华爽朗地笑了起来，在摩托车旁边蹲了下来说：“好了，该我表现的时候了，看我的。”

陈伟华从摩托车后备箱里找出修理工具，开始修理摩托车。

卓长富吃惊地说：“你还会修摩托车？”

陈伟华说：“大学的时候学过几天。看看今天的手艺，要丢了就笑话人了。”

摩托车在陈伟华的摆弄下，没花多少时间就修好了。陈伟华把车交给卓长富说：“试试看。”卓长富稍一启动，摩托车的发动机就轰鸣起来。卓长富佩服得五体投地：“陈书记，你可真行啊。”

陈伟华高兴地摆摆手说：“嗨，会收拾个摩托车不算什么本事。”

卓长富载着陈伟华重新飞驰到了山路上，一路上风光不错。不一会儿，二人来到了青山碧水、景色秀丽的兰溪河边。

下了车将摩托车停好，两人深一脚浅一脚地在河边走走看看。河水清澈，陈伟华捧起水喝了两口，说：“谁说梅山是穷山恶水？你尝尝，多甜！都是从石缝里流出来的山泉，这才叫真正的纯天然。城里几块钱一瓶的矿泉水那叫什么纯天然，可惜呀！”

卓长富说：“这河里的水虽然是从我们乡的莲花山流出来的，但因为上游经过花关，那花关可是全县出名的工业大镇，耗水耗得厉害，兰溪河的水大部分被他们截住了，能流到我们梅山的水，已经很紧张了。”

陈伟华眉头紧皱：“水源对谁来说都很重要，我们梅山要想发展也离不开水。这条兰溪河对梅山、对花关都是宝贝，他们不能那么做啊！”

卓长富说：“关键是他们花关在上游，真要是抢起水来，我们一点便宜都占不了。”

陈伟华思索一下说：“这事我出面去找万锋强。”

卓长富诧异道：“万锋强？”

陈伟华说：“对，他是林主任的老公，我的同学。”

卓长富不太相信：“这种事他们能让步吗？”

陈伟华说：“我又不是要占他们的便宜，只是大家协商而已。再说这个万锋强跟我关系可不一般，试试看吧。”

两人正说着，一阵嘈杂的摩托车发动机声“轰隆隆”地由远而近传了过来。陈伟华和卓长富中断谈话，朝着噪音的方向看了过去。

山路上，一辆摩托车风风火火地奔了过来。摩托车上的人陈伟华见过，是黄花山村的一位村民。这位村民也看到了陈伟华他们，很快将车子停到了他们附近，跑过来说：“哦哟，卓乡长，出事啦，出事啦！我正准备去乡里报告呢！”

陈伟华忙问：“村里究竟出了什么事？”

那位村民说：“哎，还不是电镀厂的事，出大事了……”

四　县城巧遇

浩源电镀厂门口，马跛子瞪着血红的双眼拦在厂门口，手里挥舞菜刀大声嚷着："谁敢封厂？谁敢封厂？谁封厂我就要谁的命！"

向大成上前劝说道："马跛子，新来的书记已经说了，这电镀厂要关停。这厂又不是你开的，你这么护着亲爹一样的干啥呀？"

马跛子啐了一口骂道："呸！你们别站着说话不腰疼，你们都是有老婆的全乎人，门前有地，屋后有井，我马跛子家里还有个娃娃要养活。现在屋里穷得流鼻血，称盐打油的钱都没得。明明引进来了一家电镀厂，眼看着就可以好过点了，不知道从哪儿钻出来个新书记，一句话就想把人家的厂给关停了，有那么容易吗？断了老子活路，他们每天吃香的喝辣的，哪知道老子穷得要去拣别人的烟屁股！"

向大成说："马跛子，你不要干蠢事，把刀放下！"

马跛子拍着自己那条残疾的腿说："老子一个残疾人能干什么？你们这是想把老子逼死啊。老子要是活不下去，别人也别想活了！"说着，马跛子又把手里的菜刀挥舞起来，口里嚷嚷着："谁要敢上来，老子就跟他拼命！"

陈伟华已和卓长富赶了过来，远远地看到了电镀厂门前的一切。

向大成怕马跛子冲动干蠢事，危害到赶来的陈书记，于是冲到马跛子跟前，喝止道："马跛子，你真是不可救药了，我警告你，这就是新来的陈书记，你不要在陈书记面前撒泼。当心我让派出所把你关起来！"

马跛子一听，不敢再舞刀谩骂，却依然不服输。

陈伟华见他平息下来，走上前笑呵呵地说："我不知道你叫啥，就叫你马跛子了。马跛子同志，这电镀厂在你们村开，确实让一部分人得到了眼前的一点利益好处，但是关电镀厂能让更多的人得到长远好处，为了大家伙的利益，你就暂时受点委屈，乡里会想办法解决你的就业问题。你马跛子身上有残疾，解决就业排在乡里的第一号怎么样？”

马跛子不相信地看了陈伟华两眼，不吭气了。陈伟华说：“赶紧把刀放下，拿刀砍人是违法的，你这种行为多危险啊。”马跛子还是执拗不肯放下菜刀，向大成上前把马跛子手上的菜刀夺了下来。

村民们一拥而上冲到厂门口，口里高喊着：“封厂喽，封厂喽——”就在这个时候，涂光义带着一群工人从厂里走了出来，大声问道：“谁要封我的厂?!”

涂光义一眼看到了门口的陈伟华，话里带刺地说：“今天陈书记是带了什么尚方宝剑来封我的厂呀？”

陈伟华听出了涂光义话里的意思，解释说：“涂总你误会了，我今天不是来封你的厂的。不过既然今天我来了，有些关于我们乡里对于你们电镀厂的处理决定，我想要通报给你涂老板。”

涂光义似有所备，胸有成竹地说：“不用说了，许副书记已经来传达过你的意思了。可是，我这个厂开起来不容易，停也不是什么简单的事情。我之前缴纳的那些税款，我投资修建的厂房，征购的一些土地的‘三通一平’的投资款以及原材料、设备安装费等等，这些都是直接的经济损失，你们乡政府赔得起吗？”

陈伟华态度坚决：“厂是肯定要关的，经济损失要等专家评估鉴定，该政府赔偿的我们承担，该是你们企业责任的是你们的事情。”

涂光义也不是个省油的灯，干笑两声说：“既然陈书记这么爽快，那好。我们厂的会计师已经估算出了一个损失，一共是五百万。”

一听到这个数字，所有的人都大吃一惊。

陈伟华沉吟片刻，没有正面表态。卓长富心里有点发虚，说：“你……你这不是讹人吗？”

涂光义颇为得意，笑着说：“我说的可是现金，不要空头支票。你们这个穷乡，打个空头支票给我，钱不知何年何月才能拿到，我到时候找谁要？只要你们乡现金赔偿到位，我立刻关厂掉头就走。”涂光义示意身边的人将一份资料递到陈伟华的面前。这是一份涂光义和会计师写好的损失评估和诉讼材料，涂光义让陈伟华带回去慢慢看，不排除会告上法院。

陈伟华毫不示弱地迎上涂光义挑衅的眼神，接过材料看了两眼，递给身边的卓长富。

在离开电镀厂的路上，向大成、卓长富各自推着摩托车埋头走路，陈伟华也默不作声。

走了一段，卓长富忍不住说了："陈书记，这个厂投资五百多万元，我们怎么赔啊？乡里拿什么钱赔给这个涂老板啊？"

陈伟华说："如果该是赔给人家的，拿不出也得拿。"

卓长富说："哎，要不这厂还是再开一阵，再开一阵他们就会有收益了，到时候损失也小了，我们赔起来也轻松一点。"

陈伟华斩钉截铁地说："这厂必须关！一切损失该赔多少就多少。以破坏环境换经济绝对不行，原则我们必须坚持，其他的好好跟人家商量就是了。"

卓长富只好点头。

天已晌午，向大成请二人去他家吃午饭。陈伟华推辞了，却想去马跛子家看看。向大成说他先去马跛子家看看他回来没有，骑着摩托车先走了。在陈伟华的询问下，卓长富不禁说起了马跛子家里的情况。

说起来马跛子也是个可怜人，原本有个老婆，生了个女儿，一家人过得挺好。谁知道结婚第二年上山打野板栗，不想戳到了毒马蜂窝上。那个蜂窝有斗那么大，马蜂像一坨黑云一样把他围住，马跛子跳崖才拣回一条命。但腿断了没医好，落了个残疾，他老婆不愿意在家伺候他，把孩子丢下，自己跟人跑了。自打那以后，马跛子的脾气也越来越怪了。

向大成先行来到马跛子家，跟马跛子说陈书记要来。马跛子一听，满脸不愿意地说："啥？让我管饭？我家可没什么好吃的。"

向大成说："陈书记说了，不要吃好吃的，你平时吃啥就做啥，饭钱该多少我们就给多少。"

马跛子说："我这儿今年都管了两回公家饭了，一回是林业站，一回是兽医站。原来说好每次派饭五块钱，到头来连影儿都见不着。这次你得给现钱，还得把上两次的派饭钱一起付了。"

向大成骂道："你这跛子！跟乡里算起账来了！"

马跛子撇着嘴说："是你们要到我家来吃饭，又不是我请你们。"

向大成不想跟他多啰嗦，只好说："行了行了，你赶紧生火做饭，陈书记和卓乡长说话就到。"

马跛子又重复道："我可丑话说前头了，我这儿可没什么好吃的。"

马跛子刚说完没有好吃的，向大成已经眼尖看到了门梁旁挂着的一块儿熏肉，顺势就说："割点熏肉炒个菜就行。"

马跛子一瘸一拐地来到门口，一边割熏肉一边嘟嘟囔囔："这一点熏肉老子平时想下酒都舍不得弄，今天还要来喂你们，一会儿看我不咸死你们。"

没一会儿，陈伟华和卓长富来了。向大成把二人迎进屋里。马跛子的家是一座典型的南方粤东山区农舍，房屋陈旧，土墙斑驳，却收拾得井井有条、干净清爽。猪圈、牛栏、厕所依次分布，房前有一个天井，再里边是个堂屋，堂屋正中供着佛像，烧着香。屋里墙上贴着几张奖状，把堂屋映得亮堂了不少。陈伟华四下环顾，没想到马跛子这么一个单身汉能把家里收拾得如此干净。

马跛子一瘸一拐地从一边的灶间里出来，手里端着一碗菜，对进门来的陈伟华和卓长富象征性地点了点头。早前陈伟华已经知道马跛子是高中毕业，还做过会计，肚里有点墨水，算是村里的文化人。今天到了马跛子家，陈伟华倒想听听他的意见，马跛子却一声不响地进里屋去了。

几个人进到堂屋坐下不久，马跛子就把简单的饭菜摆上了桌。马跛子给自己盛上一碗饭，也不管在座的其他人，埋下头自顾自地扒起饭来。

向大成只好给陈伟华和卓长富盛上饭，陈伟华客气道："马跛子，今天给你添麻烦了，真是过意不去。今天到你这儿来，主要是想看看你的生活情况。你看村长乡长都在，有什么困难你就提，能解决，咱们就给你现场解决。"

马跛子心里稍稍触动了一下。马跛子今年都三十六了，还要讨老婆生儿子，可是家里穷，生活需要钱，孩子上学需要钱，看病需要钱。电镀厂总算给了他一线生活的希望，可这新书记陈伟华一上任就要把电镀厂关了，马跛子怎么也想不通。

马跛子并不知道，陈伟华不是不同意建厂，只是不同意建电镀厂，因为污染太大。陈伟华让马跛子再等等，向他许诺说乡里肯定会招商引资的，到时候想办法多找几家好的、大的企业回来，总会有致富发财的那一天。

向大成夹起一大块焦黄油亮的熏腊肉送到陈伟华碗里，陈伟华吃了一口就全部吐了出来。卓长富说："打死卖盐的了？咋把肉腌这么咸？"

马跛子咬了一口说："咱们穷，多放点盐，下饭，经吃！"

吃饭之间，一个七八岁的小女孩背着书包进来了。小女孩长得聪明灵秀，衣服很旧却收拾得干净整洁。小女孩看到屋子里来了许多客人，害羞地站在门边。

小女孩是马跛子的女儿，陈伟华笑眯眯地招呼她过来，小女孩怯怯地望着陌生人不敢走近。马跛子训斥她道："你早上不是带了中午饭吗，咋又跑回来了？"

小女孩扁着嘴，委屈地说："老师上个星期要交五十块钱，我跟你要几回你都不给。老师天天在点我的名，要我回来再找你要。"

马跛子拍着桌子大骂老师，小女孩吓得"呜呜"地哭了起来。

陈伟华把孩子拉过来，安抚她说："娃娃乖，先吃饭。叔叔给你想办法。"

马跛子火更大了，指桑骂槐地说："想办法，想什么办法？现如今你老子没工作了，一分钱也掏不出来了，你一个女娃子读那么多书干什么？早晚也留不住，回来还可以做个帮手。"

陈伟华没有答话，从包里掏出一张五十元钱交给马跛子，权当是给了马跛子饭钱，让马跛子把这钱给孩子交学费。马跛子一把接过钱，准备往自己口袋里揣。向大成眼疾手快，又一把把那五十元钱抢了过来，塞到孩子手里说："这钱是陈书记给你孩子交学费的。芳芳，去交给你们老师。"

在马跛子家的这顿午饭吃完后，陈伟华给了马跛子一句宽心的话：只要给他陈伟华时间，支持他的工作，就不会让马跛子后悔。

马跛子对陈伟华的话不以为然，嘴上应承，心里却暗想这陈伟华也不是啥好东西，以下村为名到处打秋风，他可见得多了。

离开马跛子家，陈伟华意识到群众工作的最大问题就是老百姓对他的不信任。如果想让工作进展得更好，必须得想办法恢复他们的信心，让老百姓相信乡党委、乡政府是切切实实为他们办实事的。否则，就算找到了致富的好路子，群众不跟着走，那也行不通。他琢磨着，马跛子是这村里最难缠的，不好做工作是因为他对乡党委、乡政府的失望。老百姓是最实际的，你对他好，他才会听你的。要让老百姓充分信任，还得从自身找原因。

一小片郁郁葱葱的灌木让陈伟华停住了脚步。他走下坡坎，走近那片绿色，拨拉了一下灌木上的枝叶，又摘下几片肥嫩的叶子仔细看了看，确认这是茶树的枝叶。

看到这颇具生命活力的茶树，陈伟华感到奇怪，梅山土质这么贫瘠，茶树怎么会长得这么旺盛?

见陈伟华对茶树如此专注，卓长富向陈伟华介绍说这东西不金贵，梅山几乎家家都会种几棵茶树泡茶喝。这些年梅山种其他的经济作物都不适应，只有这茶树，没人去管，反而长得特别茂盛。

陈伟华心中一动，看着手上的茶树叶，问卓长富："老卓，你说，大面积种植优质茶，在梅山可不可行?"

卓长富不置可否。虽然他从小就在梅山看着茶树长大，可他也不知道这茶树的价值到底有多大。

天已尽黑，在回乡政府的路上，陈伟华还在苦苦思索，思绪千丝万缕。种茶树说不定会是一条发展经济的好路子，可眼前最棘手的恐怕还是电镀厂的赔款问题。

卓长富见陈伟华半天没吱声，关切地问他是不是累了。陈伟华对卓长富说："这些山路我从小就这么走。我爹妈死得早，从小跟着舅舅住在山里，那时候在县里读书，每个月都要背几十斤的米，走六七十里路，早习惯了。"

卓长富这才知道陈伟华也是吃过苦的人，不再多说什么。卓长富骑上摩托车带着陈伟华，在黄昏的山路上"轰隆轰隆"地向前驶去。其间，陈伟华的手机响了，却被摩托车发出的巨大噪声所掩盖。

摩托车驶进乡政府大院还没停稳，陈伟华就被一阵清脆的女声叫住了。林玉芬气喘吁吁跑过来告诉陈伟华，县委办公室发来紧急通知，说是要开县委扩大会，要求各乡镇书记、乡镇长今天晚上务必到县里报到，明天上午正式开会。

陈伟华接到这个仓促的通知，有点着急。已经快五点钟了，除非现在赶紧走，否则铁定是赶不上开会了。林玉芬责怪陈伟华不接手机，陈伟华掏出手机一看，果然有林玉芬打来的很多个未接电话。

事不宜迟，陈伟华带着卓长富，亲自开上那辆破吉普车准备往县里赶。临走的时候，陈伟华嘱咐林玉芬去把许文才找到，把电镀厂的损失评估研究一下，看能不能跟涂光义那边达成一个较好的协议，但是大原则不能变。

送走了陈伟华，林玉芬重新回到办公室，打开了手里的一个文件。林玉芬没看两眼，就大吃一惊：电镀厂所要求的赔偿简直就是个天文数字。乡政府要出多少钱啊！这不是要命吗？林玉芬心里想着，却也找不出个办法。

陈伟华和卓长富连夜赶往县里，经过大半夜的折腾，总算赶在开会之前到达了县政府。陈伟华和卓长富神色疲倦地走进县委礼堂，礼堂里面已经坐了不少人。陈伟华一夜没睡，感到头昏脑涨，在人群中混乱地穿梭，寻找到自己的座位。

万锋强早就到了，一看到陈伟华就频频向他招手，示意他坐到自己的身边。

万锋强到花关镇上任以来还算一帆风顺，上任不久胡守国就带着他全面熟悉了全镇的情况。农业基地、科技园区、开发区，各处都跑了个遍，还视察了花关镇的文艺工作情况。花关镇比梅山的确要繁华多了，镇郊是郁郁葱葱的蔬菜基地，河谷平原土地肥沃、山川富饶，万锋强看到这样的景象备感欣慰。赏心悦目之余，他忽然想起了陈伟华，毕竟两人同时上任，不知道他在梅山的情况又会怎样。万锋强让胡守国多留意那边的动静，胡守国欣然应允。

就要开会了，陈伟华在万锋强的旁边坐了下来。陈伟华面色憔悴、胡子拉碴的样子让万锋强看得直摇头。

在一片掌声之中，会议开始了。莲花县委书记方中明走上主席台，开始作工作报告。方中明在报告中将促使莲花县的经济快速发展仍列为工作重中之重，为了彻底摘掉莲花农业大县、工业弱县、财政穷县的帽子，实现“再造一个莲花”的发展战略目标，需要加大招商引资的力度。

报告讲到这里，方中明停顿了一下，点名表扬了花关镇。花关镇是方中明报告中招商引资的典型乡镇，镇里虽然刚刚新换了万锋强带头的领导班子，却已经有了一连串的投资项目开始启动，方中明强调莲花县需要的就是这样的激情和速度。

方中明对花关镇的表扬让与会的干部报以热烈的掌声，大家都把眼光投向了万锋强，又都看到了在万锋强旁边昏昏欲睡的陈伟华。更让人可笑的是，陈伟华竟然打起了鼾声。

礼堂里安静下来，陈伟华的鼾声更显得特别清晰。方中明突然停止了翻报告的手，眼睛直盯着正在打瞌睡的陈伟华。万锋强伸手拉了拉陈伟华的衣袖，陈伟华就像没感觉一样。万锋强一巴掌拍在陈伟华的大腿上，陈伟华吓得跳了起来。

卓长富坐在远处看着陈伟华，替他捏了一把汗。

方中明看到这番景象，非常气恼却又不好明说，只好不点名地进行了批评。一双双眼睛盯向陈伟华，陈伟华简直无地自容，真想找个地洞钻进去。

散会后，陈伟华垂头丧气地随着人流往外走。方中明赶上来叫住了他，问到今天会上闹出的笑话，陈伟华低着头不敢作声。

陈伟华的消极态度，让方中明以为陈伟华是因为被安排到去梅山工作，心里不满闹情绪。方中明语重心长地对陈伟华说："这次县里提出了'再造一个莲花'，你们梅山可一定要跟上才行，不能拖全县经济的后腿。"

陈伟华答应道："我知道，方书记，你放心。"

方中明脸色一正说："我看你是不知道。"

陈伟华愣住了。在方中明的提示下，陈伟华才得知有人写信把梅山乡关闭电镀厂的事情告到了县里。方中明不明白陈伟华到底是怎么想的，人家都在请财神爷，唯独这个陈伟华却要把财神爷往外赶。

陈伟华向方中明做出的解释是因为电镀厂所带来的污染问题导致他关厂。方中明提醒陈伟华，这件事不能仓促行事，做出这个决定前要慎重考虑，不要轻易关了电镀厂，污水问题可以请专家来处理。

但陈伟华却坚持一定要把电镀厂关停。他这样无疑是当面顶撞，让方中明心里很不舒服。陈伟华却没注意到方中明脸上表情的细节变化，仍然自顾自陈述自己的观点。陈伟华告诉方中明，要发展经济最好还是结合本地特色，不能盲目引进工业企业，必须走一条"三高"农业和搞一些经济作物，比如种茶、种果的农业产业化的生态农业循环经济的发展道路。

陈伟华的一番独到见解让方中明不置可否。回顾以前，茶叶、果树不是没有种过，可从未成功过。他表明了自己的态度，陈伟华却说："不成功肯定有不成功的理由，只要能找出原因，就会成功。"

两人你一句我一句互不相让，本来是一场谈心，竟转成了争执，气氛一时紧张起来。万锋强站在不远处看到这番景象，赶紧上前打圆场，借口说花关镇有几个项目拿不定主意，需要方中明帮忙定夺。方中明这才打住话题，欣然答应同万锋强去花关镇看看。万锋强让副手带方中明去了附近已经订好的酒店，几个项目投资方老板已在那里等候多时了。

方中明走远以后，万锋强挨近陈伟华悄声说："伟华，你知不知道当初你们那家电镀厂开在梅山，县经贸委投的是赞成票。你可真够傻的！"

陈伟华幡然醒悟，难怪方中明如此反对，看来以后得全靠自己了。

万锋强的招待晚饭其实也是一个投资项目讨论会，一些初步的投资意向就在饭桌上谈开了。作为项目投资方老总之一，老单也位列席间，他还特意把自己鲍鱼养殖场里培养出来的鲍鱼带到了席上。老单养殖场培养出来的鲍鱼在品相、质量上都已达到了出口的标准，光是香港的客户订单就有很多。大家品尝着鲍鱼，赞不绝口，万锋强适时地告诉方中明，老单还想建立一个更大规模的鲍鱼养殖基地，很有希望入驻花关镇。

听了万锋强的介绍，方中明备感欣慰，当初他提议由万锋强上任花关镇党委书记的时候，曾引起过不少的争议，现在看来是大家多虑了。莲花县的经济实现翻番，看来非指望花关不可了！

万锋强的投资意向晚宴热烈地进行着，而在不远处的县委礼堂外，陈伟华和卓长富准备找个小店一起吃晚饭。黄昏的余晖洒在县委礼堂外的街道上，陈伟华和卓长富还没走出县委礼堂大门口，就听到远处传来一阵买卖吆喝声："卖土豆嘞——卖土豆，上好的东北大土豆，又沙又面，营养丰富价钱便宜，土豆便宜卖嘞……"

卖土豆的汉子看上去有三十多岁，衣衫邋遢，不修边幅的样子很让他显老。土豆汉子懒洋洋地推着一辆用竹篾子圈着半车土豆的板车，手里还拿着一个扩音的喇叭，一边吆喝一边朝县委礼堂门前走了过来。刚走到县委礼堂大门，保安就把他拦住了，嫌他卖东西也不看个场地。县委礼堂出入的不是乡镇书记就是局长领导，哪能在这个地方吆喝着卖土豆？

卖土豆的也不搭理保安，自顾自地拿着喇叭机械地大声吆喝、慢吞吞地往前走了。保安跟在他身后说："李大学，我看你那大学是白读了，卖东西不去市场卖，老在会堂门口转来转去，咋不去找宾馆食堂啊，他们一天要用好些。”

卖土豆的男人毫不领情，依旧对保安不理不睬，和周边的事物显得格格不入。

被称为李大学的这位，卓长富听说过。据说他是华南农学院毕业的大学生，后在供销系统工作，再后来就不知怎么混不下去了。有人说这人是因为神经有问题，才落成了个卖土豆的。

陈伟华听着卓长富的介绍，若有所思了一会儿。他忽然追上去，对李大学说：“老板，你……您这土豆多少钱一斤？”

李大学扭头瞥了陈伟华一眼，面无表情地说了一连串：“如今的人真是世俗，管啥人都叫老板，你也不看看我这样子像个老板吗？我看你从县委礼堂出来的，你问价干什么？在这里头开会的人不是部委办局一把手就是乡长书记，十有八九不会买土豆的。”

陈伟华感到奇怪，反问他道：“既然您晓得这里头的人不会买，那您为啥来这里卖？”

李大学叹了口气，苦笑道：“我自己也不晓得为什么。”

陈伟华说：“其实书记乡长镇长还不都是小人物一个，谁能少得了五谷杂粮？跟你说，我还就喜欢吃土豆，我倒真想买点土豆带到梅山做种呢！”

“梅山的土质不适合种这种土豆，这种北方土豆喜欢白沙散土。我们粤东山地都是属于红叶底砾岩和变质岩，表土层太浅又过于板结，不宜种茎块植物。”李大学忽然很专业地讲起了自己的专业所学。

陈伟华一怔，没想到李大学居然这么懂得土壤学，随后说道：“您对土壤这么有研究，咋能让您来卖土豆呢？”

李大学苦笑着摇摇头：“单位搞创收，不卖没有工资呀！”

陈伟华心头一惊，灵机一动自我介绍起来，告诉李大学自己是梅山乡的书记，并盛情邀请李大学和他们一起吃晚饭，也好给梅山的农业号号脉。

李大学不肯去，陈伟华和卓长富连拖带拉把他拉到了附近的一家小酒馆。三人在小酒馆里坐下聊开了，陈伟华这才知道李大学的真名叫李学聪。此人虽然落魄，却不愧是农学院出来的高才生，在看待梅山的农业经济发展路子上竟然和陈伟华不谋而合。李学聪认为梅山一带的土质气候都适合茶树生长，也适合种植药类植物。挖茶树槽子是一个苦活，不过这事要下苦功真干成了，那就是一条金子铺成的路。

李学聪的一番话更坚定了陈伟华的想法，此前他还为梅山是否可以用茶树来发展经济而迷茫不定。而对李学聪来说，虽然自己才华横溢却从来不受重用，这回算是酒逢知己，便跟陈伟华和卓长富开怀畅饮起来。

当陈伟华对他发出正式邀请，请他去梅山为两万梅山老百姓担任农业专家时，李学聪愣住了。陈伟华话说得诚恳，让李学聪马上就跟他一起回梅山。在这个地方总算有人看得起自己了，李学聪心怀感激，将手里的一杯酒一饮而尽，欣然应允。

吃完饭，李学聪带着几分醉意，兴高采烈地回到他位于土产公司的宿舍。在自家门口低矮老旧的平房前，他敲了敲门，叫了几声妻子的名字，却没人应答。李学聪只好自己开门，进屋后依然兴奋难耐，自说自话了一番今天的际遇。屋里没人应答，他这才发现家里空荡荡的。

这么晚了，妻子蔡美娟还没回来，李学聪有点慌神了。里里外外地查看了几遍，才发现桌上放着一份东西，拿起来一看，竟然是一份离婚协议书。李学聪揉了揉眼睛，看清楚上面“离婚协议书”几个大字，顿时心凉了半截，一屁股坐在了地上。半天回过神来，李学聪又跳起来打开衣橱，发现衣橱里也空空荡荡，妻子的衣服全都不见了。

焦急之下，李学聪抓起电话，一个电话打到了蔡美娟的妹妹那里。电话接通了，李学聪还没来得及说话，就立刻被蔡美娟的妹妹挂断了。李学聪不死心，又反复拨打了几遍，那头迫于无奈终于接听了电话。然而蔡美娟的妹妹没有劝和的意思，却叫他不要再打过来了，蔡美娟已经铁了心要离开他，让李学聪死心算了。并透露，蔡美娟已经有了别的男人。

一切已太晚了！李学聪虽有了新的工作和出头的机会，老婆却是不会再回来了。想起当初在大学校园的恋情是多么美好，她蔡美娟不顾一切和他李学聪来到山区县城。而今却是贫贱夫妻百事哀，自己一个大男人，竟然落魄到此等境地，李学聪止不住眼泪长流。

坐在椅子上，话筒从手里滑落。半晌，他站起身来，向着空中突然吼了一句：“离就离，谁怕谁啊！蔡美娟，你别后悔！”

他摔下电话，走到了深夜的大街上。深夜的街道空空荡荡，而他形单影只，内心的苦闷无法排解。走到县招待所大门前，看到值班室里的灯还亮着，心念不禁为之一动，随即冲到值班室大门前又敲又嚷道：“开门，开门！我有要紧事见梅山乡的陈伟华书记！”

值班员被吵醒了，却不给他开门。李学聪死缠滥打，吵得值班员无法入睡，只好睡眼惺忪地给他开了门，嘴里嘀咕着：“这李大学真是吃错药了。”

招待所的房间里，陈伟华和卓长富还没入睡。两人正准备休息，门外传来一阵“咚咚咚”的敲门声，敲门声夹杂着李学聪急促的语调：“陈书记，我是李学聪，我明天就跟你们去梅山。”

五　探访茶山

第二天一大早，李学聪跟着陈伟华和卓长富坐上破吉普车，一同前往梅山。李学聪昨晚郁闷了一夜，今日说话也很少。最后陈伟华把话题扯到农业发展上，李学聪话才多了，渐渐有说有笑，不知不觉到了梅山境内。

回到乡里稍作安顿，陈伟华把卓长富和许文才叫到办公室里开了个碰头会。陈伟华跟他们算了个账，梅山乡欠工商银行二百多万元，加上这次关闭电镀厂需要赔偿三百万元，梅山乡目前为止共负债五百万元。

这笔账不用算，卓长富和许文才都知道，那份经专家评估的电镀厂损失赔偿报告他们都已经看过了。许文才看到这份报告是在陈伟华去县里开会期间，林玉芬交给他的。

林玉芬十分着急，四处帮陈伟华想办法。回到家里，她跟万锋强商量起了这件事，让万锋强看在老同学的面子，帮陈伟华借贷一笔资金，以解燃眉之急。

万锋强以为是陈伟华向他开的口，但一听说只是林玉芬的意思，就不想帮这个忙了。万锋强心里很清楚，梅山乡把所有的资产都抵押给银行了，就算帮他找银行周转贷款，也没东西做抵押了。再说了，原本梅山有个好好的电镀厂，陈伟华非要给关停了，硬是要重起炉灶做生态农业，这种鸡蛋碰石头的事，不知道何时才能看到回报效果。万锋强奉劝林玉芬不要多管闲事，这让林玉芬一肚子不开心。

求助万锋强不行，林玉芬又念及许文才和涂光义的关系，希望许文才能帮陈伟华找涂光义说说情、做做工作。许文才嘴上满口答应支持，却等林玉芬一走，就对老婆葛小玉摇摇头说：“帮？我想帮也帮不上啊，还以为我面子真有那么大啊。这大小也是三百来万啊。”许文才不想帮这件事，其实还另有原因。对于许文才来说，戏才刚刚上演，好戏还在后头。

而这笔巨款对于卓长富来说，是一个十分忧心的问题，可卓长富却无能为力。

陈伟华并不知道每个人的真实想法，但他扎根梅山干一番事业的决心却更加坚定了。他把这次在县里开会遇到农业专家李大学的事说给许文才听，并准备带上李大学和他们几个乡干部先上云雾山看看，给梅山的农业经济号号脉，日后也好规划论证一个梅山经济发展战略。许文才听了陈伟华的介绍，半信半疑，对这个专家并不十分看好。

云雾山是梅山乡境内的第一山峰，主峰最高海拔一千二百多米，也是莲花县境内最高的山。早上的云雾山云遮雾绕，险峻的山势和呼啸的山风更为山峰增添了一种神秘感。狭窄而陡峭的山道上，陈伟华、卓长富、李学聪、许文才等一行人缓慢地往上攀爬，每挪动一步都要小心翼翼地寻找落脚之处。

半个多小时后，大家终于看到了一片稍平的土坡，能停下来歇歇脚了。大家气喘吁吁停下来休息，李学聪却没闲着，在路的两侧各抓了一把土，一左一右比较着仔细观察起来。经过大致辨别，李学聪兴奋地告诉大家，这里南边的地质结构属于红叶底砾岩，北边属于武夷变质岩，不仅适合茶树生长，还是生产优质茶的天然基地。

听了李学聪的见解，陈伟华和卓长富两人激动不已，许文才却不太相信。他家以前也曾种过茶树，可茶叶采摘后根本就卖不出去。卓长富也说，茶叶不好卖，市场难打开。山下有几处以前留下的茶园，产了几年茶，人家说品质不好都给退了，以后就没人再种了。

两人的话让陈伟华心里没底。梅山乡就像是长年害痨病的人，太虚弱了，只经得住补药经不住泻药，靠发展茶叶能不能致富真是一个未知数。陈伟华低着头沉思了半晌，又征求李学聪的意见。

李学聪不愧是见多识广，淡淡地说：“我是搞技术的，不太懂别的，但我相信我对专业技术的研究。”接着李学聪给他们算了一笔账，那些大城市像深圳、广州、上海的茶叶店里，一斤好茶叶要卖好几百块，而多少斤稻子才能卖到这几百块钱？要砍多少棵树才能卖到几百块钱？一亩茶园光是一季春茶也能摘他二十来斤，一年两季，精茶加粗茶再怎么也能平均百十斤，一亩茶园一年至少也有近万元的收入。

这个数字一说出来，卓长富都有点不敢相信自己的耳朵。

经过李学聪的实地考察，梅山整体海拔并不高，大部分山势平均在五百至九百米之间。空气湿润、云雾缭绕，加之阳光充足，种茶树比起福建碧螺春和杭州西湖龙井的生长环境还胜一筹。且这里的土质多是岩石风化沉积形成，含有丰富的硒和磷，这些成分都是防癌专家们早已肯定了的抗癌物质。茶好不好，还要看人用不用心去种，只要成规模，成气候，就能对茶的品质造成影响。

李学聪的分析让陈伟华总算放心了不少，把茶叶的种植、生产、加工一条龙发展起来，作为梅山经济的支柱产业的轮廓也在他心中逐步成形。这一思路让卓长富也信心大增，只有许文才还是疑虑重重。

许文才这些年作为分管经济的副书记，啥都让群众种过了，就是没带来过效益，害得农民白流了汗、倒赔了钱，怨声载道。走了不少弯路下来，再加上梅山换书记比大姑娘换花头巾还快，每个领导上任都想干点什么，好多种植计划都是凭领导一时心血来潮盲目下的命令，可还没等出成绩就又走了，扔下一个烂摊子让他们收场。几番折腾下来，只要是农业种植的事许文才都不敢再涉及了。

陈伟华十分理解许文才等的委屈，但他认为那是梅山没有发展起真正适合的项目。以前之所以失败，急功近利的因素太多，而不是从梅山本身的资源环境和可开发的角度出发。

如果在梅山搞开发区、大上工业项目，道路、水电等投资环境没有配合着搞起来，肯定是不切实际的。梅山的自然交通条件这么差，又没有工业基础，就算是有人来投资，原材料运进来、产品运出去，光这成本消耗就已经把豆腐盘成肉价钱了，抵押给法院的几家破烂企业就是当时一阵风办起来的，由此可见大上工业项目显然是行不通的。

但不管怎么说，许文才对于陈伟华的茶叶产业思路并不认可，更多考虑的是县里的思路。许文才说：“陈书记，有句话不知该不该说。”

陈伟华鼓励道：“说呀，畅所欲言嘛。”

许文才把陈伟华拉到一边，说：“县委方中明书记抓工业劲头大得很哪，我看他用干部的标准就是看你有没有搞工业的才能，有没有开拓精神。陈书记，我这都是为你考虑啊。”

许文才正说着，一阵“嗨—哟！嗨—哟！”的低沉号子声传了过来。一群山民从山的高处慢慢挪了过来，几个老汉用山背篓背着大袋子山货，每迈一步都会停下来喘一口气。这群山民的后面，两个山里汉子一前一后抬着一块门板，门板上躺着一口用绳子捆得严严实实的肥猪，因为捆得太紧，肥猪瞪着红眼长一声短一声地嘶叫着。人群中还有一位妇女，用背篓背着一个孩子，拄着一根木棍尽量贴着靠山的石壁小心寻找着每一步的支点，小心翼翼地挨下山。

卓长富和这些山民都认识，问背孩子的妇女：“下山走亲戚？”

妇女停住脚步，满脸愁容地说：“娃他爹在崖上挖药草摔断了腿，住在乡卫生院，我绑了头猪送过去付医药费。”

看到这情景，陈伟华心里很不好受。梅山的老百姓下个山都这么苦，实在是折腾不起了，决策一定要慎之又慎，要经过科学论证。当前陈伟华能为梅山老百姓做的，就是为他们选择一条实实在在的路，而现在老百姓对乡干部已经没有多少信任感了，这不是一件好事。

陈伟华望着那些山民，无意中瞥了一眼许文才，许文才慌忙将眼神往旁边闪开，脸上掠过一丝的不自在。

下山的时候，李学聪在半山腰走着走着忽然停了下来，望着对面山坡出神。

陈伟华也跟着停了下来，疑惑地问：“李技术员，在看什么？”

李学聪感叹道：“陈书记，好漂亮的一片天然茶场啊！”

众人向对面山上看过去，山上坡势平缓，灌木稀疏，有些地方可以看见裸露的红土。

“这地方坡度平缓，坐北朝南，最保守的估计能开出五六百亩茶园。”李学聪说。

卓长富不以为然：“啊，这有啥稀奇，梅山像这样的地方多得很。”

陈伟华看着那片土地，又听到卓长富这么说，简直如获至宝地兴奋起来，更坚定了把茶叶产业作为全乡支柱产业来抓的决定，并打算回去就请乡四大家班子成员和各村村长都来云雾山开个现场会，结合梅山的实际，好好规划一下发展大计。至于县里方中明书记那里，他决定自己亲自去做他的工作。

经过这么一番思索，陈伟华来了精神，与李学聪一路有说有笑往回走。卓长富和许文才跟在他们后面，许文才耷拉着脑袋不出声，卓长富问他是不是有啥不痛快。许文才说：“没啥不痛快。只是这建茶园得花多少钱？电镀厂的赔款怎么办？我觉得吧，这陈书记有点过于乐观了。”

卓长富被许文才这么一说，先前的高兴劲儿一扫而空。

陈伟华一回办公室，就催促李学聪把今天交谈的内容整理一份报告出来，并要求实事求是，不能有任何夸大优势或缩小劣势的倾向。吩咐完，陈伟华又伸手抓起电话，打到方中明的办公室，准备将情况向他汇报一下，却被告知方书记去花关镇视察工作了。

陈伟华放下电话，才发现林玉芬站在那儿已经等他半天了。林玉芬请他明天晚上去她家吃个饭，并告诉他是万锋强邀请他去的，还请了林英琴。陈伟华迟疑了一下，心想万锋强请吃饭能有什么好事。

林玉芬继续邀请道：“大家都是老同学了，而且英琴跟你又快成家了，咱们就是一家人了，还客气什么？”

陈伟华想了想，答应了。

第二天晚上，刚刚送走客户的林英琴疲惫地回到办公室，刚一把办公室的灯打开，陈伟华就不知道从哪里突然出现在她面前。林英琴的心吓得“怦怦”跳，狠狠地捶了陈伟华一拳说：“哎哟，你吓死人了，好好的干吗不开灯啊？”

陈伟华笑嘻嘻地说：“想要给你一个惊喜嘛。”

林英琴嗔怪道：“你不给我惊吓就不错了，还给我惊喜。你不在你那大山子里呆着，到我这儿来干吗？”林英琴说完忽然一转念，疑惑地看着陈伟华说，“你是不是又出什么事儿了？”

陈伟华扮个鬼脸说：“我又不是什么惹事精，哪能动不动就出事儿啊。”

林英琴瞪着眼说：“别说没事儿，就算你有事儿我也懒得管你，上次法院的事儿，我还一肚子火呢。”

陈伟华嬉皮笑脸道：“消消火，消消火，有个礼物送给你。”

林英琴心里挺纳闷：今天的惊喜可真够多的。却见陈伟华从包里拿出了一个玻璃瓶，玻璃瓶上绑着一根红丝带，瓶子里装的都是土。

林英琴更加纳闷了，问陈伟华：“这是什么呀？”

陈伟华回答说：“黄金！”

林英琴白了陈伟华一眼，陈伟华却认真地说：“这可是从咱们莲花县海拔最高的山上带下来的土，这个土啊富含磷和硒，全都是抗癌的。”

林英琴说：“那你是让我吃啊，还是让我抹呀？”

陈伟华说：“什么呀，我是打算用这个土在梅山种茶叶。”

他兴奋地把自己要在梅山建立优质茶园的打算告诉了林英琴，林英琴将那瓶土放在自己的办公桌上，却忍不住还是给陈伟华泼了瓢冷水。建茶园可不是嘴上说说就能行的，那将是一个长期的过程。林英琴是做房地产的，算起来也是跟土打交道，她知道创办一项事业的艰难，没有一两年的时间，根本就看不出一点眉目。林英琴提醒陈伟华要做好吃苦的准备。

陈伟华已经有了吃苦的准备。林英琴接着提醒他种茶不是简单的事，茶种出来了还要考虑销售、运输、管理等问题，要陈伟华想清楚。

这一番提醒倒是陈伟华没想到的，不得不佩服林英琴作为十佳女企业家的远见。

快到和林玉芬约好的吃饭时间了，两人稍作收拾，挽着手一起去了万锋强家。

万锋强已经在家里等着了，却并不知道林玉芬把陈伟华也请来了。万锋强正在奇怪桌上怎么摆了四副碗筷，门铃响了。万锋强把门打开，看见林英琴和陈伟华双双站在门口，不禁感到诧异。

陈伟华可不知道万锋强的心思，无拘无束地走进房间，闻到了炒菜的香味，忍不住赞叹说：“哎呀，真香啊！”

万锋强趁机溜进厨房，悄悄责问林玉芬：“你怎么把那个家伙也叫来了？”

林玉芬说：“怎么了，一家人吃饭多好。”

万锋强单独请林英琴过来是有他的设计的，并不是单纯为了吃饭。可陈伟华的同来就不太好说了，只好硬着头皮坐下来吃饭。

吃到半晌，几个人的话题不知不觉就扯到了工作上。万锋强劝说林英琴忙完手头的工作，就到花关镇考察一下市场，看有没有可能在花关投资项目，并且向林英琴许诺，只要林英琴把投资项目放到花关，政策上他一定给开绿灯，花关镇随时欢迎她。

万锋强和林英琴洽谈起了工作，有说有笑，把陈伟华冷落到了一边。林玉芬看在眼里，赶紧给陈伟华夹菜。

林玉芬劝说陈伟华多吃菜，陈伟华却有意无意地向万锋强提起了前两天方中明书记到花关考察的事。陈伟华笑说方书记偏心，只想着花关，不想着梅山。

万锋强的解释是因为花关的确有正经事需要方书记给把关。陈伟华说过两天也请方书记到梅山去把把关。万锋强马上想到了电镀厂赔款的事，询问起了那三百多万的赔款。

这个巨额数字的赔款让林英琴在旁边听得一头雾水，忍不住追问起来。陈伟华怕她知道，赶紧打哈哈搪塞过去，又将话题引到了准备在梅山开茶园的事，并希望万锋强能够帮他在方书记面前说说好话。

万锋强认为这完全是跟上面的政策唱反调，都在大力发展工业，陈伟华偏偏要去种茶，看样子年底财政结算的时候，梅山又是个垫底的了。

陈伟华却对种茶信心十足。他已经规划好了，第一期茶园八百亩，二期茶园一千二百亩，一亩的产值就是上万。茶叶的产值远远超过粮食，在台湾，好的茶叶一斤能卖到十几万。今年垫底不垫底不重要，关键是明年、后年能不能追上来。毕竟梅山不能跟花关比，梅山就适合种茶，这是一点办法都没有的事。

林英琴见陈伟华对种茶如此认真，很关心地问他："伟华，你没开玩笑？那你这茶园打算什么时候开始建？"

陈伟华说马上就开建，尽量抓紧时间在三个月建成。

万锋强却认为三个月建成一个茶园简直就是天方夜谭，不想再和陈伟华讨论这事。自己今天主要是找林英琴洽谈投资的事，不能让她把注意力都浪费在陈伟华身上。万锋强转了个弯把话题又扯回了花关，说花关镇即将开发一个商业区，政策上已经通过了，让林英琴有时间来看看规划，他会把最好的那块地留给她。

林英琴不好意思当面推辞，说会去看看。万锋强又急不可耐地问她什么时候来，到时候专门派个人去接她。

万锋强这种急于求成的方式让林英琴不知怎么回答，让林玉芬也感到不好意思。

林玉芬于是打了个岔，问起林英琴和陈伟华的婚事，没想到二人却都不急。林玉芬笑着说：“这下真是皇帝不急急死我这个太监了。你们俩真是绝配，都是工作狂。”

林英琴呵呵笑着，亲昵地靠了靠陈伟华的肩膀。万锋强瞥了一眼，有点不是滋味，“呼噜呼噜”地喝起了汤。

从万锋强家出来已经很晚了。林玉芬将两人送到门口，趁林英琴去取车的时间，叮嘱陈伟华主动点，尽快考虑婚事。

林玉芬转身回到家里，万锋强坐在沙发上看电视。林玉芬进厨房收拾残局，万锋强在客厅里一会儿烦躁不安地关了电视，一会儿又不知道脚底下踢到了什么，故意把声音弄得很响。林玉芬听在耳朵里，一声不吭。

回去的路上，林英琴一边开着车，一边和陈伟华说着话。林英琴已经看出来了，今天这顿饭吃饭是假，拉着她说投资是真。她让陈伟华别拐弯抹角，需要她投什么资、帮什么忙就直接说。林英琴并不了解，现在这个阶段，陈伟华还不愿意动用林英琴，陈伟华满脑子想的就是茶园和电镀厂的赔款。至于找项目投资，陈伟华没这个意思，真正有这个意思的是万锋强。

说到电镀厂赔款的事，林英琴觉得陈伟华就是个冤大头。陈伟华嘴上不承认，但不否认这件事的确让他苦恼，否则他今天也不会来吃这顿饭求万锋强帮这个忙。从大学到现在，他和万锋强就像两个争强好胜的孩子，谁也不服谁。就梅山现在的状况，没有个一两年是看不出来什么眉目的，这段时间他必须要全心全力去应对这件事。而对于林英琴所期待的二人的婚事，陈伟华想放一放，等到自己把梅山做得有起色了再说。

陈伟华的想法让林英琴不太开心，如果梅山没起色，难不成就不结婚吗？不开心归不开心，林英琴就电镀厂的问题还是给陈伟华出了个主意。开电镀厂需要大笔资金来做环保处理，而浩源电镀厂却为了省下这笔资金，把废水全部排放到了附近小河里，导致周边环境受到严重的污染，按说应该受到政府部门的巨额处罚，而陈伟华只顾着关停工厂，却忽略了罚款这件事。

林英琴的提醒让陈伟华恍然大悟，给了他一个应付电镀厂赔款的好办法。陈伟华高兴地亲了林英琴一口说：“这招我怎么没想到呢？”

陈伟华心中有了底，回到梅山乡就胸有成竹地和涂光义进行了正式谈判。

谈判桌上，涂光义和他的手下坐在谈判桌的这一头，陈伟华则和许文才在谈判桌的另一头。涂光义得意地问陈伟华："陈书记，这件事儿你们怎么考虑？"

陈伟华不容置疑地说："我们乡政府的决定，电镀厂是一定要关。"

这太出乎涂光义意外。涂光义看了一眼许文才，见许文才不动声色，马上又笑着说："行啊，没问题，那就按照我们的损失赔吧。"

陈伟华满口答应，却就赔款问题同涂光义商量起来。梅山乡现在一时拿不出这么多的钱，希望涂光义能给一个缓和的余地，梅山乡先支付百分之十的赔款，剩余的款项在一年内分期付清。

对于这个要求，涂光义毫不犹豫地严词拒绝，让陈伟华找他的律师去谈。涂光义说完，态度强硬地站起身就要往外走，却被陈伟华拦住了。陈伟华像是恳求似的说："涂总，如果这个事情实在没有商量余地的话，那么我们乡只好退步，你们这个电镀厂不必关了。"

此言一出，在场的人更加意外了，都以为陈伟华在开玩笑。却听陈伟华话锋一转说："不过，电镀厂必须建造完善的环保设施，而且对于已造成的污染缴付罚款。"

陈伟华拿出一份资料展示给涂光义说："这个是县环保局通知电镀厂整改的通知，还有罚款通知。"

涂光义赶紧把罚款通知抓过来一看，罚款居然有一百五十万！涂光义一下子急了，抓耳挠腮，一会儿拉着许文才求助，一会儿又高喊着陈书记。

这回轮到陈伟华转身就走，走之前还顺口丢下一句："环境资源是非常珍贵的，前两天县里才下达了规定，要严加治理。涂总，你得要好好学习环境保护有关政策规定啊，你和你的律师好好商量商量。"

没过多久，陈伟华关闭浩源电镀厂的事就被胡守国通报给了万锋强。万锋强了解了一下电镀厂投资方的背景，才知道浩源是一个港资的集团公司，挺有实力的，老板涂光义七十年代的时候跑到香港发了财，现在回来投资开厂。

万锋强沉思了一下，决定把陈伟华赶走的财神迎回来，立刻给涂光义一个邀请电话，联系上了他。

不久，花关镇为迎接涂光义还专门举办了一个现场考察洽谈会。镇政府大门口张灯结彩，临街悬着一条巨大的红色横幅标语："热烈欢迎香港正兴集团董事长涂光义先生莅临花关镇考察”。标语下面还加了一条英文，引得过往的行人纷纷驻足观看。

洽谈会现场，全副武装的保安们不住地呵斥看热闹的过往行人，万锋强满面春风，在一旁静候涂光义的到来。胡守国眉飞色舞地向万锋强比划着，赞赏着涂光义：“这位涂老板不仅是香港的大老板，听说在东南亚、在澳洲、在南美，都有企业。我们这次在香港招商期间，吃住他都全包了，那总统套房一晚上八千港币！”

两人正说着，一辆黑色轿车穿过人群往大门口徐徐驶来。万锋强打住话头，正了正领带，又拉了拉衣角，殷勤地过去迎接。轿车在大门口停了下来，司机下来把后座的车门打开，涂光义西装革履、倒背头梳得油光乌亮地站了出来。

胡守国一步抢上前，抓住涂光义的手一边摇一边兴奋地说：“涂先生，盼星星，盼月亮，终于把您盼来了！我的涂大老板，有道是贵人脚步稳，您是很有远见的啦！”

涂老板用粤语普通话捏腔拿调地说：“这一段事情很多，新加坡新厂开业要去剪彩，泰国那边的项目也要上马，南美的矿区出了点事故……事情太多，分不开身呀。”

胡守国赶忙把万锋强介绍给他，涂老板听完介绍，抓住万锋强的手夸张地“哎呀”一声说：“敝人涂光义，惊动了镇里父母官的大驾，真是不好意思呀！”

万锋强也跟着涂光义不住地客气，对涂光义在梅山的经历表示同情，并代表花关镇热烈欢迎他到花关镇投资办厂。

万锋强和涂光义一拍即合，正式开始了合作洽谈。

而梅山这边关停了电镀厂，陈伟华算是放下了一个大包袱。接下来的事，就是开始着手建立茶叶基地。陈伟华说干就干，并亲自上阵，一大早带领卓长富、向大成、李学聪等几个人到云雾山半山腰的老茶树茶园开荒。

几人来到山边上，远山近岭被一层薄雾笼罩，一面印有镰刀铁锤的红旗在晨光中飘动。陈伟华等几个人挥汗如雨，铁镐碰击石块的声音清晰响亮。在大家的齐心协力下，没多久就挖出了一条长长的茶垅。

乡里的广播响了，林玉芬的声音在山里清脆地回响着：梅山乡各级干部、村长请到黄花山老茶树开现场会，马富民（马跛子）同志，马富民同志，请一同参加列席旁听。

听到广播通知后，乡干部和村干部们相继上山。许文才提醒陈伟华可以开会了，陈伟华抬头看了一眼人群说："还差呢，来来来，大家边干活边等吧。"

陈伟华把农具递给许文才，其他的干部一下子有些摸不着头脑，有的站在旁边看，有的捡起镢头跟着挖。人多力量大，一垅一垅的茶畦逐渐成形，陈伟华见人来得差不多了，拿起一个喇叭，边擦汗边喊话。

"乡亲们，今天是五一！我这人天生不喜欢开会，按惯例是要通知大家集中到乡里去开的，表彰表彰先进，但是我不想重复这些形式主义的老套路，所以今天就把梅山各村的村干部和劳动积极分子请到这里来开个现场会！"

陈伟华喊着话，马跛子拐着腿最后一个到达了开会现场，嘴里还不停地抱怨："放着好好的礼堂不开会，要来这半山腰！"

陈伟华在会上把自己开垦茶园的初衷正式公布给了大家，并公布了他准备在梅山乡大面积发展茶叶的计划。梅山乡的老百姓这些年靠砍树卖柴过日子，山上的树已经砍得差不多了，这靠山吃山绝对不是个办法，对子孙后代也不好交代。梅山是优质茶叶的天然产地，梅山乡要想真正富裕起来，必须把"三高"农业和开山种茶作为梅山的支柱产业。

接着，陈伟华把茶叶专家李学聪介绍给了大家，然后公布了他制订的计划目标：全乡一共种植两万亩茶，全乡人均一亩，计划用三年实现这一目标。

陈伟华的计划目标一公布，现场的党员干部们就像炸了锅一样议论开了。

一位村干部说："黑了天啦，两万亩？那不遍地都是茶叶子？"

马跛子说："老天爷，这么大的一个工程，一镐一锄要挖到哪年哪月？"

另一位村干部表情漠然地说："杀猪杀屁股，各是各的路数，弄来弄去还不都是折腾老百姓。"

还有人说："茶叶这东西不能当饭又不能当菜，种个三亩五亩，一家一户分两斤泡茶喝还差不多。这一家伙整两万亩，要当蒸菜吃？"

马跛子最后说："梅山的干部是铁打的营房流水的兵，到时他们走了，苦的可是我们这些人啊。伙计，看这个陈书记的蛮劲咋折腾？"

大家的议论陈伟华不是没听到。他让大家安静，接着宣布："从今天开始，大家回去赶快动员各村、各户群众，来申请认领这第一期八百亩的茶园子，先到先得、先挑好地方。"

村干部们面面相觑，竟然没有一个人搭腔。

散会之后，许文才回到家里，倒上一杯酒自斟自饮。先前陈伟华还没来梅山的时候，县委书记方中明跟许文才说过，梅山困难是有领导的不力，只要许文才能坚持、好好干，做出成绩，把许文才升为正职也并非不可能。方中明的话许文才到现在还记得，但半路杀出个陈伟华，简直就让他多了一块心病。有陈伟华在，他许文才就别想有出头之日。

葛小玉端出一碗面放到许文才面前，许文才仍然只是喝酒不说话。葛小玉忍不住说："你说茶园的事情到底靠不靠谱？"

许文才说："谁知道。"

葛小玉说："我看这个陈伟华跟以前的那些书记好像不太一样，他在这儿，你这个副职得做到什么时候啊？"

许文才不高兴了，"啪"地一声放下酒杯子说："你个婆娘说什么呢！人家把生态经济说得有头有尾的，自己还带着锄头上山开茶园，你说说看，我还能说什么？我能说什么？"

葛小玉说："那他陈伟华一竿子把你打倒在地上，你就这么让他去啊？"

许文才呷了一口酒，似乎心中有数："陈伟华真想要把这茶园办起来，那也不是一朝一夕的事情。"

许文才知道，陈伟华动员大家去认领茶园，其实没有一个人愿意去，都想让别人先去，看看情况再说。再说了，这种茶得有茶苗，现在梅山乡哪还有钱去买？方中明书记主抓工业，他陈伟华就是要拧过来对着干。走着瞧吧，就算方书记没有反对他陈伟华的做法，但这陈伟华却自己把自己逼上绝路，茶园的事只能成功不能失败。

另外，许文才还打算写一份梅山乡的工业发展计划，到时候直接递到上面去。

几天之后，陈伟华召集各村干部开始进行第一期茶园认领。大家都坐在那儿不吭声，向大成站起来说："陈书记，我们黄花山村带个头，认领五百亩。"

陈伟华赞许地点了点头，再环顾其他干部。可向大成的带头作用好像还不够，其他村干部仍然没什么动静，有的只是一片窃窃私语声。

卓长富沉不住气了，怂恿云雾山村的白村长再带个头。白村长却打了个太极："这个，这个叫我也做不了主啊，我得回去跟大家伙商量啊。"

向大成揶揄道："你回去也就会跟你媳妇商量，还能找谁商量。"

白村长不带头认领茶园其实另有苦衷。村里的人能出去打工的都出去打工了，剩下的劳力没有多少，哪能认得了那么多？更何况现在可不像以前，以前村长说句话还能算个数，现在没人愿意多听。

卓长富继续鼓动大家道："凤凰山村、莲花山村、白日山村的，你们怎么回事儿啊，打蔫啦？一个字都蹦不出来是咋的？"

众人仍然默不作声。这时候，马跛子突然大着嗓门开了腔："卓乡长，你这到底是自愿认领啊，还是强行摊派啊？陈书记不是说了，大家自愿认领嘛！"

马跛子此话一出，大家像炸开了锅，议论纷纷起来。马跛子也没闲住嘴，分析得头头是道："这眼前的茶园最多也就七八十亩吧，要开出八百亩，那就得炸山，炸山那得有炸药，炸药钱谁来掏？这开茶园也得有时间，这段时间大家吃什么喝什么？这些问题，陈书记，你咋就不考虑了？"

晚上，陈伟华回到宿舍里，还在想着马跛子的话。月光从瓦屋的木窗洒向屋内，乡政府院内静寂无声，陈伟华翻开一本书，又随手搁下。

门外传来两声轻轻的敲门声，陈伟华打开门，是林玉芬。

林玉芬只是想找陈伟华聊聊。万锋强去香港考察了，林玉芬不想来回上下班跑路折腾，索性住在了广播室。自打万锋强从县里下去当了党委书记以后，人变了不少，跟林玉芬在一起的时间也越来越少，偶尔聚到一起也没什么话说。最近二人还经常闹出些不愉快，林玉芬归结为万锋强这几年得到县领导的赏识，路走得太顺，已经听不进任何反对意见了。林玉芬有一个预感，像万锋强这样爱出风头、好胜心强、出政绩心切的人，最终是要栽跟头的。

陈伟华给林玉芬的忠告是：既然早看出了些苗头，就应该及早给他提个醒，别人也不便多说。

林玉芬有她的隐衷，这种时候的万锋强哪还能听得进她的话？

陈伟华心情复杂地望着林玉芬说：“我是谁的话都能听得进的，倒是担心没人跟我说真话。”

两人随即又聊起了早会上认领茶园的事。茶园认领遇到不顺，林玉芬觉得陈伟华应该早有思想准备。大规模开发茶叶产业、果园生态农业，路子是对的，这是个前景无量的长效项目。但这种开发性项目收益慢，一时半会儿很难见到效果。而像能够很快实现增收的浩源电镀厂这种工业项目，陈伟华却把它关了停了，乡里的农民、村干部甚至乡干部，当然会有不同的想法。

陈伟华承认是自己低估了这件事情的难度，想要打消乡民的顾虑，却不知道怎么办。

林玉芬让陈伟华别着急，并给他出了个主意：可以在马跛子身上试试看能不能下点功夫。马跛子家有一手祖传的爆破手艺，如果要开茶园，要炸山，马跛子是不二人选。现在马跛子一个人失业在家，请他来当这次茶园爆破的负责人，让他深入了解茶园，打消他的顾虑，也可以让他进一步了解陈伟华。再者，由马跛子带动一批群众，群众的积极性起来了，那些村干部的工作也就好做了。

陈伟华想想有理，感激地对林玉芬说：“玉芬啊，让你当个妇联主任真是屈才了。现在正式任命你为我们茶园基地的宣传干事，你带上范升仕给大家宣传种茶的好处，让大家在思想上解压。”

第二天，陈伟华和林玉芬提着一挂腌肉来到了马跛子家。马跛子正在编竹筐，林玉芬嗓音清脆地在门外问：“马富民在家吗？”

马跛子头也没抬说：“几百年都没听到有人叫我大名了，这是哪儿来的百灵鸟啊？”

二人进门，陈伟华将腌肉放到马跛子眼前说：“想吃腌腊肉了，今天到你家吃饭。”陈伟华又从口袋里掏出一瓶二锅头说：“今天我酒水自备，腌肉自备，怎么样，喝一杯吧？”

马跛子拿着酒闻了闻，又斜着眼看了一眼陈伟华说：“行啊。”

林玉芬让他们俩先聊着，拿着腌肉进去炒菜。马跛子叮咛道：“少放点油，我家的油可金贵呢。”

说完，马跛子低下头继续编着手里的竹筐。陈伟华看着竹筐，有一句没一句地和马跛子聊了起来。自从马跛子离开电镀厂失业以来，只能靠编竹筐为生。穷人的孩子早当家，马跛子的女儿芳芳小小年纪就开始劳动，帮助父亲维持生计。陈伟华劝说马跛子把女儿好好培养培养，将来也好上个大学。马跛子却嗤之以鼻，孩子上学的学费贵得要命不说，何况是个女娃娃，再培养也是别人的。

林玉芬炒好了菜，喊他们过来吃饭。腊肉的香味让大家食欲大振，马跛子就着二锅头，吃得很香。陈伟华和他边喝边聊，把话题引到了马跛子的身世上。

马跛子只说自己就是土生土长的梅山人，“文革”的时候给定性为标标准准的贫下中农，却只字不提自己的祖上家世。

陈伟华接口问道：“听说你们家都是搞爆破的。上回在云雾山说起炸山的事，我就觉得你不是信口乱讲。”

马跛子一愣，这才承认自己家从祖辈起就跟火药打上了交道。

陈伟华暗喜，告诉马跛子茶园只是第一步，除了这茶园，他还要在整个梅山乡做果园、修公路，这是一个巨大的工程，需要大家齐心协力。马跛子这一手爆破的功夫正是他所需要的，今天就是特地来请他去当开山先锋。

马跛子摇摇头说：“陈书记啊，你来晚了，你要是早来个二十年啊，那还能行。”马跛子已经不碰炸药很多年了，他们马家就因为有这么个手艺，所有的男丁都没能活过四十岁。他父亲临死的时候已经给家门立了个规矩，从此以后不许再碰火药雷管。

说服马跛子未成，陈伟华和林玉芬沮丧地离开了他家，没想到马跛子还真是块硬骨头。

林玉芬以为他灰心了，陈伟华却说：“我陈伟华的字典里就没有‘放弃’这个词儿。人家刘备请诸葛亮还得三顾茅庐呢。这个马跛子，真要是个人才，再搭上几瓶二锅头我都愿意。”

陈伟华去找马跛子的时候，李学聪已经开始着手勘探茶园的开发路线。李学聪把准备工作大致确定后，陈伟华带上卓长富、林玉芬、李学聪、向大成等人来到云雾山勘察现场，对着仪器一起忙碌起来。

所有的勘察数据记录下来后，李学聪把仪器、仪表装进工具箱说：“行了，云雾山的规划马上可以出来了。”

陈伟华让卓长富先把李学聪对整个梅山乡的测量数据和规划资料整理一下，再准备请林英琴帮忙做一个梅山乡整体规划沙盘模型。陈伟华决定等到前期准备工作完毕以后，就开始动工，将公路、茶山和果园同时上马，既解决茶山和果园的交通运输，又解决老百姓下山难的问题，做到园成路通，村组相连。

陈伟华的远景规划让在场的几个人信心倍增。林玉芬仔细查看手里的勘探数据，忽然觉得刚才勘测的某个数据可以再准确一些，于是走下山坡，来到一座山崖不远处，举起手朝崖上挥了挥，朝崖上喊道：“向大成，拐弯的线你再看一看，有没有比这更近一点的路线？”

向大成挥着小红旗在崖上回应了林玉芬，然后又向陈伟华喊道：“陈书记，您上来看一下，是不是线拉直一点工程量会小一点？我一个人怕吃不准。”

陈伟华急忙往山崖上攀去。通往山崖的路上荆棘丛生，石壁上长满青苔，滑得根本无法落脚。陈伟华小心地攀爬着，寻找着可以落脚的地方。忽然，一个不留神，一脚踏空。眼看自己就要掉下去，陈伟华本能地伸出右手，抓住了身旁的一棵小树。可那棵小树根本就承受不了他的体重，林玉芬连忙冲过去想抓住他。可是已经来不及了，陈伟华惊叫一声，摔了下去。

六　土豆调动

林玉芬眼睁睁地看着陈伟华掉下了山沟，一时慌了神，语无伦次地朝崖下喊道："陈书记……陈书记……"

崖下没有任何回音。

林玉芬边喊边朝着陈伟华落下去的方向连滚带爬扑了下去。山坳里荆棘丛生，林玉芬顾不得自己身上被多处挂伤，在草窝、荆棘里慌乱地寻找。最后终于在一处坎子上站住了脚，她看到陈伟华躺在一个天坑里，被荆棘和藤条挂得满身血痕，衣服也被挂成条条缕缕。林玉芬吓坏了，大声叫道："天哪，这可咋得了，陈书记呀……"

陈伟华的鼻息微弱，已经昏昏沉沉地迷糊了过去。林玉芬下去，摇了摇他的胳膊，呼唤道："伟华，伟华——你醒醒哪！"

好大一会儿工夫，陈伟华才睁开眼，扭过头看了看周围说："玉芬，我们这是……"

陈伟华意识逐渐清醒，这才注意到自己身上挂烂了的衣服，不由得"嘿嘿"傻笑了两声。陈伟华挣扎着想站起来，还没站好就感到浑身一阵剧痛，一个踉跄差点摔倒。林玉芬赶紧上前扶住他，陈伟华却故作正常说："没事，能有什么事，你看，这不好好的吗？"

林玉芬急得"吧嗒吧嗒"直掉泪，没一会儿忽然又反应过来，冲着周围大声喊道："向大成……卓乡长……"

远处传来微弱的回应声，林玉芬又扯开嗓子喊道："我们在这里……"

卓长富、向大成朝着声音这边奔了过来，两人慢慢靠近天坑，从上面往下看过来，看到了狼狈不堪的陈伟华。

卓长富不禁额头冒虚汗："我的老天爷，这可是个鬼不生蛋的窝，要是外边没人知道，你们就得困死在天坑里。快砍些葛藤丢下去拉他们上来！”

坑上的人七手八脚砍了些葛藤拧了拧，往天坑里丢了下去，把二人从天坑里拉了上来。

上到崖上，卓长富还后怕不已：“陈书记呀，你可把人吓死了！”

陈伟华：“这次多亏了林主任，要不是她，这回我可真是死定了。”陈伟华说着，身上的伤让他不禁又是一阵抽搐，林玉芬焦急地说：“陈书记，你别忍着，还是赶紧去医院吧。”

陈伟华固执地说：“哪有那么娇气，去什么医院啊？向村长家离这里近，我去洗把脸，包包伤口就行了。”

回到乡里，卓乡长就给林英琴打了个电话，把陈伟华摔伤的事告诉了她。林英琴听完十分担心，顾不得手里的工作，匆匆赶到了梅山，不由分说硬是把陈伟华从梅山乡接到了县城自己家里。

林英琴让陈伟华好好躺着，给他端茶倒水，悉心照料，让陈伟华备感甜蜜却又感到有点不自在。给陈伟华喂饭的时候，林英琴又念叨起当初劝陈伟华不要去梅山，可陈伟华就是不听，这下可好，到了梅山不久就弄成了这个样子，真不知道该怎么说。陈伟华安慰林英琴说自己没事，让林英琴别为他担心。

陈伟华躺在床上，心里却整天想着梅山那边的事，憋了两天终于忍不住，吵吵着要回去。林英琴无奈，只好收拾东西做准备。林英琴正叮嘱陈伟华回去要好好休息，陈伟华的手机却忽然响了。

电话是卓长富打来的。卓长富带来了一个消息，说李学聪要离开梅山了。陈伟华一听有点着急，连忙问是怎么回事。原来这次并不是李学聪刻意想要离开，而是他所在的原工作单位县土产公司找来的麻烦。

李学聪当时跟陈伟华到梅山考察，走的时候匆匆忙忙，没跟任何人打招呼。县土产公司好几天看不到他影子，还以为他失踪了。后来才知道他去了梅山，认为这件事很严重，给他发出警告说如果他再不回来就要把他开除了。

陈伟华听明白情况后，给李学聪去了电话，安慰他不要担心，他会想办法解决这个问题。挂了电话，陈伟华把这件事第一时间告诉了林英琴，打算把李学聪的工作关系直接转到梅山。

林英琴却说：“在这件事上，你可别当个冒失鬼。”

林英琴这么说，从人情世故上讲有她的道理。李学聪好歹也是个大学生，在原单位再混得不好，也算是个县级单位的干部，要是把他往山沟里一调，万一陈伟华那边的事情出了什么问题，他想回县里就难了。林英琴让陈伟华好好为李学聪考虑一下，要给李学聪一个稳定工作的保证。

陈伟华想想觉得有道理，打算先把李学聪借调过来。正好在县里，就顺路走一趟，跟土产公司的经理谈谈。他让林英琴开车把他送到土产公司，临下车的时候，林英琴一把按住陈伟华的手，不放心地说："当心身体。"

陈伟华亲了亲林英琴的额头，下车走进土产公司的办公楼。

土产公司袁书记的办公室在二楼，陈伟华一路寻找到书记办公室的门牌，轻轻地敲了敲门，朝里面问："袁书记在吗？"

一个老气横秋的干部正在办公室里看报纸，听见喊声，老半天才将视线从报纸上移开，抬头问道："我就是，你有什么事？"

陈伟华赶忙介绍自己是梅山乡党委书记陈伟华，又把梅山乡准备开山种茶种果、急需懂农业的技术人员的事向袁书记陈述了一遍，最后才小心翼翼地提出想把李学聪借调过来的意思。

袁书记很不耐烦地瞥了陈伟华一眼，有气无力地说："你说借调就借调？不行！"

陈伟华没想到一来就碰了一鼻子灰，心情郁闷地离开了袁书记的办公室。陈伟华站在楼道里犹豫了半天，终于摸出手机，一个电话打到了组织部长邓清明那里。

第二天上午，邓清明把陈伟华约到了组织部办公室。一见到陈伟华，邓清明就先注意到了他脸上的伤。陈伟华颇为不好意思，不愿多说事情的经过，之乎者也地搪塞了过去。

陈伟华先向邓清明提起了梅山乡准备把茶叶产业作为支柱产业这件事。这件事邓清明已早有所闻，对此他也不好过多评价。虽然从理论上讲发展茶叶产业也是可行的，但众所周知，莲花县主要方向是搞工业。作为陈伟华的老同学，邓清明只能从侧面跟方中明书记交流交流，帮陈伟华说点好话。如果这是个好事，他相信方书记也不会那么固执。

接着，陈伟华才说起了想调动土产公司技术员李学聪的事，并把去土产公司碰钉子的事告诉了邓清明。陈伟华希望邓清明能给他帮个忙，邓清明却说李学聪这个情况比较特殊，不是组织部说调就能调的。一番权衡之后，邓清明给土产公司袁书记打了个电话，做了疏通，让陈伟华再去土产公司。

陈伟华从邓清明办公室出来，临出门却又折了回来，把邓清明放在桌上的一包中华烟揣进了自己口袋里说："我平时不那么吸烟，这要去求人办事总还得有点表示吧。"

邓部长笑着奚落他道："你呀，一个乡党委书记也不怕掉份。"邓清明从屉子里摸出一条烟来，用报纸包上递给陈伟华说："干脆都拿上，多管几天。"

陈伟华接过报纸包好的烟，举起手向邓清明敬了个礼说："我这就去，打扰你老兄了。"

邓清明催促他说："抓紧去找袁书记，李学聪已经到你们那里帮了这些天忙了，再去晚了这借调的事就被动了。"

陈伟华兴冲冲地再次来到土产公司，一走进袁书记办公室就恭恭敬敬地给袁书记递上一根烟说："袁书记，梅山的事就请您多帮忙了。"

袁书记的态度好转了不少，这都是组织部长邓清明一个电话的功劳。袁书记接过烟对陈伟华说："李学聪这事，邓部长刚才在电话里说了。不过这人性格有点孤僻，不知道他肯不肯进山里去。"

陈伟华说："只要土产公司同意把他借调过来，我们自己找他谈。"

袁书记说："借调这个事说起来容易，手续办起来却挺麻烦。"

陈伟华急了，让袁书记尽管开出条件。

袁书记想了想说："这样吧，他在你们那里工作期间的工资由你们开。"

一个条件说完之后，袁书记欲言又止："再一个……"

陈伟华慌了神，生怕袁书记喊出个大价钱来，却听袁书记说："好，我直说了，这几年我们单位形势不好……"

陈伟华把心提到嗓子眼上，紧张地听着袁书记的下文。

"……所以单位上人人都有创收任务，公司上个月从东北订了一车皮土豆，每个干部要推销一万斤，这个任务他走之前得完成。"

原来袁书记的第二个条件是要帮李学聪卖土豆！

陈伟华抹了一下额头的虚汗，满口答应："好，一言为定，这一万斤我包下了！我明天就雇车来拉走！”

从土产公司出来，陈伟华直接回了梅山乡。梅山乡政府大院里没什么人，卓长富和向大成、林玉芬等人去了茶叶基地，只有李学聪在院子里焦急地等待着。

由于马跛子拒绝了茶叶基地的爆破工作，这个任务只好先交给向大成。向大成接手了爆破任务，马跛子却躲在不远处偷偷观看，满脸不屑的表情。正当马跛子转身离开的时候，林玉芬看到了他鬼鬼祟祟的身影。

陈伟华一下吉普车就看到了李学聪，不由得兴高采烈地说：“李技术员，妥了，全谈妥了！”

陈伟华把这次在县土产公司和袁书记商量借调的事跟李学聪简要地说了一通，又转身从车里提出一袋干菜递给李学聪说：“这是梅山乡的特产干菜，名叫‘娃娃拳’，烧肉烹鸡都是上好的伴菜。你回家看看，也把这菜带回去让你爱人尝尝新鲜。”

李学聪一时说不上话，呆愣在那里。陈伟华以为他是很久没回家，想老婆了，于是对李学聪说：“你好些天没回去了，这回就在家里多住几天。等过些天我去拉土豆，再接你一起回梅山。”

李学聪这才把老婆蔡美娟准备和他离婚的事告诉了陈伟华，随后叹了一口气说：“我现在是无家可归了，以后梅山就是我的家。”

陈伟华从县里回来没两天，土产公司就把分派给李学聪的一卡车土豆拉到了梅山乡。土豆被拉到梅山乡政府大院里，大家纷纷跑出来帮忙卸车，却不知道把土豆卸到哪里。陈伟华指着会议室说：“先放会议室吧，反正马上就得处理。”

大家七手八脚地卸土豆，民政助理范升仕跟在乡副书记许文才后面慢腾腾地踱了过来，边走边对许文才发牢骚。只听范升仕说：“许书记，你说咱们乡这是咋回事嘛，才说要我们挖茶山，这会儿咋又弄这些土豆？”

卓长富听见了范升仕的牢骚话，正色道：“陈书记好不容易请来个懂农业的茶叶技术专家，他原来的单位给他有推销土豆的任务。你们在瞎议论个啥？”

许文才话里带刺地地回敬一句：“领导安排什么就做什么，不要随便议论，注意跟党委保持一致。”

卓长富回到土豆车前，正要继续卸两个麻袋扛上，被陈伟华叫住了。陈伟华考虑到卓长富对梅山的情况比较熟，交给了他一个比扛麻袋更艰巨的任务——把土豆销售出去。陈伟华叮嘱卓长富销售土豆不要找村里，只找乡里有钱的单位去做工作，像供销社、医院这样人多的单位，动员他们一个单位买一千斤，工商、税务、派出所这些人少的单位买三百斤，乡里的食堂也派给五百斤，剩下的跟中学商量商量按成本价给他们，不要赚一分钱。

卓长富接受了这个任务，当即准备出门去办土豆销售的事。卓长富刚走了几步又被陈伟华喊住了，陈伟华再次叮嘱道：“注意讲究点方法。”

卓长富出了乡政府院门，才知道销售土豆并不是想象中那么简单。他首先来到了莲花县公安局梅山派出所，进门的时候他犹豫了片刻——乡长现在成了土豆推销员，这还真让他有点不好意思。

但没有办法，卓长富硬着头皮走进了派出所。几个警察正在聊天，他尴尬地上前跟他们打招呼：“鲁所长，今天没出警哪？”

鲁所长见卓长富来了，多少有点奇怪，随口问道：“卓乡长啦，你这乡政府的官员咋舍得到这小庙里来。有啥指示？”

卓长富原原本本地回应道：“找您商量点事。是这样，陈书记最近从县上土产公司请来了个茶叶技术专家，土产公司要求我们乡里帮他们推销一万斤土豆，陈书记让我到各单位跑跑，每个单位分担一点，也就是几百斤吧，也算是支持乡里的经济发展……”

卓长富啰啰嗦嗦，让鲁所长听得不耐烦。只见他挥了挥手说：“我当是啥大事，给公家推销土豆啊，这我就帮不上忙了。”

外边人看鲁所长这些戴着大盖帽的人整天威风八面，他们也有他们的难处。上面拨的经费不够派出所的工资，现在又管得紧不许他们乱罚款，鲁所长还在发愁上半年的出警补助没着落，怎能要下这几百斤土豆？话又说回来，即使要下这些土豆，一个派出所又能怎么处理？

卓长富磨磨蹭蹭不肯走，还想劝他少要一点。可话到嘴边又为难地吞了回去，真是求人矮三分。鲁所长转过头不再搭理他，卓长富只好悻悻地离开，去了梅山乡工商所。

来到乡工商所，卓长富又吃了个闭门羹，只好灰溜溜地出来。最后，卓长富把心一横，去了乡政府食堂。食堂负责人葛大海正坐在一把破摇椅上看小说，一见卓长富进来，赶紧招呼道："卓乡长，这午饭已过，晚饭还早呢，你咋就来了？"

卓长富这回也不多寒暄，开门见山就说："陈书记吩咐下来，要你们食堂包销五百斤土豆。"

葛大海说："为什么要销五百斤土豆？我们食堂又不是养猪场。"

卓长富耐心地解释道："我们要请来一个县土产公司的技术员，人家单位让我们包销一万斤土豆。"

葛大海说："要人就要人，卖土豆干吗？"说完，葛大海又试探性地问："土豆多少钱一斤？"

卓长富说："成本价，三毛。"

葛大海比卓长富猴精，讨价还价道："卓乡长，你是外行欺内行啊，外边土豆摆着卖才一毛五，买得多只要一毛钱呢。"

卓长富不相信道："你瞎说，三毛已经是产地价了，还不算运费，这是任务，谁跟你讲价钱？"

葛大海两手一摊说："一毛钱就要，高了免谈，反正我们厨房储藏室也没地堆了。"

一听葛大海这样说，卓长富心里来气，一把拉开厨房储藏室的门。储藏室里面空空荡荡，什么东西都没有堆。卓长富气急败坏地说："你撒谎，这么多空地，哪儿不能堆土豆啊？"

葛大海的脸僵住了，只好跟卓长富诉苦说食堂生意不好，一天也没几个人吃，五百斤土豆要吃到何年何月，总不能让干部们天天吃土豆吧。诉完苦之后，葛大海夸张地举出五个指头说："一毛钱一斤，我们就买五十斤。"

卓长富二话没说，摔门而去。

天黑了下来，眼看着月亮升上树梢，卓长富只好回到了乡政府大院。在外面跑了一天，土豆没销出去几斤，这让他郁闷不已。陈伟华正好在院子里，一看卓长富蔫头耷脑地进来了，赶紧迎上去问他："老卓，怎么这么晚还没休息？"

卓长富沮丧地说："陈书记，对不起，你交给我销售土豆的任务没完成好啊。”

进到屋里坐下，卓长富把这一天来卖土豆四处碰壁的情况告诉了陈伟华。这一天最后算下来，土豆根本就没卖出去多少。下面没几个单位服从，除了几个平时和卓长富关系不错的部门外，什么水利所、供电所、农行营业所、粮管所等单位都爱理不理，尤其是许文才那个胡乱要价的小舅子葛大海更让人可气。

陈伟华听得心里窝火，看来不动点真格还真拿这些单位没办法了。既然他们哭鼻子装穷，陈伟华决定邀请审计部门，对梅山乡的财政状况进行一次彻底审计，也好把梅山乡的情况搞清楚。

卓长富听了陈伟华的主意，双手赞成陈伟华这是一着好棋，却又不禁为陈伟华担心。梅山乡这些年来都没有进行过财政审计，假如陈伟华这样一审，怕是会得罪很多人。

陈伟华天生就不怕得罪人，审计这着棋是走定了。他吩咐卓长富去联系审计部门的同志，按审计部门例行公事的方式进行工作。至于土豆的事，他打算召集所属各部门，明天上午到乡政府开会解决。

第二天上午九点钟，乡政府会议室里烟雾缭绕，嘈杂不堪地坐满了来自不同单位和部门的干部。会议室的墙角堆满了土豆，和会议室里的气氛格格不入。

陈伟华面无表情，跟卓长富说：“各单位都到齐了吧？”

卓长富说：“到齐了。”

陈伟华还是面无表情地说：“到齐了就点名。”

卓长富连忙掏出一个本子，咳了一声对大家说：“同志们，点个名！工商所——”

“来了。”

“派出所——”

“来了。”

后面依次是税务所、林业站、邮电所、农行营业所、信用社、食品公司、供销社、粮管所、兽医站、供电所、医院、中学……连同民政办公室的范升仕、分管党群工作的许文才都被列为点名对象。

卓长富点完名，陈伟华开始讲话。陈伟华直截了当地说：“今天把乡直各单位负责同志请来开个会，说实话这个会不好开，我也是经过反复的思想斗争之后才决定开这个会的。为什么？因为跟你们关系不顺，名义上你们是乡直单位，其实已名不副实。嘴里说请大家来开会，可心里还是怕大家不给面子不肯来。你们这些单位从实质上说都是县直单位的派出机构，是县直各单位派驻梅山乡的‘大使馆’，所以我今天只能以乡党组织的名义请大家来开这个会。”

底下的人听出了陈伟华的话锋所指，面面相觑。

陈伟华继续说：“我征求过县委组织部的意见，你们的党组织活动还是要接受乡镇党委领导，虽然这是象征性的。我这个党委书记好歹也还是跟你们主管局局长一个级别嘛，你们的面子也太拿大了，乡党委请你们支持工作，一次性地买一点土豆你们都不买账，公开晒党委的台子！这一个单位几百斤土豆不就是一百多块钱吗？你们硬说没钱，那么我问你们，这些天你们在餐馆酒店签了多少单？我告诉你们，我这儿都有账。可乡里困难，为了引进人才让大家帮忙销点土豆，你们全都给我顶了回来，这土豆运回来都几天了，卓乡长还亲自出面家家拜门子说好话，居然没一个单位帮忙和支持！”

陈伟华越说越激动，边说边在土豆堆前来回走动。会议室里除了陈伟华，没人再敢出声。

最后，陈伟华说：“我跟你们说，不怕你们到县里找你们的主管局去告我，扣我一个乱摊派的帽子。我今天是先小人后君子丑话说在前头，不管你们是哪个系统，我陈伟华管不了你们这些‘大使馆’，可我管得了梅山两万多老百姓，我跟各村支部书记都讲了，今后不管哪个部门到村里办事收费，不给乡政府打招呼村里就不接待！如果不支持乡党委和政府的工作，我让你们也尝尝撂盘子、晒台子的滋味！散会！”

陈伟华一口气讲完，浑身备感轻松，谁也不看，径直走了出去。

会议室里好一阵没人吭声。末了，终于工商所长打破了沉默。工商所长说：“卓乡长、主任都在这里，你们都是梅山乡老领导，大家见天裤子一提就见面，那么多年的交情，陈书记刚来梅山不久，不了解我们，难道你们还不了解？我们这些干部组织原则还是懂的，虽说过去各人都有一本难念的经，对乡里支持不够，但是也没有人敢晒台了嘛，那天卓乡长到我那儿动员买土豆，我也没说不买，只是说眼下没钱，等有钱再来买，对吧？卓乡长，我是不是这样说？”干部们纷纷表态说自己并不是晒领导的台子，而是因为眼下没钱。

七嘴八舌地议论到最后，供电所经理不耐烦了——大热天的坐在这儿就是为了个土豆，还不如早点报个数把土豆领了，早点回去算了。供电所带头买了一千斤，当场就给了钱。

在供电所经理的带动下，会议室里顿时热闹起来，各部门开始分土豆，堆在墙角的土豆一会儿就分光了。

土豆总算卖完了。陈伟华正在办公室听电话，这时，卓长富兴冲冲跑进来，绘声绘色地说："嗨，这帮家伙盘子端的不吃硬吃我脚夹的，都被你那一排子炮轰蒙了，你刚一出门，他们就这家买一千斤，那家买八百斤，把一车土豆分光了，好几家单位当时都给了现钱。"卓长富感叹地说："青蛙怕蟾蜍，一物降一物，这群小庙里的鬼到底让你给镇住了。我平素给他们说个事，他们一个两个鼻孔眼朝着天上，爱理不理的气死人。唉，看来人不能太老实了。"

陈伟华被卓长富的话逗笑了，忽然又想起了开垦茶园的后勤工作，问卓长富："咱们乡政府公共食堂大家有什么意见？"

卓长富说："公共食堂的伙食差、价格贵，大家宁可回自己家吃饭也不愿在食堂吃。食堂的负责人葛大海是许文才的老婆的哥哥，由于有这层关系，食堂的工作更不好处理。"

陈伟华心想，国家规定领导干部的直系亲属不能参与商业性质的公司企业，这个道理许书记应该能明白。于是对卓长富说："这样吧，让公共食堂向全乡公开招标，公平公开，他葛大海要是有本事也可以继续经营管理，不行就得让贤。"

不久，关于食堂准备招标的小道消息就让葛大海知道了。葛大海气急败坏地来到"老友记"餐馆，跟许文才说："这还让不让人活了？我说妹夫，怎么这个陈伟华处处就针对你呢？先是电镀厂，现在又是食堂，你是不是哪儿得罪这个新来的书记了？"

葛小玉上前劝说道："这个新书记新上任火气大，挨得越近越挨烫，你妹夫也没办法。"

葛大海气急了，说话更不中听："什么没办法，我说许文才，所有人都知道你是我妹夫，让我下台，那就是变相让你下台啊！"

许文才一听，"啪"地一声把手里的筷子拍在了桌上，一声不吭地转身进屋去了。葛小玉给葛大海使了个眼色，让他别再说了。

过了一会儿，许文才穿戴整齐从里屋出来，拿着个包匆匆出了门。他夹着个包来到了县委书记方中明的办公室。

办公室的门关着，组织部长邓清明在里面，正好也在跟方中明说陈伟华的事。只听方中明说："我知道你和陈伟华是老同学，不过这事儿也不用你说，他要搞特色经营县委也从来没有反对过嘛。既然已经放权给了乡里，只要不违法、不乱纪、一心是为老百姓着想，我们都是支持的。"

邓清明说："可是，县里制定的发展路线……"

邓清明正准备说下去，门外传来了敲门声。在方中明的示意下，许文才走了进来。许文才看到组织部长邓清明也在书记办公室，有些出乎意外，没敢再往里面走，站在门边唯唯诺诺地说："方书记……邓部长……"

方中明和颜悦色道："是文才啊，找我有事？"

许文才看到邓清明在里面，有话也不便多说："也没什么大事……"

邓清明见许文才吞吞吐吐，知道自己在这儿不方便，识趣地站起来说："方书记，那我先回去了。"于是转身离开。

待邓清明走远了，许文才小心翼翼地关好门，在方中明对面坐下。跟着从包里拿出一份文稿，递到方中明面前说："方书记，这是我思考了很多天，写的一些关于梅山乡的发展情况，请您过过目，给点指示意见。"

方中明接过一看，标题是《关于梅山工业企业的经济发展计划》。方中明看过之后，感到有些意外，问许文才："是你写的？"

许文才兴奋地点了点头说："是我写的。自从陈书记到了梅山之后，关闭了工业企业电镀厂，我就一直在琢磨这件事。"

方中明一边听许文才说，一边翻开文稿看起来，边看边点头。许文才见方中明点头，刚才的紧张劲儿一扫而空，继续说："一开始我就想不通，觉得陈伟华书记这些做法有点感情用事。后来我再仔细研究了县里最近发展经济的指导精神，发现陈书记这样急于关掉我们梅山仅有的工业企业电镀厂，会不会跟县里的指导精神相违背？"

方中明不作回答，只是边看文稿边点头："嗯，继续说。"

许文才没在意方中明的态度，反倒越说越自信："我们梅山虽然不能完全照抄别的地方，但要走有自己地方特色的工业发展道路，尤其是要注重工业发展问题的重要性。”

方中明大略地看完文稿，笑着说：“许副书记，你对县里的精神吃得很透嘛！”

许文才以为得到了方中明的赞赏，得意地说：“您过奖了，我们基层干部本来就应该紧跟上级领导的思路，和县委保持高度的一致。”

方中明笑着点点头，又问：“那乡里党委其他同志的看法呢？”

许文才仍然信心十足地说：“大部分同志都是这个意见。”

方中明接着问：“你们陈书记也是这么个想法？”

许文才的笑容顿时僵住了，支支吾吾道：“陈书记他……比较忙，所以……”

方中明把文稿递还给了许文才，肯定了许文才紧跟县里的思路，但却劝说许文才，乡里的重要经济决策还是由乡领导集体研究决定，以免对于一些问题过早草率下结论，不利于乡里面的工作。

许文才一愣，尴尬地笑了笑，又连连点头。

方中明让许文才先回去和陈伟华及其他领导讨论讨论，待乡委开会做出决定后，上报县委、县政府，并许诺县委、县政府该支持的肯定会全力支持。

许文才失落地离开了方中明的办公室。

在陈伟华的带领下，云雾山茶树基地的建设已经如火如荼地展开了。众人齐心协力，干劲火热，工程进度比预期快了很多。

这天，陈伟华、卓长富、林玉芬来到基地视察工作，陈伟华特别叮嘱大家道：“速度要保证，安全也千万不能松。尤其是向大成那边，一定要让他注意安全！”

陈伟华继续往前走，身后突然传来吵吵嚷嚷的声音。回头一看，向大成和二狗子拉拉扯扯地走了过来，两人嘴里吵吵嚷嚷，一副谁也不服谁的样子，后面还跟着几个拖着行李的后生。

大伙儿都凑过来看热闹，马跛子也跟在后面往前凑。林玉芬一眼看见了马跛子，马跛子转身就要走。林玉芬悄悄追上去把他拉住说：“马跛子，你别走啊，看热闹去。”马跛子半推半就地被拉到人群边，缩着脖子斜眼看着。

卓长富走上前把向大成和二狗子拉开说：“你们这是干吗？向大成，不是让你抓茶叶基地的工作吗？你这又算唱的哪一出戏呀？”

向大成气鼓鼓地说：“陈书记、卓乡长，这几个小子要当逃兵，真是良心让狗叼了。”

二狗子也不服气：“谁想当逃兵？当兵还得吃粮吧？”

由于家里太穷，二狗子一直娶不到老婆。前几天好不容易说了门亲，人家一听说二狗子家的情况，还没上门就吹了。二狗子的爹急得头发都白了，二狗子的妈又老拿隔壁出门打工的三娃子来说事，让二狗子郁闷不已。二狗子的舅舅在县城当大厨，二狗子也曾跟着学过几天厨、打过几天工。前些天他舅舅打电话来让他去当帮手，说是干一天包吃包住另给三十块钱，二狗子和几个年轻人商量了一下，决定结伴一起到城里闯闯、打工挣钱，也好回来娶老婆。

向大成忍不住说：“二狗子，你别忘了你的命是谁救的！”

陈伟华呵斥向大成道：“向大成！你住嘴！”

二狗子抹着眼睛掉下了泪，声泪俱下地说：“陈书记，您救了我的命我这一辈子都忘不了！可我就是不甘心困死在这穷山沟里！我就要您一句话，要是您不让我下山到外面去打工，我就是一辈子打光棍娶不到老婆也绝不再言语一声！”

陈伟华突然笑起来：“大小伙子为了这么点事儿还值得哭鼻子？谁说不让你去县城了？”

二狗子瞥了向大成一眼，向大成跟他龇牙咧嘴，却不敢言语。

陈伟华又反问二狗子：“年轻人出去当小工，能干多久？能赚多少钱？咱们文化也不高，又没啥技术，到了城里能干些啥？挣不了几个钱还要成天看别人的冷眼白眼，这日子过得能有滋味儿吗？”

见几个年轻人不答话，陈伟华转过身语重心长跟大家说，开山种茶园、果园的目的是找到一条发展经济的路子给大伙创收，如果能坚持住，不过两三年，肯定能建新房、娶到好老婆、过上好日子。眼前的日子是困难了点，所以大家才在一起努力搞茶园开发，只要按计划把茶苗种下，等到一开春就开始见效益。

一名年轻后生还是有点不敢相信，问陈伟华：“那茶苗种下了，明年开春就真能见到效益？”

陈伟华指向李学聪说：“你们可以去问李技术，他的话最有权威，你们应该相信他呀。”

卓长富也帮腔：“说起李技术，我就为你们丢脸，人家是大学生，成天跟我们在山上干，为啥？为钱？为名？我们有什么好处给他？你们想想，人家凭什么来我们这里？”

几个后生不好意思地低下了头，可还是有点犹豫不决。陈伟华见他们还在犹豫，忽然想起了乡政府食堂要向社会公开承包经营招标的事，他觉得这正好和二狗子专业对口，就鼓励二狗子叫上家里人一块儿去参加竞标，中了就可以当老板，比当小工强多了。

二狗子不再犹豫，一拍大腿说：“陈书记，您都替咱们想到这步了，我二狗子再说要走就真的连狗都不如了！”

陈伟华让卓长富带他们去详细了解招标的事，马跛子躲在一旁看在眼里，不由自主地点了点头。

林玉芬悄悄挤到马跛子身旁问：“这热闹看得咋样？”

马跛子装出一副若无其事的样子说：“啥咋样？没啥好看的！”说完，一瘸一拐地下山去了。

七　山乡创业

关于食堂招标的事，陈伟华已经写好了一份正式的公文。这天，他把这份《关于公共食堂面向全乡的招标计划》拿给卓长富看。卓长富接过文稿，仔细地看了一遍，看完之后却面露难色。

食堂面向全乡招标，卓长富极力赞成，他担心的是许文才那边会不高兴。

陈伟华认为这件事不能凭着谁高兴、谁不高兴来决定，再说国家有规定，领导干部的直系亲属不能参与商业性质的公司企业，这个道理想必许文才也该明白。

不久，乡政府门前的告示栏上贴了一个通告，引来了众人的围观。通告的全文如下：

各企业、各单位：

鉴于梅山乡乡政府公共食堂长期经营不善，经乡党委、乡政府研究决定，现将公共食堂作为标的，向社会进行公开招标，投标单位提出一整套装修和经营方案，乡政府将对投标企业资格进行考察。中标企业的经营行为将在乡党委、乡政府的监督下进行，按章纳税并按一定比例交纳承包费用。为公正透明起见，在编干部及其亲属不得参与投标，一经发现，将对干部本人进行必要的处分，并取消投标资格。

欢迎各个企业和个人踊跃投标。

中共莲花县梅山乡委员会

莲花县梅山乡人民政府

这个通告惹得大家议论纷纷。有人说："这下好了，食堂伙食能改善了，这些年咱们可没少吃夹生饭。”另有人说：“只怕许书记要跳楼咯！这不明显是冲着他们家‘老友记’去的吗？”还有人接着前面那人的话说：“‘老友记’也太黑了，咱们乡财政多少钱都让他们给卷了！”

葛大海站在人堆后也在看通告，正看得一肚子气，回头却见许文才铁青着脸埋头往家里走。葛大海想喊又没敢喊，赶忙疾步追上。葛大海跟着许文才来到“老友记”餐馆，看看外面餐厅还坐着客人，葛大海把葛小玉拉进厨房里，把食堂招标的事告诉了葛小玉。

葛小玉听到这个消息，气得把盘子摔在了地上。许文才瞄了一眼外面的客人，示意葛小玉小点声。葛小玉一副豁出去的样子说：“怕什么？反正也不让做生意了，听见就听见了！”

许文才赶紧把葛小玉拉到一边。葛大海慢腾腾地蹲下来，收拾地上的盘子碎片，时不时地偷眼看看许文才的动静。

许文才无奈地说：“这不是没办法吗？县里都挺着他，你让我咋办？”

葛小玉说：“这姓陈的是要釜底抽薪啊？那公共食堂要是承包出去，以后饭局都摆在那儿了，我们这里不就成了摆设了吗？”

葛大海在葛小玉旁边接话说：“就是！我说妹夫，好歹你也想个法子啊，总不能就眼巴巴地看着断了财路吧？再说了，这姓陈的才来几天就不把你当回事，还不想法子治治他小子？”

许文才生怕被人听到，探头探脑地朝外面餐厅里看了看，白了葛大海一眼说：“懂什么？小不忍则乱大谋。再等等，现在还没有合适的机会。”

正说着话，范升仕闯了进来，三人赶紧装出一副若无其事的样子。平时许文才一家都瞧不起范升仕，对他爱理不理。范升仕找上门来，像是有什么事，嘴上却只是说想找领导谈谈心。

许文才不知道范升仕为啥忽然找他来谈心，本想把他拉出去随便说说，走了两步，忽然想到了什么，回头吩咐葛小玉道：“小玉啊，弄两个菜，我要跟小范好好喝两口。”

两人在餐厅里找了个僻静的角落坐下来，范升仕说：“许书记，我们今天是患难兄弟，一定要好好喝喝，也好合计合计。”

这话听起来，范升仕像是成了许文才的患难兄弟。却听范升仕打抱不平地说：“我就不信你许书记咽得下这口气，你只比别人矮半级，就任凭他在你头上拉屎拉尿？”

许文才故意装糊涂：“小范你说话拐弯抹角，我还真听不明白。”

范升仕来找许文才，自然是无事不登三宝殿。原来乡里刚发了这个月的工资，他范升仕和许文才的都扣掉了不少，连一个季度的奖金都没了。范升仕嘴上虽没说，心里却对陈伟华又怕又恨。更让他担心的是，乡里的扶贫款一直都掌握在他手里，没少中饱私囊，万一给陈伟华查实就麻烦了。恰巧在这时候食堂招标的通告出来了，范升仕早看出许文才对陈伟华心存不满，便想站队到他这边，一起对付陈伟华。

许文才是个精明人，范升仕的话一出口，许文才就听出了他的意思。但许文才处事相当谨慎，说话滴水不漏。他并不敢轻易相信范升仕，生怕有什么口误让人抓了把柄去。

范升仕见许文才反应不大，摸不清他的真实想法。看了看餐馆四周，没什么客人，又试探着对许文才说：“你不会是真的服了陈伟华了吧？这可不像许书记你的一贯风格啊。前几任书记在梅山乡屁股还没坐热，就卷铺盖走人。别人不明白，我清楚着呢，这里面还不都是你的功劳。”

许文才仍然一本正经地说：“小范，你是不是喝多了？我一个副职，做好本职工作是我的本分，没影的事可别胡说。”

范升仕猛喝了一口酒，借着酒劲更大了点，替许文才鸣起了不平，说早点名、关电镀厂、搞茶园以及食堂招标的事，根本就是冲着他许文才来的，没把他许文才放在眼里。

范升仕怎么说，许文才都不怎么表态，只是喝酒。范升仕终于停住了嘴，许文才似乎很关心地问：“小范，你这个月钱被扣得挺多吧，意见不小啊？可以理解。要是生活上有困难，就到我这里来，我可以帮衬你一两顿。”

范升仕说：“扣这些小钱倒没什么，我是怕他再想查……”

许文才紧盯着他问：“查扶贫款的事，对吧？”

这一下点到了范升仕的软肋，范升仕不说话了，闷头喝酒。他不知许文才在这件事上会把他怎样，如果拿他做棋子，那就惨了。他需要的是跟许副书记同一阵线，共同进退。

只听许文才说：“那件事说到底还是你自己有问题。不过话又说回来了，梅山条件这么差，乡干部的生活也很困难啊。”

范升仕终于松了口气，知道许文才是把他当自己人了，顿时眼睛一亮，更来了精神。先是绕着弯说了些拍许文才马屁的话，又叹息着为许文才没当上正职而不值，怂恿他一定要想办法扳倒陈伟华。范升仕酒喝高了，越说越没了轻重，许文才止住他道："小范，说话注意点分寸，可别造成影响。"

范升仕这才注意到言多必失，急忙闭上了嘴。许文才叹了口气，又喝上一口酒，这才跟他交了个心，说不是他不想当正职，而是县里的意思。乡领导班子调整之前，县领导找许文才谈过话，许文才是梅山本地人，本乡人不能在本乡任正职。县领导也考虑过让许文才到别的乡任职，但从梅山的工作看，领导认为这个班子还离不开他。

道完苦衷，他跟范升仕碰了个杯。范升仕说："那你也不能任陈伟华由着性子胡来呀！"

许文才把酒一口灌下去，脸开始红了，对范升仕的防范之心也少了，跟着对他说了一句掏心窝子的话："他陈伟华不跟着县里精神发展工业，硬是自己要搞另外一套，我看这条路非常危险！我们要做好从头再来的准备。到时候看吧——"

范升仕大着胆子说："不管发不发展工业，只要这陈蛮子不走，许书记你就上不去。咱们合计合计，非得把这陈蛮子整走不可。"

许文才端起酒杯呷了一口，摇摇头说："目前社会风气你们不懂，条件不成熟的时候跟领导过不去那就是跟自己过不去。"见范升仕不知说啥好，许文才又压低声音说："谋事在人，成事在天，咱们只要留着这份心，从长计议。这种事千万急不得，一定要稳。"

范升仕心领神会，跟许文才碰了一杯。

从"老友记"喝完酒出来，范升仕晃晃悠悠地往家走。走到马跛子家附近，隐约看到马跛子家门口有两个人在敲门。范升仕定睛一看，原来是陈伟华和林玉芬。

林玉芬一边敲门一边说："马富民！马富民同志！我们真是有好事要和你商量！"

马跛子死活不给他们开门，二人只好无奈地走了。范升仕远远地看着，不动声色。直到陈伟华和林玉芬走远了，他才走到马跛子家门前看了看，打了个酒嗝，然后也不声不响地走了。

第二天一大早，范升仕就早早地跑到“老友记”餐馆。他把许文才拉到一边，小心翼翼地关上门，神秘兮兮地对他说：“许书记，你猜我昨晚看见了啥？”

许文才被他弄得莫名其妙，瞪着眼说：“难道你还见鬼了？”

范升仕说：“我可不和你开玩笑！我昨晚上看见陈伟华和林主任……”

许文才眉头一皱说：“瞎嚼啥舌根！”

范升仕赶紧说：“你听我说完啊，我昨晚看见陈伟华和林主任从马跛子家出来。”

见许文才还是一副不知所以然的样子，范升仕强调：“马跛子！以前的会计！”

许文才这才明白过来，范升仕是担心曾经担任过乡会计的马跛子知道他贪污扶贫款的事。这让许文才颇不以为然，但范升仕说，马跛子对乡委那些老家底儿知根知底，没准就会对大家都不利。

经范升仕这么一提醒，许文才不禁皱起了眉头，却没多话，催促范升仕快去参加早点名。

下午的时候，许文才假装路过，来到马跛子家里。许文才给马跛子点上一根烟，马跛子诚惶诚恐，吸了一口说：“好烟啊……”

许文才又给自己点上，也吸了一口，然后才说：“马跛子啊，不是我不想帮你，可力不从心啊。这电镀厂一封，好不容易给你找的饭碗也没了，现在乡里一心要搞茶园，我看你也插不上手……”

马跛子对许文才心存感激，说：“许书记，你对我马跛子的好处我这辈子都忘不了，可你看现在这让他们给闹的，屋里这一老一小吃饭都是问题。”

许文才连忙试探地问：“要不你找陈书记说说，兴许他还能给你找个什么活计？”

一说起陈伟华，马跛子就愤愤不平：“就是那个姓陈的砸了我的饭碗，我还去找他？马跛子人穷，骨头还不软！”

许文才心宽了不少，知道马跛子这儿暂时还不是问题，于是假意劝说：“人家也是乡里的领导，关电镀厂也是为了以后乡里的发展，困难是暂时的，不要有抵触情绪嘛。”

马跛子偏过头去，呸了一口，连说起陈伟华的不是。许文才眼里闪过一丝得意，抬腕看了看表说：“哎呀，我还有事。要不你就先歇几天，我再帮你想想办法？”

许文才说完话，离开了马跛子家，走的时候留了一包烟在桌子上。马跛子打开盒盖闻了闻，又从里面抽出一根点上，细细地品了起来。

烟才抽到一半，门外传来林玉芬的声音：“马富民在家吗？”

马跛子连忙把烟盒收起，走到院子里问：“谁啊？”

陈伟华和林玉芬一进到院里，马跛子的脸就耷拉下来了。他以为陈伟华和林玉芬又要到他家吃饭，没好气地说：“饭点还早着呢，陈书记和林主任这么早就来了？”

陈伟华笑道：“我们就讨口水喝。”

马跛子从缸里舀了两碗凉水端给两人，自己蹲在墙根下晒太阳。陈伟华端着水也在他身边蹲下，马跛子别扭地往边上挪了挪。

陈伟华凑近了点说：“对不住啦，昨天晚上打扰你睡觉了。”

马跛子又挪了挪，还是不答腔。

陈伟华笑呵呵地问马跛子：“封电镀厂那天我对你说过，‘只要是有任何就业机会，马跛子排第一号’，你还记得吗？”

马跛子眼前一亮，站了起来，想想又觉得不对劲，重又蹲下说：“我知道，不就是想让我去给你们炸山吗？这差事，干不了。”

陈伟华说：“我可没说是找你去开山啊，我记得你以前干过会计，对吧？”

马跛子说：“干过，咋的？还要查旧账啊？”

陈伟华：“不但要查旧账，连新账也要一起算。”

马跛子纳闷地看着陈伟华，不知道陈伟华又有什么新花样。

林玉芬说出了陈伟华的意思，这回公共食堂重新招标，陈伟华想保荐马跛子去食堂管账。

马跛子十分意外，不知道对这个“就业机会”是拒绝还是该接受。林玉芬笑着提醒他：“你看，饭碗都送到你手边上了，你还不快接着？”

但马跛子不敢相信这是真的，看了看陈伟华，拿不定主意。陈伟华把喝水的碗塞到马跛子手里，叫马跛子自己好好考虑，就和林玉芬一起走出了院子。

梅山乡政府公共食堂公开招标大会即将开始了，村里锣鼓喧天，男女老少纷纷赶往乡政府大院看热闹。乡政府院子中间的一排写字桌拼成的主席台上，陈伟华、卓长富、许文才等一群干部列席而坐。主席台的上方挂着一条火红的横幅，上面写着“梅山乡乡政府公共食堂公开招标大会”。

看看时间差不多了，卓长富对着话筒起了个头，大致讲了一下这次招标的原因和目的，然后把话筒推给了陈伟华，让陈伟华跟大家讲讲话。

陈伟华主要向大家强调了这次招标工作的两个重点：一、这次招标严格按照国家规定，在编干部及其亲属不得参与投标，以示公正。二、招标全程一定坚持公开透明的原则，现场竞标现场开标。

招标正式开始了，卓长富让参与竞标的人把标书交上来。参与投标的村民纷纷递上标书，经过一番筛选之后，二狗子凭借自己的实力，成功中标。

招标进行得热热闹闹，范升仕也挤到了人群里，抄着手靠在院门口冷眼旁观。范升仕不经意一扭头，却看见马跛子也扎在人堆里伸长了脖子张望。

二狗子中标的消息很快公布出来，许文才在旁边抽着烟、斜着眼，看上去似乎十分平静。葛大海却显得垂头丧气，从招标现场出来，直接去了“老友记”餐馆。

葛小玉坐在空荡荡的餐馆里憋着一肚子的气，葛大海跟她说：“全完了……食堂给二狗子中标得去了。”

葛小玉无可奈何，只是长长地叹了一口气。

招标的事结束后，村民们纷纷散去，马跛子却蹲在院外墙跟下，似乎在等什么人。林玉芬正要走出院子，马跛子连忙凑了上去，犹豫不决地说：“林主任，咱们交道打得多，我信您，您说陈书记说的那事儿靠不靠得住啊？”

林玉芬笑了，催促马跛子说：“你以为陈书记和你似的？还不快去？”

马跛子还是有些尴尬：“可二狗子那儿……我有点担心。”

林玉芬明白了马跛子的心思。毕竟电镀厂的那事刚过去不久，马跛子担心二狗子会心存芥蒂。林玉芬思考了一下，让他先回去，等她先做好工作。

知道马跛子的想法后，陈伟华大笑着说：“这个马跛子，倒是想得周到，也真是块管账的料。行，我这就去和二狗子说说。”

林玉芬说：“要你操心的事多着呢，二狗子那边我去说。”林玉芬离开办公室后，陈伟华摊开茶园规划图，又开始琢磨起茶园的事来。正在思索之中，向大成突然满头大汗地闯了进来，慌里慌张地说：“陈书记，陈书记，村民们要闹事了！”

陈伟华一怔，连忙说：“老向，慢慢说！”

向大成擦了把汗说：“茶苗！要是茶苗款解决不了，村民就要闹事了。”

茶苗的事已经成了一个问题。在陈伟华的动员下，村民们建设茶园的积极性很高，都参与到了茶园的建设中。现在茶垅眼看都已经挖好了，而茶苗却迟迟未见。如果再迟下去错过了季节，茶园的事就前功尽弃了。现在村民们天天都在问茶苗，今天已经有人借机挑拨，如果再这样下去，向大成担心村民们会闹更大的事。

陈伟华安抚住向大成，叫他别着急。对于茶苗的事，他不是没有考虑。此前和卓长富已想办法筹集了部分资金，只是眼下缺口还很大。只有先稳住人心，再想办法解决具体问题。他让向大成先回去告诉大家，茶苗很快就会买回来让大家种上，乡里保证不会让大家错过季节。

送走向大成之后，陈伟华看着茶园规划图，皱着眉头沉思了一会儿，转身来到卓长富的办公室。他问卓长富：“老卓，现在购买茶苗的资金还差多少？”

卓长富拿起手边的本子翻开，看了看说：“还差得远呢！”

陈伟华看了看本子上的数字，皱起了眉头。茶苗的事不能再拖了，村民们已经等不及了，再这么耗下去，恐怕大家又会以为乡领导在说空话。要是在这节骨眼上寒了大伙儿的心，闹出些别扭，就会失信于民，那以后的工作就更没法开展了。

茶苗款子缺口这么大，急是急不来的。卓长富给陈伟华出了个主意，梅山乡辖区上的单位挨个数下来，也只有乡食品公司经理沈三有这个实力，要是能先向沈三借一笔钱，一定能缓解购买茶苗的资金压力。不过沈三的钱可没那么好借，要请妇女主任林玉芬帮忙做做公关。

陈伟华虽然觉得这样好像不太合适，但想来想去也只好用这个办法去试试。

二人匆匆来到林玉芬办公室，里面空无一人。陈伟华估计林玉芬去二狗子那儿了，拉着卓长富又去二狗子家找她。恰巧在去二狗子家的路上，碰见了林玉芬。

林玉芬刚从马跛子家出来，她已做好了二狗子的工作，并把这个消息告诉了马跛子。马跛子心里掩不住高兴，对陈伟华的抵触情绪也缓和了不少。

陈伟华和卓长富把茶苗的事向林玉芬讲开来，并让林玉芬给帮个忙。林玉芬不知道自己能给他们帮到什么忙，卓长富说："陈书记为茶苗款的事情快急疯了，你就发挥一下优势，跟我们去打一个土豪。"

林玉芬诧异地问："打谁的土豪？"

卓长富说："我们想从乡食品公司沈三那里借出一笔钱来，你跟我们去当一回公关。"

林玉芬不满地说："哪有妇联主任当公关的呀？"

陈伟华劝说道："林主任，茶苗要是买不回来，我怕乡亲们对咱们失望。这样一来，以后乡委、乡政府开展什么工作就困难了，所以无论如何得先借点钱把资金给凑齐了。"

卓长富也说："沈三这小子，把乡里的生猪屠宰买卖全给垄断了，莫看狗日的门楼子小，肥得流油呢！"

林玉芬不禁笑出了声，虽然颇感为难，却最终答应了这件事。

时间紧迫，三人当即就准备去乡食品公司找沈三。卓长富让陈伟华和林玉芬慢慢走，自己给沈三打电话先招呼一声，告诉沈三乡领导要去食品公司检查工作，叫沈三他们等着。

见卓长富老练的样子，陈伟华笑了，调侃道："卓乡长，啥时候也学会摆谱了？这几步路也用得上打电话？我们直接过去，如果他不在，我们就回来。"

卓长富却说："对沈三这号人，你不端点架子，他就不拿你当领导，你要成天像个爷，他自个就把自个当成了孙子。咱是领导，该摆的谱也得摆着点。"

陈伟华笑着摇摇头，又点了点头。

梅山乡食品公司位于一个背靠山岭、面朝大路的地方，是一个圈起来的长方形大院。院子东边是几排食品仓库，露天的场地上垛着几大垛粮食，用油布紧紧地苫着。

陈伟华和卓长富、林玉芬三人刚走到院门口，就听见沈三在里头吆五喝六地发号施令："菜到馆子里订了端回来，一定要有海鲜，螃蟹……"

陈伟华跨进大门高声说："沈经理，不用破费啦！我们既不是县里领导，也不是县食品总公司领导，有口开水喝就成。"

沈三听到声音，赶紧从里面迎了出来。沈三的眼神里透着一股子精明，一看乡里两个主要领导都来了，再看到旁边漂亮的妇联主任林玉芬也来了，不禁眉开眼笑，不能自持，一副手足无措的样子。

沈三迎到陈伟华跟前，忙着跟陈伟华握手，讪笑着说："哎哟，陈书记说哪里话，我这小小食品公司庙小鬼瘦，您能来就是给我大面子了。何况今天书记、乡长两个一把手都来了，还有我们乡妇联林大主任，我这食品公司真是要蓬什么，什么灰来着？"

林玉芬不禁失笑："蓬荜生辉！没想到咱们沈经理还蛮有文化的嘛。"

沈三赶紧说："哎哟，承蒙林主任夸奖，我是个大老粗，哪比得上你林主任大学文化，肚子里装的……"说着说着，沈三忽然感到失口，又连忙改口道："看我这张嘴，没文化，没文化……进屋坐，各位领导，大家进屋去坐呀！"

沈三边说边挨个握手，跟林玉芬握手的时候，捉住林玉芬的手反复摇着，怎么也放不下。嘴里不停地说着："我说林主任，你这是用的什么保养品呀？怎么越来越显年轻啊？看上去跟个小姑娘似的，要不你也教教我，我也保养保养？"

林玉芬的手被沈三捏得生疼，转眼看见卓长富向她使眼神，忍住性子把手抽了回来。"呵呵，沈经理，这还不容易？多喝家里汤，少喝外头酒，多陪老婆说说话，少搂小姐跳跳舞，保准你比谁都显年轻。"她调侃着。

沈三听出林玉芬话里带刺，尴尬地傻笑了两声。

寒暄已过，沈三带着大家一起走进了小会客室。会客室装修豪华，乳白色的塑板吊顶，莲花似的吊灯，椭圆形的办公桌上也跟所有机关一样竖着两面小国旗，桌上早已摆放好了高档香烟、茶水、瓜子、饮料和水果。

这里的摆设就如沈三这个人，排场又俗气。林玉芬打量着，假意恭维说：

“沈经理不光有钱还有眼光，这会议室就布置得很有档次嘛。”

陈伟华也故意感叹道：“跟沈经理一比，我们乡党委的会议室就显得太寒酸了。”

沈三一边忙着敬烟沏茶，一边客气道：“哪里哪里，两位领导可别这么说，孙猴子咋能跟如来佛比？还希望书记、乡长、林主任以后常来指导。”

坐下来没一会儿，外面有个职工探头探脑地站在门口跟沈三打招呼，告诉他酒席已准备好了。

沈三站起身来，带着三位乡领导来到一间整洁的餐厅，谦让地请几位领导入席。

餐厅的屋角堆放着许多空酒瓶，沈三告诉大家这是他实行“改革”的结果。这个“改革”可不是什么正经的改革，是对食品公司吃喝问题的“改革”。沈三平常少不了吃吃喝喝，但乡食品公司毕竟属于梅山乡，行政上他还是一个正股级经理，以前老在街上吃，花钱多还容易造成不好的影响，去年他来了个所谓的“改革”，来客了买菜回来做，还真节约不少。过去吃一顿的，现在可以吃两顿了。在街上馆子里只能吃一百块，买回来自己做就能吃两百块的菜。

几个人坐好以后，食品公司的几个副职也来到了餐厅，见面后挨着坐了下来。沈三把杯致意，向列席的众位说：“今天是我们食品公司最风光的日子，乡里几个主要领导都来了，这是给我沈三天大的面子呀！这薄酒便饭，不成敬意，我先敬各位领导一杯！”

沈三端着杯子挨个致意，遇到林玉芬的眼神，竟有些慌乱起来，自个一仰脖子，将满满一大杯一口吞了下去。

很快餐厅里的气氛活跃起来。在书记、乡长面前，特别是当着林玉芬的面，沈三表现得十分豪爽，并自吹自擂着，说自己党性原则、工作能力都不敢吹，浑身上下也就还剩下个“义”字值钱，然后一仰脖子再把酒干了。陈伟华也将酒一饮而尽，随后才说起了无事不登三宝殿，挑明了来找沈三的目的。

沈三没听完陈伟华的下文，就站起来拍着胸脯说：“陈书记，既然您这么看得起我沈三，乡里有啥用得上我的地方，您尽管吩咐！要是我沈三不尽力就不是娘养的！”

陈伟华见他如此慷慨仗义，不觉放下心来，把需要资金周转、购买茶苗的事，以及自己的难处，一股脑道给了他。

沈三大大咧咧地问："不就要借点钱吗？您想要多少？"

卓长富伸出两个指头说："不多不多，也就二十来万吧。"

沈三一下子愣住了，说："要借这么多?!"

卓长富怀疑地看着他："沈经理，二十万你也拿不出？"

这下沈三再也不"嘭嘭嘭"直拍胸膛了，像霜打了的蔫茄子，吞吞吐吐地找借口搪塞着，说自己不是拿不出这么多钱，而是公司里有规矩。

卓长富和陈伟华见沈三一下子变卦，颇有些尴尬。卓长富知道沈三比较滑头，朝林玉芬使了个眼色。

林玉芬心领神会，眨了眨眼睛，斟满一杯酒，站起来对沈三说："看看，如今的男人是越来越没男人样子了，一说起大话就能漂洋过海，唾沫星子淹死个人，一动真格的就成了蔫茄子？要说规矩，那规矩多着呢，书记、乡长可是轻易不找你开口，难道就这点事还让我们书记、乡长把面子搁在你这里不成？"

林玉芬这么一说，沈三脸上有点挂不住了，又是讨好又是辩解："林主任你莫从门缝里看人，我沈三的为人你们多少也知道一些，在我能力内的事，莫说书记、乡长亲自来了，就是你林主任带个话来，我沈三也愿赴汤蹈火，在所不辞！"

林玉芬"呵呵"一声，拿着沈三先前说过的话讲理，免不了挖苦讽刺："乡政府找你借点周转金，解决一下燃眉之急，还说赴汤蹈火呢！我们好歹是一级政府，还能赖了你的账？今天这事儿也算是我求你，因为这落实茶苗款子的事涉及到咱们乡老百姓的切身利益，你要帮乡政府过了这个坎，咱们就是真正的患难朋友，我林玉芬永远记着你这份情义。若不想借，也不用推三拐四找借口！"

一起陪酒的小头目们跟着起哄起来："哟，闹了半天，咱们经理可不是单相思，林主任对咱经理还真有情分呢，经理，情义无价呀！"

林玉芬也不在乎那么多了，端起那碗酒对沈三说："沈经理，这事成不成一句话，成，我陪你喝个一醉方休；若不成，我立马走人。"

在林玉芬那双美丽眼睛的逼视下，沈三终于下了决心，慷慨表态："行！也怪不得人们说英雄难过美人关，为了林主任这份情，冲着陈书记对梅山人的这份义，为了梅山老百姓的切身利益，我今天就把这正股级经理的乌纱帽赌上了，这二十万元我借了！林主任，这酒，你可得真喝！”

林玉芬爽快地端起酒说：“我最佩服的就是沈经理这种有大丈夫气的男人，心里还是装着咱们老百姓的事，今天我就舍命陪君子了！”说完，双手捧起酒杯一饮而尽。

事情总算有了解决的希望，众人酒兴更浓了。大家你来我往地频频敬酒，沈三更是抓住林玉芬不放，不断地给林玉芬灌酒，林玉芬不胜酒力，脸也开始红了。

陈伟华关注地看了看林玉芬，十分担心她，于是斟满一杯站起来说：“沈经理，有道是好男不和女斗，林主任酒量陪不住你，我来和你喝几杯。”

陈伟华来帮林玉芬解围，林玉芬却带着醉意拨开陈伟华说：“我没事！”林玉芬口里说着，腿却软了，差点摔倒。陈伟华赶紧上前扶住她，转身对卓长富耳语道：“老卓，我先把林主任送回乡里去，你再守一会儿，购买茶苗款事不宜迟，得趁热把借款支票开到手，明天就不用再跑一趟了。”

陈伟华扶着林玉芬先行离开了食品公司餐厅。走到外面空旷的大街上，林玉芬被小风一吹，酒劲儿不停地上逆，胃里也开始翻江倒海，想吐却又吐不出来，身子却不自觉地紧贴在了陈伟华身上。陈伟华很是尴尬，想离林玉芬远点又怕她站不住跌倒，只好由她贴着自己往前走。

林玉芬是真的醉了，想要挣脱开陈伟华的手自己走，连连说：“我没事儿，我自个儿能走。”说着说着，脚下又是一软，差点跌了下去。

陈伟华连忙扶住，满怀歉意地说：“林主任，让你受这样的罪，真是委屈你了。”

他扶着林玉芬朝乡政府走去。不远处，范升仕和许文才也刚从餐馆喝完酒，往乡政府方向走。

原来下午下班的时候，民政助理范升仕挎着一个小相机走进了食堂。他刚给乡里的烈军属困难户照相回来，本想到新开业的食堂找个借口打打牙祭，炊事员却让他找二狗子商量去。

范升仕正不屑一顾，却看到许文才拿着饭盆过来了，连忙拉着许文才一起去“老友记”。许文才质疑范升仕哪来的酒钱，范升仕解释说是县民政局拨下来的一点经费，是给烈军属和困难户作补贴的，并申明这笔款原本是县里派专人来梅山核查资料、照些情况照片所用的，后来县里的人大概都嫌远不肯来，局里就让范升仕请人照相，范升仕自己正好有相机，这笔钱就让他挣下了。

然而许文才疑虑重重，提醒范升仕还是要小心点。

来到“老友记”餐馆，餐馆里稀稀落落坐着两三个人，生意明显不如以前。范升仕慨叹许文才一天不如一天了，许文才叹着气说：“嗨，有什么办法？现在我这儿也就是个家庭饭馆，公家人都上公共食堂了，谁还来这儿啊？”

二人推杯换盏，说起陈伟华又是恨之入骨，列举了一连串陈伟华的不是。随后，范升仕又怂恿许文才要想办法把陈伟华弄走。许文才自有想法，瞪了范升仕一眼，让他沉住气等机会，而不要总在外面瞎咧咧。

喝完酒从“老友记”出来，范升仕和许文才一起回乡政府。走着走着就看到了前面两个醉醺醺的人影，再仔细一看，竟然是陈伟华和林玉芬。

陈伟华扶着林玉芬，林玉芬已经醉得东倒西歪。这一幕被范升仕看个正着，惊喜地对许文才说：“许书记，你看看，咱们的陈书记跟妇联主任多亲密！我给他们拍张照吧。”

许文才连忙阻止：“你干什么？咋做事这么冲动，你得维护领导的形象。”

范升仕说：“维护他的形象，那我不成剃头挑子一头热了？不行，得把他们这对狗男女给拍下来。”范升仕不管那么多，迅速按下快门，只见闪光灯一亮，照片已经定格在了镜头里。

范升仕拍完照片，得意地说：“这画面挺有生活情调的，我给他们留个纪念。”

许文才暗示范升仕说：“小范，你可别弄出什么是非来。陈书记可是县委重点培养的接班干部，沾上这种事就坏了形象。”

范升仕说话更不中听了：“其实这也没有什么大不了的事，自古妹夫哥跟姨姐就是明着的，肥水不流外人田呀，他们虽说不是亲的，总归是那回事嘛。”

许文才皱了皱眉，谨慎地看了看左右，怕路人听到影响不好，劝范升仕赶紧回去。

八　谋事在人

黄花山村茶园基地的茶垅已经初具规模，只剩下一些碎石搬运处理工作。村民们只等着茶树苗快点落实茶园就可以运作了，可购买茶苗的资金仍然是一个难题。

在前一天的酒桌上，乡食品公司的经理沈三已信誓旦旦地答应借给乡政府二十万救急，可是等到第二天卓长富去乡食品公司办理借款手续的时候，沈三却反悔了。沈三死活不承认前一天答应借款的事，愣说当时喝多了，说的什么醉话自个儿都不记得了。又说要领导批准，和了半天稀泥，一分钱都不肯拿。

卓长富气急败坏地回到陈伟华办公室，大骂沈三不是东西。骂归骂，茶苗的事却刻不容缓，得赶紧再想办法。但就算到各村各乡镇单位零零星星地借，加起来也就只能凑三十来万，距离要付的还差一大截。

陈伟华愁眉紧锁，反复思考着对策。李学聪敲门进来了，说他已经联系上了当年在华南农学院的一位同学，茶苗的供应问题可以在他的帮助下顺利解决，质量和数量也有保证。但就是一条，对方不见现金不发货。

说来说去还是钱的问题！陈伟华愁眉紧锁依旧。

李学聪不无担心地说："今年他们那边到处都在搞开发，茶苗很紧缺，要是款子到得晚了就难保有货了。"

听他这么一说，卓长富叹了口气，显得十分焦躁。陈伟华问李学聪一亩茶苗要多少钱，李学聪从兜里掏出一个小本子给他。按李学聪的估算，一亩两百斤，四毛多一斤，那就是差不多一百块。茶园首期一万亩，全部算下来没有百把万拿不下。

陈伟华顿时倒吸了一口凉气。卓长富也吓了一跳，惊呼道："我的天，咱们乡一年的财政收入也不过六七十万啊，这百把万到哪儿去整啊？"

陈伟华心想：还指望财政？就算一分工资不发也凑不够。他思前想后，最后还是决定请李学聪帮忙。陈伟华告诉他，目前手头只能凑三十来万，离这一百万差得实在太远。可这茶苗要下种，时间耽误不起，所以怎么想办法也要用这三十万把一百万的东西买回来。

李学聪顿感压力巨大。梅山的情况他非常清楚，他肯来这儿也是因为信得过陈伟华，更对自己的专业有信心。但涉及到这么大一笔钱，政府都没法解决，他能怎么着？

陈伟华的意思，是希望他通过同学关系，去和供货方商量一下，看可否用分期付款的方式，先给付三分之一，把茶苗发过来，剩下的余款在两年内还清，并承担高于银行的利息。

这办法看起来很美，但执行起来却难。眼下这是唯一的办法，李学聪虽然没什么把握，但还是答应试试看。鉴于两期茶苗的总价算下来数额巨大，没个两三百万打不住，李学聪怕自己一个人扛不下，希望陈伟华能和他去一趟。

陈伟华却有些犹豫，眼下茶园的开发进度这么吃紧，他怕工作上脱不开身。卓长富劝他还是跟李学聪去一趟，工地上的事儿由他顶着。第一期差不多要完成了，眼看就等着打秋落苗，茶苗的事才是当务之急。陈伟华想卓长富说得有道理，便让李学聪先和那边联系一下，然后尽快动身。

把进茶苗的事安排完毕，陈伟华和卓长富从乡政府出来，仍在讨论是否再想点办法多凑点钱的事。说到凑钱，又扯到了沈三。卓长富恨得牙痒痒，觉得林玉芬这回可吃了个大亏。

陈伟华也觉得很对不起林玉芬，又担心她饮酒过量伤到了胃，于是打算给她放几天假，让她回花关去休息几天。

两人来到林玉芬的宿舍，林玉芬正打开门准备离开。看到陈伟华和卓长富来了，赶忙把二人让进屋，又是端水又是倒茶。陈伟华让她不要忙活，并说他们是来给她赔罪的。

林玉芬感到疑惑，不知道他们二人是怎么得罪了她。卓长富露出了窘态，把沈三反悔的事告诉了林玉芬。最后，卓长富连连道歉，说都怪自己不好，让林玉芬在酒桌上白吃了亏。

没想到沈三会事后不认账，林玉芬一听可真就来火了。自己吃亏事小，可这茶苗没了着落啊！她要去找沈三算账，被陈伟华劝住了。话说回来，人家沈三不借也在理上。

林玉芬看看陈伟华，又看看卓长富，只好把一口气忍了下去。见她对茶苗款的事担心不已，陈伟华于是说已想到了办法解决。并说考虑到她最近工作太忙，一直没怎么回家，先放她几天假，好好歇歇，等过几天陈伟华和李学聪去福建进茶苗的时候，再来帮忙盯茶园的工作。

林玉芬不太情愿休假，但还是答应了。随后，陈伟华让王师傅把车开到门口，送林玉芬回去。林玉芬却说："陈书记，我可不想搞特殊化，回家不用公车送。"

陈伟华笑道："我正好也要去联系工作，顺路就捎你一段。放心，不算假公济私。"

林玉芬这才上了车。陈伟华转身对卓长富说："我去花关看看能不能筹点款，乡里的事你盯着点，我晚上就回来。"

卓长富送走他们，正转身准备回到乡政府大院，却看见范升仕伸着脖子往外张望。范升仕看到卓长富，便嬉皮笑脸缩进了屋。卓长富也没放在心上，自顾自走进了办公室。

花关镇高新科技园区工地正在大兴土木建设之中。万锋强陪着港商涂光义从轿车上下来，二人开始视察工程进展。

按照万锋强的设想，花关镇准备搞一个工业开发区、一个旅游风景区。两个开发区形成一个T字形，一旦建设初具规模，就会产生广泛的影响力。万锋强的意思，是希望涂光义能够承担其中的几个主要项目，先大力做起来。

涂光义答应了投入一千万。但当万锋强问资金何时到账时，涂光义却又卖了个关子，说这要看万锋强的合作诚意。

万锋强明白涂光义的意思，知道其项目肯定都是些高污染的。他颇有些为难！现在政府在环保这一块抓得很严，如果他顶风而上，上面查起来说不过去；但如果不肯跟涂光义合作，这一大笔投资款就没了指望。见万锋强迟疑不决，涂光义故意大声叹了口气说："可惜啊，这些项目可都是高回报的。如果合作成功了，你们花关绝对能成为莲花的经济龙头。"

涂光义这么一感叹，万锋强沉不住气了，答应涂光义只要肯出污染处理费，剩下的问题就好解决了。只要是在他万锋强权力范围内的，就一定给涂老板优惠。一时解决不了的问题，能够通融的，他也会尽全力斡旋解决。

涂光义心中暗喜，不失时机地赞叹着：“万书记，你是有干出一番大事业的魄力之人哪！”万锋强心里却有不安，催促涂光义首期投资款要尽快到账。

听到涂光义承诺第二天就打款过来，万锋强欣喜不已。

送走了这个财神爷后，万锋强兴冲冲地回到办公室。一进门，发现陈伟华已经等在那儿了。

俗话说“无事不登三宝殿”，一看到陈伟华，万锋强就猜他一定是有事来了。万锋强这天心情好，止不住跟陈伟华打着哈哈：“老同学，要来怎么也不事先通知我一声？我好安排人接待啊！”

陈伟华假称没事，万锋强却一语道破：“咱们这么些年同学，我还不了解你？没事儿你会上我这儿来？”陈伟华脸上有些挂不住，一下子不知道说什么好。

万锋强递了根烟过去，然后开始不停数落他。一会儿说他逆着县里的路线标新立异瞎折腾，一会儿说外面风言风语对陈伟华如何如何不利。万锋强喋喋不休，还要继续往下说。陈伟华忍不住打断了他的话，激动地说：“老万，梅山搞茶园也是经过科学论证的，是完全符合梅山情况的。眼前的确是遇到了一点困难，有些人不理解，可我们的眼光总不能也那么短浅吧？”

陈伟华把梅山的状况跟万锋强作了一番分析。县里提倡搞工业陈伟华不是不明白，可也得根据各地的情况因地制宜。梅山不像花关临海背山，唯一的资本就是那几座大山。俗话说靠山吃山，可也要盘算着吃，不往长远打算，就算眼前得了点小利，早晚还是被人戳脊梁骨。

把自己的心里话倒完，陈伟华情绪也缓和了不少，这才将这次找万锋强的目的说了出来。万锋强不好推辞，让陈伟华再慢慢说，陈伟华这才提到茶苗的事，并向万锋强提出借款二十万。

这是个不小的数目，万锋强拿不定主意。陈伟华憋不住了，站起来说：“我也不强人所难，要是不成你就直说，我立刻走人，就当我没提过这件事。”

万锋强被他说得有点下不来台，赶紧找借口说还要考虑考虑，毕竟二十万的数目，自己一个人做不了主，还要遵循组织程序，和镇委其他领导商量商量再说。万锋强一把组织搬出来，陈伟华就无话可说了。好在万锋强又安慰他，只要镇委一拍板，他就马上让会计把款拨过来。

陈伟华终于松了一口气，一把握住万锋强的手说："好，你这可是帮了我的大忙了。真是太感谢了！"

万锋强客气了一番，然后把丑话说在了前头，钱要是借出了，利息可一分都不能少。陈伟华连忙点头答应，兴冲冲离开了万锋强办公室。

陈伟华一走出门，万锋强脸上的笑容就消失了。这个忙他其实并不想帮，但毫无办法。晚上下班后，万锋强拖着疲惫的身子回到家里，一进门看见餐桌上摆满了饭菜，颇感意外。林玉芬端着汤从厨房出来，催促万锋强洗手吃饭。万锋强却说："不了，我换个衣服还要出去，要见几个港商。"

万锋强进屋换衣服，林玉芬正在发愁满桌子的菜，万锋强已换好衣服从里面出来了，边扣扣子边说："陈伟华今天到我那儿去了，梅山现在真就这么穷？"

林玉芬没有吭气，只是下意识地"哦"了一声。

万锋强接着说："真不知道他在想什么，把好端端的一个厂子关了，搞这些没影没边的事儿。让我帮他好还是不帮他好？"

林玉芬正想帮陈伟华解释，万锋强匆匆地出门去了。看着空荡荡的屋子，林玉芬十分失落，一个人坐下来默默地吃起了晚饭，随后又一个人擦洗、晾晒、做家务。

收拾完一切，林玉芬不自觉地望着别人家温馨的灯光出神，眼神里流露出羡慕之情。

一个晚上就这样过去了。

陈伟华从万锋强办公室出来的时候天色已晚，王师傅开车把他送回了梅山。这趟还算没白来，茶苗的借款好歹已有了些眉目，让陈伟华轻松了不少，心情也变得畅快了。他掏出手机给卓长富拨了个电话，准备给他说说这事，却被卓长富告知，林英琴来找过他，刚刚走了。

陈伟华挂上电话，长长地出了口气，不再像刚才那么兴奋了。对面的马路上传来了两声汽车喇叭声，并有车灯照了过来。王师傅把车停住，陈伟华往前望了一眼，一辆奥迪停在了吉普车前，林英琴从车上走了下来。

王师傅笑眯眯地回过头望了眼陈伟华，陈伟华只好下车，走到林英琴面前说："英琴，你怎么到这里来啦？什么时候学会改劫道了呀？"

由于最近都很忙，林英琴和陈伟华已经很久没见面了。这天林英琴好不容易挤出了点时间，想见见陈伟华，打电话陈伟华却总是不接。无奈之下，只好直接开车去了他那儿。谁知到了后，卓长富告诉她，陈伟华去花关了。林英琴怕俩人又错过了见面机会，干脆开车直奔花关。车还没到花关，可巧就在路上碰到了。

林英琴忍不住抱怨，陈伟华忙赔不是，哄着说要请她回梅山吃熏肉，这才让林英琴变笑了。因为还要赶回去和别人商谈合作开发项目的事，林英琴匆忙向陈伟华告别。临走的时候问及陈伟华购买茶苗的资金解决没有，陈伟华说起了自己刚去花关镇找万锋强搬救兵的事，显得十分无奈。

林英琴听说陈伟华居然去找万锋强借钱，很是惊讶，还以为自己听错了。没想到陈伟华也开始求人了，求的人还居然是一见面就针锋相对的万锋强。更让林英琴不相信的是，万锋强会答应把钱借给他。林英琴觉得这事有点玄，说到经济账，万锋强更擅长精打细算。她不由得担心，陈伟华却宽慰道没事的。

林玉芬上车准备要走，陈伟华趁王师傅没注意，探头在林英琴脸上轻轻地吻了一下，然后趴在车窗上跟她小声说："下次来先给我打电话，我陪你上山转转，吸收一下大自然的清新空气。"

两人依依不舍地分别，林英琴发动汽车，不断叮咛："以后有什么难事要帮忙的，直接找我。还有要少抽点烟，注意身体。"

林英琴的关心让陈伟华赶到暖意甜蜜，心情也放松了不少。目送着她离去，车灯光渐远，仿佛所有的困难和压力也都随风而去了。

第二天，一个清新的早晨。远处山峦尽现，风景如画。陈伟华按时起来，他精神不错，在院子里扭腰抻腿，进行着早锻炼。正要加大运动量，忽一回头见院门外有个人探头探脑，仔细一看，竟是马跛子。

陈伟华叫住他，让他进院子里坐坐。马跛子期期艾艾扭捏着，十分不好意思。"爽快点，进来吧！别在门口站着了。"陈伟华给马跛子倒上茶，让他有些受宠若惊。马跛子如今当上了会计，对陈伟华总算心存感激，今天过来一是想谢谢他，二是想就茶园的爆破问题提醒一下。

二人坐在院子里喝茶聊天。陈伟华说："还是梅山空气好呀，我昨天到花关镇，那边的空气根本没法跟我们这儿比。"

马跛子打个哈哈，说："空气不能当饭吃，空气好不如领导好，领导好咱们老百姓才能吃饱饭。"

陈伟华听到这话，不由笑了起来。接着问："马富民同志，你这是话里有话呀，是不是有什么意见啊？"

马跛子倒有点慌了，赶紧解释道："没，绝对没有！我马富民绝对拥护乡里的领导！"

陈伟华说："马富民同志……我还是叫你马跛子吧，习惯成自然了。"

马跛子喝了一口茶说："都行，都行！"

陈伟华说："马跛子啊，领导再好没有群众的支持也是光杆司令啊！真要过上好日子，还是得靠大家一起努力，是不是？"

马跛子连连称是，又低头喝茶。陈伟华问他觉得茶怎么样，马跛子又喝上一口，煞有介事地说："好茶！得好多钱一斤吧？"

陈伟华大笑起来，反倒弄得马跛子一头雾水。陈伟华告诉他这茶是从向大成那儿摘来的，是自家种的东西。因为梅山的土好、水好、空气好，具有茶叶生长的得天独厚的条件，要是能种下好茶苗，今后这一座座山和大片土地都可能变成金子。

马跛子连连点头，却不言语。陈伟华又谈到了茶园的前景，对马跛子说："要致富先修路，就算咱们的茶园办起来了，咱们乡这条山路不修通也不行啊，路通财通。"

马跛子心领神会，陈伟华给马跛子续上茶后说："以后咱们梅山的娃娃也得靠这条路走出去，上高中上大学，成才立业。我看你家娃子是块读书的料，一定要供她读下去，有什么困难和我说，我给你想办法。"

陈伟华的话让马跛子感到十分意外，看着他半晌终于憋出一句话："陈书记，您要我干啥尽管说，我马跛子别的不懂，知恩图报是知道的。"

陈伟华看着他，说："别提什么恩不恩，解决群众困难问题是我的本职工作。但我也有事要求你帮忙，茶园建设和修路都面临爆破的问题。"

这正是马跛子来此要说的。眼前茶园开垦的爆破工作由向大成负责，大伙儿虽然干得热火朝天，但向大成毕竟没什么经验，其使用炸药的方式让马跛子担心不已，一直捏着一把汗。

“陈书记，我跟你说，向大成那样搞法不对，我担心早晚会出事！”他说。

陈伟华听了心里高兴不已。他知道马跛子的爆破手艺是家传本领，之前一直都是想要他负责的。如今他终于被感化，关心起了这事，这不仅能调动村民的积极性，更重要的是还能保证茶园开垦爆破工作的质量。他当即聘请马跛子为爆破顾问，要他多看着点，给向大成多多指导。

听说乡政府会有额外的津贴，马跛子眼睛亮了起来。但出乎陈伟华意料的是，马跛子却摇手说不行，乡里正困难，如今已给他安排了工作，就不能太贪多了。

陈伟华笑着宽慰他说：“放心，这津贴又不是白给你的。你可得负责包教包会，这样咱们大家都安心。”

马跛子挠挠头，最终还是接受了陈伟华的聘请。二人谈得正起劲，许文才走进了院子，看见马跛子在，显得有些意外。马跛子看见他也有点不自在，尴尬地跟他打了个招呼。

许文才似笑非笑地点了点头。陈伟华道：“许书记，我这正和马跛子说开发的事呢，你也来提提意见？”

许文才还没答话，马跛子就推说有事，匆匆走了。许文才看着马跛子的背影，脸上很有些挂不住，变得阴沉下来。

上午的干部会议上，陈伟华向大家说起了聘请马跛子做爆破顾问的事。大家基本没什么反对意见，陈伟华于是叮嘱许文才安排发放津贴。许文才表面上不动声色，心里却对马跛子的转变感到又惊讶又气愤。

散会后，许文才阴沉着脸从会议室里出来。范升仕跟在许文才后面，见其他人都走远了，范升仕故意叹了一口气，自言自语地嘟囔着：“形式主义！都是形式主义！开什么讨论会，还不是你陈伟华一个人说了算？工资和奖金你都要扣我的，想把钱往瘸子兜里塞！”

许文才板着脸说：“有意见怎么不当面提？”

范升仕嘟囔道：“你都让着他，我一个小小的民政助理还敢说话？”

许文才压低声音说：“范助理，说话要注意影响！”

两人正说着，恰巧陈伟华和卓长富从他们面前匆匆走过。许文才瞥了二人一眼，自顾自朝反方向走去。

范升仕见二人走远，冷笑一声自语道："哼，看你还能神气几天！"

陈伟华和卓长富带着马跛子来到了黄花山村的茶山基地，到处都是一片叮叮当当挖山凿石的声音。陈伟华边走边向马跛子介绍茶山的规划，马跛子听得连连点头。向大成远远地看到他们来了，疾步迎了上来，汇报说工程进展一切顺利，就剩下这最后一片硬石头地。

向大成向陈伟华保证这块地不是什么大问题，只要大家赶赶工，顶多三五天就可以完工。马跛子在一边听着，不由自主地摇了摇头。向大成只当没看见，急着问陈伟华茶苗的事。

陈伟华却让他不要着急，过两天他就和李学聪去福建提取茶苗。然后，他卖了个关子，说给向大成请了个爆破专家。向大成听说后眼前一亮，连忙问爆破专家在哪儿。陈伟华朝身边的马跛子一指说："就是他。"

向大成不相信地看了看马跛子，失望地问陈伟华："他？"

马跛子不服气地说："咋了？咱老马家家传的手艺可你没听过吗？成不成事实说话，你照着我说的法子打孔填药，看看是不是吹的。"

向大成拿不定主意。陈伟华对大家说："走，咱也见识见识老马家祖传的手艺活。"

陈伟华说着，带领众人上了山。

对于梅山乡的借款问题，万锋强挂碍在心，于是跟胡守国商量，胡守国却一脸的不愿意。二十万不算个小数目，梅山的财政状况又不容乐观，只怕这一松手借出去就是肉包子打狗。

胡守国不赞成借，但万锋强又好像是在坚持。胡守国弄不懂他怎么会忽然愿意帮陈伟华这个忙，于是不解地看着他。万锋强回答说："就因为是陈伟华，所以我才敢松这个口。"

见胡守国一脸茫然，万锋强示意他坐下来，递给他一根烟，然后不紧不慢地道出了自己的想法。虽然梅山搞茶园的思路和县里的战略目标相左，但方中明书记还没明确表态说不行。如果借他这点钱给他周转，从工作上来讲是支持兄弟乡镇，成功了有花关镇的一份功劳，失败了也只能怪他的能力和眼光有问题。另外，从个人感情上说，陈伟华的未婚妻林英琴是万锋强老婆的堂妹，又是县里的著名女企业家，陈伟华要是欠了万锋强这个人情，反倒可以帮助花关镇吸引林英琴的投资。这一举数得的事，何乐而不为呢？

胡守国听了恍然大悟，这才说："万书记高瞻远瞩，胡某人实在佩服啊！可……到底是二十万，能不能少借点？"

万锋强摆摆手说："要给就给足，咱们的姿态得摆得高一点。陈伟华的犟脾气我最清楚，他这个人从不求人。钱给了他，就算他砸锅卖铁也不会赖账！更何况他还有个企业家未婚妻当后盾，这笔钱绝亏不了。"

胡守国却又有疑问了："他既然有个企业家未婚妻，干吗不直接找她呢？"

万锋强笑着答道："这你就不懂了，因为他是陈伟华嘛！自命清高。当初林英琴反对他去梅山，今天他怎么好意思开这个口啊？这就是陈伟华。"

胡守国笑了，不得不佩服万锋强看问题透彻、判断水平高，连连称赞起万锋强不愧是县委方书记的得力爱将、花关镇的一把手。

书记表了态，也做通了他的工作，胡守国当即就要去找会计办手续。万锋强却拉住他，让他别急，先拟个协议，一切还是要按程序办。胡守国于是照他的吩咐，亲自去搞相关准备手续。这个老胡很好用，万锋强心里非常满意。回到办公桌前，他拿起电话拨通了陈伟华的手机，让他明天就过来。

陈伟华此时正在茶园工地上，看马跛子展露家传功夫。在马跛子指导下，爆破重新展开，只听"轰"的一声沉闷巨响，尘雾弥漫，山石"哗哗"掉落，眼前的一片山已齐刷刷被炸开。向大成乐开了花，所有人都不得不佩服，齐称赞马跛子果然有两刷子。

马跛子得意洋洋，转向向大成："咋样？咱老马家的手艺不是吹的吧？"

向大成心服口服，点头就像鸡吃米。

陈伟华对马跛子的开山效果也频频点头，放心地把向大成这个学生交给了他，嘱咐他一定要包教包会。这时手机忽然响了，他一看是万锋强打来的，料到事有九成。果然万锋强通知他明天就去签协议拿钱，陈伟华这一下心里甭提有多高兴！他急拉卓长富回乡办公室，卓长富一听是借款的事有了谱，喜得直笑，连说快走，回去好好琢磨琢磨下一步棋该怎么走。陈伟华临走时还不忘关照马跛子："多给向大成上上安全课！安全第一！"

回到办公室后，陈伟华边掸着身上的土边说：“这样吧，卓乡长，明天我就和会计去花关把协议签了，拿了钱立刻赶去福建。这样成功率就高多了，免得到时候有钱买不到货，那可就傻了眼了。”

“没错，这事儿不能拖，越赶早越好！”卓长富非常赞同。

两人正说着话，李学聪匆匆忙忙地跑了进来。他已经联系好了供货的事，但时间很紧。原来他那个同学过两天要出差，算了算时间，如果明天他和陈伟华上路的话，差不多能赶上。

事情就是这么不凑巧，钱还没到手呢。陈伟华思考了一下，于是通知王师傅先去买明天出发的车票，再转身嘱托卓长富道：“看来明天花关我是去不了了，你带会计去，把钱拿到后就和我联系。等我们到了福建，你再让会计转账。记住，这事不能耽搁！”

卓长富说：“行！可这协议……”他有些犹豫，怕搞不定。

陈伟华说：“一会儿我跟万锋强说清楚这事。协议到时你仔细看看，我估计不会有大问题，万锋强不是暗地里使绊的人。”

卓长富答应照办。

此时，在花关镇乡政府办公室里，万锋强正在看公文。有人拿了封信进来对万锋强说：“万书记，你的信。”

万锋强当下把信拆开，里面落出一张照片。万锋强捡起，一看顿时愣住了。照片上是他的妻子林玉芬，旁边那个男的是陈伟华，搀扶着她。林玉芬紧贴着，醉态妩媚。

这算啥事啊?!万锋强刚才还热心助人的兴头像被兜头泼了一瓢冷水，脸色一下子就冷了下来。

胡守国恰巧走了进来，万锋强慌忙把照片收起。胡守国告诉万锋强借款协议的草稿已经拟好了，问万锋强是否过目一下。

万锋强故作平静地让胡守国把协议先放下，容他再考虑考虑。胡守国感觉有些意外，放下协议草稿退出了办公室。万锋强拿起协议，看都没看一眼，顺手揉成一团，狠狠地扔进了废纸篓里。

正在家休假的林玉芬还不知此事，快到下班时间了，她做好了一桌子的菜，打电话想让万锋强回家吃饭。电话里却传来对方已关机的声音，林玉芬挂上电话，坐在餐桌边默默地等了一会儿。门外传来钥匙开门的声音，林玉芬赶紧迎到门前，只见万锋强阴沉着脸走进来了。

林玉芬上前想接万锋强的公文包，却被万锋强一把甩开。林玉芬感到十分意外，又十分不解。万锋强把包随手一扔，自己跑去拿了瓶酒，一屁股坐在沙发上，解开衣领的扣子，独自咕嘟咕嘟喝着。

林玉芬劝他道："锋强，别喝了，先吃饭吧。"

万锋强根本不搭理她，仍然只顾着猛喝。

林玉芬说："你这么喝要伤胃的。"

万锋强冷笑一声，充耳不闻。林玉芬看不过去，伸手想要拿走酒瓶，酒瓶却被万锋强一把抓住，夺了回去。

万锋强继续喝个不停，林玉芬苦劝不住，问他："锋强，你这是为了什么吗？"

万锋强说："不为什么，想喝就喝……"

林玉芬仍然苦口婆心："有什么事你就说出来，别憋在心里啊！别弄坏了身子，受罪的还是你自己。"

万锋强苦笑道："我这里你就别管了，你倒是会关心别人啊。难怪他陈蛮子婚都懒得结呀……"

林玉芬听得生气，呵斥道："你这说的什么话？"

万锋强开始说醉话："我劝你别和陈蛮子好……他这个人贪心得很……当初就一直不肯把英琴让给我……"

林玉芬一把抢过万锋强手中的酒瓶说："你喝醉了！"

万锋强晃晃悠悠地站了起来，说："我哪里醉了？我自己能走，不用别人搂搂抱抱的……"说着，脚下一个趔趄，林玉芬赶忙伸手搀扶，却被万锋强一把推开。万锋强独自转身进了房间，重重地甩上了门。

林玉芬不知道出了什么事，又忍不住担心，想要进房看看，却发现门被反锁了。无奈之下她只得不停地敲着，喊："锋强，开门啊……"

房间里传来万锋强的吼声："滚！滚回你的山沟里去！滚回你那里去！"

林玉芬一下子傻了，根本不知道发生了什么事。正愣着，万锋强突然打开门，把林玉芬的衣服和东西都扔了出来，嘴里还不停地说："你不是喜欢呆在山沟里吗？滚！滚回去鬼混个够！"

林玉芬用手挡着扔过来的东西，质问道："万锋强，你说什么疯话？"

万锋强双手紧紧抓住林玉芬的肩膀，冷笑着说："你不是喜欢梅山吗？那你还赖在我这儿干吗？"

林玉芬用力挣脱万锋强的双手，想都没想就一巴掌扇在了万锋强的脸上。顿时，两个人都愣在了原地。

万锋强突然苦笑起来，跌跌撞撞地走出房间，一屁股坐在客厅的沙发上，低着头没了动静。林玉芬木然地呆在原地，风从洞开的大门吹了进来，地上的衣物被吹得乱七八糟，家里一片狼藉。

这个晚上就这么过去了。

第二天一大早，林玉芬红着眼圈，拖着一宿没睡的疲惫身体回了梅山乡。

陈伟华已准备去福建提茶苗的货了。他整理好了行李，并简单地收拾了几件衣服，又仔细看了看车票，准备出发。卓长富拿了些吃的过来，让陈伟华带着。陈伟华嘱咐卓长富，去到花关的时候，一定要仔细看清楚协议。

说完他还有些不放心，又一再叮咛茶园的爆破工作要注意安全。卓长富让陈伟华放宽心，于是转身回家去了。

随后卓长富骑着摩托车直奔花关，半路上却碰上了提着行李的林玉芬。卓长富停下车问："林主任，才回家几天呀，咋就回来了呢？也不多陪万书记住几天？"

林玉芬的脸色显得有些苍白，支吾几声，匆匆忙忙地走了。

卓长富发动摩托车继续往前走，没开几米又停下，回头对林玉芬喊道："林主任，陈书记去福建购买茶苗，帮忙盯着点向大成，让他注意茶山安全。"

林玉芬答应道："知道了，你去吧。"

卓长富来到花关镇政府，找到胡守国准备签协议、拿支票。可是胡守国却临时拒绝了借款要求，并不紧不慢地说："万书记是说等我们研究决定了之后让你们过来签协议，是不是你们陈书记听岔了？"

卓长富急了，红着脸说："不是说好了吗？这……这怎么可能？"

胡守国却说："卓乡长，你想想，二十万可是你们梅山乡近半年的财政收入了啊？怎么可能就这么随随便便就决定了呢？是不是？"

卓长富顿时额头冒汗。偏在此时手机响了，他接起电话：“喂，是我……啥？你再说一遍！”

卓长富听着电话，满脸吃惊错愕的表情，钱也不借了，慌慌张张地骑上摩托车就往梅山乡赶。

他刚在电话里听到了一个惊人消息，茶园爆破工作出现了严重的安全事故，马跛子在事故中身亡。

九　意外打击

事情发生得十分突然，谁也没料到。

当天早上，马跛子一瘸一拐地在工地上来回巡查。爆破工作在向大成的总管下进行着，只听“嚯”的一声哨响过后，接着是几声“轰隆轰隆”的炮响，随后远近的一切都笼罩在了爆破腾起的烟雾之中。

巨响过后，还没等马跛子反应过来，就见一些土石块向他这边滚了下来。马跛子猛一缩腿连忙躲闪，也幸好他反应及时，只听“噗”的一声响，一块飞石落在了他刚才的身位处。

马跛子火了，冲向大成吼道：“向大成，你要杀人啊！”

向大成满身灰土地跑了下来，还没意识到事情的严重性：“咋了？咋了？”

马跛子踢踢脚边的石头，对向大成说：“这要砸在脑袋上，你给抵命呀？”

向大成打个哈哈，轻描淡写地说：“这不是没砸上吗……”

马跛子心里十分不满，板起脸教训起他来：“安全问题已被重复了多少次？放炮要设安全哨、放安全线！”

这些常识马跛子也都跟大家讲过，可向大成就是记不住。看他那大大咧咧的样，马跛子不由得担心起了工地上的几百条人命，万一再次出现别的意外，可是谁也担当不起的。

安全问题责任重大，马跛子怕自己担负不起，对向大成发出警告说要向陈伟华汇报，不行了就辞职。他说完转身要走，向大成怕他真去找陈伟华，连忙拉住他连说一定改正，叫他别往上捅。

向大成转身对负责凿炮眼的小四吼道：“小四，你作死呀？为啥不按安全规定？炸死人你负责呀？”

小四听到向大成吼他，停下手里的钎子不当回事地说：“今儿里放的全是小屁炮，一炮装不了两斤药，出不了事的。”

向大成嬉皮笑脸地对马跛子说：“你看，我都教育了，就别向陈书记汇报了。”

马跛子“哼”了一声，背着手继续往上走，不停地说道：“我得给你把把关，别出了岔子坏了我老马家的名声。”

向大成跟在马跛子身边，依旧大大咧咧的，没把马跛子的话太当回事。他十几岁就参加乡镇农建营，那阵子修大寨田天天放大炮，一炮炸掉半边山，十里八里都听得见炮响，也没见出过事。向大成心想，这几斤药的小炮能出啥事？咱种地人命大着呢！

二人上到半山腰，见工地上一片忙碌，到处是“铿铿锵锵”的响声。人们四散分布在各个山石旁，忙着打眼，装药，炸药、雷管、导火索散乱地堆在地上，满地都是。

看到这，马跛子的脸顿时阴沉下来，对向大成说：“你看这山上丢得到处都是炸药，出了事可不得了。你自个儿挑：要么马上停工整顿，要么我让陈书记来和你说。”

向大成还想和稀泥，见马跛子神情严肃，也不敢再多说，不情愿地朝周围的人嚷嚷道：“哎哎哎，都把手里的活停停，看你们把药扔的，还不收拾收拾？出事咋办……”

向大成边嚷嚷着边往前走，马跛子站在原地不禁有些得意，背着手又往另一处巡视去了。

他刚走远，林玉芬就来到了工地上。林玉芬一看到向大成，就把他叫住了。向大成以为林玉芬有什么特别的事要吩咐，林玉芬却又是老生常谈，提醒他陈书记临走的时候特别交代，要注意安全隐患。

向大成一听就不耐烦了，苦着脸说：“要注意安全！咋人人都一个调调呢？耳朵快磨出茧子来了。”

林玉芬说：“你要是听得进去还用得着我来说？”

向大成急头歪脑地辩解道：“我咋听不进了？你看，我这不正让他们注意安全吗？”向大成说完，又扭头呵斥在附近干活的一位村民说：“把药都收拾好了，这可是危险品，不要命了？”

马跛子也在不远处，东瞅西看，指指点点。村民小四掌着钢钎和另一个人合伙打炮眼，两人随着锤子的节奏一下一下地往外掏着石渣，不经意间，半截燃着的烟头从他头上的掌子面上掉了下来，小四却没发现。那半截烟头在石坎上跳了一下，又往下滚去了。马跛子看见了，警觉地想伸腿去把烟头踩灭，可毕竟腿脚不利索，踩了个空。烟头继续滚落下去，马跛子不甘心，一瘸一拐地追下去寻找。等他赶到烟头落地的地方，却看见那根烟头正好掉在了一根导火索上。

烟头的明火已将那根导火索悄悄引燃了。马跛子急坏了，想伸手去掐灭，可又够不着。那导火索一沾上火，就蛇一样飞快地往前蹿，线的另一端连接着捆在一起的两根雷管。更要命的是，两根雷管旁边全是散乱堆放的筒装炸药，如果被引爆，后果将不堪设想。

林玉芬和向大成站在离炸药不远处说着话，对正在发生的危险一无所知。

见此情形，马跛子脸吓得煞白。他大声喊了一声，向大成没听清，往后看了一眼见无大碍，又跟林玉芬继续说着什么。

导火索飞快地燃烧着，眼看一场灾难就要来临。马跛子面如土色，突然拼命地奔跑起来，抄近路向那飞快燃烧的导火索追去。山上的人都发现马跛子举动异常，但只好奇地观望着，谁也不知道发生了什么事。

马跛子拼命地跑，边追边喊：“大家赶快让开，赶快让开！”

等到马跛子追到向大成身边时，导火索燃烧得只剩下不到五寸长了。这时候人们才发现情况刻不容缓，但说什么都来不及了。

说时迟那时快，马跛子“嗨”地大叫一声，一把提起那即将引爆的雷管向一边扑去，又顺势滚下了山坡。

紧接着，山坡下传来了惊天动地的一声巨响。在场的所有人霎时都惊呆了，纷纷从四面八方急奔下山坡，在马跛子滚落的地方围成了一个堆。

林玉芬和向大成挤进人群，顿时傻了眼。倒在血泊中的马跛子，脸上被炸得血肉模糊。

有人上前试探他的鼻息，摇着头脱下衣服盖在了他脸上。林玉芬不忍再看，扭过脸去，泪水禁不住流了下来。

向大成木然地走近马跛子，扑通一声跪倒在他尸体前，接着撕心裂肺地哭号起来。

此时，陈伟华和李学聪已坐在开往福建的公交客运汽车上，交谈着购买茶苗的事情。陈伟华一接到电话，刚才还笑嘻嘻的脸顿时变了色，惊恐地大声说："什么？什么？！我马上赶回来！"

阴沉的天色下，茶山基地一改往日的热火朝天景象，显得格外空旷冷清。远处的村子里，隐隐约约传来了惨淡的竹笙声，充满了哀伤的气氛。

哀乐从马跛子家传出来。马跛子的家被设置成了一个灵堂，竹笙的乐曲中夹杂着喇叭和电子琴的曲调，鞭炮的烟尘中摆放着花圈和挽联。人们在堂屋间进进出出，前来凭吊的络绎不绝。

院子里，拥挤杂乱地摆放着从各家借来的方桌。方桌一直延伸摆放到院外，桌边已经坐满了人。前来送丧的村民们坐在方桌边，抽着烟喝着茶水，不时望一眼堂屋里的灵堂。从他们的脸上似乎看不出多少的哀伤，反而显得十分清闲，间或互相交谈着，对死去的马跛子做着盖棺定论。

陈伟华匆匆向李学聪嘱咐一番后，就从车上下来，火速赶回了梅山。他直接来到马跛子家，神色凝重地疾步走进院子，径直朝堂屋走去。还没进灵堂就见马跛子的女儿芳芳满身重孝，头缠白布，脚穿白鞋，满身缟素，在林玉芬的陪伴下机械又麻木地迎接着来客，表情呆滞。

陈伟华大步走进堂屋，和林玉芬点头打了个招呼，然后整理了一下衣服，给马跛子的灵位上香、鞠躬。看见芳芳的样子，陈伟华眼圈不禁又有些发红。他在芳芳身旁蹲下，叫了一声她的名字，芳芳却没有应声。陈伟华抬头问林玉芬："孩子这是怎么了？"

林玉芬也是一脸的担忧："刚止住哭，太突然了，吓坏了，也累坏了。"

陈伟华忧心地替芳芳擦干净泪痕，对林玉芬说："先带孩子去歇会儿吧，别落下病来。"

林玉芬答应着带着芳芳去里屋了。这时，卓长富拿着一大摞赶做的新衣新帽走进来。卓长富正想跟陈伟华说说事情的经过，陈伟华却抬起手来止住了他，说："先给老马办后事，其他的之后再说。"

陈伟华接过卓长富手里的衣帽，放在供桌上，忽听背后一阵呼天抢地的哭号声。大家循声看过去，向大成几乎是扑着进了灵堂，背后的两个人怎么拉都拉不住。他跪在灵堂前泣不成声地哀号着，对着马跛子的灵位用力磕着头，嘴里喃喃地说："老马！是我对不起你！是我害死你的啊！"

向大成跪在地上不停地磕头，头也越磕越重，血水顺着额头流了下来。陈伟华连忙上前拉住他，卓长富也过来帮着把他拉了起来。向大成哀号挣扎着还要往下跪，被搀扶的人死死架住。

陈伟华声色俱厉地说："向大成！你这是做什么？"他跟卓长富把向大成按在桌边坐下。向大成不停地抽泣着，血和泪混在了一起。陈伟华让卓长富给他擦点药，卓长富刚转身，向大成突然又扑通一声跪倒在了陈伟华面前："陈书记！是我害死了马跛子！是我没听你的话！是我害死了他！都是我的错！"

陈伟华想要把他再扶起来，向大成却死活都不肯，嘴里只是不停地说着："是我害死的他！我没脸活啊！让我去给他抵命！"

任由周围人怎么使劲拉，向大成就是不肯起来。陈伟华厉声说道："向大成！你要真是条汉子就给我站起来！送老马安安静静地上路！别让他在天之灵也不得安宁！"

向大成看着陈伟华严肃的样子，虽然还抽泣着，却已不像刚才那么倔强。卓长富把他扶了起来，大家静静地坐下，听着院子里的两个民间艺人唱起了挽歌：

人蜕身变个人真不简单，
一出娘胎他就要受熬煎，
受劳碌受奔波为的什么？
为的那二寸半肚娃儿圆。

唱到这里，伴奏的乐队锣鼓齐鸣。两位歌师敲着锣鼓围着棺木绕场一周，接着唱：

人生如灯草轻无根基，
狂风一吹呀命就归西，
了结了世上的烦恼账，
撇下了儿女与娇妻。

接下来又是一阵伴奏锣鼓声，一名歌师又接着唱道：

人生本是吃五谷的虫，
活得窝囊便是一个熊，
天下风水本是轮流转，
熊虫有时他也能变成龙。

伴奏的锣鼓声过后，另一位歌师又接着唱道：

你积德行善去了阴间，
从今往后你脱了苦难，
阎王爷派你再来下凡，
蟒袍玉带你做了高官，
做官你要做那清正官，
老百姓盼的是包青天……

细听起来，那唱词虽然有些驴头不对马嘴，显得有点不伦不类，却也充满对人生的感叹，让听见的人不由得愁肠百结。

葬礼过后，陈伟华和卓长富亲自在马跛子的墓前献上了一个制作精美的大花圈，并带领所有人在马跛子的墓前深深地三鞠躬。

陈伟华鞠过躬，神情凝重地转过身来，对着所有在场的人说："同志们，乡亲们，马富民同志牺牲了自己，拯救了整个工地上的人，这种舍己救人的精神值得我们每个人学习！应该受到政府的表彰和全社会的尊敬！"

说到这里，陈伟华难免有些伤心，眼眶也湿润了。他建议以乡政府的名义向县民政局申请追认马富民同志为烈士，并按照烈士的标准对其亲属给予抚恤。

这个建议在场的人纷纷赞同，唯有许文才和范升仕显得有些不以为然。

天空更加阴沉起来，一道闪电划过天空，雷声阵阵，似乎要下雨了。陈伟华等一行人沿着山路向回走，林玉芬带着芳芳，向大成默默地跟在陈伟华身后，每个人都神情肃穆，一路上沉默着，谁也不愿开口说一句话。

卓长富从后面匆匆跑了过来，到陈伟华身边说："陈书记，我刚才问过范助理，他说这次是纯粹的安全事故，弄不好上头还要处分人，申报烈士的话……似乎有困难。"

向大成听到了卓长富的话，顿时火冒三丈，直冲到范升仕面前，一把抓住他的脖领说："有本事冲我来！你和老马有啥过不去？"

范升仕被向大成吓得满脸畏惧，缩着脖子大叫道："陈……陈书记！"

陈伟华和卓长富连忙赶了过来，陈伟华拉开向大成说："向大成，松手！"

向大成不情愿地退到一旁，范升仕又神气起来，整整衣领说："这也不是我一个人的意见，许书记也是这个意见嘛！"

范升仕这么一说，众人的目光齐刷刷地转向了许文才。许文才尴尬着改口道："我是说具体怎么向上汇报要好好研究研究，别匆匆忙忙就随便定性……小范，你怎么听的话？"

陈伟华也有点气不过了，对大家说："安全责任事故跟马富民同志舍己救人的英勇行为那是两码事。安全事故由我们乡领导承担责任，该怎么着就怎么着。我虽然不在现场，但是我是梅山乡的党委书记，要处分那也就该先处分我。"

向大成抢着说："处理我！和陈书记没关系，是我没听陈书记的话！"

陈伟华抬手止住向大成的话，接着说："处理谁是一回事，但是不论责任有多大，处理是什么结果，都不应该影响到为马富民同志申报烈士这件事上！为马富民同志争取应有的称号，宣传和发扬他的精神是我们这个时代所需要的！"

陈伟华说完，头也不回地往乡政府方向走去，向干部们丢下一句话："回去后立即召开乡党委会议！"

向大成和卓长富紧随着陈伟华走了过去，许文才瞪了范升仕一眼，也尾随而去。范升仕一副无所谓的样子，慢吞吞地继续往前走。

一回到乡政府，乡干部们就直接去了会议室。这天会议室内的气氛与往常不同，显得有些沉重。向大成低着脑袋默不作声，范升仕则缩在一角打瞌睡。

陈伟华在会议开头的讲话言简意赅："马富民同志牺牲的事情经过，我想大家大致也都知道了。有同志指出这是一次安全生产事故，但在事实没有完全调查清楚之前我们也不能妄下结论。不过有一点必须重申，是渎职犯罪的我们绝不能纵容，是舍己救人的我们也应该表彰嘉奖，一定要赏罚分明，绝不能功过相抵混为一谈！”

陈伟华说到这里，看了一眼许文才，问许文才是不是该这么处理。许文才一愣，连忙点点头说：“是，陈书记说得对！我们就是要实事求是，该奖的奖，该罚的罚！”

见许文才点头，陈伟华请在场的人详细介绍一下当时的情况。当时距离事故现场最近的人就是向大成和林玉芬，向大成就一下子站了起来，要求承担责任，自愿辞职，接受组织处理。

陈伟华眉头一皱，让向大成坐下。陈伟华说现在需要的是客观情况，至于最后究竟是谁的责任，等情况说明清楚了，一个都跑不了。

卓长富又让林玉芬起来说一说详细情况。林玉芬把当时的细节回顾了一下，大家认真地听着，每个人的神色各不相同——陈伟华神情认真而凝重，许文才喝着茶水，向大成低头不语，范升仕心不在焉。

林玉芬说完了事情的经过，对大家说：“我所记得的经过就是这样的，如果乡党委还有什么疑问可以找在场的群众调查。”

林玉芬陈述完毕后，陈伟华认为马富民的行为完全称得上是舍己救人的英雄行为，建议追认他为烈士。陈伟华让在场的干部们再各自说说意见，大家都没什么意见，许文才却突然开了腔：“我有保留意见。”

众人又把目光集中到了许文才身上。许文才认为，马富民当时是乡政府聘用的爆破顾问身份，也就是说监督生产安全是他的职责所在，但疏于安全防范造成的生产安全事故也应该追究他的渎职责任。那么出了这样的事故，马富民应该是功过相抵，因此不应当追认烈士身份。

陈伟华正要表态，向大成却跳了出来，抢着说现场指挥是自己而不是马跛子，因此不能追究马跛子的渎职责任。

许文才冷冷地看了一眼向大成，一本正经地说：“是谁的责任谁也推托不掉，党讲的是实事求是而不是江湖义气，不是谁想一个人扛就能扛下来的。”

陈伟华让向大成坐下来少安毋躁。陈伟华不否认许文才说得对，出了这么大的事故，的确不是某一个人的责任。这是一个血的教训，要实事求是，绝不能推卸责任。但在这起事故的责任问题上，陈伟华却认为作为梅山乡的党委书记，自己首先应该承担一切责任。向大成作为当时的现场指挥，没能对施工人员进行彻底的安全教育和监督，也应该负直接责任。至于马跛子，他的确接受了乡政府的聘用，但毕竟只是顾问，而且据了解他也的确尽到了顾问的职责，曾经多次指出了所存在的安全隐患，所以陈伟华认为在他身上不存在渎职问题。

陈伟华发表了自己的意见，又问大家的看法。陈伟华看了看许文才，许文才想了想却没有表态。陈伟华又转头问范升仕，范升仕还在心不在焉地打瞌睡，猛然间听到陈伟华叫他，吓了一跳道："哎……在……"

范升仕也没啥其他意见可说，于是陈伟华吩咐范升仕道："请你把这两件事分别上报，申请追认马富民同志烈士称号，并请上级单位调查追究事故责任，一定要实事求是，不要有任何隐瞒。"

范升仕虽有些意外，也只好连连答应："是，好……"

马跛子的女儿芳芳一下子沦为了孤儿。接下来的事，就是关于马跛子的女儿芳芳的安置问题。林玉芬已把芳芳暂时安排在其他村民家。孩子小小年纪却要面对这样大的打击，芳芳的精神状况可想而知。陈伟华因此提议，无论能否追认马跛子为烈士、有没有抚恤金，乡政府都应该负担起孩子的生活和教育费用，直到孩子成年。对于这个提议，陈伟华问大家是否同意。干部们纷纷举手表示赞成，许文才看没人反对，也只好缓缓地举起了手。

陈伟华见大家都没有什么其他意见了，又嘱咐林玉芬看看村里哪家的条件比较好，做做工作把孩子安置好，至于今后是寄养还是收养，等孩子情绪稳定了再说。

散会后，陈伟华又叫住林玉芬，从口袋里掏出五百块钱，交给林玉芬说："要申请抚恤金还要一个过程，乡里的财政也不是很好，先拿这个钱去给孩子当生活费。"

其他干部看见陈伟华捐款，也纷纷解囊，五十、一百地塞到林玉芬手中。许文才见此情形，迫于面子也只好掏了一张五十元的票子出来，只有范升仕趁没人注意偷偷溜了。

几天之后，黄花山村茶园工地上，村民们陆陆续续地复工。陈伟华和卓长富到工地上严格视察，更加注重安全生产防范问题。

在工地上视察的时候，卓长富担心马跛子的事会挫伤大家的积极性，进而影响到工程进度。陈伟华觉得进度暂时受点影响倒不是首要问题，关键是李学聪那边茶苗的事不知能不能谈下来。

二人在工地上前后左右地看了看，却始终没看到向大成。有人说，看见向大成往后山去了。陈伟华让卓长富先在工地上盯着，自己往后山去找他。

来到后山，陈伟华老远看见向大成跪在马跛子的坟前，嘴里念叨着：“老马，是我对不住你，你的命是我害的……”

陈伟华走到向大成身后，拍拍向大成的肩膀说：“人死不能复生，老马已经走了，你再自责也没用。”

向大成一回头，看见陈伟华有些意外，失声道：“陈书记？”

陈伟华拉起向大成，向大成鼻子一酸，又开始痛哭流涕、再三忏悔。陈伟华劝他说：“我就安得下心？老向，这么哭哭啼啼的也解决不了问题！”

向大成又哭丧着脸说自己不配做这个村支书，向陈伟华提出辞职。

陈伟华说：“好，把你这个村支书撤了，把我这个乡书记也撤了，我们都不配。”

向大成支吾着不说话了。陈伟华劝向大成不要再躲了，一个人躲在这儿要死要活的，就是最大的不负责任。要说负责任谁都该负责任，但是该怎么负责任不是谁说了算，有国家法律作定论。现在的任务就是带领群众吸取教训、恢复生产，化悲痛为力量，不要让马跛子的牺牲毫无价值。

陈伟华说着，也禁不住流下了眼泪。陈伟华抬起手，使劲抹了把眼泪转身就走。向大成停止了抽泣，看了一眼马跛子的墓碑，又看了看陈伟华的背影，回到了工地上。

傍晚的时候，范升仕悠闲地踱着方步来到“老友记”餐馆外，在餐馆外四下打量了一眼，径直进到了餐馆内。

餐馆里一个客人都没有，许文才正闷闷不乐，葛小玉还在为许文才捐款的事而不愉快，不停地骂骂咧咧。

为了那五十块钱，葛小玉絮絮叨叨没完没了：“人是陈伟华害死的，他倒要大家强行出份子钱。”

葛大海从厨房里探出脑袋说："这叫做强行摊派！"

许文才不耐烦地辩解，说这是当时的形势所迫，别人都给，难道副书记不给？

范升仕嬉皮笑脸地进到店里，葛小玉看见他就没给好脸。范升仕挨在许文才的身边坐了下来，小声对许文才说："许书记，这回您可算是熬出头了。"

范升仕的意思是，梅山乡闹出了人命、惹出了祸事，如果上面查起来，陈伟华脱不了干系，那他还能在这个位置上坐几天？范升仕暗示许文才，到时候这位置就可能是许文才的了。范升仕已有所准备，另外他也是为自己着想。马跛子一死，他贪污扶贫款的事除了许文才就没人知道了，许文才一时半会儿不会对他不利，但要是陈伟华查起来，那就不好说了。为此，范升仕已准备好了两份材料，一份是关于马跛子申报烈士的材料，另一份是借这次安全事故，向上级反应陈伟华问题的材料。

范升仕故意问许文才两份材料先发哪份，许文才顿时来了精神，暗示范升仕，自己不会追究扶贫款的事，发哪份材料让他自己看着办。

范升仕马上领会了许文才的意思，跟许文才说："行！有您这句话，我这就去把这次安全事故的材料给上报了，至于申报烈士嘛，再整理整理。"

范升仕刚要起身，却被许文才按住说："不忙不忙，这也到饭点了，吃了再走。"

许文才让葛小玉去炒两个菜、拿两瓶酒，要和范升仕喝两杯。葛小玉不情愿地去炒菜，许文才亲自给范升仕倒上酒说："小范啊，咱们做工作一定要注意方式方法呀。"

范升仕没听明白，许文才循循善诱，先是让范升仕要服从乡党委的决定，尽快把申报烈士的材料整理出来、发出去，还要把烈士遗孤的抚恤金落实到位；另一方面，工作不能报喜不报忧，安全责任事故一定要仔仔细细调查清楚，不要怕花时间，一定要调查得越仔细越好。

范升仕听许文才说得头头是道，但还是一头雾水，弄不懂他的意思。许文才继续旁敲侧击，说在调查期间，万一有个别群众等不及，想要向上反映情况千万不要阻拦，要给老百姓说话的机会。

经许文才这么一说，范升仕顿时明白了，笑着说："许书记到底是有水平，真是处处为群众着想！"紧接着，范升仕从兜里掏出几页纸来，递到许文才面前说，“正巧我这儿收到一封群众来信，我正想请示请示应该怎么处理，您看看。”

许文才接过那封信，信上的标题是《关于陈伟华蛮干瞎指挥致死人命的情况反映》。

许文才心中暗喜，一目十行地浏览了一遍，随后把信还给范升仕，说：“我就不看了，群众的意见要尊重，不要随随便便就扣在手里，该往哪儿发就往哪儿发！”

范升仕备受鼓励，把信收进口袋里，说：“是，是！不过万一再有几个群众有意见……”

许文才坚定地说：“一视同仁嘛，有多少意见尽管让他们提！”

范升仕连连点头道：“对对！我听说不只是这件事，有些群众对咱们乡某些领导之间借工作机会乱搞男女关系的问题也很不满意，听说连照片都拍下了。”

许文才说：“一定要实事求是，摆事实讲道理嘛！有证据就拿证据，不能空口说白话。”

范升仕兴奋地答应道：“明白，一定马上落实！”

许文才接着暗示道：“对了，听说李技术员已经去采购茶苗了，估计也快回来了吧？有些工作还要抓紧啊！”

范升仕心领神会。葛小玉上齐了菜，许文才和范升仕喝酒吃菜，相谈更欢。两人各怀鬼胎，打算联合起来借此次事故的机会让陈伟华彻底倒台。

不久，莲花县委常委召开了“审定年度表彰的先进单位和模范个人”会议。会议由县委书记方中明主持，常委们围坐在椭圆形的会议桌前，个个表情严肃。

会上，常委们就本县先进单位和模范个人的议题展开了热烈的讨论，可在谈到陈伟华的问题时却绕不开了，大部分是针对陈伟华的一些负面话题。

一些人认为陈伟华不能说没有能力，但他去梅山上任至今却毫无起色。今年的年报各项指标梅山又是倒数第一，国民经济总值还不到花关镇的十分之一，人均收入不到花关镇的百分之二十。还有人批评陈伟华特别狂傲，谁的账也不买，县里好些单位都反映不敢到梅山去开展工作。

当然除了批评，也有关于陈伟华的部分好话。有人认为陈伟华在梅山挖了不少山，实干精神还是有的，但他整体水平还是低了些。当一把手就该像钢琴师，每一个琴键代表着各个方面，应该像个多面手，不能说作为一个乡书记只会挖山。

等大家反映得差不多了，纪委书记扬了扬手里的一大摞信件说，最近县纪委收到一些反映陈伟华问题的群众来信，除了涉及刚才大家说到的工作上的问题之外，还涉及到经济、利用职权经商、生活作风问题等等。尤其是最近听说他一味蛮干还闹出了人命，纪委书记认为这件事情影响很大，县委应该有个明确的意见。

纪委书记的话说完之后，常委们围绕着陈伟华的发言更踊跃了。有人说出事的时候陈伟华正在外地游山玩水，还有人捕风捉影，说纪委还收到了关于陈伟华生活作风方面的举报，听说他经常拉着年轻女干部喝酒，把人家灌醉了往宿舍里抱。

众人议论纷纷，组织部部长邓清明的脸色越来越难看，几次欲言又止。纪委书记发言过后，邓清明终于按捺不住了，尽量控制住自己的情绪，用平静的声音对县委书记方中明说："方书记，今天的常委会是不是专门研究陈伟华同志的问题的？"

刚才还很热闹的会场里鸦雀无声了。

大家都看向方中明。方中明脸色冷峻，面无表情，却语调平和地回答邓清明说："当然不是，今天的主要议题是审定年度表彰的先进单位和模范个人。既然同志们有些情况要拿出来碰碰头，我看议一议也行。"

对于大家所反映的梅山的情况，方中明也听到过一些。不过他的看法是，梅山的情况有其特殊性，应该允许他们探索一条符合当地实际发展的路子。至于群众反映的问题，尤其是属于陈伟华个人的问题，本着对干部负责的态度，他认为应该由组织部牵头，县纪委、县监察局联合组成调查组，进驻梅山把问题搞清楚，这样对陈伟华本人、对党组织和梅山的干部群众都是一个好的交代。

方中明把自己的意见摆出来之后，问大家还有什么意见。

纪委书记提议在调查问题期间，为了排除干扰，应该按常规让陈伟华先停止工作。

邓清明则对纪委书记的提议持反对意见，认为在问题没弄清之前就让一个干部停职，有点太草率了。他建议在调查期间应考虑让陈伟华到县委党校学习一段时间洗洗脑，在结论出来之前先不忙着做实质性的处理，这样既能让陈伟华暂时停止工作，又可以使调查工作不受影响，避免草率处理可能带来的被动。

方中明沉思了一会儿，觉得对一个乡党委的主要领导还是应该慎重，最终采纳了邓清明的意见，并由组织部按常规通知陈伟华。

收到县委组织部的信件通知后，陈伟华和卓长富坐上王师傅开的吉普车，赶往县委。

吉普车在蜿蜒的山路上奔驰了一夜，终于到达了县委大院。陈伟华和卓长富下了车，正往办公楼走去，陈伟华的手机忽然响了。李学聪打来电话告诉陈伟华，茶苗的事已经办好了，这几天就能运回来。听到这个消息，陈伟华和卓长富都感到十分高兴。

陈伟华推门走进邓清明的办公室，邓清明正盯着电视看《午间新闻》。邓清明一见到陈伟华，急忙关了电视，让陈伟华坐下来谈。

陈伟华笑着问邓清明："清明，这么急召我来，不会有什么好事吧？"

邓清明哭笑不得，说："陈伟华啊陈伟华，你倒是有自知之明啊！我可早就提醒你要稳住阵脚，你却不当一回事儿，这回我怕保不了你了。"

陈伟华苦笑着说："我是梅山书记，出了人命自然是要负责的，我等你这封信等得肠子都痒了，该怎么处理就怎么处理吧。"

邓清明这才道出了问题的严重性，告诉陈伟华县委已经研究决定让他暂时停职接受调查。顾及到影响，由组织部派他先到县委党校学习一段时间，洗洗脑。邓清明让陈伟华把梅山的工作安排一下，明天就去党校报到。

这倒是陈伟华万万没想到的，不禁担心如果去党校学习，如何处理梅山的工作。

邓清明宽慰陈伟华说："梅山的工作还有副书记嘛，许文才副书记在梅山那么多年，工作能力也是受到肯定的，只是上次……"

邓清明不小心说漏了嘴，陈伟华不禁疑惑地追问："上次怎么了？"

邓清明赶紧打马虎眼说："没什么，反正你就安心去学习吧，等调查结果出来就是了。”

这个安排让陈伟华十分不情愿。后天茶苗就要到了，茶苗到了还要组织货车运送，然后抢时间组织劳力抢种，偏偏在这个时候要让他去党校学习，陈伟华真的放不下心！

思考片刻后，他跟邓清明商量，是否可以先给他停职，让他先把茶苗的事处理了，哪怕将来撤他的职都行。

邓清明劝陈伟华考虑好自己的处境，已经是这个时候了，要是没有小辫子被别人抓到，单是工作上的事估计翻不了船。接着，邓清明又劝说陈伟华应具备点政治头脑，一定要遵从组织上的处理决定，配合学习和调查。再说了，停职虽然不是什么正式处分，但至少说明陈伟华还是存在着一些问题。县委既然有看法，这时候就不是操心茶苗的时候，而是要先保住自己的位置，才能实施所谓的茶叶产业计划。

听了邓清明的一番话，陈伟华垂头丧气地说：“那学习我现在是非去不可了？”

邓清明说：“你这人就是死脑子，皮之不存，毛将焉附？这个道理你还不懂？要是你这个书记被撤了，还谈什么茶叶基地？”

邓清明摆完大道理，接着又安抚陈伟华，让他就当是给自己放一个长假，休息调整一下。

陈伟华犹豫了一下，对邓清明说：“那你得答应我一件事。”

邓清明说：“我可不是在和你讨价还价。”

陈伟华苦着脸看着邓清明，邓清明只好松口。陈伟华让邓清明答应他，就算不让他当书记了，也要让他作为一般干部留在梅山，把茶叶和生态农业搞成功。他惦记的是梅山的老百姓，大伙儿为茶园基地流了那么多汗，还有人把命都搭进去了，自己要不把茶叶和生态农业搞成，怎么向梅山的群众交代？

邓清明实在拿他没办法，只得摇了摇头说：“我知道了，不过，你现在最重要的任务就是服从组织安排。”

陈伟华低头答应，叹着气走出了组织部部长办公室。

回到梅山后，陈伟华收拾东西，准备去党校。这个消息没多久就在乡干部们的口中传播开了，大家都对陈伟华受到的处理表示愤慨或担忧，许文才则是一副很平静的样子，范升仕一脸幸灾乐祸。

调查组的人就要来了，卓长富被指定配合调查。他心情沉重地为陈伟华送行，握着陈伟华的手久久没放开。卓长富可说是忧心忡忡，担心没有陈伟华在梅山，茶园这一摊子事自己撑不起来。

陈伟华把道理摆给卓长富，说自己必须服从组织的决定，让卓长富无论如何暂时先顶着。

梅山的当务之急是抢种茶苗。陈伟华吩咐卓长富明天就安排劳力先到车站去拉茶苗，把茶苗运来立即组织力量抢种。能不能按时下种，关系到第一期茶园的效益，因此这件事务必要先处理好。

陈伟华向卓长富安排完工作，无奈地坐上吉普车。吉普车即将开动，陈伟华又探出头来嘱咐道："有什么事和许书记商量着办，看好向大成，这个节骨眼上别再出岔子了。"

卓长富点点头让他放心，吉普车这才开出乡政府大院。卓长富和林玉芬站在吉普车扬起的烟尘里，望着早已没影的车，怅然若失。

陈伟华离开后，县委派来的调查组进驻梅山乡。在梅山乡简陋的招待所里，调查组的曾科长和李科长先把卓长富找来谈话。两位科长开门见山，一来就把这次调查的目的告诉了卓长富，无外乎是关于陈伟华的安全事故问题、生活作风问题以及群众反映的陈伟华打压干部、作风武断的问题。

听了两位科长的话之后，卓长富情绪有点激动，对两位调查干部说："曾科长、李科长，你们都是组织部、纪检委的干部，现在你们既然代表县委，到底要听真话还是要听假话？"

曾科长安抚住卓长富的情绪，要卓长富只管如实反映情况。卓长富随即实话实说，告诉两位科长陈伟华在梅山期间如何致力于发展"三高"农业、一心一意开发茶山、带领群众搞好茶园基地的建设。至于那场安全事故问题，卓长富指出责任不能全推到陈伟华一个人身上，并证明事故的当天陈伟华并不在场，而是和李学聪出门联系茶苗去了。卓长富表示大伙可以作证，陈伟华曾多次强调安全问题的重要性，事故的原因是村民和某些干部的麻痹大意。

对于有群众反映陈伟华"作风武断"问题，卓长富更是忍不住激愤地说："不就是关停电镀厂吗？要为这些事停职，你们干脆连我这个乡长也一起停了算了。这样对待一个干实事的同志，难道就不怕寒了大伙儿的心？"

卓长富最后的结论是：陈伟华是个好干部，没有任何问题。两位科长却不怎么相信，觉得卓长富的回答充满个人情绪。曾科长板起脸指责卓长富应该积极配合县委的调查。卓长富两手一摊，建议两位科长自己到群众中看看，深入到各村去掌握第一手资料，只有百姓们的话才能验证他说的是不是真话。

调查组的两位科长接受了卓长富的建议，准备去乡里各处看看。但天快黑了，只能让卓长富明天白天再接着来配合调查。

卓长富离开后，民政助理范升仕在夜幕的遮掩下，将厚厚的一摞检举信装进信封，走出自己在乡政府的宿舍，轻手轻脚地来到乡政府招待所调查组住处，悄悄把信封塞进门去。

做完这一系列举动，范升仕转身走下台阶。刚走了两级台阶，忽然头上“哗啦”一声响，一盆脏水随即从天而降泼洒下来，把范升仕从头到脚淋了个透湿。范升仕不禁打了一个冷战，抬起头朝楼上狠狠地望了望，却连一个鬼影都没望见。

范升仕没好发作，缩着脖子悄悄溜回宿舍，一关上门就迫不及待地一边抹脸、一边将衣服往下扒，口里“呸呸”地骂：“哪个王八操的真缺德，把洗脚水往老子身上泼！”

第二天上午，卓长富早早地来到调查组住处，还没进门就听见民政助理范升仕的声音：“……马富民同志的事我也很痛心，可陈书记一再要求先申报烈士安抚家属，事故调查能缓就缓……”

卓长富冷着脸推门而入。范升仕连忙刹住话头，愣然地说：“啊，卓乡长你来了……”

卓长富狠狠瞪了范升仕一眼，没搭理他，转头对调查组的人说：“曾科长、李科长，关于讨论事故问题的乡委会议记录都在，你们可以随时调阅。陈书记调到梅山以来，大部分时间都在山上跟群众一起挖茶园，你们若想要了解真实情况的话，是不是到各村走走，听听党员和群众们的反映？”

卓长富等人在里面正说着，门外面传来一阵吵吵声。黄花山村村支书向大成带着一群村民来到了乡政府院子里，愤愤不平地议论着。只听大家七嘴八舌地说道：

“如今干实事的人真的吃不开了？”

“找调查组说去，他们不听咱就上县里去。”

“对，县里不行上市里，市里不行上省里！”

“中央领导咱也敢找，就不信没个公平的地方！”

调查组房内的四人听见了外面的议论声，曾科长、李科长望向卓长富，卓长富赶紧起身出去。村民们看见卓长富出来了，“呼”地一下子围到调查组住处门口。

两位科长见这阵势有些紧张，问卓长富：“卓乡长，这些人是干什么的？”

村民中有人嚷了起来：“我们是来为陈书记讨公道的！”

马上有村民接话说：“对！我们想问问县里领导为啥停了陈书记的职。”

另有村民问道：“陈书记犯了啥事？他天天跟我们一起挖山，反倒要把他撤职？陈书记不是好干部，啥样的干部才是好干部？”

村民们跟着起哄：

“为啥停职？”

“陈书记犯了啥事？”

“我们老百姓不答应！”

卓长富把向大成拉到一边，低声责备他道：“向大成，你这是干吗？还怕不够乱啊？”

向大成反倒提高嗓门说：“调查组要调查就得听群众的意见啊！”

村民们附和着向大成，局面乱作一团。卓长富更急了，冲向大成说：“向大成啊向大成，陈书记临走让我看着你，你就不能让我省点心啊？你这么一闹，不是火上浇油嘛！”

向大成一愣，却见曾科长走到村民面前高声说道：“乡亲们！大家静一下，听我说几句话！”

曾科长的声音被村民们的嘈杂声淹没了，根本没人理睬。卓长富连忙大喊：“都安静！想要陈书记回来的都给我闭嘴！”

卓长富这一嗓子总算管用，村民们一下子静了下来。

曾科长就调查陈伟华的情况以及来这里调查的目的向村民们进行了简要的说明，解决了村民们的三个疑问：第一，陈伟华并没有被撤职，他现在只是暂时停止工作去党校学习一段时间；第二，接受组织上的调查既不等于犯错误也不等于处分，这是对干部考察的正常程序；第三，调查组是代表县委来的，大家要相信县委，这样过激的做法反而对陈伟华没有好处。

曾科长说完，向大成代表村民们向调查组的两位同志表态。向大成告诉两位科长，自己是黄花山村的党支部书记，已有二十八年党龄。今天和村民们到这里不是来闹事的，来这里是向县委反映党员和群众们的意见。向大成坦陈这次安全事故主要是自己的责任，和陈书记没有关系。

见两位调查组的干部没有答话，向大成接着又告诉他们，陈伟华从来到梅山就开始为村民们脱贫致富找门路，除了开会，天天跟我们老百姓一起挖山，一起吃粗茶淡饭，如今像陈伟华这样的干部实在不多。向大成提议两位干部如果不信，可以跟大家上山去看看，看看挖好了的茶山，再听取民意，不能连这样的干部都处分。

向大成说得合情合理，一些农民党员又激愤地喊道："要开除党籍就把我们都开了，要坐牢我们全村人都去坐！"

卓长富摆了摆手让大家停止，又对向大成说："向大成，该说的话都说给调查组领导们听了，陈书记要是晓得你们围在这里也要批评你们。"

他劝大家要相信组织，大家的心情是可以理解的，该向调查组汇报的也汇报得差不多了，就该干点正经事。现在正是茶苗抢种时期，茶苗已被运送到车站，应赶紧组织人工给运回来。卓才富再三请求大家赶快回到各自的岗位上，把能干活的劳力都组织起来突击抢种。

向大成还在犹豫着不想走，卓长富用眼神示意他赶紧离开，大声严肃地对他说："还磨蹭什么？陈书记的话都不听了？还不快去！"

向大成虽然不情愿，但还是领着村民们离开了乡政府大院。卓长富看着向大成带着众人离开，总算松了一口气。

莲花县委党校里，陈伟华坐在自己的房间里，心不在焉地翻着面前的几本书，看看手表，又看看窗外的太阳。太阳即将落山，一天的时间总算耗了过去。

陈伟华身在曹营心在汉，满脑子还在想着梅山茶园的事。一位干部推门进来，告诉他今天晚上有集体活动，问他参不参加。陈伟华婉言谢绝了这位干部的好意，心里还在琢磨茶苗的事。茶苗今晚就要到货，他实在放心不下，想请假去车站看看。

有道是“不在其位不谋其政”，那位干部讥笑陈伟华是个操心的命。陈伟华一笑置之，还是去请了假，赶在茶苗卸货的时候，来到了车站货场。

车站货场一角已经堆满了麻袋，麻袋里装的都是他的宝贝。两辆汽车停在旁边，车厢敞着，一块长长、厚厚的木板一边连着地面，一边斜搭着车厢，成了装车的简易木板桥。

向大成站在车下有条不紊地指挥着搬运，忽然看到陈伟华从前面驶过来的一辆车里钻了出来，不禁惊喜交加。

李学聪也看到了陈伟华，大家像阔别已久的亲人一样，纷纷上来和陈伟华打招呼。向大成一走到陈伟华跟前，眼圈就红了，抹了下眼角说：“陈书记，是我向大成犯的浑，今后我一定听您的，您可要尽快回来！”

大家都很担心组织上对陈伟华的调查。陈伟华安慰大家放心，相信自己没犯原则错误，县委没有理由不让他回来。啰嗦了几句，陈伟华怕装车太晚赶不上回梅山，催促大家抓紧时间装车，自己也顺手抓起一只麻袋扛上肩，走到汽车边的木板桥前，把麻袋送到车上。

陈伟华的一股干劲感染了装车的村民们，大家不知不觉加快了装车速度。陈伟华扛了几个来回，没歇一口气。

眼看那些茶苗快扛完了，陈伟华提起一股劲，扛起最后一包茶苗三步两步很快跨到木板桥中间，还没把茶苗送上车，前面一位快接近车厢的村民忽然脚下一软，身子朝后仰了过来。陈伟华赶忙腾出一只手，狠狠地推了那人一把，将他连人带麻袋推进了车厢。

那位村民惊魂未定，待回过神来回头一看，却见陈伟华身子一歪，从木板桥上倒了下去，身上的麻袋重重地压在了他身上。

大伙儿见状，连忙跑过去扒开麻袋，却见陈伟华躺在地上，左手摁在腰上，虽然没喊疼，嘴里却“嘶嘶”地吸着冷气。村民们七手八脚地去扶他，李学聪冲过来一看，连忙制止道：“闹不好是伤到腰椎了，好像手也不对劲……大伙儿都别乱动，马上打电话叫县医院的救护车来！”

十　清者自清

莲花县医院的病房里，陈伟华胳膊上吊着绷带，脸色苍白地躺在病床上。他紧闭着双眼，向大成和李学聪神色紧张地守在床边。

不一会儿，他缓缓地睁开双眼，身体动了一下，却引发了一阵疼痛，脸上不禁抽搐了一下。

李学聪急忙制止说："别动！陈书记，医生说你扭了腰，要静养，不能乱动！"

陈伟华醒过来看看两人，突然问："你们两个在这里做什么？"

李学聪和向大成听得一愣，以为陈伟华摔坏了脑子，连他们都不认识了。向大成紧张地准备去叫医生来，被陈伟华叫住："我没事！"

向大成又转回来，长长地松了一口气说："谢天谢地，我还以为你和电视里演的一样不记得人了呢！"

李学聪忍不住笑了，陈伟华却十分严肃地说："你们两个还呆在这里干吗？"

李学聪知道陈伟华不放心茶苗的事，让陈伟华放心，说是党校那边他已经打电话通知了，乡里也知道了，卓乡长也马上要赶到这里。

这么多人的关心反倒让陈伟华皱起了眉头，对李学聪说："胡闹！这个节骨眼上你们叫卓乡长来干什么？"

茶苗的运送问题才是陈伟华更关心的，他不停责备李学聪和向大成在这个节骨眼上不分轻重。向、李二人只好听着他的责备，但却都互相推托着，磨蹭着不肯离开。

两人都想留下来照顾陈伟华，见他们推推搡搡谁都不肯走，陈伟华只得冲他们提高嗓音道："都给我回去！"

他说话稍一用力，牵扯到了伤处，痛得嘴角咧了起来，吓得向大成赶紧出去找医生。向大成跑出去的间隙，陈伟华深吸了一口气，恳求李学聪说：“李技术员，算我求你们，你们就回去吧！茶苗好不容易买回来了，别因为我耽误了抢种！”

不一会儿，向大成拉着医生跑了进来，陈伟华又装出一副没事的样子。在医生忙着替陈伟华检查的时候，卓长富和林玉芬找了进来，两人的脸上都挂满了焦急。

卓长富劈头就问：“怎么样？陈书记怎么样了？”

李学聪刚想回答，医生却教训众人说：“以后别这么大惊小怪的好不好？病人没事，你们别那么多人围着，让病人好好休息。”

卓长富连忙答应医生，医生不好再说什么，走出去了。大家都松了一口气，陈伟华却不高兴了：“你们都跑来干吗？乡里没事干了？”

卓长富向陈伟华说：“你要是真的倒下去，我们可是真不知怎么办好了。”

卓长富的回答道出了大家的心里话。大家都很担心，一旦他倒下去了，大家都不知道梅山剩下的事该怎么办了。

陈伟华沉默了片刻，安慰大家说医生都说没事了，那还怕啥？最后，他要求大家统统回去，现在正是茶苗种植的关键时候，乡里不能缺了他们这几个骨干。

卓长富还是放心不下，让向大成、李学聪、林玉芬三人先回去，自己准备留下来陪守。向大成和李学聪也争着抢着要留下，谁也不肯让谁。

陈伟华急了，生气地冲他们嚷道：“都回去，一个都别留下！”陈伟华说得用力，又牵动了伤处，痛得嘴角又忍不住咧了两下，吓得其他人都不敢作声了。

林玉芬见此情形，让他们三个都回去，自己留下来照顾他。

卓长富犹豫了一下说：“这……不太好吧？”

林玉芬正色道：“光明正大的怕什么？你不放心，回去就安排人来换我，不就是一晚上的事吗？你们还要让陈书记操心一晚上？”

卓长富思量了一下，决定让林玉芬先照顾陈伟华一晚，其他人都先回去，明天再安排人手换下林玉芬，大家轮流来照顾他。

这样的安排还算合情合理，大家都表示同意。卓长富让陈伟华好好休息，吩咐大家先回去，明天再过来看他。陈伟华点了点头，示意他们快点离开，三人这才依依不舍地退出了病房。

等卓长富等人走了以后，林玉芬看着陈伟华说："这下满意了吧？"陈伟华笑了笑，林玉芬忽然想起了什么，问陈伟华通知林英琴没有。

令林玉芬意外的是，陈伟华却让林玉芬不要把这件事告诉她，理由是她工作太忙。

林玉芬装作生气的样子，对陈伟华说："你做好人，到时候我挨骂，说我没照顾好你。"

陈伟华笑笑，这才感觉到疲惫不堪。他脸上显出了倦意，不知不觉睡着了。林玉芬看着陈伟华，心情说不出的复杂。

不久，陈伟华住院的消息很快就在梅山乡传开了。这天上午，许文才正在办公室看报纸，范升仕得意洋洋地进来，告诉他这个消息。许文才早已听卓长富说过了，知道陈伟华是帮着把茶苗装上车的时候受的伤。

对于这事，范升仕露出一副不屑的表情。范升仕跟许文才说，陈伟华的受伤只是苦肉计。许文才小心地看了看左右，让范升仕不要乱说话，要注意影响。

随后，范升仕从怀里掏出一个信封放在许文才面前。许文才打开一看，是范升仕偷拍的陈伟华扶着酒醉的林玉芬的照片。

范升仕得意洋洋地告诉许文才："你不知道，昨天调查组的人看到这个，那个表情……啧啧……我多印了一份，说不定还能派上啥用场。"

许文才眉头一皱，让范升仕赶紧把照片收起来别让人看到。范升仕满不在乎，告诉许文才所有的人都上山去了。许文才还不相信，问范升仕："都上山去了？调查组的也去了？"

范升仕说："是啊。"

许文才还有点不信，匆匆地离开了办公室说："不行，我得去看看。"

范升仕独自呆在许文才的办公室，一个人看着照片，越看越得意。忽然听到身后传来敲门声，一抬头，看到一个长相漂亮、气质优雅的美女站在门口，正往办公室里张望，并问范升仕："请问陈书记在不在？"

范升仕斜睨了她一眼，问道："你是哪位啊？"

那美女说："我姓林，是陈伟华的未婚妻。"

范升仕一听，赶紧站起身来，恭敬又谦逊地说："原来是嫂子，陈书记去党校学习了，你不知道啊？"

林英琴不禁有点意外，范升仕又告诉她陈伟华住院了。林英琴一惊，着急地问："住院了？出什么事儿了？"

范升仕也答不出个所以然来，林英琴慌忙转身离去，不经意间瞥到了桌上的照片，不禁被那照片吸引了过去。照片上，陈伟华搀扶着林玉芬，两人看起来很亲密的样子。林英琴不动声色，拿起照片问："这些照片哪儿来的？"

范升仕很紧张地看着她，想把照片收起来已经来不及了，干脆直说："我也不骗你，这些照片是我拍的，我也很痛苦，你看陈书记他也太不地道了吧。"

林英琴却哈哈大笑起来："我姐怎么喝成这样？笑死人了。"

范升仕没想到林英琴的反应是这样的，不禁怔住了，站在那里不知说什么好。林英琴又笑着问他："这张照片能给我吗？我拿去臊臊她。"

还没等范升仕回答，林英琴已把照片放进了包里，对范升仕说："见到我姐姐请替我告诉她一声，说我来过了。谢谢！"

范升仕下意识地点了点头，林英琴转身疾步走了出去。范升仕纳闷地看着她离去的背影，不明所以。

为了调查陈伟华的问题，县委调查组的两位科长来到了梅山乡简陋的大街上。卓长富领着两位科长在街上边走边看，这天的行人比往常多了一些，十字街口的商店门前围满了人，隐约可听见二胡的激昂演奏声。

调查组的两位科长被那二胡声吸引过去，好奇地往人堆里张望，原来是瞎子大爹在街头卖唱。只见瞎子大爹使劲拉着二胡，用破锣嗓子摇头晃脑地唱着自创的歌谣：

二胡子一拉格梆梆，
光拉不唱不成腔，
要问我今天唱的哪一本，

还是说说咱们梅山陈伟华……

叫一声众乡亲你们仔细听，
陈伟华是那官场少见的人，
他像那西天取经的唐玄奘，
普度众生千辛万苦求真经，
为民造福他铁了（那个）心，
一头扎进这老山根，
咬住那荒山不放松，
先开黄花山，
又战云雾山，
还有那凤凰、白日、大邱山。

陈伟华他是个好清官，
百姓们疾苦他挂心间，
本只给他巴掌大点地，
他愣是撑起了一片天。
也有那无德小人射暗箭，
愣叫这清官他蒙屈冤。

百姓们跪拜求苍天，
你睁开法眼护清官，
自古善恶终有报，
但愿那清官书记保平安。

瞎子大爹唱得情真意切，众乡亲听着连连点头，有人听着听着甚至流下了泪水。两位科长也听得入了神，不时看看乡亲们的反应，间或用眼神交换着意见。

这时候，许文才匆匆找了过来，看见卓长富连忙凑了过来。许文才叫卓长富去医院看看陈伟华，两位科长由他来陪。卓长富看着许文才，有些放心不下。

许文才安慰卓长富不用操心，至于调查陈伟华的事，群众一定会如实反映情况。卓长富只好让许文才陪同两位科长，两位科长听瞎子大爹的演唱听得入神，也没在意，卓长富于是匆匆地去了医院。

见卓长富走远了，许文才凑到两位科长身边说：“曾科长、李科长，咱们走吧？”

两位科长似乎还想继续听下去，许文才催了几次，曾科长才问：“接下来我们去哪儿啊？”

许文才说：“我看也快中午了，要不先去吃饭？”

李科长看了看时间说：“这还早嘛，要不咱们去茶叶基地看看，这可是陈书记干的一件大事啊！”

曾科长也点点头：“那就请许书记带路吧！”

许文才没有办法，只好带他们去茶叶基地。过了几道弯转的山路，调查组的两位科长跟着许文才顺着一条新开的简易茶山公路往上攀爬。一座又一座开挖整齐的茶山基地和望不到边的茶垅尽收眼底，调查组的两位科长不约而同地被震撼了，感慨于如此巨大规模的工程。

远处，在插有“黄花茶山基地”的木牌底下，堆着许多装着茶苗的麻袋，一些村民紧张地忙碌着抢种茶苗。许文才和调查组的两位科长刚走到工地上，忙得不可开交的村民们就停下了手里的活儿，“呼”地一下全部围了上来。

许文才有些慌了，向村民们呵斥道：“你们干什么？不要妨碍县里的领导调查！”

指导农民们抢种茶苗的李学聪见势走了过来，见是调查组的两位科长，直截了当地对他们说：“我也叫不上你们几位同志的官名，反正你们都是县委派来的领导。我虽然不是共产党员，只是个土产公司的副经理，但我是华南农学院毕业的，好歹也算个技术干部吧，请你们几位把我的意见反映给县委，早点恢复陈书记的工作。梅山开发茶叶产业现在正到了关键时刻，实在离不开陈书记呀。我斗胆说一句，如果连陈书记这样的干部都容不得了，那我们这个社会就没希望了。”

李学聪说完，人群里立刻有人呼应道：“李技术员说得好，我们不能没有陈书记呀！”

村民小四走上前来，一屈膝跪在了调查组的两位科长面前，声泪俱下地说："领导，炸死马跛子是我闯的祸，烟头是我掉的，要坐牢抵命该我去，可不能冤枉了陈书记，他是个好书记呀！我们梅山人不能没有他，你们让陈书记回来吧！"

小四的话得到了大家的响应，村民们都拥了上来，不约而同地跟在小四后面一齐跪下来，上百张嘴发出一个声音："我们不能没有陈书记呀！"

许文才见这阵势，连忙去拉那些村民："起来，起来！你们这是干吗呢？"

调查组的两位科长却似乎有所收获，互相递了个眼神，心知肚明。

县医院病房里，陈伟华一只胳膊吊着绷带，虚弱地躺在床上。已经到了吃饭时间，林玉芬拿着汤匙给他喂稀饭。陈伟华不习惯被人这么伺候，僵着脖子不肯张口。实在拗不过，陈伟华推辞说："林主任，我又没残废，不用你照顾，我自己能行。"

林玉芬说："不行，这可是英琴吩咐的。"

林玉芬趁着陈伟华张口说话的机会，把一勺稀饭送进了陈伟华嘴里。陈伟华不得不咽下去，神情十分狼狈。见陈伟华这个样子，林玉芬忍不住笑了。陈伟华无可奈何，也笑着摇了摇头。

忽然，门被推开了，林英琴走了进来，站在门口，冷冷地看着两人。

陈伟华脱口问林英琴道："英琴！你怎么来了？"

林玉芬也连忙招呼道："英琴来了啊！你快教训教训他，饭都不肯好好吃。"

林英琴却冷冰冰地说："都在呢？这回可让我逮个正着吧？"

林玉芬一愣，下意识地站了起来，看看林英琴又看看陈伟华，不知出了什么事。

陈伟华感到莫名其妙，疑惑地问林英琴："英琴，你说什么呢？"

林英琴仍然冷冷地说："没什么，大家自己心里清楚。"

陈伟华被她越说越糊涂，不解地看着林英琴。林英琴这才缓缓地从包里掏出一张照片，扔到陈伟华的病床上说："这样总该明白了吧？"

是那张范升仕偷拍的照片。陈伟华和林玉芬看到照片，都愣住了，气氛一下子变得僵硬。

正僵着，林英琴却扑哧一声笑了出来：“你们两个背着我喝成这样，快说，碰上什么好事了？”

林英琴一惊一乍，让陈伟华和林玉芬一下子都没反应过来，直愣愣地看着林英琴。林英琴看着他们的表情却笑得更厉害了：“怎么啦？”

林玉芬和陈伟华的神情却变得严肃起来。林英琴收住笑容问他们道：“你们不会真的有什么吧？”

陈伟华和林玉芬这才反应过来，抢着要作解释。最后，林玉芬把去乡食品公司借茶苗款的经过告诉了林英琴，这才解了林英琴的疑惑。

事情说清楚了，林英琴又笑了，问林玉芬：“看来我没猜错，就是你喝多了他搀你一把，没错吧？”

林玉芬点了点头。

林英琴不再计较什么，拉着林玉芬的手说：“好啦！一个是我堂姐，一个是我未婚夫，你们两个什么脾气我还不清楚？还用得着什么解释。”

一场尴尬就这么被化解了，陈伟华轻松了不少，笑着说：“林主任，你这个妹妹最大的优点，就是不会吃醋。”

林英琴却脸一沉说：“你倒是会卖乖，看我下回不酸死你！”

陈伟华连忙求饶道：“好汉饶命，好汉饶命啊！”

林玉芬被逗得哈哈大笑，不一会儿又立刻收起了笑容，问林英琴：“英琴，这照片是从哪儿来的？”

林英琴就把她怎么拿到照片的经过陈述了一遍。弄明白来龙去脉之后，林玉芬看看陈伟华，大致知道了问题所在。恰在此时，卓长富也来了。林英琴故意拿起照片在卓长富面前扬了扬，问他这是怎么回事。卓长富一怔，看清了照片又是一慌说：“林总，你听我解释……”

林英琴、林玉芬和陈伟华都大笑起来，弄得卓长富莫名其妙，三人却不多言语。

林玉芬把照顾陈伟华的工作转交给林英琴后，和卓长富离开了医院。林英琴坐在病床边给陈伟华喂水，陈伟华埋怨林英琴怎么这么快就把人家赶走了，他还没问茶苗种得怎么样了。林英琴叫陈伟华好好休息，不要进了医院还惦记那么多。陈伟华一脸的不情愿，林英琴却似乎挺满足。

林英琴拿走照片后，范升仕毕竟有点担心。范升仕来到“老友记”餐馆，探头探脑地朝里瞥了一眼，见桌上摆满了好酒好菜，许文才、葛小玉和葛大海三人正埋头吃饭。

范升仕蹭到桌边说：“许书记，吃呢？”

葛小玉没好气地斜了范升仕一眼，范升仕自说自话地找了双筷子在许文才身边坐了下来。

许文才客气道：“小范啊，还没吃呢？”范升仕嘿嘿一笑，许文才会意过来说：“还没吃就一块儿吃点吧……”

范升仕不经答应，就要动筷子，却被葛小玉用自己的筷子把他的筷子死死地夹住。

葛小玉逼视着范升仕问：“饭钱交了没？”

范升仕苦着脸看着许文才，许文才忙给他解围，叫葛小玉别那么小家子气。葛小玉不情愿地松开筷子，嘟嘟囔囔地走开了。

范升仕心中一喜，伸手抓过一瓶啤酒，用牙咬开瓶盖就往嘴里灌。两口酒进肚，范升仕一脸惬意地说：“许书记，是不是陈蛮子快到头了？这么快就庆祝开了？”

葛小玉火了：“庆祝你个屁！”

范升仕不解地看着许文才。许文才不作声，只管喝酒吃菜。却听葛大海说：“都是假清高，好酒好菜摆着不吃，非要去吃那个破食堂……”范升仕这才知道，这丰盛的一桌饭菜原本是给调查组的两位科长准备的。

范升仕看着许文才的脸色，半晌才说：“许书记，您放心，陈蛮子铁定该下台了，调查组整不死他，那个姓林的娘们儿也闹死他！”

许文才不解，范升仕神秘兮兮地凑到许文才耳边，把林英琴拿走照片的事告诉了许文才。许文才听范升仕说完，表情由疑惑转为担忧，眉头紧锁。范升仕却十分得意，满以为许文才会夸他一番，谁知许文才不住地摇头，最后一拍桌子说：“范升仕！你可是闯了大祸了！”

范升仕一愣，先是感到意外，再想想总算明白过来了——这件事一穿帮可就没那么好玩了。范升仕不禁急得团团转，央求许文才给他想个办法。

许文才摇摇头说：“要是他们到时候几头一对证，你啊……自求多福吧！”

两人吃完午饭回到乡政府办公室，范升仕欲言又止。一会儿，向大成兴冲冲地闯了进来，范升仕只好装作没事的样子。

向大成是来让许文才帮忙找种茶的人手。茶苗已经运到了工地上，可种茶的人手却远远不够。陈伟华在医院里关照过向大成，有什么处理不了可以找许文才商量。

知道了向大成的来意，许文才多少有些意外，却很快恢复了常态。许文才给向大成倒了一杯茶，让他坐下来慢慢说。向大成把茶场需要解决人手的问题向许文才作了详细汇报，许文才却不紧不慢地让向大成把茶场的工作先放一放。由于县里对茶场的意见不小，所以才把陈伟华停了职并送到党校学习。现在县里又派了调查组来进行专门调查，陈伟华和梅山的情况都不明朗。许文才认为梅山的情况经不起折腾，劝向大成还是等县委有了明确的指示再说。

向大成着急的是人等得起，茶苗可等不起。要是不抓紧把茶苗栽下去，季节一过就栽不成了，明年开春的春茶也就泡汤了。

许文才把脸一板说："向大成，你是老党员！要服从组织决定！陈书记在党校，县委让我来主持工作，难道你连县委都不放在眼里？"

向大成连忙解释，说自己不是那个意思。许文才不容他分说，吩咐他先搞好农忙，让村民们拾掇好地里的庄稼再说别的。

向大成知道再多说也没有用，气愤地走出许文才办公室。

向大成还没走到乡政府大院门口，遇上了刚赶回来的卓长富和林玉芬。向大成连忙迎了上去，把刚才找许文才的事跟卓长富和林玉芬述说了一遍。卓长富不敢耽误，让林玉芬先回宿舍，自己和向大成赶去茶山，毕竟栽种茶苗的事更关键。

向大成离开之后，范升仕还赖在许文才办公室，缠着许文才给他帮忙，许文才摆出一副爱莫能助的样子。

范升仕急了，说话也不中听："许书记，我这么干是为了谁啊？您可不能卸磨杀驴啊！"

许文才正了正脸色说："范助理，东西可以乱吃，话可不能乱说！是你自己怕扶贫款的事儿露馅，可不是我让你这么干的，你可别血口喷人！"

范升仕不依不饶："那天在'老友记'你咋说的？没你点头我一个小小的民政助理敢这么干？"

许文才脸色一变，摆出了三个道理："第一，你拍照片的时候我制止过你；第二，你寄照片的时候我一无所知；第三，我说过什么你根本证明不了。范升仕，我劝你说话还是考虑清楚，要注意点后果！"

范升仕气往心头涌，冷笑着说："许文才，你和我玩赖的是不是？行！咱们走着瞧！"

范升仕骂骂咧咧地走出许文才办公室，许文才看都不多看他一眼。走不多远，范升仕又回头狠狠地啐上一口，却见调查组的人走进了许文才的办公室。

范升仕一转念，蹑手蹑脚地拐回到许文才的办公室门口。

办公室里，许文才热情地招待着调查组的两位科长，又是倒茶又是递烟。

曾科长笑着说："许书记真客气，还说公共食堂伙食不好，我看比我们县政府食堂办得还出色嘛！"

许文才尴尬地笑着回应："哪里哪里，和县里的食堂比差距还大着呢。"

李科长说："这饭也吃了，如果许书记现在不忙的话，能不能协助我们核实一些情况啊？"

许文才答应尽力配合，曾科长点点头，和李科长交换了一个眼神。

调查组的两位科长开门见山，先问到了陈伟华的作风问题。这个问题让许文才颇显为难，支支吾吾地说："这个……男女关系问题嘛……这是陈书记的私事，我不便干涉啊……不过……倒也听说他经常和妇联主任林玉芬一块喝酒，至于其他的，就不清楚了。"

李科长紧追不舍地问："听谁说的？"

许文才推说时间久了，记不起来了。

曾科长又问起了那张照片，问许文才有没有见过。

许文才仍然支支吾吾，说那是别人的私生活，自己没留意过。

曾科长把陈伟华和林玉芬的合影拿了出来，问许文才见过没有。

许文才装模作样地看了半天说："好像见过。"

曾科长对许文才说："这照片是偷拍的，说明有人对陈伟华的私生活很感兴趣。你既然是乡党委副书记，一定知道哪位干部喜欢拍照。"

许文才摸了摸鼻子，装着想了半天才终于说："有是有……民政助理好像就挺喜欢照相。"

正在外面偷听谈话的范升仕顿时变了脸色。

李科长让许文才确定这照片是不是范助理拍的，许文才却推说自己不能随便下结论。李科长又有意无意地让许文才推测拍照片的人的目的，还有那些匿名信的目的，并警告说要是有人趁机存心搞诽谤陷害，将会受到严肃处理。

李科长的话让许文才额头上渗出了虚汗，明显感觉到二位调查组的人是冲着他来的。许文才担心自己成了这一系列诬陷诽谤事件的第一怀疑对象，连忙自保，横下一条心说："曾科长、李科长，明人不说暗话，我知道你们已经找很多同志谈过话，大概也听说过我和陈书记有些不和的传闻。但我可以保证，我们只是工作思路上的差异，绝没有个人恩怨，更不至于用匿名信这种下三流的手法。"

曾科长和李科长听许文才这么说，相视一笑。

许文才继续说："至于那张照片，我大胆地推断一下，很有可能是范助理拍的。"

曾科长诧异道："哦？那范助理为什么要偷拍这照片呢？"

许文才不再犹豫，不假思索地说："我估计，可能是因为范助理一直想陈书记帮他解决副乡级待遇问题，而陈书记没有答应，范助理一冲动，就失去理智了。"

听到这儿，躲在外面墙根下偷听的范升仕恨得咬牙切齿。

事情大概有了眉目，调查组的两位科长嘱咐许文才一旦有了匿名信的线索就及时通知他们，然后把照片、资料收拾好离开了许文才办公室。

许文才恭敬地把调查组的人送出办公室，长长地吁了一口气。许文才却不知道，范升仕躲在一角看得清清楚楚，恨得青筋都暴了出来，咬牙切齿地说："许文才，等着瞧！"

傍晚的时候，调查组的两位科长回到了乡政府大院。卓长富和林玉芬正在办公室里，也在讨论着那照片的事。两个人正猜测着照片是谁拍的，调查组的两位科长敲门进来了。

两人一进来见林玉芬也在里面，曾科长说："这不是林主任吗？昨天找你你不在，你什么时候有时间？我们想找你了解一些情况啊。"

林玉芬大方地表示她现在正好有时间。李科长见卓长富也在，面露难色，怕卓长富在这里不方便问话。林玉芬却告诉两位科长无所谓，卓乡长在这里更好，自己说不准的地方他还可以补充。

曾科长还是坚持单独了解比较好。林玉芬正在奇怪，李科长把她叫到一边，悄悄掏出一张照片，小声跟她说："我们想了解这个情况。"

林玉芬一看到照片脸色就沉了下来，转身拿过林英琴给她的照片。两张一模一样的照片摆在眼前，两位科长十分意外，问林玉芬这照片是从哪儿来的。林玉芬告诉他们是从许文才办公室拿来的，至于是谁拍的不知道。

两位科长又问起了当时拍这张照片时的情况。林玉芬如此这般地把当时的情形又复述了一遍，并说卓乡长和沈三都可以作证。

听完了事情的经过，调查组的两位科长这才恍然大悟。曾科长笑着打趣卓长富："卓乡长，你让林主任'公关'的这个主意可真够馊的呀！"

卓长富抓着脑袋尴尬地笑了。

两位科长嘲笑完卓长富，又分析起了这张照片的出处，断定这照片一定是偷拍的，拍照片的人一定有其险恶用心。

调查组很快把情况汇报给了组织部部长邓清明。

莲花县医院里，陈伟华坐在病床上听电话，林英琴手里削着苹果。电话是邓清明打来的，向陈伟华通报对他的调查工作，并告诉陈伟华已经有了眉目。

陈伟华在电话里"嗯嗯啊啊"地答应着，一会儿向这个老同学表示感谢，一会儿又检讨自己的不对，承认自己处事武断。

陈伟华挂了电话，一抬头，却见林英琴摆出一副不高兴的样子。

林英琴只是替陈伟华不值。在林英琴看来，陈伟华并没有做错什么，一心一意地干工作，没有被表扬也就算了，竟然还被组织上调查。

陈伟华倒看得开，被调查就说明有问题，说明自己还做得不够好。

林英琴把削好的苹果塞到陈伟华手里说："行！让他们调查去吧，你皇帝不急……我急什么。"

陈伟华吃着苹果，顾左右而言他："我是皇帝，你就是皇后娘娘……"

林英琴嗔道："美得你……一个要饭皇帝，谁稀罕！"

陈伟华叹了口气，又感慨起来："是啊，要饭皇帝……不知什么时候梅山才能脱贫致富啊。"

林英琴指着陈伟华的脑袋说："你呀，脑子里只有你那个山沟沟！"

陈伟华笑："还有你这个皇后娘娘。"

两人嘻嘻哈哈了一阵，终于安静下来，说起了正经话。林英琴实在不明白那个山沟沟有什么好，竟对陈伟华有如此大的吸引力，到头来却得到一些乱七八糟的匿名信和照片，不知道陈伟华得罪了谁，要在背后这样害他。

陈伟华并不怪罪陷害他的人，反倒检讨起了自己的处事方式，觉得自己处事不够妥当，处理太过简单，和其他干部沟通也不够，所以损害到了一些人的利益，否则别人也不会在背后告他的黑状。对于这个“黑状”，陈伟华也没有过多担心，相信自己身正不怕影子斜，组织上一定会还他一个清白。

林英琴不能理解，恳求他道：“那你能不能别干了？成天呆在山沟沟里，连面都见不上几次，还没人说你的好，何苦呢？”

陈伟华却说：“我陈伟华做事对得起良心、对得起群众、对得起党，也用不着别人说我好。就是……对不起你。”

林英琴不说话了，默默地看着陈伟华，却听陈伟华继续自责道：“自从我到梅山之后，发生了这么多的事，都没顾得上好好陪陪你，还要你替我担心，我是真的觉得对不起你……”

林英琴的眼睛渐渐湿润了，慢慢地靠到陈伟华的胸口上说：“所以我很多时候都会生出一些很自私的想法，你要是被撤职了多好呀，或者生病也好呀，至少我们还能在一起呢。”

陈伟华抚摸着林英琴的秀发，喃喃地说：“可我也不能老在这儿呆着啊，还有好多事等着我去做呢。”

林英琴伸手捂住陈伟华的嘴，让他不要再说了。两人互相注视了一下，默默地依偎在了一起，陈伟华轻轻地吻了吻林英琴的额头。

这天晚上，梅山乡政府的工作人员都已下班回家了，院子里只有几盏灯还亮着。范升仕站在宿舍门口，看见调查组住处亮着灯，心里打了一个激灵。四周已经没有一个人影，范升仕壮着胆子走了过去。

调查组的李科长、曾科长正在翻看刚刚拾到的匿名信，两人疑惑重重：这会是谁写的匿名信呢？这么多！难道这个人和陈伟华真有这么深的仇？

范升仕来得正好，两位科长正想找他调查情况。范升仕强颜欢笑道：“好好，我一定知无不言、言无不尽，全力配合调查！”

曾科长笑着打趣道：“怎么和许书记说的一模一样?!”

范升仕立刻尴尬起来。曾科长没注意范升仕的尴尬，直接进入正题，问范升仕是否知道这些匿名信是谁写的。范升仕先是笑称自己不是福尔摩斯，什么也不知道，接着话锋一转，说曾看到许文才副书记来过。

许文才曾来过？两位科长听后非常吃惊。却听范升仕轻描淡写地说：“当时许文才的神色有些慌张，不知道会不会是他。”

调查组的两位科长像是抓到了线索，紧接着问：“那他和陈书记有什么过节吗？”

范升仕说：“二人没有什么直接过节，不过……”范升仕卖了个关子，

“不过什么？”李科长继续追问。

范升仕请求两位科长要保证不是他说的才肯告诉他们实情，否则自己在梅山就没办法呆了。两位科长点头表示同意，范升仕告诉两位科长，这些事很有可能是许文才干的。许文才尽管和陈伟华没有过节，但自从陈伟华来梅山担任书记以后，许文才就没有机会转为正职。另外，电镀厂本是许文才亲自引进的，却被陈伟华给关停了，许文才心里肯定有想法。

听了范升仕这么说，曾科长问道：“按你这么说，那匿名信很可能是许文才指使谁写的喽。”

范升仕推说自己不清楚。曾科长又故意把话题引到摄影上，范升仕明白曾科长话里有话，也知道这次是他赢一把的机会，干脆豁出去了，问道：“曾科长，你们中午在哪儿吃的饭？”

曾科长很纳闷，不明白在哪里吃饭和调查有什么关系，却照实回答说是在乡政府食堂。范升仕这才顺势说起了“老友记”餐馆的来头。“老友记”餐馆之所以在梅山出名，一是因为接待的领导多，来乡里考察的领导几乎都由那儿接待；二是因为价钱高，随便一桌饭菜没个三四百下不来。范升仕直说这个餐馆的老板就是许文才，当然名义上是由他老婆在掌管。“老友记”每年从乡财政变相就拿走十多万，要知道整个梅山乡财政收入也才六七十万。而现在，大家都去乡政府食堂吃饭了，“老友记”餐馆的收入也就急剧下滑了。

李科长向曾科长点点头，两人似乎都明白了些什么。曾科长让范升仕先回去，有事再去找他。

范升仕走后，曾科长对李科长说：“怪不得许文才请我们去‘老友记’吃饭，幸好我们这次早已约法三章，坚决不吃乡里安排的饭局，才避免了不必要

的麻烦。”

李科长也点了点头说：“这个范升仕和许文才互相咬来咬去，我看问题已经挺清楚的了。”

在梅山乡李学聪的宿舍里，李学聪正神情疲惫地和卓长富聊着天。已经到了抢种茶苗的关键时期，两人都在寻思陈伟华什么时候能回来。

这几天加班加点抢种茶苗，李学聪累坏了，不时地咳嗽两声。卓长富要李学聪注意休息，万一他再病倒了，茶场的事就更麻烦了。茶场缺人手的问题已经不是一天两天了，李学聪忙得抽不出时间去看陈伟华。俗话说，三分种七分管，现在茶苗差不多都种下了，管理也得跟上，这更涉及到有技术的人手问题。面临这种状况，就李学聪一个技术人员肯定是不够的，李学聪和卓长富商量着准备去母校招些毕业生过来。

听了李学聪的这个主意，卓长富叹了口气说：“可是我们这儿条件差，现在大学生都是爱往城里扎堆，我怕咱这山沟沟他们瞧不上啊。”

李学聪说：“你说的也是，不过好歹咱也试试，万一能碰上像我这样嫌富爱贫的人呢。”

说到这儿，两人不禁笑了起来。

天色已晚，窗外万家灯火，车流如织。县委大院里，办公楼上的一间靠边的窗户后还透着橘色的灯光。县委书记方中明正在办公室里，专注地批阅着文件。

过了一会儿，方中明站了起来，背着双手走到全县地图前，看着一个个乡镇陷入了沉思。方中明把目光落在了“梅山乡”所在的位置上，沉思良久，用红笔在上面画了一个圈。

随后，方中明在办公室里来回踱了几圈，打了个电话把邓清明请到了办公室。

组织部派的调查组人员已经回到了县里，一回来就把调查的情况及时反馈给了邓清明。总的来说，调查报告没有表明陈伟华有什么违法乱纪的问题。因此，一到县委书记办公室，邓清明就严肃而诚恳地希望方中明能恢复陈伟华的工作。

其实方中明并没有要罢免陈伟华的意思。他认为陈伟华是个不错的干部，内心也非常欣赏他。虽然陈伟华刚到梅山没有按县委的意图发展工业，而是发展“三高”农业、开发种茶和农业产业化，可经过实践检验，陈伟华搞生态农业，走循环经济这条发展道路是正确的。

方中明现在已经完全理解了陈伟华，但对于是否让他在梅山乡留任，还是要经过县委集体认真讨论，毕竟县委是一个领导集体，而不是一言堂。方中明今天找邓清明的意思，就是要他就调查组调查核实的情况写份资料向县委常委会汇报，并准备召开县委常委会讨论研究陈伟华的问题。

在随后的县委常委会议上，方中明就调查组对陈伟华的调查核实情况给大家作了汇报，然后让大家各自说说自己的看法。

邓清明看了大家一眼，作为第一个发言者，建议立即恢复陈伟华的工作，不能让一些似是而非、鸡毛蒜皮的事遮挡了眼睛。

其他的常委不置可否，有人慢慢吞吞地站起来指出，陈伟华虽然在经济问题、生活问题上基本澄清了，可他在梅山公然和县委唱反调，工业项目一个没上，只知道大规模地开山挖茶园，除此之外什么工作到他那里都开展不了，几乎所有分管领导都对他有意见，这样的干部在政治上还得考虑考虑。

那名常委刚刚说完，另一个常委随声附和道：“是呀，一把手可不能只会蛮干呀，那不然他就成地方诸侯，占地为王了。”

邓清明看了那位常委一眼，不禁提高嗓门说：“陈伟华在工作方式、方法上是有些简单，这跟他的性格有直接关系。一个基层党委的负责人，每天直接同群众打交道，我们不能对他太苛求；相反，我倒认为他这种真诚和直率是一种值得提倡的品德，坚持原则，是非分明，对的就坚决支持，错的就坚决抵制，一个共产党员，就应该这样襟怀坦荡。”

邓清明的话引来了前面发言的那位常委不满：“邓部长，我希望你不要把私人感情带入对陈伟华的讨论中。陈伟华在任期间，开发茶山炸死人，明摆着他是有责任的。”

邓清明仍然为陈伟华辩解，阐明自己和陈伟华的确是同学，但他今天不是以同学身份，而是以组织部部长的身份在说话。开发茶山炸死人是真，但他不是直接责任人，当时他正出差在外。况且，陈伟华在梅山深得民心，不然群众也不会连夜为他写请愿书，并有近万人的签名。

方中明诧异道：“有这回事？我怎么不知道？”

邓清明说：“是梅山老百姓刚才亲自送到县委组织部的。”

一听说还有请愿书，大家的兴致顿时起来了。邓清明打电话叫人把请愿书送了过来。那幅请愿书足有五米长五米宽，上面密密麻麻写满了群众的名字，盖满了群众的手印。

方中明一看到这请愿书，支持陈伟华梅山工作思路的心受到了更大震动：“群众是多么淳朴啊，谁做点事他们都能记着。看来，陈伟华在梅山确实是深得民心。”

会议即将结束，方中明进行总结性的发言。他说：“我们总是一味地强调陈伟华没有在梅山上工业项目，甚至因此怀疑他的工作思路，我们到底对不对？”

常委们回顾了那次在“再造一个莲花”的动员大会上，方中明是曾说过要发展工业项目。但梅山不一样，梅山没有靠海投资优势，也没有工业基础。

随后，方中明讲起了他最近经常思考的一个问题：是不是该结合梅山的实际情况，发展适合梅山的经济产业？陈伟华也不容易，走“三高”农业产业化道路、带动梅山群众把梅山两万亩的茶园开发出来，是需要很大的勇气的。

方中明陈述完自己的看法，常委们频频点头。方中明从座位上站了起来，指着请愿书情绪激昂地说：“在座的各位，请你们睁大眼睛仔细看看吧！像陈伟华这样的干部我们还需要查吗？还需要什么样的结论？我看没有比这更好的结论！我建议立即恢复陈伟华的工作！”

十一　暴雨突袭

县委常委会议结束后，邓清明手里拎着一袋水果前往医院探望陈伟华，准备亲自告诉他组织上即将恢复他工作的决定。

陈伟华正躺在床上输液，看见邓清明进来了，连忙坐起来，忙不迭地问他道：“清明，你怎么来了？是不是调查组出结果了？”

邓清明顺手把一兜子水果和营养品放在床头柜上，笑着责怪陈伟华在医院里不好好养病，脑袋里惦记的事情还不少。接着，邓清明又问到了陈伟华的身体。

陈伟华已经在医院里躺了几天，早已躺得不耐烦了，连连向邓清明称自己没事，本来就不是什么大病。陈伟华最关心的还是梅山的工作问题，怕自己再这样闲下去会闲出病来。

邓清明笑着调侃陈伟华说：“看来你真是江山易改本性难移呀。还是梅山适合你，看来你还得回梅山。”

回梅山，陈伟华早就迫不及待了。陈伟华天天呆在医院里，心里常常七上八下，不知道县里会给他一个什么样的处理决定，只想能够痛快点给他一个说法，再这样下去他可真受不了了。

陈伟华越急着想知道，邓清明越给他卖关子，逗他道：“你真的还想回梅山干下去？”

陈伟华急忙表态道：“我让梅山老百姓挖了那么多茶山，搞生态农业，公路也刚开始修，接下去还要计划招商引资，现在甩下个半摊子，我要是不回去怎么向梅山老百姓交代？再说，我这一生能不能干成点事，就看这一锤子了，只要让我回梅山，给我什么处分都行。”

邓清明神秘地笑了笑说：“处分？哼，要是别人反映的男女作风问题是真的，那你可真是要挨处分。”

陈伟华又是发誓又是赌咒，说明自己是清白的。邓清明笑话陈伟华沉不住气，不像个基层党委书记，不怕别人找事，就怕自己有事，既然有这么个脾气就应该相信自己。

见陈伟华不作声了，邓清明顿了顿，告诉陈伟华即将恢复他工作的消息，并告诉他县委常委会议已经肯定了他在梅山的做法，认为梅山的发展路子走得是对的。

好消息传来，陈伟华开心不已，拍着大腿说：“这可真是太好了！”

两人正说得高兴，林英琴走进了病房。林英琴还不知道刚才他们的谈话内容，一看到邓清明就向他提起了意见：“组织上这样对陈伟华是不是不太公平呀？梅山的老百姓可是议论纷纷啊！”

邓清明笑着说：“怎么陈蛮子的家属也是个直性子？我这不正在纠正吗？不过，新时期如何做好组织工作，的确是个新课题，我们也是在摸着石头过河嘛！如果大家有什么好的意见和建议，欢迎畅所欲言。”

林英琴假装生气地撅起了嘴，对邓清明说：“反正我……大家就是不服气……”

陈伟华笑呵呵地对邓清明说：“清明，别理她，她人来疯呢！”

林英琴朝着陈伟华做了个鬼脸。邓清明看看两人，哭笑不得地摇摇头：“好了，我该走了。”

林英琴调皮地说：“我代表伟华送送部长大人。”

林英琴送邓清明出来的路上，邓清明关切地询问起了林英琴房地产开发项目是否顺利，并请林英琴有空到组织部坐坐，一起探讨一下县老干部住房困难问题。林英琴答应有空可以再作探讨，将邓清明送到了大门口。

回到病房里，林英琴把门掩上，对陈伟华说：“真没想到邓部长这人还是比较随和的嘛。”

陈伟华笑着打趣道：“他是随和，要不然我们大学的校花怎么就嫁给他了呢。”

林英琴把邓清明提来的东西拎起来放好，陈伟华摆摆手阻止让她不要再忙了，他打算马上出院。林英琴一听，坚决反对他出院。陈伟华还没完全康复，医生还没有下出院通知，可陈伟华已经受不了天天呆在医院里闻着满屋子的药水味儿、看着病人们被拉进拉出，更受不了自己每天躺在床上闲着。

陈伟华执意要出院。林英琴拗不过他，只好可怜兮兮地要陈伟华答应他一个条件：这次二进梅山，必须由林英琴亲自送他回去。

陈伟华很是感动，将林英琴紧紧拥在了怀里。

当天下午，陈伟华办好了出院手续，就和林英琴一起回梅山。汽车疾驰在县城通往梅山的公路上，林英琴一边开着车，一边和陈伟华聊着。林英琴告诉陈伟华，她听说那些匿名信都是许文才指使人写的，不知道许文才和陈伟华有什么仇，怕陈伟华回去后工作会因此而受到影响。

陈伟华心里知道，自己刚到梅山就封了许文才亲自引进的电镀厂，后来又重新对乡政府食堂进行了招标，直接影响了他家餐馆的利益，因此许文才对他有意见也不是没有道理。回梅山之后如何处理好和许文才的关系，他也有自己的一些想法。

去往梅山的公路上，晴朗的天空中飘着朵朵白云，路两旁绿树成荫。梅山的村民们已听说了陈伟华出院即将回梅山的消息，奔走相告。群众们带着自家的土特产，站在路边夹道欢迎。一位快六十岁的老大爷挎着一个盖着一条干净毛巾的竹篮，竹篮里放着一大瓦钵鸡汤和鸡肉，等着陈伟华的到来；一些群众拿着鸡蛋、水果，等待在梅山路口。

不远处，还有人不断地拥来，卓长富、向大成、林玉芬也夹杂在人群中等待着陈伟华。大家不停地朝县城的方向张望，终于看见一辆轿车从远处驶了过来。

一到梅山地界，陈伟华就禁不住激动起来。山坡上，一垅一垅的茶苗已有一手指高了，偶尔还能看到书写着“云雾山茶叶基地”字样的巨大木牌。陈伟华让林英琴停下车，兴奋地跑到路边的茶垅，用手轻轻去抚摸那些鲜嫩翠绿的茶叶，不时地把鼻子凑到茶苗前使劲地嗅着。

陈伟华把林英琴也拉到茶苗前，激动地说：“英琴你看！这漫山遍野的茶叶，等明年一开春就有收成了呀。”

林英琴望着成片的茶苗，心里却别有一番滋味，幽幽地说：“这里实在是太苦了。”

陈伟华仿佛没听明白，林英琴也不想多解释，让陈伟华上车。陈伟华恋恋不舍地回到车上，漫山遍野的茶叶让他的心情开朗了不少。

汽车转了一个弯，即将到达梅山路口，陈伟华突然看见马路两边围满了群众，非常震惊，冲林英琴喊道："英琴，停车！"

二人从车上下来，群众们一看见陈伟华下了车，都激动地围了上来，向陈伟华喊道："陈书记，你可回来了，苍天有眼啊，梅山的老百姓有福分哪！"

那位提着竹篮的老大爷一把拉住陈伟华的手说："陈书记，听说您病了刚出院，咱心疼。我特意炖了只鸡，给您补补身子。"

一位手里提着一篮鸡蛋的老阿婆和一位提着一篮田鸡的老阿婆对陈伟华说："陈书记，农村人家里没什么好东西，这点东西你收着。"

陈伟华看着这一切，再也抑制不住内心的情感，泪花满眼，哽咽着说："谢谢乡亲们，大伯、大婶，你们辛苦了！"

向大成从人群中冲了出来，紧紧握住陈伟华的双手："陈书记，我对不起你。是我惹的祸，给你添麻烦了。"

陈伟华抹了下眼角说："还说这做啥？是我给大家添麻烦了，这茶场可都亏了大家啊！"

人群中一片唏嘘之声，卓长富热泪盈眶地说："陈书记，大伙全盼着你回来呀！"

林玉芬带着马跛子的女儿芳芳在一旁站着，陈伟华看见芳芳，问她道："芳芳，学习怎么样了？"芳芳微笑点头，腼腆得不敢说话。林玉芬帮忙说："好着呢，这娃特爱学习。"

道路两旁迎接陈伟华的村民们，你一声我一句，不时有人撩起衣襟擦拭着眼中的泪水。陈伟华备受感动，向乡亲们深深地鞠了一躬，声音有些颤抖地说："我是个孤儿，今天得到乡亲们这样的疼爱，真是感激不尽，梅山的父老乡亲就是我的亲生父母，乡亲们的心意我陈伟华心领了，可眼下梅山的农业生产、茶场和公路还需要继续努力，发展任重道远，乡亲们，咱都回去吧！"

迎接陈伟华的乡亲们逐渐散去，陈伟华还在向村民们频频挥手。望着离去的人们，陈伟华深情地对林英琴说："农民是最朴实的，他们一旦得到实惠就会感恩。"

回陈伟华宿舍的路上，林英琴一个人跟在后面，心情却十分复杂。一方面她被眼前的场景所震撼、感动了，另一方面又舍不得让陈伟华在这种条件下继续吃苦。

来到陈伟华的宿舍，林英琴替陈伟华整理着东西，同时打量着简陋的宿舍，心中五味俱陈。陈伟华却很兴奋，问林英琴："英琴，要不要去山上看看？"

林英琴温柔地点了点头。两人出了宿舍，陈伟华大步往前走，林英琴有点跟不上他。林英琴气得在后面大叫："慢点！又不是去打仗！"

陈伟华停住脚步，回头笑着说："怎么不是去打仗？那儿可是咱们的战场！"

两人经过妇联办公室门口的时候，林玉芬拿着份传真追了过来。林玉芬叫住陈伟华，告诉他县委来通知要求各个乡镇搞山林绿化工程、给荒山植树。陈伟华一边应答着，一边继续往前走："植树？行，我知道了……传真你归档吧。"

陈伟华大步流星地继续往前，林英琴急忙跟了上来。林玉芬见此情形，忍不住笑了起来。

走到梅山乡政府院子门口，陈伟华转进去冲着乡长办公室喊道："老卓，快，叫上李技术员，我们上茶山看看去。"

卓长富和李学聪连忙从办公室里出来，陈伟华又冲着许文才的办公室喊："许书记，快，一起去！"

许文才下意识地答应着，心里却还有些犹豫，想了好一会儿才整整衣服走了出去。

卓长富和李学聪笑嘻嘻地走向陈伟华，他们刚刚还在打赌陈伟华今天一出院会不会上山，果然没让他们猜错。李学聪担心陈伟华的胳膊还没完全好，爬山会不方便，陈伟华却笑着说："有什么不方便的，我又不是猴子。猴子走路才用得上胳膊呢。"

大家都笑了。卓长富见林英琴在旁边低头不语，问她道："林总今天也上山？"

陈伟华帮林英琴回答："难得来，带她一起去逛逛。"

林英琴笑着说："你们可走慢点，我可比不上猴子，就算胳膊用上也追不上你们陈书记！"

大家又是一阵哈哈大笑，朝吉普车走去。正走着，陈伟华叫住卓长富，提醒他县里要求各乡镇荒山植树、搞绿化工程的事。对于县委的这个要求，陈伟华打算种果树，理由是种树不如种果，既能绿化，又是生态农业，还有经济收入。

卓长富虽然认同这个想法，却又担心县里会不会同意。再说了，果苗比树苗贵多了，钱的问题不好解决，不是每户农民都有这个经济能力。

陈伟华也意识到了这个问题，沉思了一阵，随着大家上了吉普车。

林英琴注意到了他们的谈话，听在耳中却没说什么，也跟着上了吉普车。

吉普车载着众人上了云雾山。云雾山上云遮雾绕、山风呼号，不时飘过来一片片云雾，像是在赶路奔跑。山势逐渐不平，一行人下了车，徒步赶往茶山基地。

卓长富关切地提醒陈伟华注意伤还没好，要小心点。陈伟华却笑说自己不是纸糊的，没那么容易散架。卓长富趁机向林英琴打小报告，说陈伟华是出了名的不要命，要林英琴好好教育教育他。

大家有说有笑地往山上走，许文才附和着，心里的不自在让他显得不自然。

走着走着，陈伟华突然停了下来，指着前面的一片荒山坡说："你们看，前面这片荒坡。县里现在正推广绿化荒山工程，我想我们不但要搞绿化，更要让它产出经济效益来！"

陈伟华寻思着，如果让每家每户都在这里有一片属于自己的果园，搞生态农庄，将来还能开发生态度假、生态旅游，这将是多好的一件事。

陈伟华把自己的想法一说出来，大家都称赞这是个好主意。可问题是，种果苗的资金在哪里？对于果苗的资金问题，陈伟华也有一个初步的考虑。县里既然能肯定梅山发展生态农业的思路，种植果树应该也没什么大的问题。资金可以考虑分成两块，一方面由村民自筹一部分，另一方面再靠乡里补助一点。

众人点头赞同，林英琴突然说："我能不能说一句？"

陈伟华虽有些意外，却鼓励她讲讲意见。林英琴用企业家的眼光赞成改植树为种果的思路，不过这只能算是第一步。想要把果园变成生态农庄甚至是生态旅游度假的品牌，肯定还需要更大的资金投入，这恐怕不是靠乡里财政或者村民自筹资金应付得了的。林英琴认为如果真要向这个方向发展，不如由乡里出面邀请企业家投资，采取企业加农户的经营方式，由农户承包管理，由企业家出资负责推广销售，做到产销有机结合。

林英琴讲完自己的看法，大家都纷纷称赞她看问题一针见血，不愧是著名的企业家。

许文才却突然冒出了一句："那也得有人愿意来投资啊。"

此言一出，顿时像浇下了一盆冷水，几人都无语了。

尽管如此，陈伟华还是劲头十足。吸引投资的确是一个大课题，但改植树为种果这个方向应该是对的。陈伟华建议先想办法把果树种起来，然后再去考虑吸引投资的事。

许文才进一步认为陈伟华这招太冒险，万一到时候还是没人愿意投资的话，这件事就没那么好办了。

陈伟华倒是没那么担心，就算没人投资，果树也是能够有经济产出的，至少不会赔钱。李学聪也赞同陈伟华的意见，至少种上果树总比给人家看这秃山头更有说服力。卓长富也认为植树任务不能拖，总得先种上再说，一来不能为了等投资让山头秃着，二来与其现在植了树到时候再砍了种果，不如就直接种上果树，一步到位。

赞同种植果树的几个人越说越兴奋，许文才却在一边直摇头。陈伟华又征求许文才的意见，许文才把自己的意见归结为一点：这买果树的钱哪儿来？

卓长富急忙接口说："陈书记不是说了吗？由村民自筹部分资金，咱们乡政府再补助一点。"

许文才却反问道："卓乡长，你是不是忙昏头了？乡里还有钱吗？"

卓长富这下傻了。开山修路、建茶场、买茶苗，梅山乡已欠了不少外债，哪还有钱再搞果树？卓长富看向陈伟华，陈伟华也是双眉紧锁，他深知现在缺的不是目标和干劲，缺的是资金。

卓长富想了想，给出了个主意。按陈伟华的思路，筹集资金可以用两种方式：自筹资金这一块，可以挨家挨户去做工作，也就是费点嘴皮子的事；乡里补助这块，可以和民政助理范升仕商量一下，不行就先动用一下他那里富余的扶贫款。

许文才这下总算赞成了，起劲地说："对！这是个好办法，去问范升仕吧！"

陈伟华考虑了一下，同意去试试看。陈伟华这才注意到乡财政上既要开源也要节流，乡里一直这么东拼西凑总不是办法，还得在吸引投资上多动动脑筋。

几个人边说边走，快要回到乡政府了，林英琴在后面拉了拉陈伟华，陈伟华让卓长富他们先走，自己和林英琴留在了后面。陈伟华关切地问林英琴是不是累了，林英琴摇摇头说自己该回去了，有人还等着她回去谈合约。

两人卿卿我我、难分难舍地准备分别，林英琴伸出手抱了抱陈伟华。陈伟华不好意思地连连躲闪，怕被人看见影响不好。林英琴笑着说："咱们光明正大，怕什么？我先走了，你自己当心身体啊！别老硬撑着！"

陈伟华答应着，将林英琴送走，转身回到了乡政府大院。

吃晚饭的时候，食堂里没几个人，大部分乡干部都回家吃晚饭去了。范升仕用筷子敲打着碗边，溜溜达达地晃悠进了食堂。陈伟华坐在食堂的一角吃饭，范升仕一看见陈伟华，扭头就想溜。

陈伟华立马叫住他："范助理！"

范升仕没法子，只好硬着头皮走过来问道："陈书记，您也来食堂吃饭啊？"

陈伟华亲切地说："没办法，光棍一个嘛，我经常在食堂里吃饭啊，待会儿我还得亲自洗碗呢。坐下来，我正好有事找你。"

范升仕忐忑不安地在陈伟华对面坐下，心里七上八下地打着鼓，不知道陈伟华找他会是什么事。

陈伟华笑呵呵地说："老话说了，巧妇难为无米之炊。"

范升仕紧张地看着陈伟华，等着陈伟华的下文。陈伟华把县里要求植树搞绿化以及种果树的思路告诉了范升仕。接着，陈伟华又提到了购买果苗的经费问题。

范升仕听到这里，立刻明白了陈伟华的意思，愣了一下很快就反应过来，诉苦道："陈书记，咱们梅山的情况你还不知道？全县有名的贫困乡，虽然每年县里都会拨扶贫款，可是僧多粥少，那些村民天天追着我要钱，搞得我都不敢下乡了。"

范升仕苦着脸说自己这里也没钱，陈伟华心情凝重地点了点头，答应再想想别的办法。

范升仕连忙起身离开，谎称自己肚子不舒服，不吃饭了，然后一溜小跑出了食堂。出了食堂，范升仕感觉没事了，自言自语道：“还想摸我的底？门都没有！”

晚上的时候，陈伟华在宿舍里伏案看书，卓长富敲了敲门走了进来。卓长富心里一直在想着那投资的事儿，翻来覆去睡不着觉，只好到处走走，老远看到陈伟华这里还亮着灯，就走了进来。

陈伟华给卓长富倒上茶，两人边喝茶边聊着。陈伟华把今天碰到范升仕以及范升仕告诉他扶贫款没啥节余的事告诉了卓长富。卓长富却劝陈伟华不要太相信范升仕，上次照片的事就说明这人靠不住。另外，范升仕克扣扶贫款也不是什么秘密，乡里干部大多知道，可谁也没个凭据，也不好随便往外说。

陈伟华一皱眉，疑惑地问：“真有这事儿？”

卓长富说：“钱都从他手头上过，得罪了他一分钱也别想拿到，老百姓也是敢怒不敢言啊。”

陈伟华说：“这可是犯罪啊！”

陈伟华上任之前的几任书记走马灯似的换，没人管扶贫款这件事，而许文才也是睁一只眼闭一只眼，毕竟“老友记”餐馆的事儿没人提也就得了，也不想节外生枝。陈伟华却是眼里揉不得沙子，这件事到他手里他就一定要管。陈伟华吩咐卓长富彻查这事儿，坚决不能养蛀虫。

说完了扶贫款，两人的话题又说回果苗款的事，陈伟华认为扶贫款毕竟还得专款专用，老想着拆东墙补西墙不是个长远办法。开源需另想办法，卓长富觉得应该学学花关镇。卓长富注意到花关镇非常注意搞宣传，县报、党报上经常报道花关镇以及万锋强的新闻，这些报道扩大了花关镇的影响，影响面扩大了，自然就有人找上门来投资，投资的事再被报道，影响就更大了，就像鸡生蛋蛋孵鸡一样。

卓长富的主意让陈伟华击节叫好，二人共同认为梅山乡一样可以借助一下舆论宣传的力量，吸引企业来进行投资。至于宣传文稿的写作，两个人一商量觉得林玉芬的文笔不错，让她来撰写宣传报道再合适不过。

事情定下来之后，林玉芬很快写了一篇关于梅山发展的通讯发给了莲花县报。这篇报道引起了县报的高度关注，县报决定派一名记者就梅山的发展问题前往梅山进行专门的采访。

不久后的一天，陈伟华正带领大家在梅山果园开发基地上动工，林玉芬领着一位留着络腮胡子、戴着墨镜、提着皮包的人上来了，逢人就问：“看见陈书记了没有？”

果园开发基地上人气高涨，村民们热火朝天地劳动着。卓长富往前面一指说：“陈书记还不是在工地上，有啥事急成这样？”

林玉芬说：“你不是要我宣传陈书记吗？我写了一篇稿子县里报社要采用呢！”

接着，林玉芬把身边的人介绍给卓长富，说是县报专门派来采访梅山乡的吴记者。卓长富一听十分惊喜，连忙带着他们去找陈伟华。陈伟华正在果园里挖地，一身汗一身泥地挥舞着铁锹，忽然看到卓长富和林玉芬带着一个没见过的人过来了，赶紧放下铁锹，扯下毛巾擦了擦手问明来意。

陈伟华对吴记者的到来表示欢迎。吴记者一路爬上山来早已累得气喘吁吁，虚汗直冒。站了好一会儿还不能平静，口中像拉风箱似的“呼哧呼哧”喘着气，口里应道：“你好……陈书记，没想到你真像林主任稿子里写的那样，天天跟群众一起挖山……值得学习，值得学习呀！”

陈伟华谦虚地说基层干部参加劳动很正常。接着，几人寻找到一片小灌木丛的凉荫里坐了下来。吴记者从提包里拿出一叠稿子，对陈伟华晃了晃，把林玉芬好好地夸了一顿，称赞林玉芬不但是个妇联主任，还是个女秀才，文笔不错，立意很高，写得很有水平。

那篇稿子的题目是《书记带头挖茶园，咬定石山不放松》，吴记者夸赞这个题目好，文字描写也生动，把陈伟华亲临开发一线、艰苦劳动的情景和全乡人民群众的干劲都写了出来。

然后，吴记者翻开稿子摘出一段念道：“……三伏天的太阳像火球一样吊在头顶上，在乱石山上挖山的人们如同贴在煎锅上的煎饼一样难以忍受，有人热得昏倒了，被抬下去，用凉水浸醒过来又爬上山来继续战斗。党委书记陈伟华以身作则，从早到晚钉在工地上同村民们一起开挖茶山、种果园，只要他在山上，十字镐就没离开过他的手，山石太硬，一镐下去一阵火星子，一镐下去一道白印子，陈书记虎口震裂了，手掌磨破了，一双手满是鲜血……”

陈伟华听着听着，脸上挂不住了，连忙打断说：“行了行了，这也太夸张了，双手沾满鲜血，我都快成刽子手了……”

卓长富听完之后略作思考，建议把描写个人的段落删除掉，重点强化一下乡党委以茶富乡、以果富民的生态农业开发指导思想，特别要强调一下山区开发性脱贫同样是解放思想、深化农村改革的具体行动。

吴记者连连点头说："行！行！文章和主题我都按卓乡长的意思，你说怎么改就怎么改，保你满意，也肯定能在全县产生一定的影响。"见陈伟华点头，吴记者话锋一转说："不过，还有一件事你们得配合一下。"

陈伟华让吴记者直说。吴记者吞吞吐吐，半遮半掩地告诉陈伟华，由于他们的报纸是党报，不能完全走市场化道路，发行量保不住成本。另外，县财政又不向报社投钱，并要求他们走以报养报的道路，所以报社的经费十分困难。报社总编的意思是，像这样占半版以上的重头文章要酌收一点版面费。

陈伟华听完，面露诧异的表情。吴记者又和他商量说，费用其实也不多，一版两万块钱，梅山的这篇文章要占大半个版，考虑到梅山是山区乡，只收一万，另外再给配上一张陈伟华挖山的图片放在头版，效果一定很好。

陈伟华好半天才回过味来，瞪大了眼睛说："你的意思是这篇稿子你们给我们登出来，我们还得再给你们出一万块钱？"

吴记者尴尬地点了点头。陈伟华更加纳闷了：明明这稿子是我们通讯员写的，文章是报纸自己挑上了要登的，不但没有稿费，怎么还要钱？

吴记者却自有一番歪理："陈书记你不能那样去想，应该这样理解：报纸是党办的，你是党的基层干部，你干的事党需要宣传，你出点钱等于是赞助党办报纸，支持党的新闻事业。"

陈伟华自嘲地笑了。这意思明摆着，就是自己花钱宣传自己，等于是自己给自己做广告。

面对几个人不解的表情，吴记者又给大家上洗脑课，让大家千万不要把正经报道理解为广告，在正版发的文章是不能跟广告比的。广告词的特点是简单直白，县酒厂的广告就是一个例子：天上玉液琼浆，地上演义好酒，多简单，可是宣传报道的文字就十分细腻、传神、生动感人。

没等吴记者上完课，陈伟华就板起脸赶人了。陈伟华决定不登这篇文章，理由首先是梅山乡正在大面积开发，乡财政十分困难，出不起这笔钱；再就是自己出钱宣传自己也没意思，乡党委也通不过。

然后，陈伟华推说自己还要去指挥部督催进度，叫林玉芬陪吴记者下山到乡政府食堂吃饭。陈伟华吩咐完起身就要走。林玉芬急了，她不想错过这次难得的上报机会。

陈伟华却说："上个报能保证让梅山脱贫致富吗？要是能打保票的话，叫我出十万我也愿意！再说，这出钱买报道也不光彩。我看就算了吧！"

吴记者也感到十分意外和尴尬，又和陈伟华再作商量，费用可以再减三千，只收七千。

陈伟华听后感到好笑，把事情弄得像谈生意一样，越谈越没意思。陈伟华直接告诉吴记者，什么时候报纸可以让梅山不出钱就能登报，欢迎再回来找他。

吴记者不情愿地跟着林玉芬走了，陈伟华对卓长富说："老卓，看来这条路也走不太通哩！"

卓长富看着林玉芬和吴记者离去的背影，怕这样处理事情会把报社给得罪了。

陈伟华这样做也是没有办法之举，梅山虽然需要宣传，可也不能搞这种歪门邪道，何况眼下确实拿不出这笔钱，就是拿得出也不能拿，花钱买宣传不是个事。虽说现在是商品经济时代，有偿新闻早就不是什么秘密，不少报纸早就给版面明码标价了，但姜太公钓鱼，愿者上钩。不少愿意上钩的单位能花这个钱，但陈伟华不能花这个钱，花冤枉钱心疼是一回事，助长了这种不正之风危害更大。如果上党报靠钱买，那党报也就失去了威信。

这时候，陈伟华的手机响了起来，是林英琴打来的。林英琴先问了问陈伟华的伤势，劝他不要太辛苦了。接着，林英琴跟他说想介绍几个有实力的企业家朋友给他认识。

得知这个消息，陈伟华喜出望外。林英琴从梅山回来之后，就想帮陈伟华一把。林英琴寻思着如果梅山没有外来资金，发展肯定有难度，所以想介绍一些企业家朋友给陈伟华，也许能帮他找到出路。林英琴在电话里告诉陈伟华，明天中午她约了几个有实力的企业家到莲花餐厅座谈，让陈伟华按时参加。

接到林英琴的电话后，陈伟华高兴得像个孩子，心想总算是天无绝人之路。

第二天中午在县城里的莲花餐厅，林英琴介绍了县里的两位著名企业家给陈伟华。一位是被称为水电之王的企业家刘董事长，一位是专门从事饮料产品和农业深加工的梁董事长。刘董事长是靠开发小水电起家，梁董事长是梅山乡人，也是县里有名的女企业家。

四人握手寒暄，陈伟华倒满一杯酒，双手端到刘董和梁董面前说："我陈伟华能认识二位老板，还多亏了英琴引荐。我陈伟华是个粗人，成天钻山沟，没那么多礼数，我先干了这杯酒，以表感谢！"

两位董事长笑赞陈伟华果然是个爽快人，又开玩笑要陈伟华快点给英琴一个归宿。场面轻松融洽起来，林英琴让陈伟华给大家介绍一下梅山的情况。

陈伟华把梅山的大致情况简要地陈述了一番，最后告诉两位企业家，梅山虽然经济比较落后，却资源丰富、民风淳朴、自然环境好。梅山商机很多，有两万亩茶园和即将开发的生态农业观光园。另外，在莲花山顶上有一个天然的万绿湖水库，落差大约有二百米；此外还有很多等待开发的莲花山旅游风景区以及各种果树和尚未开发的天然矿泉。陈伟华认为梅山有很多适合投资合作的地方，希望两位企业家考虑去梅山投资。

听了陈伟华的介绍，刘董也认为梅山是很有商机的。他曾经实地游览过梅山万绿湖水库，风景确实很美，其他的情况也知道一些。当时他也想过在那里投资，可后来打了退堂鼓，其一是因为交通太不方便、成本太高，其二是那里领导目光太短浅，根本不重视当地的资源开发。

陈伟华告诉刘董，现在的情况不一样了，乡里马上要动工修路，到时候他会邀请市县交通部门和各企业到梅山召开一个招商洽谈会。

梁董对陈伟华能够在到任一年多的时间里开了那么多茶场表示看好，从这一点她就佩服陈伟华不简单。陈伟华告诉他们梅山不仅出茶叶，还是梅子之乡，尤其在梅花开放的季节，漫山遍野的梅花非常美，这都是可以开发的资源，邀请两位董事长有机会去看看。

气氛更加融洽了，大家含笑干杯，陈伟华情绪高涨地说："感谢大家支持……"刚说完一句，窗外突然一道闪电划过，紧接着一声响雷直贯耳膜。

陈伟华惊呼起来："不好，要下暴雨了。"

林英琴纳闷道："下雨有什么好奇怪的？"

陈伟华一边急急忙忙抓起衣服就要离去，一边解释道："今天实在不好意思，茶园已经开起来了，果园建设也才开始，沿山的沟渠还没有弄好，这暴雨一下，保不好把茶园和果园全冲毁了。我得赶回去，各位失陪了！”

陈伟华放下酒杯就准备往外走，梁董劝他别着急，告诉他雨应该不会下很久。可陈伟华根本就坐不住了，不停地解释道：“我们用了大半年挖茶山，可不能有半点闪失呀，我把梅山的前途全押在上面了，我得赶紧回去，还望各位谅解，我在梅山恭候大驾。”

林英琴知道陈伟华是个急性子，让他先给梅山乡政府打个电话问问情况再说走不走。陈伟华听了林英琴的，心急火燎地拨了乡政府办公室的电话，等了好半天，电话却没人接。陈伟华又反复拨了几遍电话，电话里总算传来了林玉芬的声音。

陈伟华火头上来了，问林玉芬：“怎么这么久才接电话？”

林玉芬解释说：“我也是刚刚回来，大伙都去茶山和果园挖水渠去了。”

陈伟华连忙问：“茶园、果园有什么问题吗？”

林玉芬说：“不好说啊，梅山从早上突然下暴雨，到现在还没停歇呢，卓乡长他们全去茶山挖沟渠去了，情况还不清楚呢。”

陈伟华挂了电话对几人说：“我还是回去吧。”

陈伟华匆匆地走了，林英琴呆在原地闷闷不乐。

梅山乡茶叶基地上，暴雨倾盆而下，不时有闪电划过天空，震耳的雷声轰隆作响。沿山地带的沟渠有好几处由于没有疏通，洪水漫过沟渠，冲向茶园。巨大的洪水冲垮了几段茶垅，茶苗也倒在了水里。

茶园里，村民们奋力疏通沟渠，卓长富披着雨衣挖沟渠，又不停地埋怨向大成，责怪向大成总说没事，结果事就来了。眼看着茶垅马上要塌下去，向大成还在辩解着以往都是一个礼拜后才会发大水，谁也没想到会提前。卓长富心里一股子气，干脆一把扯掉雨衣，奋力挖起来。

陈伟华还在莲花县乡村公路上。吉普车闪着车灯，陈伟华拼命开车，在暴雨中颠簸着往梅山乡赶去。

陈伟华边开车边掏出手机给乡政府打电话了解情况，可没人接听。他又轮流给卓长富等几个人打电话，电话也一直打不通。陈伟华气得将手机摔在了座位上。雨打得车窗都看不清了，陈伟华非常着急，手握着方向盘，恨不得插翅飞到梅山乡。

陈伟华离开莲花餐厅之后，林英琴送走了两位企业家，一回到自己的公寓就忙着给陈伟华打电话，想问问他情况现在怎样。林英琴拨了几个电话都无人接听，最后好不容易接通了，林英琴连忙问：“伟华，那边情况怎么样了？”

陈伟华告诉她自己还在回梅山的公路上，雨太大了，路滑开不快。林英琴担忧不已，让他千万要小心。陈伟华很快挂断了电话，林英琴握着手机，还是放不下心。

暴雨之中，吉普车闪着车灯，划破雨雾，颠簸着前行。陈伟华忧心忡忡，盯着车窗外，车窗外除了大雨和不时划过的闪电，什么也看不见。没一会儿，陈伟华的手机又响了，陈伟华以为是梅山打来的电话，猛地抓起手机，一看来电显示是林英琴，陈伟华掐掉电话。手机再次响起，陈伟华再次掐掉。手机第三次响起，陈伟华愤怒地接通电话，朝林英琴怒吼起来：“林英琴，你不要再给我打电话了！”

陈伟华愤怒地挂断电话。雨势依旧很大，窗外漆黑一片。陈伟华瞪大双眼，由于长时间开车的缘故，陈伟华感到眼睛有些疲倦，于是松了一只开车的手去揉眼睛，却将吉普车一不小心拐进了一个很大的水坑中，发动机霎时熄火。

不得已，陈伟华拉开车门下车，钻到车底下一看究竟。车子的整个轱辘都浸在了水里，像一只漂浮在水面的船。大雨把陈伟华淋了个透湿，他一把抹掉脸上的雨水，满脸烦躁，四下瞧瞧却不见任何车辆或行人的影子。陈伟华没办法，重新跳上车，想尽办法开动汽车，可车轱辘仍旧只是在坑里打滑。

陈伟华只好又跳下车，跑到车后用力推车，想把车子从水坑里推出来。陈伟华使尽了全身力气，吉普车也只是稍稍动了动，又退回了坑里。陈伟华又看看表，已经是晚上十点多钟了，他干脆打开后备箱，找出一件破旧的雨衣穿在身上，艰难地冒雨前进。风雨太大，路又滑，他几次差点被风吹倒。

梅山茶园基地上，村民们高举着火把、拿着电筒，仍然在和暴风雨抗争。大伙儿抬着石板堵沟渠，吆喝声、脚步声响成一片。不时有石块砸到谁的脚上，或有谁不小心踏进水坑。

卓长富不知从哪儿搞来个高音喇叭，站在高处大声喊着：“同志们，注意安全，注意安全！”

林玉芬也混在人群中，往土筐里铲土，卓长富过来关照她说：“雨太大，注意安全。”

林玉芬突然想起陈伟华下午来过电话说马上赶回来，可是到现在连个影子都没有，会不会出什么事？林玉芬赶紧告诉卓长富，卓长富掏出手机，给陈伟华打电话，可传来的却是忙音，卓长富只好无奈地挂了电话。

陈伟华独自顶着雨在山路上前进，终于在抢险结束前浑身湿透地出现在了大家面前，二话不说立即投入到抢险的战斗中。卓长富看到陈伟华的样子，劝说他先回去，陈伟华却执意不肯。大家齐心协力与风雨抗争，雨却没有减小的意思。

在大家的齐心协力下，茶垅抢险工作总算完成了。陈伟华一身泥一身水地回到宿舍，由于过度疲倦，他一躺下来就很快睡着了。

下半夜，雨突然又大起来，还夹着雷鸣闪电。一阵急促的敲门声把陈伟华惊醒，卓长富站在门外慌里慌张地说："陈书记，不好了，刚才云雾山村小学来电话，说学校房子被雨水冲垮了，有五个学生被砸伤。"

陈伟华赶紧爬起来，穿上雨衣就跟着卓长富出了门。卓长富骑上摩托车带着陈伟华，心急火燎地赶往云雾山村。两人在路上说起了梅山乡各村小学的校舍情况，卓长富告诉陈伟华，十个村小学有九个都是危房，一到刮风下雨，老师都不敢上课，早早地让学生放了假。

陈伟华问卓长富："原来的乡政府为什么没有搞点钱修缮一下？"

卓长富回答说："县里有扶贫款，可没见什么钱能落到实处，每年找几个当地的农民，把瓦片翻一翻，墙壁糊一糊了事，其他钱去了哪儿就不知道了。"

陈伟华很生气地说："又是因为扶贫款！这事我一定得查清楚，亏什么也不能亏了教育！"

陈伟华还在为扶贫款的事愤愤不平，林玉芬打电话报告了一个坏消息：茶垅被洪水冲垮了。陈伟华感到奇怪，昨天晚上茶垅还好好的，怎么这么快就被冲垮了？

林玉芬的话音里带着哭腔，告诉陈伟华说谁也不知道是怎么回事。接着，电话就断线了，任凭陈伟华怎么喊都没有用。无奈之下，陈伟华决定先去学校，再去茶场。

黄花山村茶叶基地上，刚种好的茶园由于沟渠的上游出现了一个很大的缺口，洪水顺坡而下，把整齐的茶垅冲得坑坑洼洼，果苗也东倒西歪。向大成带着村民修补缺口，林玉芬站在山顶上给陈伟华打电话，没说两句，就听到“滴”一声，电话断了。由于信号不好，林玉芬不断地变换方向仍然打不通电话，气得捶胸顿足。

那个沟渠上游的缺口，让村民们都感到奇怪：明明昨晚收工的时候还没有缺口，怎么这么快就出现了这么大的一个口子？如果说是后半夜雨大造成的缺口也说不过去，上面的洪水应该比下边少，下边好好的，上边却垮了。

大家议论纷纷，都想不明白。范升仕混在人群中，竖着耳朵听村民们议论，也不时插上两句。

陈伟华和卓长富还在梅山乡的公路上，卓长富开着摩托带着陈伟华火急火燎地赶路。学校坍塌的事、茶园洪水的事都需要处理，让两人的神色都严肃而紧张。

十二　负面报道

阳光透过窗帘映进林英琴家的客厅里，林英琴握着手机，蜷缩在沙发里还没醒来。昨夜的一场暴雨，让林英琴为陈伟华担心了一整夜，直到凌晨才迷迷糊糊地在沙发上睡着。

一阵急促的手机铃声把林英琴从睡梦中吵醒，林英琴以为是陈伟华打来的，匆忙坐起来接听电话。电话是万锋强打来的，林英琴听到电话里传来的不是陈伟华的声音，禁不住失望。

万锋强在电话里开玩笑说："林总，我打的不会是陈伟华的专线吧？"

林英琴没有心情和他开玩笑，问万锋强这么早有什么事。

万锋强打来这个电话，是冲着林英琴的房地产公司要搞安居房的事情来的。最近花关镇正准备开发旅游风景区项目，万锋强希望林英琴能够考虑把房地产旅游项目建在花关。

林英琴没有即刻答应万锋强，找理由推辞说公司是股份制，并不是自己说了算，还得征求其他董事的意见。林英琴又说花关镇主要是工业企业，如果在工业区里搞房地产显不出价值，会直接影响利润空间。

林英琴的婉言拒绝并没有打消万锋强的意图，一再邀请林英琴能来花关镇的上马旅游风景区看看。林英琴只好勉强答应回公司安排一下，安排公司董事会成员一起到花关看一看。

林英琴推说自己要赶回公司开会，挂了万锋强的电话。她顺手把电话扔到沙发上，站在窗口伸了伸腰，突然又想到了陈伟华，于是又坐回沙发上，拿起电话拨打起来，电话接通了，听到的却是电话语音提示："您所拨打的电话无人接听，请稍后再拨。"

林英琴心情郁闷地挂了电话，又把电话顺手扔回沙发里。

此时此刻，陈伟华和卓长富已火急火燎地赶到了梅山乡云雾山村小学。云雾山村小学坐落在半山腰处，是几栋破旧不堪的老房子。校舍的窗户上没有玻璃，窗户上像狗皮膏药一样糊着一些报纸。教室里的课桌都是石头做的，灰突突的墙面上贴着用红纸写成的“好好学习，天天向上”几个字。学校屋顶因雨水的侵蚀，已开了天窗，教室的一角堆着些房顶掉下的瓦片，不时有雨丝从天窗飘进来，打湿了石头课桌。

教室里的学生已经疏散到了外面。陈伟华和卓长富走进教室，几位上课的老师和几个群众一下子把他们围在了中间。

一位来上课的戴老师告诉陈伟华，今天早上因为下雨，他来得晚了点，没想到学生比他还早到。就是那几个早到的学生蹲在教室里出了事，有五个学生被瓦片刮伤了额头。其中马跛子的女儿芳芳的伤势较为严重，被一根掉下来的木梁砸中了脑袋，虽然出了点血，不过应该也没什么大碍，山里的孩子都很调皮，小磕小碰一般不会有什么大问题。

陈伟华一听受伤的有马跛子的女儿芳芳，不禁更加关心起来。虽然戴老师已经说了芳芳的伤不会很严重，陈伟华心里仍然十分着急。

望着残破的教室，陈伟华心想这些学校的危房，原先难道都不知道？想到这里，陈伟华郑重地吩咐卓长富赶紧到各村看看，有问题就马上请泥瓦工，该修补的就修补，好好翻修翻修各个学校，资金问题再想办法。

陈伟华吩咐完，还不放心，打算自己再去黄花山村看看，顺利的话再去乡卫生院看看芳芳等孩子。

卓长富去找泥瓦工了，陈伟华独自一人走出了学校。刚走出学校，陈伟华正往山下走，没走几步就被几个村民拦住了。这些村民都是受伤学生的父母或亲戚，听说陈伟华来到了学校，都赶了过来。学生家长们你一言我一语，不停地向陈伟华诉苦。

一位学生的父亲说：“陈书记，你咋才来呀？你要是能早点来，咱家的娃也不至于那样啊……”

另一位学生的家长说：“陈书记，学校的情况咱早跟村支书反映好多次了，一刮风下雨咱就提心吊胆的，你看，这不出大事了吗？”

还有一位学生的母亲说：“陈书记，你可得给我们做主呀，这些独苗孩子确实很可怜，他们的父母还指望他们念大学呢！”

那位母亲说着说着就忍不住落下了泪，又向陈伟华哭诉道，“这娃平时就听话，戴老师还把教室门的钥匙交他管理，你看看，今天一早他们就为了早点给课室开门，没有想到啊，天还没有亮，就会遭这种祸害，造孽呀！”

学生家长们的这些牢骚话并不是冲着陈伟华来的，大家都知道陈伟华是个好书记，天天跟大伙一起挖茶山，可是就有人心太黑，看着这些娃娃在这个危房里上课不闻不问，丧失良心。

陈伟华听了这些大爷大妈的肺腑之言，心里十分沉重，想安抚他们又不知如何说起，只觉得内心憋屈得像即将燃起的炸弹。看着面前的父老乡亲们，陈伟华抑制不住自己的泪水，不禁哽咽了。

稍作停留之后，陈伟华控制住自己的心情，安慰大爷大妈说：“大家放心，这些孩子就是我的孩子，我们乡政府会妥善处理的。”

受伤孩子的父母中，二黑子的父亲张大才说起了受伤孩子们的医疗费。他家二黑子的医疗费都是左邻右舍东拼西凑的，希望陈伟华能够解决一下孩子的医疗费问题。

张大才刚说完，旁边一位村民就小声嘲笑他说：“这张大才真他妈傻，光想着那点医药费，咋也得要营养费、误工费、精神赔偿费啥的。”

这话不巧被张大才听到了，张大才生气地指责那位村民，劝他不要昧着良心说陈书记的风凉话，并通情达理地请陈伟华原谅刚才那位村民的话。

陈伟华深受感动，让张大才放心，乡政府一定会处理好这件事，医疗费乡里也一定会想办法解决。最后，陈伟华希望乡亲们能够理解，并向大家深深地鞠了一躬，满眼含泪疾步走下山去。

陈伟华离开小学校，又和卓长富会合，急忙赶到了黄花山村茶叶基地。

雨快停了，村民们无精打采地蹲在地上聊天抽烟。向大成见陈伟华终于来了，忐忑不安地向他汇报了茶垅被淹的事，并小声地说出了他的疑惑。

听了向大成的汇报，陈伟华心里一惊，神色立刻由焦急转为凝重：“真有这种事？”

卓长富也证明自己昨晚临走的时候都已彻底检查过一遍，看好了没啥缺口并确定没有问题了，自己才收工离开。照此来看，这件事很是蹊跷，不可能才过了一夜，整个茶垅就被冲垮了。

陈伟华自言自语道："难道还有其他原因？"

卓长富顿时心里一惊道："陈书记，别是……别是有人故意捣乱吧？"

陈伟华看看卓长富，没有表态。

卓长富急了，对向大成嚷道："向大成！昨晚我不是专门关照过你，要安排人值班吗？你这是咋办事的？"

向大成急了，发誓赌咒道："陈书记，卓乡长，都是我太大意了。我想雨下过了就没啥大事了，谁想到老天爷跟咱开玩笑，山洪提前来了！都是我的责任，你们撤我的职吧！"

陈伟华说："向支书，你也是老党员了，怎么一碰到问题还这么不成熟？撤职撤职，要是撤了你的职能解决问题，我早就把你撤了几十次了！"

向大成不作声了。陈伟华猜想这件事可能另有原因，要仔细查清楚。想到这儿，陈伟华带上卓长富和向大成朝上游方向沟渠缺口的位置走去。

缺口位于沟渠的上游，刚好与下面的茶垅形成约十米左右的落差，山洪一旦暴发，便势如破竹。看到缺口处的状况，陈伟华气呼呼地说："你们看看，这么重要的地段，怎么就弄得这么马虎呢？谁负责这一段的？"

向大成照实回答说是二狗子负责的，但二狗子做事还算踏实，不可能弄出这么大个漏子。

卓长富让向大成把二狗子叫来，陈伟华劈头就问二狗子："二狗子，这段渠昨天是你负责的？"

二狗子像霜打的茄子一样耷拉着脑袋承认："是啊，可我真是没敢偷懒，又填土又填石的，临走的时候还好好的……这……这咋就决口了呢？"

向大成在旁边教训二狗子要老实，别扯谎。

二狗子觉得冤枉："谁扯谎了？我说的可都是实话！不信你问小四他们……这事儿也奇了，照理说这儿的水也没下游的大呀，咋下边没决口，单这儿出问题了呢？"

陈伟华听了二狗子的话似乎想到了什么，赶紧跑到缺口处仔细察看，可缺口已经被村民们修补好了，根本看不出问题。

陈伟华只好算了，暂时让事情先搁一搁。陈伟华警告大家，这次山洪暴发是个很大的教训，一定要吸取教训，以后多留个心眼。

陈伟华正准备把李学聪找来，让他看看这些被冲垮的茶苗该怎么办，李学聪正好自己跑来了。李学聪气喘吁吁地跑上前，报告了一个还算好的消息：虽然茶垅被水冲了，但是因为下面的石块都已经被大家挖过了，只是上面盖了一层沙土，恢复起来还比较容易的，只是有些茶苗可能被泥土、石块压断了，得补栽才行。

在场的人们听李学聪这么说，都长长地松了一口气。向大成双手合十朝天拜了拜说："谢天谢地！老天爷总算还睁着一只眼。"

卓长富笑着调侃向大成道："向支书，你一个老党员咋还信这个？"

向大成被说得不好意思，抓了抓脑袋傻笑起来。

陈伟华安排李学聪再想办法买点茶苗，又吩咐大家把冲垮的茶垅再整理整理，争取早日恢复茶园。陈伟华的目的只有一个：一定不能耽误明年的春茶。

村民们又忙碌起来，在陈伟华的指引下，大家似乎一下子又都来了干劲。

经过这次暴雨的损失，陈伟华要求领导干部们更要提高警惕，一定要两手一起抓，一边督促沟渠的疏通和加固工作，一边重新整理茶垅，绝不能再重蹈覆辙。陈伟华让卓长富和向大成把这个精神传达到每一个茶叶基地上，以后如果再出现这样的纰漏，就拿村支书和相应的乡干部是问。

末了，陈伟华说："还有就是这次事故的善后事宜，一定要处理好……"

陈伟华正说着，突然脚下一软，就要往地上栽倒下去。

卓长富和向大成连忙扶住他，问他怎么回事。

陈伟华勉强站起来，脸色却很难看，却还直说没事。

卓长富伸手摸了摸陈伟华的额头，发现他额头很烫。卓长富猜测是他昨天晚上着凉引起的发烧，准备陪陈伟华去乡卫生院看看。

陈伟华还强撑着说没事，让向大成先负责一下茶垅的整理工作。向大成劝他道："陈书记，您可别硬撑啊，有病得看才行。"

陈伟华答应去医院，却是为了去乡卫生院看看那些受伤的孩子。

陈伟华和卓长富从山上下来，直接去了乡卫生院。乡卫生院的病床上躺着那几个受伤的孩子，有的头上缠着绷带，有的把手挂在胸前。尽管如此，孩子们还在嬉戏打闹，一副无忧无虑的样子。

这些孩子当中，只有芳芳伤势比较严重。芳芳躺在床上，打着点滴，头上缠满了绷带。陈伟华坐到芳芳的床边，看着她，心情无比沉痛。

卓长富附到陈伟华的耳边问："陈书记，是不是先把你的病看一看？"

陈伟华却让卓长富不必为自己的事着急，先看了孩子们再说。林玉芬也已到了乡卫生院，她一听说芳芳受伤了，就急忙赶了过来。陈伟华转头向林玉芬询问了一下芳芳的病情，林玉芬告诉他说孩子缝了好几针，医生说可能会留疤，具体的还要问医生。

陈伟华拉着孩子的手问："芳芳，头还疼吗？"

芳芳扑闪着大眼睛，先是点点头，可马上又摇摇头。陈伟华用手摸了摸芳芳的头，鼻子一酸，眼圈也红了。陈伟华站起来准备去问问医生，芳芳突然说话了："叔叔……"

陈伟华连忙回过身来说："哎，叔叔在呢。"

芳芳睁大了眼睛问："叔叔，我会变成丑八怪吗？他们说我会变成丑八怪的。"

陈伟华问："谁说的呀？"

芳芳指指那些孩子说："同学们说的。"

看着芳芳天真的眼神，陈伟华笑了，哄她说："芳芳这么勇敢，怎么会变成丑八怪呢？"

芳芳还不相信："真的？"

陈伟华安慰芳芳说："芳芳要听林阿姨的话，好好休息，叔叔去找医生，让他们也保证芳芳只会变得更漂亮，不会变成丑八怪，好不好？"

芳芳放心地点了点头。

陈伟华笑着转过身，却看见一位穿着白大褂的医生走了进来。陈伟华觉得此人非常眼熟，但又回忆不起来，只好用眼睛去询问卓长富。

卓长富赶紧介绍道："这是向医生，向安勤，向大成的女儿，医学院毕业后自愿要求回到乡里来当医生。"

陈伟华不禁认真看了向安勤一眼，觉得她轮廓的确像向大成，却显得秀外慧中。陈伟华和向安勤握了握手说："向大夫，真是感谢你啊，能回到咱们这个穷山沟里来为群众服务啊！"

向安勤含蓄地笑了，对陈伟华说："陈书记，其实我是因为你才回来的。"

陈伟华诧异地看着她，问道："哦，为什么？"

向安勤说："因为我爸告诉过我，梅山来了个好书记，回来干有盼头。"

陈伟华摇摇头说："这个向大成！"

转过身，陈伟华对卓长富建议，像向安勤这种专业人才一定要想办法留住。此外，还要想办法请医德好、技术高的医生来乡医院工作，支持农村建设，而以前那种不负责任、医德医风不好、技术又差的大夫，就让他们尽早离开。

卓长富频频点头，深表赞同。

看望完受伤的孩子们，陈伟华转身大步离去，卓长富在后面追上他说："陈书记！陈书记！你的病还没看呢！"

陈伟华头也不回地说："没时间了！我还得去茶场看看。"

陈伟华根本没在意自己的病，认为只是一个小小的感冒而已，回去吃两颗药就会好。陈伟华大步往前，卓长富只好无奈地跟上他，回到乡政府大院。

县报的吴记者自从上次去梅山采访吃了闭门羹后，对陈伟华很有看法，却也无可奈何。这天上午，吴记者接到一个匿名电话，打电话的人自称是莲花县梅山乡党委副书记许文才。打电话的人告诉吴记者梅山乡出了点事，让他赶快来进行采访报道。吴记者问电话报料人是什么事，对方告诉他说因为陈书记的失职，导致黄花山村的教室垮塌，连学生都砸死了。

吴记者吃了一惊，不敢相信真有这么回事。

那位电话报料人信誓旦旦地保证这些事都是真的，而且陈伟华还想把这事压下去，因为关系到十几条人命，电话报料人作为乡党委副书记是实在看不下去了。

吴记者一听还有十几条人命，更是震惊了，拿起照相机匆忙赶往梅山乡。

吴记者挎着相机到了梅山乡政府大院，许文才正巧往外走，看见吴记者挎着相机站在院门口，迎上去问："请问你找谁啊？"

吴记者说来找许副书记，许文才说他就是，吴记者连忙跟许文才说自己一接到电话就赶过来了。

许文才听得丈二和尚摸不着头脑，弄不清吴记者接到的是什么电话。吴记者四下里看了看，神秘兮兮地暗示许文才说："我知道，我知道，我不会说是你打电话来的。"

许文才更纳闷了，不知道这位记者在说什么事。吴记者却直接问他道：

“你们乡黄花山村的校舍是不是塌了？”

许文才一惊，支支吾吾地说：“这个……昨晚下暴雨，好像是听说……”

吴记者一听，想想是找对了，要许文才带他去现场看看。许文才这才回过神来，却并不想让家丑外扬，站在那儿也不挪动脚步。吴记者见许文才吞吞吐吐的样子，严肃地对他说：“许书记，小学校舍倒塌导致学生死亡，这么严重的事故你们要想隐瞒，肯定是瞒不住的。”

许文才连忙解释，说自己并不想隐瞒，只是觉得事情现在还没调查清楚。许文才只听说是有学生受伤了，但是伤情到底有多严重还不知道。吴记者不愿听他多解释，一定要许文才带他去现场。

许文才只好带着吴记者来到学校现场。学校里空荡荡的，已经没有人。由于房屋倒塌，学校里停课了。吴记者在校舍间转悠着察看，只见小学校舍破旧不堪，加上倒塌后的废墟，整个学校显得非常破败。

吴记者看到眼前的景象，感觉就像抓到了好素材，不停地在各处拍摄。许文才的眼睛跟着吴记者东转西转，有些手足无措，不停地催促吴记者道：“吴记者，这里太危险了，稍微看一下就赶快走吧。”

吴记者却严厉地教训许文才：“那你们梅山乡为什么如此不重视教育，你看看，学校都破成这样了！”

许文才支支吾吾说：“这……这也不是一天两天能解决的问题嘛……”

吴记者转而问到了梅山乡的书记陈伟华。许文才一愣，计上心来，连连回答：“是是是，就是他。”

吴记者冷笑了一声说：“哼，外面传言说他多么勤政爱民，我看未必如此。”

许文才看出了吴记者对陈伟华的反感，故意说：“吴记者，你可千万不能这么说。到时候陈书记要是知道是我带你到这儿来的，不知道他会有什么想法。”

吴记者叫许文才不必担心，说自己早就想揭发这种表面一套背后一套的面子领导了，这正好是个时机。

许文才又装出一副饱含感情的样子告诉吴记者，自己是梅山人，内心里真的非常希望农村的孩子可以在好的环境里读书。由于自己以前读书的条件就很差，所以不希望这里的孩子们也吃这样的苦。看到孩子们现在这个状况，许文才说自己没办法，毕竟只是个副书记，人微言轻，虽然多次表示一定要修缮学校，可是没人听。

听了许文才的一番表白，吴记者点点头说："许书记，像你这种关心教育的领导才是真正需要被宣传的领导。你放心，我一定会如实报道你们乡的情况！"

许文才诚惶诚恐，也不再阻拦吴记者拍照，任由吴记者对着破旧的教室连连按动快门。

几天之后的一个早晨，林玉芬一大早拿着一叠报纸，猛敲陈伟华的门。林玉芬敲了半天没有回应，心里很纳闷陈伟华这么早就出去了。林玉芬又试着转动了一下门把手，发现门从里边反锁着。

林玉芬知道陈伟华一定在宿舍里，更加使劲地敲门，边敲边说："陈书记，陈书记！我们梅山上报了，可不是什么好消息呀！"

里边仍然没人应答。林玉芬把报纸放在地上，脚往窗户上攀，想看个究竟，却又看不到。

林玉芬的动静和叫喊声反倒把卓长富给惊动了。卓长富好奇地走了过来说："林主任，一大早你在陈书记门前叫什么魂？"

林玉芬把报纸拿给卓长富，露出了报纸的标题：《暴雨冲垮校舍，数名学生伤亡》。林玉芬对卓长富说："我想给陈书记看今天刚出的报纸，可陈书记的门一直叫不开。"

卓长富说："是不是睡着了？这两天他也累坏了，昨天还在发烧。"

林玉芬忧心忡忡地说道："睡觉怎么睡得那么死？连雷都打不醒？陈书记一向起得早，我担心出什么事呢。"

卓长富想想也觉得不对，踮起脚尖往屋里看，仍然看不到屋内情况。卓长富干脆使劲撞门，"砰"地一下把门撞开了。

两人冲进屋里一看，陈伟华躺在床上，处于昏迷不醒之中。陈伟华的额头滚烫，烧得厉害。林玉芬当时眼眶就红了，求救似的看着卓长富。

稍过片刻，躺在床上神志不清的陈伟华忽然呻吟了一下。卓长富伸手试了试陈伟华的体温，陈伟华昏昏沉沉地睁开了眼睛。

林玉芬着急地说："陈书记，你醒了。"林玉芬说着又哽噎起来，卓长富催她快给卫生院打电话，林玉芬急匆匆地就要往外跑。陈伟华强打起精神对林玉芬说："别去了，我这里有药。"林玉芬根本听不进去，还是跑了出去。

上午上班之后，许文才也拿到了那份报纸。许文才一边抽着烟，一边看手中的报纸，禁不住还念了起来："近日的一场暴雨中，梅山乡发生严重的危房倒塌事故，其中仅在黄花山村小学，就有十多名学生伤亡……"

电话铃响个不停，许文才看了一眼电话，懒洋洋地拿起话筒，只听电话里一个人用强硬的语气说："你们到底怎么回事？这么久才接电话。"

许文才问："你谁呀？这里是梅山乡政府，你打错了。"

许文才说完就要挂电话。电话那边说："我找的就是你们梅山乡政府，我是县教育局的张局长，叫陈伟华来听电话。"

许文才说："找他什么事？陈伟华还没上班。"

张局长说："你就是从被窝里拽也把他拽起来，搞什么名堂，今天的报纸看了吗？居然出了那么大的事都不及时上报！这对社会造成多大的影响，你们想过没有？"

许文才说："我是梅山乡副书记许文才，乡里的教育这块一直是由陈书记和卓乡长在负责。"

张局长说："好，你转告他们，我们教育局和县有关部门要去你们梅山调查此事。"

张局长在那边说完，气呼呼地挂断了电话。许文才放下电话，摸着下巴想了想，似乎拿定了主意，站起来理了理衣服，不紧不慢地走了出去。

林玉芬从乡卫生院把向安勤找了过来。向安勤来到陈伟华的宿舍里，给陈伟华打针。打完针，向安勤又开了些药，递给林玉芬并嘱咐她如何服用。林玉芬收好药，向安勤叮嘱陈伟华好好休息，这才离开。

陈伟华吃了药，神志清醒了不少，但是头依然烫得厉害。林玉芬关切地问他感觉好点没有，陈伟华点头说好多了，话还没说完又急促地咳嗽起来。陈伟华努力想下床，刚站起来就眼前一黑，人没站稳差点倒下。林玉芬和卓长富赶紧把他扶住，陈伟华又虚弱地躺回到床上。

不一会儿，许文才来了，站在门外斜眼往里望了一眼，装出一副风风火火的样子走进屋里说："陈书记！出大问题了，刚才县教育局的张局长打电话来，说县教育局领导和县有关部门的同志马上要来调查校舍倒塌砸伤学生的事。”

陈伟华吃了一惊，问许文才是怎么回事。林玉芬本不想把上报纸的事说出来，见陈伟华问得紧，只好从包里拿出报纸给陈伟华看，陈伟华看着报纸皱起了眉头，气愤地说：“这明明是夸大事实，虚假报道嘛！”

陈伟华看完报纸非常生气，试图坐起来。卓长富赶紧扶住陈伟华下床，谁知他双脚刚一沾地，腿就一软，又倒在了床上。

林玉芬连忙上前，劝陈伟华好好休息，工作上的事不要再操心。陈伟华却执意不肯，在这个节骨眼上他是说什么也放不下工作的。为了证明自己身体还很棒，陈伟华想用手去拍胸脯，谁知手还没扬起来，就剧烈地咳嗽起来。

许文才在一旁冷眼旁观，心里暗自好笑。门外不远处，范升仕躲在一个角落里张望着屋内的好戏，幸灾乐祸地差点笑出声来，捂着嘴转身溜走了。

由于这两天工作繁忙，林英琴一直没联系陈伟华。这天早上，林英琴被组织部部长邓清明约到了办公室，商谈老干部安居工程的事。林英琴的公司已把安居房的事给定下来了，邓清明听后非常高兴，不断地感谢她。林英琴能够这么快定下老干部安居房的事也算凑巧，县城里有个大型的中档住宅小区就要竣工了，房型面积配套设施刚好符合邓清明所说的要求，公司董事会就决定划出一部分楼盘作为安居房，一来配合政府工作，二来也争取点社会效益。

邓清明不停地感谢，林英琴狡黠一笑，向邓清明提条件说：“这地皮嘛……您可得另外还我们一块。”

邓清明笑着摇摇头：“到底是企业家，这算盘可比我打得利索多了，现在地皮可看涨啊，你们这么一进一出可省了不少钱哪！”

林英琴精明地说：“账可不能这么算，就算地皮的成本省下来了，我们不是还得从头干起吗？这时间成本人工成本也不低啊。”

邓清明笑着不和她过多理论，林英琴请邓清明一起去安居房小区看看，只当是实地考察一下。邓清明满口答应，林英琴给公司打了个电话安排了一下，又趁邓清明不注意拨陈伟华的电话，却被语音告知陈伟华的手机已没电关机了。

林英琴挂掉电话，有些心神不定。邓清明见林英琴似有异样，林英琴连忙掩饰说没事。两人离开办公室去工地，邓清明有意无意地问：“伟华最近怎么样？伤好了没有？”

林英琴笑了笑，无言以对。

由于报纸刊登的新闻负面影响太大，县教育局为此派专人来梅山督促工作，陈伟华带病在会议室接待教育局的领导。几位教育局的领导一来，就对陈伟华兴师问罪，个个表情严肃。陈伟华则像个受审的犯人，强打精神应付教育局领导的询问。林玉芬、卓长富、许文才、范升仕等人陪在左右，林玉芬担心陈伟华的身体，不时忧心地看着他。

陈伟华承认这件事自己有责任，但也指出县报的报道的确存在失实的问题，和实际情况有很大出入。

教育局领导却认为不管这篇报道是不是失实，它所反映的问题却是真实存在的。陈伟华不得不承认，坦陈自己平时对教育的关心力度不够，小学校校舍陈旧，乡里都没有及时修缮，才导致了校舍倒塌，孩子们受伤。

陈伟华正向教育局领导认错，林玉芬突然站了起来，面对教育局的领导，要替陈伟华说句公道话。陈伟华咳嗽着想阻止林玉芬，却阻止不了。教育局领导也想多听听各方面的反映，鼓励林玉芬说下去。

林玉芬向教育局领导反映说，陈伟华自从来了梅山，就处处替老百姓考虑，办了不少实事。这次校舍倒塌的事情，确实和陈伟华没多大关系。校舍陈旧缺乏维护，那不是一天两天一年两年的事了。如果要追究责任，就得先追究那些扣压了县里的扶贫款、不给学校维修基金的人的责任。

林玉芬陈述完，愤怒地瞟了范升仕一眼。范升仕不敢正视，赶快把脸扭了过去。

卓长富也站起来帮腔，向县教育局领导透露，陈伟华之所以会病倒，就是因为和群众一起连夜冒雨抢险之后没有好好休息，接着又一早冒雨赶到学校查看灾情，这才被累病的。

众乡干部也纷纷点头证实卓长富的话，只有许文才没有表态。

大家都在为陈伟华说好话，让陈伟华反倒不好意思了，向教育局领导谦虚地表示，所有的责任要追究都应该追究到自己这个书记头上。陈伟华向各位领导保证，今后梅山再不会有类似事件发生。陈伟华让教育局的领导们相信，现在倒塌的教室已经在修缮了，很快就能恢复正常的教学，其他村的学校也在维修之中。

听了陈伟华的告白，教育局的领导就这一事件的处理做出了表态：不管怎么说事情已经发生了，发生了就要调查清楚、上报县委，并要追究乡里相关责任人的责任；另外，拖欠学校扶贫教育补助金的事也必须追查清楚。

陈伟华让领导们放心，承诺一定会查清楚学校扶贫款的去向。

听完教育局领导的处置决定，许文才不动声色地瞥了一眼范升仕。两人眼神一交会，范升仕就愤然地转过脸，不再多看许文才。

陈伟华送走了县教育局领导，身体还是感觉不适，疲倦地回到宿舍，一回宿舍就躺了下来。没一会儿，林玉芬也来到了陈伟华宿舍。会开完的时候，林玉芬看到陈伟华脸色很不好看，放心不下才跟了过来。

林玉芬细心地端来一盆凉水，把毛巾弄湿了敷在陈伟华的额头上降温。

“县教育局的领导今天来势汹汹，如果不实事求是的话，我就到县委去鸣不平。”林玉芬拧干了毛巾，心有不平地说。

陈伟华呵斥林玉芬道：“不许胡来。”

林玉芬不服气地瞪了陈伟华一眼，取下毛巾，重新打湿了水，再给陈伟华敷上。

林英琴还不知道陈伟华病倒的事。此时，她正带着邓清明在莲花县安居房住宅小区工地上参观。

邓清明看着已经修建好的安居房，不停地点头，对这里的房地产工程十分满意。

林英琴见邓清明面带笑意，看得出他对房子的工程还算放心，笑着对邓清明说：“是不是比想象中好？您不会以为我们是要拿茅草棚子来蒙您吧？”

邓清明对接收房子还是比较谨慎的。现在有的企业接了政府的工程觉得利润低，就想方设法偷工减料，再靠贿赂官员来通过验收。这样的房子可不能随便要。邓清明说出了自己的疑虑，林英琴笑着答复他道：“我代表公司向您保证，绝不通过向您行贿来蒙混过关，行了吧？”

邓清明摇摇头说：“怎么和陈伟华一个脾气，不顶上一句就不舒服？”

由于下午还要开会，看看时间也不早了，邓清明准备离开。临别的时候邓清明同意让手下的人草拟一份合同给林英琴，要是没有问题，这安居房的事就算定下来了。

林英琴送走了邓清明，又掏出手机拨打陈伟华的电话，结果还是传来手机关机的讯息。电话频频接不通，林英琴十分焦急，又拨打了乡办公室的电话。

卓长富接听了电话，一听说是林英琴，连忙告诉她陈伟华生病了。

林英琴挂了电话，匆匆忙忙赶往梅山乡。林英琴一来到陈伟华的宿舍，正在照顾陈伟华的林玉芬赶紧站起来说："英琴，你来啦？"

陈伟华看见林英琴，马上高兴起来，挣扎着就要坐起来。林英琴把陈伟华按回床上说："快躺着。怎么又病了？"

林玉芬说："还不是淋了雨又不肯好好休息。"

陈伟华心里奇怪林英琴怎么这么及时地来了，却听林英琴说："因为打你电话打不通，只好打到乡政府，卓乡长告诉我的。"

听林英琴这么一说，陈伟华摸了半天，才在床上找到了手机，拿起手机一看说："哟……没电了……"

陈伟华拿着手机冲着林英琴傻笑，林英琴无奈地摇了摇头。林玉芬见林英琴来了，就把照顾陈伟华的任务交给了林英琴，自己也正好可以抽身去乡卫生院看看孩子们。

林英琴心疼陈伟华累垮了的身体，轻轻地摸了摸陈伟华的额头，发现陈伟华额头烫得厉害，陈伟华却强撑着说自己只是点感冒发烧的小毛病。林英琴气呼呼地说："小毛病小毛病，什么对你都是小毛病？上次的还没好透，又胡来。你是存心不让人过太平日子是不是？"

陈伟华突然想起那天在心急火燎之中挂了林英琴的电话，连忙向林英琴赔不是，林英琴却说自己要生气，不知道会被气死过几回了。陈伟华又小心翼翼地向林英琴赔礼道歉，林英琴看他态度很好，在心里已原谅了他，嘴上却还说："屡教不改，换成别人看谁还理你！"

陈伟华傻呵呵地笑了笑，感谢林英琴对他的理解。林英琴忍不住又抱怨最近陈伟华就没几天太平，不是摔伤就是生病，人都不是铁打的，怎能经得起这么折腾。更让林英琴不理解的是，别人都是人往高处跑，可怎么陈伟华却一门心思地要往山沟里钻。再说两个人都老大不小了，都说成家立业，要先立业后成家也未尝不可，可难道就这样干等着，隔着几座大山过一辈子？林英琴希望陈伟华离开梅山，考虑重新换个工作；否则的话，在这里受这份窝囊罪继续干下去，只怕梅山搞起来的那天，陈伟华就倒下去了。

林英琴的话不无道理，陈伟华却还坚持自己不能离开梅山。林英琴回敬他说："你怎么就不能离开梅山了？难道梅山就只靠着你陈伟华一个人？没了你天就塌下来了？"

陈伟华无话可说。林英琴考虑准备找方书记、邓部长说说，给陈伟华换个工作。陈伟华急了，赶紧阻止林英琴："你可别胡闹！这可不是闹着玩的。"

林英琴红着眼圈说："谁和你闹着玩了？

陈伟华看着林英琴的样子，不禁心疼起她来，想要说对不起，林英琴却转过身去抹起了泪水。

陈伟华探过身去，刚把手搭到林英琴的肩膀上，眼前一黑就倒了下去。林英琴发现陈伟华倒下了，连忙扑到床边，焦急地喊他道："伟华，伟华！"

林英琴叫了几声，陈伟华仍然没有反应，把她吓坏了，转身就要出去叫人。陈伟华却突然睁开了眼，虚弱地叫道："英琴……"

林英琴又连忙回到床边，陈伟华深情地看着她，林英琴的泪水一下子涌了出来。陈伟华把林英琴的头靠在自己胸口，自责地说："我给你添了许多麻烦，我对不起你……"

林英琴一边抹着眼泪一边摇着头，陈伟华爱怜地抚摸着林英琴的头发，不再言语。林英琴看着陈伟华的样子，泪眼朦胧。

在林英琴的精心照顾下，陈伟华虽然还有些咳嗽，烧总算退了。天色已经很晚，卓长富来看他们，告诉陈伟华校舍已经在修了，孩子们也都出院了。陈伟华松了一口气，可还是浑身无力，眼睛闭了起来。

林英琴因为第二天早上还有事，晚上必须赶回去。林英琴只好把陈伟华托付给了卓长富，叮嘱卓长富要让陈伟华多休息几天，否则他身子可就真得拖垮了。

离去的时候，林英琴看着陈伟华，十分不舍。卓长富把林英琴送出门，又给陈伟华掖了掖被子。陈伟华却突然醒了，睁开双眼问："呀？我怎么睡着了？"

卓长富笑着说："你是该好好休息休息了。"

陈伟华又想起教育局的那几位领导，卓长富告诉他，那几位领导看过了校舍的修复情况就走了，临走时也已认定了是夸大报道，准备找县报交涉。见陈伟华放下了心，卓长富又说起了昨天的电视里专门为花关镇播出了个新闻，新闻里说花关大搞工业项目，走在了全县的最前列。万锋强在电视上出尽风头，把那些干部羡慕得心痒痒的。

陈伟华并不羡慕花关镇，每个地方的情况不一样，花关有花关的做法，梅山有梅山的做法。万锋强他懂得宣传自己，陈伟华只有挖山掏石头的命。卓长富却觉得也不能只挖山，要不然也不会得罪上次那位吴记者，得到一篇负面报道。

陈伟华却有自己的主意，踏踏实实干实事是他的风格，否则没做出成绩，花了钱上了报又有什么用？就算被报纸吹上天也是空的。至于那位吴记者，他要打击报复就随他去，反正真的假不了，假的也真不了。

卓长富钦佩地望着陈伟华，心里踏实了不少。天无绝人之路，虽然接下来的困难还不少，但只要踏踏实实，总能克服。两人说着、聊着，陈伟华忽然想起马上国庆节就要到了，提议卓长富乡政府买点东西去慰问一下老红军、军烈属和贫困户。卓长富认为这是应该的，回头准备让民政助理范升仕去准备。

再过了两天，陈伟华的病情差不多好了。中午的时候，陈伟华拿着饭碗到食堂吃饭，远远看见许文才也在吃饭，就走了过去，问起了之前的几任党委书记有没有处理过扶贫款的事。许文才有些尴尬，推说前几任书记来得快走得也快，这事大概没人知道。

陈伟华又问许文才知不知道扶贫款有问题。许文才看了看陈伟华，心里有了主意，假装谨慎地表白自己不能瞎说，但也听到不少群众的传闻，大家都对民政助理范升仕在处理扶贫款的问题上有意见。

陈伟华点头，决定彻查此事。许文才却抢着说，为了分担陈伟华的工作，把彻查扶贫款的事交给他许文才来处理。陈伟华想了想，点头同意。

第二天中午，许文才两口子在吃午饭的时候聊起了最近乡里发生的事。葛小玉感叹陈伟华命大，学校垮塌的事就这么过去了。许文才却在奇怪到底是谁给报社打的报料电话。忽然，他警惕起来，想起了吴记者的口气，感觉到是有人冒着他的名。

葛小玉却觉得被冒名也没什么不好，如果陈伟华真栽倒在这件事上，也是许文才揭发有功。许文才却把脸一板，向葛小玉嚷道："老娘们儿懂什么？现在已经认定了是夸大报道，要是扯到头上来，吃不了还得兜着走！"

葛小玉气得说：“你冲我嚷什么？又不是我打的电话！”

许文才继续低头吃饭，没一会儿又抬起头说：“我看十有八九是范升仕那小子。上次我在调查组面前说照片是他拍的，之后这小子见了我就没给过好脸。”

葛小玉说：“我早说这小子不是好东西，你还给他吃给他喝的，都喂了白眼狼了吧？”

许文才灌了口酒，咬牙切齿地说：“敢在我背后玩阴的，你小子也别想有好果子吃！”

在陈伟华的督促下，国庆慰问乡里老红军的事交给了民政助理范升仕。这天范升仕趴在办公桌上誊写慰问名单，林玉芬过来找他开点扶贫款，准备给老干部、老党员买慰问品。范升仕一见林玉芬，多少有点发虚，却又心有不舍地从抽屉里拿出一叠钱，还偷偷地抽掉了几张。范升仕把钱交给林玉芬，让她写了张借条。

林玉芬点了点钱，抽出来一小叠还给范升仕说：“用不了这么多。”

范升仕看看旁边没人，讨好地对林玉芬说：“你拿去，多买点，剩下的你自己留着。”

林玉芬瞪了一眼范升仕说：“你怎么这么说，这可是公家的钱……”

林玉芬拿着钱要走，忽然又停下来问范升仕：“县里拨给修缮小学校舍的扶贫款，是不是你扣下来了?”

范升仕愣着没说话。

林玉芬继续说：“学校垮塌，孩子受伤，所有这些责任都该你承担。可人家陈书记替你担了，你还不知悔改？”

范升仕被林玉芬问得急了，气急败坏地说：“林主任，你可不能血口喷人。”

林玉芬冷笑了一声说：“你要再不把钱还回去，将功补过，我就去揭发你。”

林玉芬说完转身走了。范升仕望着林玉芬的背影骂道：“没一个好东西！仗着有陈蛮子撑腰，还真把自己当人了！”

十三　善恶相报

梅山乡政府大院里，卓长富正把慰问军烈属的一箱箱油和大米往吉普车上搬。由于这些慰问品要挨家挨户地送到，怕到时候慰问品的数量不够，卓长富一边搬东西，一边问林玉芬东西买够了没有。林玉芬看了范升仕一眼，故意对卓长富说："范助理不是一起去吗，东西不够就给现钱呗。"

范升仕懒洋洋地走过来，心疼地看了一眼卓长富手上的慰问品，不提买慰问品的钱，心里却暗骂陈伟华买这些东西可真是舍得下血本。

过了一会儿，陈伟华从办公室里出来了，许文才也慢吞吞地跟在后头。陈伟华看看人到齐了，准备上车出发。

范升仕却站在车旁不上来，对陈伟华说："陈书记，车里也坐不下了，要不我不去了吧？"

陈伟华说："不行，你是民政助理，慰问老红军怎么能少了你？"

看看车上的确是坐不下了，陈伟华以林玉芬是女同志为由，动员林玉芬下去。林玉芬不满地说："女同志怎么啦？我是妇女主任，还是乡里的宣传委员，这个时候怎么能少了我？"

许文才本来就不愿意去，借机插话说："陈书记，我看大家都走了，乡里万一有点事都找不着人，干脆我留下，处理乡里的事情。"

陈伟华想了想觉得也是，同意许文才留下来。许文才下车的时候，不屑地瞥了一眼范升仕，范升仕只好不满地蹭上了车。

吉普车把大家拉到海边停了下来。几个人从车上下来，卓长富指着不远处的一座小岛向陈伟华介绍说："那座小岛叫'孤零岛'，是归属莲花县的。"

陈伟华看着那小岛，觉得那里的风景非常不错。卓长富说岛上住了几家渔民，其中就有一个是老红军。卓长富说完，跑到附近的码头上找船，准备渡船上岛。但天色阴沉下来，海风吹得海浪越来越大，林玉芬担忧地看了看天，担心要下暴雨。

范升仕也说：“陈书记，你看这种天气，出海很危险的。到时候真下起雨来，我们只怕回都回不来了。”

陈伟华担心的却不是天气，现在乡里忙着弄果园，之后还要修公路，今天要是不上海岛，不知道又得拖到什么时候了。陈伟华又征求卓长富的意见，卓长富看了看天，跟大家说：“我看这天气只怕是干打雷不下雨，抓紧点时间没问题。”

卓长富找好了船，大家把油和米从车上抱下来，一起上船出发。

海面上的风越来越大，海浪一下接一下地拍打着渔船，渔船颠簸得厉害。范升仕紧紧地抓住船舷，脸都吓白了。陈伟华却只顾关注对面的海岛，完全没把风浪放在心上。

经历了一段时间的颠簸之后，渔船终于在海岛上靠岸。几个人从渔船上鱼贯而下，岛上人烟稀少，绿树成荫，杂草横生。一条小路隐藏在草丛里，通向未知的地方。陈伟华抱着大米看了看满山杂草树林，不知该往哪里走，于是问范升仕：“范助理，那位老红军家该怎么走？”

范升仕被问得愣住了，回答不上来。陈伟华沉下脸，又追问道：“你不知道？”

范升仕说：“我又不是神仙，我怎么会知道？”

陈伟华说：“你是民政助理，难道你以前从来没来慰问过这些老红军？”

范升仕说不上话了。陈伟华有点生气，卓长富过来说：“我以前去看过，跟我走吧。”

卓长富带着大伙在土路上艰难地行走，终于找到了老红军赵老家的院子。赵老坐在院子里修补渔网，卓长富一看到他就亲切地喊道：“赵老，乡里陈书记看你来了。”

赵老不相信似的抬起头看着陈伟华，嘴里嘀咕着：“这小岛八百年没领导来了。”

陈伟华指挥大家把米和油搬进了赵老家的院子，跟赵老说：“马上就到国庆节啦，我们代表梅山乡政府来看你。乡里经济困难，买不了什么好东西，这些米和油您先拿着。等开春茶场办起来，乡里条件好了，我们再拿好东西过来。”

陈伟华一边说一边把慰问金塞进赵老的手里，赵老抖抖嗦嗦地拿着慰问金，又看看那米和油，眼眶里充满了感激的泪水。

几个人离开海岛之后，又去了乡里的其他贫困户家里看了看。经过一天的颠簸劳累，慰问工作基本结束了。傍晚的时候，范升仕远远地落在了后头，几乎走不动了。

黄花山村是最后一站，前面就是二狗子家了，也是要走访的最后一家贫困户。陈伟华见大家走了一天，都已疲惫不堪，就让大家先回去，最后一家他打算一个人去。林玉芬也要跟陈伟华一起去，陈伟华怕人去得多了，让人家管饭不太好，让林玉芬不用跟着去。范升仕巴不得赶紧回去，还没等卓长富和林玉芬答应，范升仕扭头就走了。陈伟华背着米提着油，独自去了二狗子家。

来到二狗子家，陈伟华把米和油放下说："快到国庆节了，来看看你们。"陈伟华说完，上下打量起了二狗子的家。二狗子家几乎是家徒四壁，两间空瓦房，两盏要亮不亮的电灯，灯泡上已结了厚厚的蜘蛛网。堂屋中摆着一张桌子、一张床，二狗子的母亲躺在偏房里的床上，传来阵阵的咳嗽声。二狗子爸在隔壁的灶间里拉着风箱，正为全家人做晚饭，二狗子蹲在灶间里，不时地帮一下父亲的忙。

二狗子一见陈伟华来了，赶紧跑进厨房把父亲叫出来，三个人蹲在地上聊了起来。陈伟华这么晚还来二狗子家看望，二狗子的父亲充满感激。陈伟华却为自己很久没来表示歉意，又顺口问起了一家人的生活。

最近托陈伟华的福，二狗子家承包了食堂，日子比以前好过了一点。但由于二狗子的妈一直有病在身，赚来的钱大部分当了医药费。现在二狗子都二十五六了，前年好不容易说门亲事，本来就快办酒了，结果女方嫌他家穷，把婚事退掉了。

陈伟华长叹了一口气："俗话说啊，'穷则思变'，我们这次搞茶叶和果园种植，就是要让乡亲们赶快脱贫致富。"

二狗子爸还不相信种茶叶、种果树真能发财，大伙都想快点富起来，可说这也是急不来的事。陈伟华告诉二狗子爹，梅山毕竟不是深圳，也不是广州。梅山到处都是山，大伙儿种了一辈子庄稼，除了弄口饭吃什么也没有，所以也只能向大山要东西。只有把路修好了、生态农业观光园建起来了，把茶和果产业化了、农产品深加工发展起来了，投资环境也就跟着改善了。到时候各地甚至各国的企业家自然会来梅山投资，那时才能真正地富起来。而这个时间周期要经过种茶、采茶再到修路，把生态观光园都办起来，至少需要个三五年的光景。

二狗子爹听着，眉头不由皱了起来。他觉得这个时间也太长了点，总不能让二狗子的婚事再等三五年吧？陈伟华向二狗子爹保证："只要梅山一天不脱贫致富，陈伟华就一天不离开梅山！"

二狗子爹终于松开了眉头，对陈伟华说："陈书记，有您这句话，再苦几年咱也没啥说的！"

陈伟华又问起了乡里给二狗子家的救济款，问二狗子爹有没有收到。二狗子爹却让陈伟华别提救济款的事。为了这救济款二狗子爹回回跑乡里，折腾来折腾去也没捞到希望。话又说回来，就算给了救济了，乡里还要提留一部分，到头来什么问题也解决不了。

陈伟华没想到还有这样的事。二狗子爹告诉陈伟华，就是因为救济款是范助理在负责，村里的人个个巴结他，家里穷的人攀不上这个关系，只好自己挨日子。

陈伟华看着二狗子爹憨厚的样子，心里非常难受，脸色也沉了下来。屋里传来二狗子妈的咳嗽声，陈伟华站起来让二狗子带他进屋看看。

进到屋里，二狗子抢先一步把母亲扶了起来说："妈，这是咱们乡里的陈书记，看你来了。"

陈伟华站在床边说道："大妈，您咳嗽那么厉害，痛不痛啊？"

二狗子妈说："我这是老毛病了，咳起来心都痛。"

陈伟华对二狗子妈嘘寒问暖，充满了关心。二狗子妈仔细端详着眼前这个乡干部，感动得热泪盈眶。这时候，二狗子爹端着一碗面条进来了，让陈伟华先吃饭。接着，二狗子爹又陆续将面条端给了二狗子和二狗子妈。陈伟华看了看碗里，发现只有自己碗里有个鸡蛋，他们一家人碗里全是些青菜。

陈伟华把自己的碗和二狗子妈的碗来了个调换，然后给自己找借口说："大妈，您吃我这碗吧，我对鸡蛋过敏。"

二狗子家平时养几只鸡舍不得吃，全靠它来买盐买油了。现在二狗子在陈伟华的帮助下承包了食堂，日子总算好过了点。二狗子妈对此感激不尽，说什么也要让陈伟华把鸡蛋吃了。

陈伟华却还推让道："大妈，我也是穷苦人家出身，从小父母双亡，哪有那么娇贵呀？您生着病，需要补充些营养，还是大妈您吃吧。"

二狗子爹哽咽着说："陈书记，你是好人啦，我看梅山乡真的开眼了。"

天色很晚了，陈伟华干脆住在了二狗子家，跟二狗子挤在一张床上。陈伟华一晚上没有睡着，二狗子妈的咳嗽声在黑暗中此起彼伏。二狗子可能早习惯了母亲的咳嗽，睡得很沉。二狗子爸也是一晚上没有消停，不断地给二狗子妈拿水、拿毛巾、拿药。

野狗的叫声在村里不时地响起，陈伟华在黑暗中睁着眼睛，回想起了自己的童年，眼前的场景陈伟华似曾相识。陈伟华从小也在类似的环境中长大，那时母亲久病在床，在她即将离世的那个晚上，母亲紧紧抓住陈伟华的手，用虚弱的声音对他说："蛮子，我这一病，估计是好不了了，以后你就跟着二舅和舅母一起生活。记住，要听二舅的话。要好好读书，将来长大了做个有用的人！"昏黄的灯光下，二舅和舅母站在床头，不时摸摸小伟华的头。在母亲离开的刹那，年幼的陈伟华扑在母亲床头，撕心裂肺地哭喊着："妈妈——妈妈——"

陈伟华回忆着母亲，再环视二狗子的家，眼眶不由得又红了。

许文才接手了调查范升仕克扣扶贫款的事，把这件事做得非常认真。这天，许文才拿着一张表格兴冲冲走进陈伟华办公室，递给他说："这是一份调查清单。"

陈伟华仔细地看了看，发现范升仕从三年前当上乡里的民政助理之后，不但随意克扣贫困户的扶贫款，还克扣了学校的危房改造款，小学校舍倒塌、五名学生受伤都是因此而导致的。范升仕还克扣了其他各种项目的扶贫款四十七起，总计金额为六万七千六百八十二元。

陈伟华一气之下把表格拍到办公桌上，愤怒地说："我们梅山竟然还有这样的干部。这样的蛀虫如果不清除，我们梅山怎么可能发展得起来？一定要移交给有关部门严肃处理。"

接下来，陈伟华召集全乡的乡、村级干部开会，宣布对范升仕的调查结果和处罚决定。当陈伟华把范升仕在职期间克扣公款的数目一公布，全场哗然。

所有的人都把目光投向了范升仕，范升仕坐在桌边露出惊恐的神色，又瞥了一眼许文才，许文才像没事人一样，看都不看他一眼。

大家还在议论纷纷，陈伟华又宣布了对范升仕的处理决定：乡党委和乡政府已报请上级组织部门批准，撤销范升仕民政助理的职务，并将范升仕克扣扶贫款的问题移交给有关司法部门调查处理。

范升仕见大势已去，索性破罐子破摔，一拍桌子站了起来说："陈伟华，你有什么资格来处罚我？要说处罚，第一个该罚的就是你，你身为书记，勾引女下属醉酒，然后趁机图谋不轨！"

在座的干部们又一阵哗然，交头接耳议论纷纷。林玉芬听不下去了，"噌"地站起来，怒斥道："范升仕，你不要胡说。"

范升仕一不做二不休，接着说："我知道，你这是在报复。因为我无意中拍到了你和林玉芬抱在一起的照片，所以你公报私仇，陈伟华，你这个道貌岸然的伪君子！"范升仕从兜里掏出照片递给干部们传阅，嘴里说："大家看看，大家看看，这是什么形象！"

会场里热闹起来，有人相信陈伟华不是这种人，有人将信将疑，有人指责范升仕的行为。

许文才在一旁冷冷地看着，面无表情。

陈伟华没想到范升仕会这样狗急跳墙，愤怒地说："对这件事情上次县委调查组已做了调查核实，你蓄意偷拍照片，造成不良影响，我还要到法院起诉你，追究你的责任。"

范升仕不买账，不停地说："陈伟华，你少假正经！我老范这正股级干部也不是一天两天了，你问问其他乡的民政助理，有几个没提成副乡级？我们一年到头辛辛苦苦，除了工作还要给你们挖茶山，政治进步没人管，工资也不能兑现，连点奖金都给扣了！期望到年底分几斤肉吧，你们又要卡下来做熏肉拉关系。你不想升官，不等于别人不想升官，不然的话，有的人为啥愿意到这穷山沟子里来？不就是为了出政绩往上爬吗？"

卓长富听不下去了，叫范升仕滚出去。范升仕冷笑着跟大家说是陈伟华诬蔑他在先，自己讲的才是真话、实话。

林玉芬气白了脸，抢上前，"啪"地一声给了范升仕一个清脆闪亮的耳光。

范升仕捂着被打的脸震惊地看着林玉芬说："你……你敢……打我！"

林玉芬怒目而视，对范升仕说："我打的就是你，你这个狼心狗肺的东西。你诬蔑我可以，但是你休想诬蔑陈书记。"

范升仕指着林玉芬声音发抖地说："林玉芬，我告诉你，你不要太嚣张！"

卓长富也参与了进来，在后面呵斥道："范升仕，你给我老实点……"

会议室里一下炸开了锅，众人正乱成一团，忽然陈伟华大喝一声："够啦！"

所有的人都被镇住了。乡干部们都不敢再多说话，范升仕也惊恐地往后退了退。

陈伟华从乡干部们手里接过照片，又反复看了看，走到会议室前台向大家说："同志们，这件事情确实造成了很不好的影响，作为书记，我必须向大家做出解释……"

陈伟华正待说下去，却被一个清脆的声音打断了："我来解释！"

大家顺着声音望过去，只见林玉芬站在自己的座位上，凛然地看着众人。接着，林玉芬迎着众人的目光，大方地走上前台，说起了这张照片的来龙去脉。

众乡干部听完林玉芬的解释以后，既同情、理解陈伟华在解决茶苗问题上的尽职尽责，又对范升仕这种无耻行为感到气愤。大家对陈伟华报以支持的掌声，范升仕耷拉着脑袋，脸上浮现出非常复杂的表情。

这件事由于卓长富的一个主意而起，卓长富心里也挺不好过，站起来向陈伟华和林玉芬道歉。陈伟华并不介意，他深知群众有眼光，组织有结论，过去的事情就让它过去，不能因为这些杂乱的事情影响了工作。

大家聚精会神聆听陈伟华的讲话，谁也没注意范升仕已经趁人不注意溜了出去。直到一阵急促的敲门声响起，许文才通报消息说范升仕跑了，大家才发现范升仕真的不在会场了。

陈伟华赶紧带人分头寻找范升仕，村子的东南西北、每条小路都安排了人寻找，生怕出什么意外。

陈伟华独自沿着往南的小路往前走，偶然看见旁边的一个树丛里的树枝晃动得厉害，隐约看见一个人影跑向树林深处，陈伟华不禁喊道：“是范助理吗？范助理？”

那人继续往前跑，跑得更起劲了。陈伟华在后面追着喊：“别跑啊！”陈伟华边喊边追，追进了那片小树林里，拨开树枝往树林里面走去，身上的衣服被树枝刮到了也没在意，竟刮破了好几个口子。

走到小树林里面，陈伟华定了定神，停下来四下张望着，却见远处有个黑影一晃而过，陈伟华连忙朝那个方向追了过去。陈伟华拨开茂密的树枝，继续往前追，终于到了树林的边缘。

没想到的是，树林的尽头是一个悬崖，范升仕正站在悬崖边上往下张望。陈伟华连忙在后面叫道：“小范……”

范升仕听到陈伟华叫他，心中一惊，慌忙转过脸来面对着陈伟华说：“你……你别过来啊！”

范升仕的脸上、身上被树枝刮伤多处，衣服也已经破得不成样子了。看见陈伟华靠近，不由往后退了几步，快退到崖边了。陈伟华怕范升仕会失足跌下去，连忙说：“好，我不过来，我不过来。”

范升仕声音颤抖着说：“你往后退，往后退！你再过来，我跳下去了！”

陈伟华连忙往后退了几步：“小范，有什么话咱们好说嘛，有什么问题不能解决的呀！”

陈伟华这么一说，范升仕忽然激动起来，嚷嚷道：“住嘴！都是你！老子落到今天这个地步都是因为你！”

陈伟华仍旧苦口婆心地劝解范升仕：“事情发生了不能怪别人，纸包不住火，就算这次没查出来，早晚都会被人发现。”

范升仕根本听不进去，情绪一会儿激动一会儿伤心，喋喋不休地说，为啥以前那么多任书记都没查这件事，偏偏他陈伟华这么多事。党员也是人，也要娶老婆，没钱谁肯跟你过？你陈伟华有个有钱的未婚妻，不缺钱，可他范升仕在这个穷山沟里熬了那么多年，连个副乡级都没混上，许文才还假公济私呢，怎么就不整他？不能柿子光挑软的捏……

陈伟华又开导他，想挣钱得通过合法的途径，不能做这些犯法的事，何况是党员。他劝范升仕不要激动，并试图靠近他，慢慢地向前挪了过去。

范升仕还在气愤地说：“你是一把手，说啥别人就得听啥。搞出什么事儿来随便找个人背个黑锅，自己拍拍屁股就走人了，还不是留下我们这些人继续在这山沟里吃苦？我再不为自己想想，我对得起自己吗？”

陈伟华已经挪到了范升仕面前，对范升仕说：“小范，你先跟我回去，有话咱们回去好好说！”

陈伟华伸手就要去拉范升仕，范升仕猛然一激灵醒悟过来，惊惶地说：“别过来！”

范升仕说着就往后退，没想到脚下一滑，就往崖下滑去。惊险之中，陈伟华急忙往前一扑，总算抓住了范升仕的一只手。

范升仕的一只手被陈伟华拽着，整个身体悬在了崖边，脖子上挂着的包也歪了，里面的钱往崖下散落下去。范升仕悬在半空中拼命挣扎道：“救命啊！我不想死啊！”

陈伟华伏在崖口上，抓着范升仕的手拼命用力，费劲地喊道：“抓紧！别松手！”

范升仕吓得脸色像纸一样苍白，两条腿悬空蹬着。陈伟华用力想把他拉上来，却限于一只手的力量不够大，陈伟华又伸出另外一只手，让范升仕把另一只手也给他。范升仕听了他的，伸出另一只手，拼命往上够却够不到，原本抓住陈伟华的那只手也渐渐力量不支，慢慢往下滑。

陈伟华怕范升仕掉下去，在上面喊道：“还差一点，抓住，别松手！”

范升仕看着自己的手渐渐滑开，快要绝望了。就在这千钧一发之际，陈伟华猛然往前一扑，抓住了范升仕的双手。陈伟华终于把范升仕拉上了悬崖，一上到安全的地方，两个人就一屁股坐在了地上，长长地吁了口气。

稍作冷静后，陈伟华却听到范升仕在身旁呜呜咽咽地哭了起来。陈伟华关切地问：“你没事吧？有没有伤到哪儿？”

范升仕被他这么一问，竟号啕大哭起来。陈伟华连忙起身，查看范升仕身上的伤口，问他道：“是不是哪里痛啊？别怕，我带你上医院。”

陈伟华鼓励范升仕坚持住，拉起他扶到肩上，准备往回去的路上走。

范升仕抽泣着不肯走，对陈伟华说：“陈书记，我……我没脸再回去啊。”

陈伟华急了，嗓门也高起来：“脸重要还是命重要？命没了有脸还有啥用？”

陈伟华不由范升仕分说，扶着他就往回走。范升仕偷看了一眼陈伟华，看到他的身上脸上也都是伤口。他不好意思了，心里忽然羞愧难当，结结巴巴地说：“陈书记，我……我对不起你。”

陈伟华让他有话回去再说，范升仕突然挣开陈伟华的手，跪倒在地上说：“陈书记，我不是人，茶场的水渠是我挖的口子，诬告您的匿名信是我和许书记写的。”

陈伟华一把拉起范升仕说：“你给我站起来！男儿膝下有黄金，你这个样子还像个男人吗？”

范升仕只好站起来，低着头不说话了。

陈伟华语重心长地说：“过去的已经都过去了，只要你以后能记住这个教训，做个堂堂正正的男人，就算我没白救你。”

范升仕点点头，眼泪禁不住又流了下来。陈伟华拍拍范升仕的肩膀说：“走吧！”

陈伟华扶着范升仕走上了回去的路。

回到梅山乡政府的时候，院子里已停着一辆检察院的车。陈伟华带着范升仕到乡卫生院包扎好伤口，把范升仕交到了检察院来的两个干部手里。范升仕跟着两位干部走向那辆车，在大家默默注视下上车离去。

在上车的一刹那，范升仕忽然回过头，看了看陈伟华。

陈伟华鼓励范升仕说：“放心去吧，把问题都解决了之后，愿意回来就回来，我们都等着你。”

范升仕点了点头，鼻子一酸，眼泪又要落下来，赶忙伸手抹了一把，转身上了车。检察院的车逐渐远去，陈伟华的心情却一点都轻松不起来。

在万锋强的一再邀请下，林英琴和她的董事会成员一起到花关镇境内的兰溪河风景区参观。兰溪河两岸风景优美，山上遍布深谷幽林，青山绿水景色宜人。林英琴被兰溪河两岸优美的风光所吸引，很兴奋地到处拍照参观。

景区的一些旅游设施已经上马，很多项目也正在修建中。万锋强望着正待修建的设施项目，得意地说：“怎么样，在这搞旅游开发是个好项目吧？肯定会红火的，将来一定会一本万利。”

林英琴赞同地连连点头，不得不承认万锋强在商业上确实很有头脑。万锋强告诉林英琴，他还计划在兰溪河里搞几艘游船，到时候泛舟观景，又会别有一番情趣。

万锋强正要向林英琴一行详细介绍风景区的项目，胡守国悄悄来到万锋强身边，凑到他耳边低声说：“万书记，兰溪目前的水深不能保证游船吃水啊。”

万锋强问胡守国有没有什么解决办法。办法倒是有，但胡守国却吞吞吐吐不肯说。万锋强忙着陪客人，让胡守国先该怎么解决就怎么解决，回头再作商量。

胡守国心领神会，匆匆离开。万锋强又转向林英琴问：“怎么样？这里的环境没得说吧？是不是可以考虑把楼盘放到这兰溪河边？”

看了兰溪河的风景，林英琴觉得这个地方很不错，风景如画、交通便利，很适合发展高档楼盘。尽管如此，林英琴还是没有那么快做决定。她的公司最近同时进行的项目不少，而且还要等董事会的成员一起去梅山看过之后才能拍板。

万锋强对林英琴的不置可否感到意外，没想到连条像样的路都没有的梅山，却成了自己的竞争对手。再转念一想，万锋强明白过来，笑着对林英琴说：“哦，梅山有个陈伟华……林总，你这可是以公谋私啊。”

林英琴却向万锋强否认自己以公谋私。现在国家倡导发展环保产业，梅山又在搞“三高”农业，林英琴的公司董事会对此比较有兴趣，想在房地产之外做些长线投资，所以才考虑到梅山。但到底最终会把钱往哪儿投，林英琴心里也没底。

见林英琴不肯即刻答应，万锋强还是不停地劝她，长线投资在花关也可以做，同样是有山有水。如果林英琴有意愿，很多条件可以商量，没必要跑到梅山那个穷山沟里去。更何况，花关的投资环境也比梅山成熟，各项条件也都比梅山强，万锋强劝林英琴没有理由舍近求远。

林英琴却笑笑说：“也许就是因为花关的很多方面太成熟了，所以……”

林英琴话说了一半，卖起了关子，转身走开了。万锋强弄不明白林英琴话里的意思，林英琴也不多做解释，只是以公事公办的名义，让花关和梅山竞争一下。这明摆着要经历一番鹬蚌相争，万锋强也只好无奈地接受。

这天上午，陈伟华正在办公室和卓长富商量果园的事，副书记许文才拿了份文件匆匆走进来。

许文才把手里的文件递给陈伟华，说是县委发来的一份传真，传真的内容是要从即刻起层层发动群众，掀起一场突击积造有机肥运动，一亩地要求不少于二百担。县委决定在抓工业项目中心工作的同时，腾出手来抓好积造有机肥这个中心工作，要大造声势、抓好典型，在全县掀起一个大积大造有机肥的高潮。

针对这一运动，县委、县政府主要领导和有关部门还将不定期来检查。许文才认为这件事县领导都很重视，希望陈伟华能拿出个意见，看是否有必要开一个党政联席会认真研究一下。

陈伟华却觉得这又是一套形式主义的东西，农民种地又不是奥运会上踢足球，玩给人看的。农民种地他自己知道积肥，但积肥也不是堆在路边给人看的。更何况，梅山正在开发茶山、种植果园、建设生态农业观光园，还要勘测公路，劳动时间正紧，哪有时间积肥?

看了这份传真，陈伟华连连摇头，认为没必要兴师动众开大会，只需党委政府主要成员都在场讨论一下，看这件事在梅山到底行不行得通。

卓长富从陈伟华手里拿过传真也看了一遍，然后说："哦，还要求全部堆成方堆，以便检查验收。这咋又跟前些年一样搞起花架子来了？"

陈伟华发话说："老许，先存档吧。会暂时没必要开。"

许文才觉得县委下了指示，总得要落实才行。许文才对陈伟华的态度感到吃惊，却也没办法，希望陈伟华至少也要给县委一个交代。

陈伟华有他的对付办法，他学着《列宁在十月》电影里的口气，一字一顿地说："问我的意见？那就是'我们不理睬他'。"

许文才还是有些担心，看了看卓长富。卓长富犹豫了一下，建议陈伟华还是应付一下，从山上抽一部分弱劳力把田埂路边草皮铲一铲做做样子，主要劳力还是开发茶山。

陈伟华沉思了一会儿，心情有点复杂，却依然坚持自己的意见。形式主义能一直延续到今天，就是人们助长起来的。大家明知道不对，也不敢抵制，久而久之它的市场就越来越大。梅山劳力本来就少，这一分散，今年的二期开发，以及一万亩茶园和一户一亩果园的任务就泡汤了。

许文才奉劝陈伟华要慎重，县委发了紧急传真，县领导还要来参观检查，这怕不是小事。许文才就怕到时候一排名打分，梅山又排在尾巴上。拽尾巴的回数多了，大家的面子上都不好看。

陈伟华捺着性子听许文才说完，对许文才说：“老许，咱们要的是最终的效果，不是眼前的面子，对不对？”

许文才不作声了。陈伟华坚持认为，现在的工作，一年到头各种各样的中心不断，今天这个评比，明天那个检查，要没有自己的主见，最终只能是啥事也干不成。积肥这件事又不是大的原则问题，一年三百六十天，啥时有肥啥时都可以积，种田种地也不是为了摆样子做给人看的。

话虽这么说，卓长富却也不禁担心如果乡里一点动作都没得，县委方书记那边会对陈伟华不利。

陈伟华并不惧怕这事对自己的影响，拍了拍卓长富的肩膀说：“你是真为我操心啊？人活在世上想干成一件事是不容易的。积肥就按我们的实际情况办吧，大不了落个通报批评。”

陈伟华让卓长富不必担心，是打是罚他一个人担着。接着，陈伟华吩咐卓长富通知大家明天早晨八点留下值班人员，全乡干部继续上茶园基地和果园工地督促检查。

而同样是积肥工作，在一山之隔的花关镇已经开始行动起来。公路两边大路上已堆满了大堆小堆的青草树枝，村干部们拿着皮尺挨堆、挨户地测量，长、宽、高必须达到一定的尺寸才放行通过。没有通过的农民还要挨干部们的训，要求一定要按照镇里万书记的要求，一个劳力三个立方，一亩地三个立方。

守在旁边被干部们训斥的农民揩着汗，个个怨声载道。

有人说：“他万书记说得轻巧，要这么高的任务到哪里去弄？四面八方的草皮树枝都整得没了，再逼我们只有上山去砍树……”

有人说：“搞花架子害死人，当官的动动嘴，老百姓累断腿！叫万书记自己来搞一天试试看。”

有人说：“都啥年代了还搞这种形式主义，如今田旱都分给我个人，谁不晓得种好些收多些，要你们瞎指挥。”

村民们的抱怨让干部也招架不住了，解释这是奉上级指示，吵也没用，积肥再累总比挖山轻松吧？干部们让村民看看梅山，哪个不在山上累个半死？

一说起梅山，村民又起哄："你莫说人家梅山，人家开茶园那干的才是正事，现在流血流汗，到时茶叶出来卖大价钱！"

村民当中，一位老汉气得山羊胡子直翘，哑着嗓子说："铲这种草皮哪有半点肥效？再说我们的田在山那边，你们非要我挑几里远把草皮堆到公路边来，你们只图做给上面看，老百姓的功夫就不值钱？"

村干部们招架不住，几个人拢成一堆商议了一阵，一名干部跟大家宣布说："按镇里刘主任的意思，为了应付检查，可以采取经济杠杆刺激一下。大家听好，为了迎接县里检查，经村支'两委'班子决定，凡是把青蒿堆到公路边的农户，只要达到一米四高、三米长、一米七宽以上的肥堆，每堆补助十块钱，一经验收立马兑现。"

农民们马上转怒为喜，欢腾起来。给钱当然好，不管这钱最后是不是羊毛出在羊身上。村民们想，这钱虽然挣得累，不过只要把检查糊过去就行了。更有人想出了对付的办法，把肥堆中间弄成空心，省力又省心。

主意一出来，几个农民就露出了狡黠的笑，立刻忙碌起来：用长凳、木马支起一个个空架子，在上面放上树枝或是高粱秆，再往上面铺上青蒿，在青蒿外面糊上一层稀泥巴。这样，一个又高又大的肥堆就做成了。

这个办法果然是好，没过多久，公路两侧高耸的肥堆就一个挨一个地出来了。几名村干部挨个点数，发放补助。干部们发钱的时候也被这么大的肥堆给镇住了，很疑惑怎么半天就能积这么大的堆头。农民们却说，天天催命，又嫌我们搞快了？怕挣了你们钱？

村干部们只好继续掏钱，数一个给一份钱。农民们兴高采烈地数着钱，脸上乐开了花："多劳多得呀！"

这边的梅山乡，却没有"积肥运动"的疯狂举动。陈伟华带着村民们正在茶山上忙碌着，手机忽然响了起来。他看了看，是林英琴打来的。

林英琴的公司和组织部合作的安居房小区已经竣工了，过两天有个剪彩仪式，林英琴希望陈伟华能参加。陈伟华并不喜欢应付那样的场合，但林英琴却恳切地邀请陈伟华过来，并告知万锋强也要来参加。即使如此，陈伟华仍旧不为所动，以梅山的事情忙推托不能去。林英琴却一定要陈伟华在后天早上九点过来，然后不由分说挂断了电话。

陈伟华刚把电话挂下，许文才就来到茶园找到了他。许文才擦着汗对陈伟华说：“县里来电话了……明天积肥大检查，让各乡各镇一把手都要到场。”

陈伟华抱怨道：“怎么都喜欢凑热闹？专挑这时候搞这些？”

许文才忧心忡忡，担心乡里一点肥都没有积，不知道明天怎么应付。陈伟华却安慰许文才说没事，有事由他去顶着，没人有闲工夫陪着领导们搞形式主义。

积肥大检查工作即将开始，各乡各镇都做好了准备。万锋强特地召集花关镇的各级领导干部开会，阐明积肥工作是当前县里农村工作的中心。为此，县委还把花关镇安排在这次检查参观的主要路线上，这也是提高花关知名度的一个好机会，让大家务必高度重视。

众干部面露费解之色，万锋强不闻不顾，强调从次日起他将亲自跟管农业的副书记、副镇长深入各村巡回检查，各村情况进度两天必须汇报一次。

开完会，万锋强让胡守国留下来，叮嘱他这次积肥大检查是突出花关镇的一个大好机会，一定要抓住机遇。要引起市、县领导关注，必须有超常的业绩，而现在时间紧、任务重，要想达到预期效果，必须采取一些超常的措施。

胡守国明白万锋强的意思，具体怎么操作就是两个字——造势。万锋强另外又关照胡守国，让他跟市县几家新闻单位联系一下。

在第二天的积肥大检查工作上，陈伟华作为乡镇一把手，不得不前去参加。县委组织参观花关积肥运动的车队，沿着堆满肥堆的公路蜿蜒而来。陈伟华眯缝着疲惫的眼睛，靠在破吉普车座位上打盹。

汽车驶近花关镇，公路两旁出现一座座肥堆，那阵势把坐在车里面的各级领导都镇住了，莲花县委书记方中明和分管农业的吴副县长看在眼里，喜不自禁。

吴副县长赞赏地说：“这回花关可是给我们县争脸了，其他兄弟县市纷纷表态要向莲花学习，万锋强真是有能耐。要是全县乡镇党委干部都达到小万的水平，那我们的工作就好做了。”

车队在路边停了下来，领导们都从轿车里钻了出来。大家看着花关的积肥成果都很震惊，啧啧赞叹。陈伟华细心地走到肥堆旁边，目测了一下肥堆的长、高、宽，再看了看一溜排下去的肥堆，算了算工程量，摇摇头笑了。

万锋强心情愉悦地看着那一垛垛肥堆，来到县委书记方中明身边。方中明让万锋强把花关镇的积肥经验向大家作个汇报。万锋强和主要领导一一握手，随后拿出一张准备好的汇报材料。

万锋强刚想念那汇报材料，又觉得站的位置不合适，环顾四周想寻找到一个制高点，即朝一座堆得最高、泥得最光的肥堆顶跳了上去。

忽然，令人尴尬的事情发生了。这是最大的一个空心肥堆，万锋强刚一踏上去，那肥堆下面的支撑物就一下子塌了下去。万锋强的身子顿时陷下去了大半截。

看着万锋强狼狈的样子，陈伟华第一个笑出了声，接下来更是一片哄堂大笑。万锋强脸一阵红一阵白，十分难堪地从肥堆里爬出来，不断拍打衣服上的脏物。方中明也倍觉难堪，不由得皱起了眉头。陈伟华还在笑得止不住，方中明扭过头来狠狠地瞪了他一眼。陈伟华赶紧打住笑声，笑容却依然留在脸上。

万锋强灰溜溜地走到方中明身边，方中明怒不可遏地对他说："以后不要再搞这种表面文章，害人害己！"

方中明说完，愤怒地拂袖而去。

这天的积肥大检查工作就这样不了了之，陈伟华驾驶着破吉普车驶进梅山乡政府大院，笑容可掬地从车上跳了下来。卓长富和许文才都以为他挨批了，紧张地迎了上来。

陈伟华见到他们，又笑得说不出话。面对两人莫名其妙的表情，只是一边连连摆手，一边往办公室走。看陈伟华笑成那样，卓长富心想，就算没挨批，也不至于乐成这样吧。

卓长富和许文才跟着陈伟华进了办公室，陈伟华说："幸亏有花关这一出戏，不然我们梅山肯定被骂得狗血淋头。"

许文华和卓长富听他这么一说，丈二和尚摸不着头脑。陈伟华把万锋强在县里视察的时候当众出丑的事一五一十地描述了一遍，卓长富和许文才二人也笑得前仰后合。

稍后，陈伟华控制了一下情绪说："看看吧，这苍天有眼啊。你干了多少事，不管好事坏事，它可都是一笔笔记下来的了。所以啊，我们干工作，搞不得表面文章，也马虎不得，只能老老实实、勤勤恳恳。"

陈伟华说完，又哈哈大笑起来。

莲花县安居房工程竣工剪彩仪式即将启动，林英琴等了很久也没见陈伟华过来，忍不住给他办公室打了个电话。电话是卓长富接的，林英琴把事情跟卓长富说了一下，让他转告陈伟华快点来。

卓长富立刻把林英琴的话转告给陈伟华，陈伟华却说不去了。卓长富有点为难，陈伟华说："随她去吧。走，咱们上果园。"

陈伟华说完大步往外走去，卓长富跟在后面很是不安。

莲花县新落成的安居房住宅小区门口已挤满了看热闹的路人，大门口彩旗招展、鼓乐喧天，一根长长的红绸标语挂在小区大路入口的正面。林英琴对着手机讲着话，一边用手势指挥着工作人员摆放花树，一边热情地用眼神向前来祝贺的客人们打招呼。

不一会儿，一辆中巴车开了过来，县委组织部部长邓清明和一帮老干部、困难职工家属从车中走了下来。林英琴连忙迎了上去，向邓部长问好，然后又回头招呼身后一个年轻女职员给邓清明和大家上茶。邓清明喝着茶，望着落成的住房，赞叹林英琴做了一件功德无量的好事，解决了县里老干部以及困难家庭住房的问题，是一位有社会责任感的企业家。老干部和困难职工代表也上前握住林英琴的手，向她表示感谢。林英琴谦虚地说企业发展起来了，也要回报社会，这是应该做的。

邓清明问林英琴有没有通知陈伟华来，林英琴摇了摇头。照陈伟华那个脾气，林英琴知道陈伟华可能不会来了。

邓清明喝了一口茶，说起了陈伟华。陈伟华的脾气是倔了点。从小没爹没妈，啥事儿都是靠自己拼过来的。不过，陈伟华可是个实干家，就是有些时候还不够灵活。

可人人都想有个好归宿，林英琴也不例外。林英琴和陈伟华像跑马拉松似的谈了几年恋爱，就成不了个家。林英琴本想陈伟华可以调到离县城近些，也好给自己搭个窝了，可现在却越挪越远。

一想到这个，林英琴就会有种莫名的惆怅。

两人正聊着，万锋强的帕萨特在路边停了下来。万锋强从车上下来，林英琴又连忙迎了上去。两人寒暄了几句，万锋强看了一眼四周，故意问林英琴：

“伟华呢？剪彩就快开始了，他跑哪儿去了？”

林英琴只好说陈伟华太忙，来不了了。万锋强摇摇头，替林英琴打抱不平，认为陈伟华不知道体贴人。

整个剪彩仪式持续了半个小时。结束后，万锋强向林英琴提起了上次说到来花关投资的事，问林英琴考虑得怎样了。林英琴借故推辞，说自己公司投资不了太多项目，而且董事会经过研究已决定到梅山投资了。

万锋强听后心里不太高兴，讥讽林英琴人有亲疏，姐夫是肯定比不上未婚夫。林英琴不好意思地笑了笑，也不答话。

邓清明在一旁打圆场说好话，说去梅山投资，可以加快梅山发展，梅山一搞起来，陈伟华也就可以回来了。

万锋强不满地看着邓清明：“老同学，你怎么也往一边倒啊？”

邓清明大笑起来，万锋强也只好赔着笑。趁万锋强四下参观安居房的间隙，林英琴把邓清明叫到一边，似乎有什么话想说，却又不好意思开口。

邓清明让她有话不妨直说，林英琴犹豫半天，终于开了口，想请邓清明想办法把陈伟华从梅山调出来。邓清明对于林英琴的要求虽然能够理解——几座大山隔着的确给他们的生活带来了很多的不方便，但邓清明也很清楚陈伟华的脾气。

陈伟华已经在梅山扎下去了，不干出点成绩他是绝不愿意离开的。凭良心说，邓清明也不愿意看着他在梅山吃苦，可从工作的角度讲也确实需要这样的干部去做这些事。邓清明向林英琴表示若是自己劝说陈伟华会很为难，还是由林英琴亲自找陈伟华谈谈，互相了解一下彼此的想法，看看能不能有个什么折中点的办法。

林英琴叹了口气，觉得邓清明给自己想的办法等于是没办法。如果自己能想办法做通陈伟华的思想工作，让他自愿离开梅山，即使到时候邓清明给她开绿灯，这也几乎是很难实现的事。

邓清明还想说什么，身后传来了万锋强的声音：“原来你们两个在这儿啊。”

两人抬头一看，万锋强正朝他们走过来。万锋强说：“害我找了半天，你们在这里躲清静呢？”

林英琴不自然地笑了笑。邓清明为了感谢林英琴的安居房工程，中午要请大家吃饭。林英琴有点不好意思，邓清明却笑着说：“一顿饭有什么的。不过咱们先说好了，今天这顿可不是公款吃喝，我自掏腰包请你这个未来的弟妹还有老同学，可惜伟华没来。”

万锋强也不推辞：“那好，也该让你这个领导出出血了。”

三人笑了起来，一起去了附近的一家餐厅。

一天的应酬过去了，林英琴疲惫地回到家里，脱了鞋赤着脚走进客厅，一头倒在了沙发里。在林英琴快要睡着的时候，手机突然响了。林英琴闭着眼睛接听电话，一听是陈伟华的声音，赶忙坐了起来。

十四　争取投资

夜晚的院子里月影星光，显得格外寂静，只有陈伟华的宿舍里还亮着灯。陈伟华打给林英琴的这个电话，是想跟她道个歉。没有参加林英琴的安居房剪彩活动，陈伟华多少有点不好意思，理由是今天太忙。

林英琴没有太多计较他没来参加剪彩的事，在电话里笑着说："别怪我没告诉你啊，就是因为你今天没来，所以我们公司本来准备对你们梅山的投资就自动放弃了。"

说到投资的事，陈伟华一下子紧张起来，连忙向林英琴赔不是说："我不来是我不对，和投资没关系嘛，这……别这样啊！"

林英琴提醒陈伟华，万锋强参加了剪彩仪式，而且很有诚意地请她去花关投资，现在他和万锋强两个，一个怎么请都不到，一个又这么主动热情，不知道到底考虑哪边好。陈伟华一听更急了，又是英琴、又是林总地乱喊起来，说林英琴投资不能光看表面功夫，要看发展前景。

林英琴在电话那边暗自好笑，故意逗陈伟华："领导都不重视，这发展前景还用得着看吗？"

陈伟华只好告饶，又不住地道歉，要林英琴再给他个机会。林英琴这才松口，可以再让董事会考虑一下，不过需陈伟华亲自来做招商宣传。陈伟华连想都没想，满口答应。

林英琴挂上电话，疲惫感消失殆尽，心里高兴了很多。

第二天上午，陈伟华在宿舍里翻箱倒柜地寻找自己唯一的那套西装。林玉芬走到他门口，看他宿舍的大门敞开着，敲了敲门走了进来。陈伟华已经忘了自己那套西装搁哪儿去了，找得满头大汗。林玉芬看着凌乱的房间，不禁好笑地说："瞧这乱的！不知道的还以为是遭了贼了呢！"

得知陈伟华是在找西装，林玉芬更是感到好笑，心想陈伟华一下子怎么这么注意形象了。陈伟华告诉林玉芬他要去见林英琴公司的董事会成员，对方要听听梅山的情况，说不定会考虑到梅山来投资。

陈伟华翻来翻去，终于从箱子里把那套已经皱得不成样子的西装找出来了。林玉芬半开玩笑说："我还以为你快要请我们喝喜酒了呢，看来这喜酒又不知什么时候才能喝了。"

陈伟华拿起西装左看右看，对林玉芬说："快了快了，等梅山这边有了起色就办。"

陈伟华穿上了西装，可怎么看怎么别扭。西装已经皱巴得不像样子，穿在身上邋里邋遢像个乞丐。林玉芬捂着嘴笑了起来："你就这个样子去啊？还不让保安给轰出来？"

陈伟华想把身上的西装扯平整，东扯西扯却根本没用，仍然是皱皱巴巴的。陈伟华也只能将就着穿，嘴里说："还行，穿穿就服帖了。"

林玉芬让陈伟华把西装脱下来，准备拿去找张裁缝熨熨。陈伟华只好脱下西装交给林玉芬，叮嘱道："让他小心着点，我可就这么一套。"

林玉芬笑着说："堂堂一个乡委书记，也不准备两件像样的衣裳。"

陈伟华说："平时又用不着，买了也浪费，有一套能应应急就行了。"

林玉芬摇摇头，让陈伟华把房间收拾收拾，转身离开了。林玉芬一走，陈伟华又把翻出来的衣服胡乱地塞回柜子里去。

在林玉芬的帮助下，西装很被快熨烫好送了回来。陈伟华穿好西装，坐上吉普，来到了林英琴的公司。公司董事会成员已经等在那里了，林英琴带着陈伟华走向会议室。

到门口，林英琴关照陈伟华道："能不能让公司决定投资你们梅山，可都看这次你的表现咯！"

陈伟华自信地点点头。林英琴推开了会议室的大门，会议室里已经坐满了人，陈伟华深吸了一口气，走了进去。在众多董事面前，陈伟华侃侃而谈，不时有人提问，陈伟华都能详尽地回答。董事们交换着眼神，似乎比较满意，林英琴也感到很高兴。

散会后，还有几位董事在和陈伟华继续讨论。陈伟华说得眉飞色舞，董事们也是喜形于色。临到最后，陈伟华和董事们握手道别，林英琴过来把他带出会议室。

走在会议室外的走廊里，林英琴笑呵呵地说："没想到你还挺能吹呀？"

陈伟华说："我可没吹，句句属实。"

林英琴以前可从没发现陈伟华的好口才，陈伟华笑说是因为自己老实，不擅长花言巧语。

两个人有说有笑地离开了林英琴的公司，去菜市场买了菜，来到林英琴的公寓里。走到了家门口，林英琴还在抱怨陈伟华："和你说出去吃，你非得回来做，累不累啊？"

陈伟华说："那才有过日子的味道嘛，再说，我也好久没吃你做的菜了。"说着，陈伟华钻进了厨房，林英琴拿他也没办法，跟了进去。

厨房里，林英琴做菜，陈伟华给她打下手。两人配合默契，边忙边聊。陈伟华三句话还是离不了工作的事，向林英琴询问董事会同意投资的几率。对此，林英琴心里也没底，告诉陈伟华还是要等到去梅山实地看过了之后才能确定。陈伟华忽然想起上次会面的两位企业家刘董和梁董，让林英琴把他们也叫上一起来梅山考察。林英琴笑陈伟华胃口不小，还知道人多好办事。陈伟华在林英琴脸上亲了一口说："你真是我们梅山的财神奶奶！"

说着说着，林英琴又把话题扯到了二人的婚事。陈伟华还是一副不着急的样子，说是要等到梅山有了起色之后，就把喜事办了。林英琴心里一沉，质问陈伟华："要是梅山十年八年的都不见起色，咱们就十年八年的这么拖下去？"

对于梅山是否会有起色，陈伟华倒是信心十足，相信只要投资一到位，茶场果园搞起来，公路修好了，不出三五年，梅山就脱贫致富了。

林英琴可没有这么乐观，停下手里的事，较真起来："那要是投资到不了，你就把我这么干晾着？"

陈伟华却说："怎么可能！你林总办事我还不放心？这投资我看是十拿九稳了。"

林英琴不高兴了，生气地说："你就想着投资！把我当成什么了？"

陈伟华这才知道自己这样说不对，连忙改口道："我不是那个意思，我是说咱们的将来必定是无限美好的……小心别把鱼煎糊了……"

林英琴把鱼翻了个面，神情严肃地告诉陈伟华，自己已经和邓清明谈过想把陈伟华调出梅山的事。这话没有吓住陈伟华，他知道邓清明不会听林英琴的。林英琴看陈伟华一副不当真的样子，心里倒急了，警告陈伟华要说服董事会把投资转到花关去。

陈伟华赶忙阻止，答应林英琴只要梅山一有起色就和她结婚。林英琴火了，气呼呼地说："你也不想想你几岁了，我几岁了？你等得了三五年，我可等不了。"

陈伟华无奈地说："好啦，那你要我怎么样啊？" 林英琴刚想说什么，陈伟华又马上抢住她话头说："要我离开梅山可不行！"

林英琴想了想，让陈伟华和她先签个投资回报合同。陈伟华没听明白，林英琴进一步解释说："我负责帮你招商引资，你总得给我回报吧？"林英琴答应帮助梅山进行投资，让梅山的经济在一年内大有起色，然后陈伟华须回县城跟她把婚事办了。

陈伟华心想，就算梅山有投资，预想的最快发展速度也得要三年。于是和林英琴讨价还价半天，最后两人约定一年半为期。达成约定后，林英琴告诫陈伟华，如果给他一年半的时间完不成，陈伟华就乖乖地跟她回县城。这么一说，陈伟华不干了，梅山老百姓都指望着他，他可不能说走就走。

林英琴只好给他两个选择，要是陈伟华不愿意回县城，二人只好解除婚约。林英琴说自己没有开玩笑，让陈伟华好好考虑。陈伟华也笑不出来了，他没想到林英琴这么认真。林英琴低头做菜，不再搭理陈伟华。

二人沉默了一会儿，陈伟华仔细琢磨半天，终于下定了决心，答应了她。林英琴还不太相信，陈伟华却说："为了梅山，我豁出去了！"

林英琴又不高兴了："是把我给豁出去了吧？"

陈伟华笑着说："怎么会呢？我是说就算把我这条命给豁出去，也要让梅山在一年半里往上蹿五位！"

林英琴笑了，问陈伟华："你可想清楚了，万一做不到呢？"

陈伟华调侃道："万一做不到，我陈伟华任由林总发落。"

林英琴面露喜色，决定明天就写个合同，让陈伟华签字。

陈伟华一口答应："签就签！"

林英琴这下总算满意了，把菜盛上说："端出去吧，还剩两个菜就做好了。"

陈伟华嬉皮笑脸地点点头，顺手偷吃了一口菜。林英琴把陈伟华的手打了一下说："急什么，还有人没来呢！"

陈伟华还在纳闷怎么还有人要来，却听门铃响了。陈伟华跑去开门，一看来人竟然是万锋强，愣住了。

万锋强看见陈伟华也是一愣，林英琴走了过来，招呼万锋强赶紧进来。

万锋强显得有些尴尬，把手里的酒递给林英琴说："没什么东西好送，带了瓶酒来。"

陈伟华接过酒，连说万锋强太客气。万锋强进了屋，陈伟华又慌着跑进厨房把菜端出来。

三人举杯碰杯，吃菜聊天。万锋强没想到陈伟华今天会来，林英琴轻描淡写地说陈伟华今天去了她公司，顺便留下来吃个饭。万锋强心知肚明，知道陈伟华这次是来林英琴公司洽谈投资的事，却不露声色地打探陈伟华把钱圈到了没有。

陈伟华半带讥讽地说："哪儿那么容易啊，我又不是你万书记，一划拉一把港商，一划拉又是一把外商的。"

万锋强笑了起来，反唇相讥："你这是夸我还是损我呢？不过我也知道，你也不容易，梅山那个穷山沟，要什么没什么，想要别人去投资也难。"

陈伟华不服气地说："以前是那样没错，可现在不一样了。"

林英琴连忙劫住他们的话题，调解道："好啦好啦，你们到底是来吃饭还是来较劲儿呀？菜都凉了！"

万锋强不说话了，吃了一口糖醋鱼，赞叹起了林英琴的手艺。林英琴十分高兴，让他多吃点，又不住地惋惜林玉芬没来。

一提到林玉芬，万锋强的笑就僵在了脸上，没一会儿马上又恢复过来，话里带刺地说："玉芬在梅山艰苦奋斗呢，陈书记出门了，还不得让他们看家呀？"

陈伟华听出了点意思，仍然笑着说："锋强，你这话说得！我可没虐待你们家林主任啊。"

万锋强别有意味地说："那我还得多谢你对玉芬的照顾了！"

万锋强喝着酒，话里句句带刺，暗讽陈伟华和林玉芬以工作的名义朝夕相处，二人的关系非同一般。

陈伟华心里明白又是那照片惹的祸，直言道：“照片的事儿调查组不是都查清楚了嘛。”

万锋强一激灵，却马上装糊涂：“什么照片啊？”

陈伟华正想解释，林英琴却在旁边大笑着说：“姐夫，你是没看到那照片，笑死人了。”

接着，陈伟华和林英琴你一言我一语地把那照片的来龙去脉交代了一遍。最后，林英琴把罪名冠在了卓长富出的馊主意上。林英琴把事情说完，还在咯咯笑个不停。

万锋强心里“咯噔”一下，这才明白自己误解了林玉芬，同时也觉得那偷拍者范升仕实在太可恶。陈伟华告诉他，偷拍者已经被送到检察院了，善有善报恶有恶报，做人不能干亏心事。

万锋强尴尬地笑了笑，林英琴劝万锋强去梅山把林玉芬接回来，万锋强尴尬地说：“她不是工作要紧嘛。”

林英琴摇摇头说：“你们这些男人呀，就会拿工作当借口，真不知道你们心里打的什么鬼算盘。”

陈伟华感觉林英琴喝多了，林英琴摆了摆手说没事，还要继续喝。万锋强让陈伟华扶林英琴去休息，自己也推托天已太晚，告辞离去。

第二天早上，林英琴从睡梦中醒来，走到客厅里，看到桌上放着一张纸条。林英琴拿起纸条，一看是陈伟华的笔迹，上面写着：我先回梅山了，电话联系。

林英琴撅着嘴给陈伟华打了一个电话，一接通电话就嗔怪陈伟华：“喂！你怎么不声不响就走了啊？”

陈伟华在电话里若无其事地说：“你不是睡着了吗？我还呆在那儿干吗？”接着，陈伟华又提醒林英琴不要把昨天说的事忘了。林英琴装糊涂说自己已经忘了，陈伟华赶紧指明是组织投资者来梅山参观的事，林英琴笑着答应会尽快安排。

两人挂了电话，林英琴的幸福溢于言表。

林英琴答应陈伟华组织投资考察的事很快付诸行动。不久后的一个秋日早晨，梅山乡政府大院里喜气洋洋，乡干部们都在院子里忙碌着。卓长富站在院子里指挥着大家打扫卫生、挂横幅、摆放桌椅。许文才在院子里晃了一圈，悄悄走进了自己的办公室。

院子的门口已经挂好了“祝贺‘梅山经济发展投资洽谈会’圆满成功”的欢迎横幅，陈伟华和李学聪一路说着话，走进了院子。陈伟华给李学聪分派了新的任务，让他等一会儿陪同企业家们参观梅山，并要好好介绍茶园的情况。在陈伟华看来，茶园现在是梅山唯一拿得出手的王牌，这次招商会能不能成功，和这个王牌有很大的关系。

李学聪让陈伟华放心，他一定会承担好这一重任。院子已经布置得差不多了，卓长富兴冲冲地跑过来，请陈伟华验收。陈伟华四下打量了一下院子里的布置，满意地说：“老卓，搞得挺像回事啊！”

村民们在卓长富一大早的动员下，挨村挨户都到工地上去了。林玉芬把舞狮队和广播站也都准备好了，一切都已弄妥，现在就等着企业家们来了。陈伟华很满意，叮嘱大家要简单隆重，不要铺张浪费，钱还得用在刀刃上。

陈伟华在院子里转了一圈，没看到许文才。陈伟华来到许文才办公室门口，见许文才手里拿着报纸，却似乎在想着别的心事，有些出神。陈伟华轻轻敲了敲门，许文才这才回过神来。

陈伟华问许文才怎么不出去看看，许文才却回答说自己不喜欢凑热闹。许文才说完又觉得自己失言，赶紧改口说：“我是说既然有卓乡长在张罗，这人多嘴杂的，我就不去添乱了。”

许文才给陈伟华倒了杯茶。陈伟华说：“老许啊，我发现好像自从范助理那件事之后，你的精神就一直不太好嘛。”

许文才一怔，却又立刻恢复冷静，推说是因为天气一下转凉让人没精神。陈伟华让许文才注意休息，乡里的外务虽然都是自己在跑，但内务是离不开许文才的。许文才笑了笑，谦虚地说自己只不过是做好本职工作。

两人互相客套了几句，又说起了茶园，陈伟华感叹多亏了乡里的干部群众一起流汗出力。由于许文才是本地人，陈伟华问许文才家有没有承包几亩茶园。许文才一怔，借口说自己认为茶园主要是要解决群众困难，所以才没去承包。

陈伟华打住许文才的话头，说干部一样要吃饭穿衣，希望到茶园二期的时候让葛小玉承包几亩，也可以起到示范带头作用。自从食堂招标之后，许文才家的餐馆的意越来越不行，陈伟华好心地认为他也不能这么耗下去。

见许文才不说话了，陈伟华又检讨自己说话直，此前没有和许文才多沟通是自己的不对，让许文才多多包涵，希望以后二人能多通通气。许文才只是不住地点头。

陈伟华寻思着那些企业家差不多也都该到了，准备出去看看。陈伟华起身正要往外走，许文才想了想，突然把陈伟华叫住，犹豫一下说："我看今天我就不和你们上山了吧……这里总得留个人，也得去食堂安排安排。"

陈伟华想想也行，就把相关的内部事务全都交给了许文才。陈伟华走出去后，许文才却似乎没有松口气的感觉，心情反而更烦躁了。

乡政府大院外面热闹非凡，一根长长的红绸标语挂在乡政府大路入口的正面，上面赫然写着一行大字："热烈欢迎企业家们莅临梅山参加经济投资洽谈会"。乡政府大院里，彩旗在风中飘扬，乡干部们都聚在门口，等待着企业家们的光临。

卓长富气喘吁吁地跑过来说："来了！来了！快！鞭炮！舞狮队！舞起来，舞起来。"

向大成立刻点燃了鞭炮。鞭炮噼里啪啦震天响，锣鼓也响起来了。舞狮队在乡政府大院门口欢腾地舞了起来。一个车队驶了过来，停在了乡政府门口，陈伟华率领众乡干部赶忙迎了上去，村民们也热情地夹道欢迎。

陈伟华带领着企业家们来到梅山乡的兰溪河边。大家站在河边，极目四望，兰溪河秀丽的风景尽收眼底。企业家们一个个都赞不绝口，陈伟华向大家介绍说："兰溪河流经花关镇到咱们梅山乡，两个乡镇的村民自古都是依山傍水而居，所以兰溪河可说是咱们两个乡镇的母亲河。"

一行企业家里很多都不知道梅山还有这么好的地方。梅山虽然交通不便，但却资源丰富，通过陈伟华的介绍大家才知道。陈伟华思考得很长远，除了茶园，他还准备大力发展果园和生态农业观光园，走"三高"农业产业化道路；同时还打算对梅山乡原来的亏损企业进行重组改造，开山修路，改善投资环境，改造学校危房，规划农村建设，把梅山乡建设得更好。

听完陈伟华建设梅山的思路，参加参观活动的企业家梁董击节叫好："好一个农村产业化同乡镇工业开发结合！有建设性！"

刘董也点了点头说："没来梅山之前，我一直以为梅山就是一个穷山沟，现在这么一看，梅山可藏着不少宝哩！陈书记，在这么困难的地方，你能带领一班人克服困难搞大手笔开发，不容易啊！"

陈伟华踌躇满志地回应道："目前我们梅山是面临着种种困难，这次邀请大家来，就是希望大家能为咱们梅山的发展献计献策，同时也想邀请各位到梅山来投资！接下来，请大家跟我一起到山上看看我们的茶园。"

企业家们兴奋地跟着陈伟华往茶园走去，林英琴也跟在队伍中，心情十分高兴。企业家们爬上山顶，俯视着一片片绿油油、整齐的茶园，企业家们赞叹之声不绝于口。

面对着如此规模的茶园，陈伟华表情严肃地告诉大家，眼前的这一万亩茶园得来不易，是梅山的老百姓用他们的双手在短短半年内一锹一锹挖出来的。据茶叶专家全面考察，梅山有最适合茶叶生长的土质和气候，是天然的茶场。现在大家看到的只是第一期工程，梅山乡还要计划再开发两万亩茶园。

企业家们听后纷纷点头称赞、叫好鼓掌起来。陈伟华请大家到茶园里随便看看，把企业家们剩下的疑问交给了技术员李学聪。见李学聪带着企业家们往茶山上走去，陈伟华来到林英琴身边，笑着问："林总，怎么样？没给你丢脸吧？"

林英琴说："我答应过的事可做到了，接下去可看你的了。"

陈伟华信心十足地回答："只要有人肯投资，梅山就一定能发展起来！"

陈伟华和林英琴说着话，跟着大家沿山而行。山上云雾缭绕、景色秀美。一层一层的茶垅覆盖在山坡上，众人边看边赞叹起来。望着一垅垅的茶园，企业家们都称赞陈伟华的大手笔。

陈伟华指着远处的果园对大家说："那里是已经开工建设的果园，以后一家一亩果园农庄，发展生态旅游。"

接着，陈伟华又指指山下的另一块地方说："那边是我们规划中的公路，以后茶叶水果就都可以顺顺利利运出这大山了。"

一行人不知不觉来到山腰上，密密的梅树中隐匿着几间民舍，显得颇有意境。刘董不禁赞叹道："这可真称得上是世外桃源了。"

梁董接口道："我看应该是世外梅园才对！"梁董说着顺手攀了攀头顶上的梅树，感慨地说，"说梅山是梅子之乡确实不假呀，你看挨家挨户、田头地角全是梅树。”

陈伟华也跟着赞叹道：“梅山风景是美呀，比城里那些假山假水、假花假草，不知强多少倍呢！可就是没有好好利用，就说这些梅树吧，一到夏天梅子结果的时候，漫山遍野的，刘董说是世外桃源真是一点都没错。”

梁董笑着说：“陈书记真是梅山的好干部，三句话不离本行呀，你接下来的话肯定是‘要是这儿能搞个饮料加工厂，再把旅游业搞起来，简直就是一箭双雕啊’，对不对？”

几个人英雄所见略同，都笑了起来。

一行人到达了山顶，山顶上有一个巨大的天然水库，尽管已到冬天，还保持着较高的水位。大家都没想到山顶上会有这么一个水库，更惊叹于眼看就要入冬了，这里的水位还能保持这么高。陈伟华告诉大家，这个水库在这儿躺了好多年头了，可就是没有利用起来。

大家沿着水库行走。水库面积很大，像一个摇篮躺在群山的环抱之中，从山顶到山脚，落差不少于五百米。陈伟华对刘董说：“刘总，您是行家，您看这水库可以建成小型水电站吗？”

刘董笑了笑答道：“从水位、面积和落差来看，这个水库的发电量日均可以上千瓦，要真建起来，可不是个小型水电站啊，只是工程比较大一些，必须把水引到落差最大的山体边上，才可能发电，因此得建山体隧道才行。”

卓长富听了刘董的建议，有些担心照他说的这样效益会回收得很慢。刘董让他不用担心，既然水库能四季发电，效益就比较稳定，只是仅他们一家公司怕无法承担这样大的工程。

刘董见林英琴在一旁一直没出声，怂恿她道：“林总，干脆我们一起来开发这个项目吧。”

林英琴看看陈伟华，别有意味地说：“那我可得看看有多大的投资回报率。”

刘董哈哈大笑，陈伟华倒显得有些不好意思，连忙岔开话题：“刘董，看来您不仅是生意人，而且很有眼光啊，这水电站建成了，并入省电网，这经济效益是源源不断啊。”

刘董看着林英琴笑着说：“要说有眼光，那可非咱们林总莫属咯！”

陈伟华不好意思地瞥了一眼林英琴，林英琴的脸也有些红了。众人继续往山下走去，山脊处传来黄花山村小学的学生们琅琅的读书声。大家走到学校的窗户边，陈伟华趁机说：“英琴，上回暴雨把学校的房屋冲塌了好几间，这次，你能不能到梅山投点资啊，哪怕捐点钱修个学校？”

林英琴点点头，两人往学校里走去。教室里，老师正在上课。陈伟华打量着校舍，见原先因大雨冲垮的地方已经换了横梁，墙面也粉刷过了，但还是不够安全。

校园里，一群学生簇拥着老师来到院坝当中，老师找来一根长竹竿，将红旗绑在上面。一个像是个班长模样的学生，抓住竹竿，一下一下地将红旗升了起来。老师带头唱起了国歌，同学们站成一排，也跟着唱起来，尽管有些跑调，却让人十分感动。陈伟华等人也不自觉地加入升旗的队伍中，跟着同学老师一起唱起了国歌。老师和学生们发现了陈伟华等几人，却并没有停止歌唱。大家动情地唱着，尽管没有仪仗队、没有像样的旗杆，在冬天的这个小学校园，进行了一个别开生面的升旗仪式。

升旗仪式结束后，老师和同学们把陈伟华等人围在了中间。陈伟华向老师表示惭愧，检讨自己没有好好解决学校的困难。老师憨厚地笑了，林英琴上前说：“老师，我向你表示敬意，我已经很多年没这样感动过了，我决定在梅山建一所希望小学。”

陈伟华听后，激动地握住林英琴的手说：“英琴，我代表梅山乡人民感谢你，感谢你对我们山村教育事业的支持。”

林英琴看着身边的孩子们，心情复杂地说不出话来。老师带头鼓起了掌，学生们也跟着鼓起掌来。刘董和梁董见林英琴慷慨捐资建学，也不示弱。刘董见林英琴捐资兴建希望小学，就把学校的桌椅、教具、电脑之类的配件包了下来；梁董则准备成立一个教育基金会，以便让梅山乡的孩子们能完成学业，资助他们上完大学，走出大山，真正地成才。

企业家们慷慨解囊，大家又给了他们一阵鼓励的掌声。陈伟华之前绝没想到，这次考察能有这样丰厚的收获。

大家沿路返回，又回到了梅山乡政府。直到下了车，企业家们还在议论着看到的情况，都显得很兴奋。陈伟华担心大家饿坏了，叫卓长富赶快让食堂安排一下，并把后面陪同企业家进餐的事也一并交给了卓长富。

林英琴却悄悄来到陈伟华身边，把陈伟华拖到了办公室里。林英琴转身关上门，从包里掏出一张纸，递给陈伟华："签字吧。"

陈伟华接过一看，是一份合同。陈伟华匆匆看了一遍，苦着脸说："还真签啊？"

林英琴看着他说："怎么？想反悔？"

陈伟华做出一副可怜相，林英琴说："不签是吧？那我去找刘董他们……"说着林英琴就要往外走，陈伟华连忙拉住她，只好不情愿地在合同上签了字，交给林英琴说："要不要再给你盖个公章啊？"

林英琴嗔笑道："油腔滑调！行了，一人一份，你可放好了。"

两人刚把合同收好，卓长富就匆匆跑了进来，见两人说话，又赶紧要走开，不好意思地说："我……我待会儿再来……"

林英琴让卓长富别走，把陈伟华让给卓长富说："卓乡长，我们的事儿说完了，你有事和陈书记说吧。"

陈伟华问卓长富找他有什么事，卓长富说："大家都等你吃饭呢，你不去他们都不肯开席啊。"

陈伟华说："哦，那我们去吧。"

三人来到乡食堂，食堂里摆了几个大圆桌，乡干部和企业家已经坐得满满一堂。陈伟华举着酒杯站起来说："感谢各位能来梅山乡考察洽谈，我先代表梅山的干部群众敬大家一杯！"

大家纷纷举杯庆贺。陈伟华看见坐在邻桌的林英琴，两人相视一笑，陈伟华将手里的酒一饮而尽。

在梅山的一天，企业家们的收获不小，纷纷表示将会考虑来梅山投资。就要离开梅山了，企业家们纷纷上车，乡里的干部们照样列队欢送。临上车前，林英琴叫住卓长富："卓乡长！"

卓长富跑到林英琴面前说："林总，这回可多亏了你啊！"

林英琴笑着说："先别谢我。卓乡长，这两万亩茶园后期资金和一户一亩果园、一村一庄果园具体是多少，你们做个预算给我。不过，有个条件，这些资金都要用到农民的手里，得跟他们签订协议。"

卓长富说："预算我们早就做好了。你说的条件合情合理，我们也没意见。”

林英琴说：“那好，你把预算整理好，请你们陈书记签个字，然后送到我公司吧。”

卓长富连忙答应。林英琴转身上了车，车队在梅山乡干部和群众的欢送中渐行渐远。

晚上，陈伟华回到宿舍里，又把林英琴和他签的那份合同拿出来看了看，越看越皱眉头，总有些不甘心。门外传来了敲门声，卓长富推门进来，陈伟华连忙用书把那份合同盖上。卓长富递给他一份文件说：“这是林总要的预算书，她说请你签了字再给她。”

陈伟华接过文件说：“我知道了，你也累了一天了，早些回去歇着吧。”

卓长富离开之后，陈伟华拿起预算书仔细看了看，看着上面巨大的数字，越看越高兴，然后又拿起了合同，再看了半天，把合同塞进了抽屉里。

这一天虽然很疲惫，许文才却怎么也无法入眠，睁着眼睛想着心事。睡在一旁的葛小玉翻了个身说：“大半夜的不睡觉，惦记啥呢？”

许文才干脆一骨碌坐了起来，点了根烟抽着。葛小玉嗔道：“好好的觉不睡，折腾啥！”

许文才还是不搭理葛小玉，想着心事抽着烟。葛小玉没听见他搭腔，撑起身子又问：“又想范升仕那事儿呢？不是没事了吗，你还担心个啥？”

许文才说：“要是真跳下去了呢？那就是一条人命啊。”

葛小玉说：“跳下去也是自杀，又不是你杀的人，和你有啥关系？”

许文才似有悔意地说：“他再不对，要没我那么一逼……”

葛小玉开导道：“他是自作自受，你是如实报告，哪儿逼他了？”

许文才摇摇头，没有回答。葛小玉劝许文才说：“行了，睡吧！要逼也是陈伟华逼的！你想那么些个做啥？”

许文才却还在自言自语：“陈伟华……陈伟华这个人……”

葛小玉不再搭理许文才，翻了个身继续睡觉。许文才独自思量着，内心却十分矛盾。

不久以后的一个清凉早晨，梅山乡天空晴朗，鸟语花香。乡政府大院门口又是一派彩旗招展、鼓乐喧天的景象。一根长长的红绸标语挂在乡政府大路入口的正面，上面赫然写着一行大字：梅山乡“公司+农户”经济合作签约仪式。

林玉芬和乡干部们布置着会场，向大成和各村的村支书以及一些群众兴高采烈地走进了乡政府大院。陈伟华、卓长富陪着林英琴和来梅山参观考察的企业家们，又回到了乡政府的院子。会议由卓长富乡长主持，企业家们还带来了记者，争相拍着照片。

签约仪式开始了，卓长富走到台前对大家说：“乡亲们，同志们，今天我们在这里举行梅山乡‘企业+农户’经济合作签约仪式，请大家以热烈的掌声请出莲花县女企业家林英琴总经理。”

林英琴这时成了众所瞩目的焦点，满面春风、兴高采烈地在林玉芬的陪同下走了出来，走到签字仪式的主会场，向群众和乡政府干部深深鞠了一躬，然后坐在了陈伟华的旁边，让陈伟华颇显不好意思。

卓长富接着对大家说：“接下来请陈书记做动员！”

掌声过后，陈伟华对大家说：“乡亲们，同志们，咱们搞这个‘企业+农户’经济合作签约，就是说要让咱们的农户不但管理自己的那份茶园和一家一亩的果园，也可以去承包别人的茶园和果园。等到茶园果园收成时，咱们农户采摘的茶叶和水果，再由签约公司集中统一收购，并进行加工和销售。这是一个让农户和企业双方得利的合作，是真正意义上的双赢！我们乡政府在政策上也一定会给予扶持。所以请大家不要有什么顾虑，放心踊跃签约！”

陈伟华的话引来了阵阵掌声。卓长富又向大家说：“梅山乡的乡亲们，我们今天迎来了喜庆的日子，企业与农户合作签字仪式现在开始。”

农户们纷纷上前签字，连卓长富和向大成等人也在“企业+农户”合作合同上分别签上了自己的名字。

签字仪式结束后，企业家和乡干部握手。林英琴握着陈伟华的手说：“谢谢了，陈书记！”

陈伟华笑着调侃说：“为人民服务嘛！”

闪光灯频频闪起，记者们的摄影机捕捉到了这一时刻。很快，报纸上就登出了陈伟华和林英琴握手的照片。

万锋强在办公室看到了报纸，面色阴沉，心情郁闷。

几天后的一个傍晚，陈伟华和林玉芬在乡政府食堂里吃饭。林玉芬说：

“陈书记，这下咱们茶园和果园的资金问题都解决了，你也总算块石头落地了吧？”

陈伟华却说：“还早呢，光有茶有果也没用，公路一天不修好，这产品运不出去也是白搭啊。”

林玉芬打趣说：“这回你可得好好犒劳犒劳英琴啊，她可是出了大力了！”

陈伟华苦笑着不说话。这时，向大成匆忙跑了进来。向大成慌里慌张说：“陈书记，大事不好了。”

陈伟华安抚住向大成说：“别急，有什么事慢慢说。”

向大成气喘吁吁地说：“我们乡里从花关引水过来的渠道断流了，现在有些村的农作物已经没水灌溉了。”

陈伟华心里一紧说：“怎么可能？”

向大成十分肯定是万锋强搞的鬼，花关镇在渠道上游搞旅游区的事不是个秘密。

陈伟华坐不住了，站起来说：“走，先去兰溪河看看。”

陈伟华急匆匆地拉着向大成就往外走，林玉芬跟着追了出去，嚷嚷道：“等等我……我也去……”

十五　水源纷争

三个人来到了兰溪河的上游。这里林密草深、人烟稀少，所以很少有人会专门来到这里。兰溪河的中间横跨着一道新筑的简易大坝，河水从大坝间流过。向大成在前面开路，带着陈伟华和林玉芬深一脚浅一脚地朝河边走去。走到大坝边上，向大成指着大坝很气愤地说："陈书记，你看！"

陈伟华和林玉芬看向大坝，吃惊地发现兰溪河的上游已被截流，原本湍急的河水变成了涓涓细流，在山林间静静流淌。由于花关镇准备在兰溪河上搞旅游区，怕水太浅游船吃水不够，因此建了个水泥板闸断了梅山的水。梅山乡灌溉农田用的水都是兰溪河的水，对于农民来说这水跟金子一样宝贵，可花关镇却为了让河里多走几条船，就从上游把水给断了，向大成说起这事就气得火冒三丈。

林玉芬在一旁越听越气愤，她猜想这件事一定是万锋强的意思。事已至此，陈伟华认为处理这事还是要冷静。陈伟华吩咐向大成让村民先想办法用其他渠道的水灌溉农田，或者用鱼塘里的水也可以先救个急。然后陈伟华明天就准备去花关，跟万锋强商量一下。

向大成还是不服气地说："陈书记，这种事还有什么好商量的？明摆着是骑到咱们脖子上拉屎了。"

陈伟华不容置疑地说："这事就这么办，现在我们先回去。"

向大成只能蔫了下来，却气哼哼地站在原地不动。

林玉芬也站在原地不动。陈伟华问她："怎么了，林主任？"

林玉芬一脸愁容地说："真想不到他竟然真的会干出这种事！"

陈伟华瞪了向大成一眼，怪他乱说话，向大成这才想起万锋强是林玉芬的丈夫。向大成看看林玉芬，显得有些难堪。

陈伟华摆出一副包容的样子对林玉芬说："锋强应该也有他自己的想法，这些问题咱们去和他协调协调。"

林玉芬摇了摇头，她知道万锋强的脾气。林玉芬说："他这个人心高气傲，自从去了花关，越来越急功近利，我是担心……这么下去迟早要出问题的……"

陈伟华没有接林玉芬的话，看看天色不早，让大家都先回去，他自己明天就去找万锋强谈谈。林玉芬心里感到压抑，呆呆地望着兰溪河的河水，眼圈不由自主地红了。

夜已深了，许文才和葛小玉还没有休息。葛小玉一边嗑着瓜子一边看着电视，电视里正在热播一部清朝戏。许文才坐在一旁抽着烟，琢磨着心事。葛小玉啐了口瓜子皮说："你看你看，这不就是说的那个陈蛮子嘛！"

葛小玉看电视看得上劲，竟然把电视里的情节人物和现实连接了起来。许文才心不在焉地瞥了一眼电视说："胡咧咧啥？看个电视还不安生。"

葛小玉越看越激动："咋不是说的他？你看你看，皇帝都拍桌子了！官商勾结，马上就杀头了！"

许文才心头一激灵，冲过去一把就把电视给关了。葛小玉急了，向许文才吼道："你发的什么疯！人家看得好好的……"

许文才说："胡编乱造的，有啥好看！"

葛小玉："咋了？你现在就这么怕那个姓陈的？我不过说几句你都吓成这样。"

许文才底气不足，口里还依然强硬："谁怕他了？"

葛小玉凑到许文才身旁，又冒出一个鬼主意："那你告他去！他把赚钱的事儿都包给他那个姓林的未婚妻干了，这就是官商勾结啊！看还整不倒他！"

许文才让葛小玉弄得心烦意乱，站起来嚷道："告个屁！你开那个餐馆才叫官商勾结！葛大海承包食堂才叫官商勾结！别人不告咱们就不错了！"

葛小玉一愣，火也上来了："吃错药了啊？是不是姓陈的给你灌了什么迷魂汤了？你这胳膊肘往哪儿拐呢？"

许文才闷着头不再说话，心里却更加烦躁不安，一个人转身走了出去。许文才在村子里转了一圈，不知不觉走到了陈伟华宿舍外，见灯光还亮着，伸手想敲门，却又犹豫不决。宿舍里，陈伟华正在伏案看书。

许文才想和陈伟华谈谈，思想斗争了半晌，还是转身离开了。

向大成从兰溪河大坝回来也已经很晚了。水田灌溉问题刻不容缓，花关镇拦截水源的行为实在让他感到可恨，让他根本无法听从陈伟华的安排。他连夜召集了一群村民到村口，对村民们说："乡亲们，咱们辛辛苦苦种下去的茶苗果树眼看都快干死了！这口气咱们能忍得下去吗？"

村民们议论纷纷，向大成接着说："他们花关为了自己搞旅游，就断了咱们的水源，这么干实在是太缺德了！"

村民们被一股怒气煽动起来，骂花关镇欺人太甚，一定要给他们点颜色看看。村民们的火头上来了，马上就要行动。向大成应允，准备带大家今晚就行动，但叮嘱这事谁都不准说，乡里要是问起来了，大家都要说不知道。

村民们答应保密，向大成点了点头，带领村民们往兰溪渠的源头走去。

深夜里的山谷，月色朦胧，鸟虫也停止了鸣叫，静悄悄的。一群人手拿着铁锹、锄头，鬼影绰绰地摸进与梅山交界的花关镇兰溪河源头的总水闸处。向大成站在水闸边指挥着大家，安排得井井有条，还专门派了人去路口把风，嘱托把风的人看到有人来了就大声吹口哨。两名把风的村民听从吩咐，守在了花关镇往兰溪河水闸的必经之道；其余的人悄悄地攀上了水闸，一个村民打开手电筒仔细观察了一下，发现那水闸是临时赶制的，闸把上的油漆还没干透。

向大成啐了一口说："这万锋强真是太黑心眼了，他这闸门一关，去我们梅山乡的水一滴也流不出了。我们干脆一不做二不休，把这个闸给砸掉。"

跟着上来的村民都赞同砸掉水闸。如果把这个闸砸掉再弄个新的出来，再截断梅山的水也起码需要个三五天，到时田里的庄稼也喝足水了。一名村民抓起大锤就要砸下去，向大成拦住说："慢着！这事是我带头干的，到时上头怪罪下来由我一个人顶着，让我来！"

向大成抡起大锤狠劲砸下去，"哐啷"几下就把水闸给砸了个稀巴烂。一股股清澈的水从洞开的闸门里流了出来，流进了通往梅山乡的水渠。村民们兴奋地欢呼起来，向大成示意大家小声点，大家小声笑着，心情十分舒畅。

第二天清晨，黄花山村一大早就格外热闹。向大成手里拿着大锣鼓边走边敲，边敲边喊："水来了，水来了！都起来了！都起来浇田呀！"

向大成挨家挨户全都喊了个遍，乡亲们都从家里跑了出来，不约而同地聚集到了水渠旁，看着一股连一股的清水从山涧中流了出来，都感到十分高兴。调皮的小孩们在水边打起了水仗，村民们感叹着庄稼总算保住了，却不知道是谁帮大家出头要来了水。

汩汩的河水流进了农田，向大成望着东方升起的彤红朝阳，心里美滋滋的。

陈伟华一大早开着破吉普车颠簸在去花关的山路上，完全不知道黄花山村里发生的一切。到了花关镇，陈伟华将吉普车驶入镇政府大院，胡守国先接待了他。胡守国将陈伟华让进接待室，给陈伟华倒上茶，打着官腔说："陈书记，您看，咱们万书记也忙……您事先也没来个电话……让您扑了个空可真不好意思啊。"

陈伟华心里着急，可又没办法，只好直接跟胡守国道出了水闸的事情，希望能和他商量个办法。胡守国大概听了一下陈伟华的意思，笑了笑说："老百姓的事再小也是大事嘛，否则怎么还用得着您亲自跑一趟呢？是不是？"

陈伟华听他这么一说，就请胡守国开闸放水，表明梅山的茶场和果园正等着河水的灌溉。胡守国却拒不松口，非要等万锋强回来，开个会研究研究之后再决定。胡守国的理由是梅山要用水，花关也不能缺水，这事不是他一人能做得了主的。

陈伟华急了，不知道这得等到什么时候。胡守国却不紧不慢，反倒劝陈伟华不要激动。陈伟华向胡守国正色说："胡副镇长，这可是十万火急的大事，咱们可不能搞官僚主义啊！"

胡守国却说："陈书记，帽子可不能随便乱扣啊！你要对梅山群众负责，我们也要对花关的群众负责嘛！"

陈伟华看着胡守国若无其事的样子，眉头拧成了疙瘩，却也没一点办法，只好坐在接待室里耗时等待。胡守国稍微作陪了一会儿，借故出了接待室，又悄悄踅进了万锋强的办公室。万锋强根本没出去，他正在办公室里打电话。见胡守国进来了，问陈伟华走了没有。

胡守国说："哪儿肯走啊？还在那儿耗着呢。"

万锋强不悦地说："就让他耗着吧，看他能耗到什么时候。"

陈伟华一个人焦躁地干坐在接待室里，不时地看着手表。实在等不下去了，拿出手机给万锋强拨了个电话。万锋强正在办公室和胡守国悠闲地聊着天，不时哈哈大笑，气氛惬意而轻松。听到手机响声，万锋强随手拿起来看了一眼，一看来电显示是陈伟华，干脆把手机扔到了抽屉里，根本不接。

陈伟华实在坐不住了，站起来正想往外走，一个接待员推门走了进来。陈伟华连忙问他万书记回来没有，接待员支支吾吾地说："好像还没回来吧，胡副镇长有事也出去了……临走时关照，让安排给您准备午饭，您看是不是先去吃饭呀？"

陈伟华挥挥手说："算了算了，午饭我就不吃了。这样吧，我先回去了，等你们万书记回来，你帮我转告一下，让他马上给我打个电话。"

那接待员答应着，陈伟华已经大步走到了外面，临出门还不忘关照："一定要把话带到！这可是急事！"

万锋强站在窗口，目视陈伟华的吉普车开出了院子，表情冷淡。

吉普车奔驰在回梅山乡的路上，车窗外山景不断闪过。陈伟华焦急地继续拨打万锋强的电话，可是仍旧无人接听。陈伟华挂掉电话，看着窗外的群山，默默沉思。突然，陈伟华眼前一亮，拿起电话拨通了乡政府的电话："喂，老卓吗？你听我说啊……什么？水来了？那就好！我马上回来！"

陈伟华挂掉电话，总算松了一口气，却在纳闷这水怎么就来了，弄不清这问题是怎样解决的。但不管怎样，水来了就是一件令人高兴的事。回到梅山乡，陈伟华兴冲冲地走进卓长富的办公室，问他什么时候来的水。卓长富也没有详细过问情况，当他下到村里的时候田里已经都浇上了水。

陈伟华管不了那么多，让卓长富跟他上山一趟。两人一起离开了办公室，来到了水库旁。陈伟华指着水库对卓长富说："老卓，你看咱们是不是能想想办法，把这水库里的水引到咱们的茶场和果园里去啊？"

这不是一个小工程，卓长富心里没底。陈伟华神情严肃地说："我知道工程量大，可我担心兰溪河的水用不长久。"

卓长富也知道，这次被花关断了水，难说今后还会不会再断，这水源一旦出问题，茶场果园就更是出问题。花关在上游，梅山在下游，这还不仅仅是断水问题。陈伟华了解到，花关现在搞了那么多的工厂，排污问题要是控制得好还好说，要是有个万一，排污问题控制不好，梅山的整个生态农业都要受影响。与其成天提心吊胆，还不如想办法自给自足。

卓长富点头表示赞同。陈伟华又对他说："不过这个工程光靠咱们自己恐怕资金和技术都达不够。"

陈伟华让卓长富联系一下刘董，看看在搞小水电的同时，是不是能帮忙把水给引出来。

二人从水库下来，回到乡政府。刚一走进乡政府大院，就见李学聪拿着饭碗准备上食堂吃饭。陈伟华让卓长富先回家吃饭，然后叫住李学聪，要跟李学聪谈谈回农大联系人才的事。

夕阳西下，天渐渐黑了下来，一轮弯月升到了夜幕中。夜幕中的梅山乡政府大院里，宁静而安详。突然，一阵刺耳的电话铃响了起来。不一会儿，陈伟华宿舍的门开了，陈伟华站在屋内泄出的光影里，对着院子里喊道："大家都起来，起来！"

乡干部们很快汇集到了院子里，不知道发生了什么事。陈伟华急切地对大家说："黄花山村跟花关的人打起来了。所有干部立即赶到兰溪河水闸！林主任，去派出所叫上人！"

乡干部们跟着陈伟华赶到兰溪河闸口，水闸上人影绰绰，两伙人壁垒分明地两边站着，喊声和叫骂声交织成一片。向大成和十来个梅山人拿着铁锹立在坝下闸边，花关那边也有十来个人，也都手里拿着家伙。

向大成冲对方喊道："我只开我们梅山的闸，你们花关少管闲事！惹毛了，老子把你花关的闸都给炸了！"

花关那边也不示弱，跟着喊道："有本事你炸水库！炸啊！"

向大成奋力拍了拍铁锹说："少逼老子！"

两伙人叫骂得更加厉害了，终于拉扯起来，混打成一团。没一会儿，就有人被锹拍到了嘴上，顷刻鲜血直流。接着，又有一铲锹劈中了某人的腿，那人应声扑倒在了地上。还有人嚣张地高喊："妈的！今天你不死在这儿，老子就不要这条命了！"

在赶往兰溪河闸口途中的陈伟华一个电话打给了万锋强。万锋强还在迷迷糊糊的睡梦中，接到电话立马警醒过来，跟陈伟华说："我马上到！通知派出所立即赶去现场，防止事态扩大！”

万锋强急忙穿衣下楼、开车出门。在去闸口的路上，万锋强不忘给县委书记方中明打了个电话，电话中只字不提花关自己的问题，只说梅山的群众在水库上闹起来了，现在还不知道事态有多严重，并表示随时会向方中明汇报事件进展。

陈伟华带着乡干部们先行到达了水闸边，林玉芬和派出所的鲁所长也随后赶到了。与此同时，从家里直接赶来的卓长富和许文才也到达了水闸。再接下来不久，花关镇的几个干部也赶到了现场。

陈伟华走近纷乱的人群，大声喊道：“梅山的人住手！住手！”

在陈伟华的阻止下，梅山、花关的干部们纷纷拉住自己的人，制止住了打斗。被隔开的人仍有不服，互相谩骂着又想冲向对方。

向大成的衣服被扯破了，吐了口唾沫，跺着脚，一肚子气地跟陈伟华抱怨：“陈书记，我们刚打开闸，田里还没喝几口水，狗日的他们又给封上了！”

陈伟华瞪了向大成一眼说：“你是村长，怎么带这么个头？”

向大成还想辩解，可又不敢再说下去。

花关镇和梅山乡各有一人受伤，被两方的干部安排送回卫生院包扎。两边各自乡镇的警察也来了，从两个方向几乎同时到达了水闸。

梅山乡派出所的鲁所长气喘吁吁地训斥村民道：“半夜三更闹什么闹？！有力气明天上山背石头去！还打伤人了？都想吃牢饭了？！”

花关的那边警察们也在呵斥着那边的村民，众人都暂时安静下来。

陈伟华冲着梅山的村民说：“你们都先回去，我等万书记来跟他谈。”

村民们还都不愿意走，陈伟华发火了：“都回去！明天还要种果，还想打架吗？！”

这时，万锋强的帕萨特在河边停了下来，两道车灯在黑夜中格外明亮。花关那边有人看到了说：“万书记来了！”

万锋强走上前，和陈伟华面对面地站着，一副对峙的样子。两边的干部群众各自站在两人身后，警察们三三两两地围在各自领导的周围。

陈伟华问万锋强：“锋强，你既然已经答应开了闸，为什么又要断我们的水？你这算什么道理？”

万锋强正要说什么，一下瞥见了站在陈伟华身后的林玉芬，神情为之一动，收住情绪说："陈书记，你倒是会先斩后奏啊！明明是你派人偷偷砸了水闸，现在倒说是我不讲道理了？"

陈伟华一怔，回头扫了一眼自己的干部，又对万锋强说："万书记，别的咱们先不提，我只问你一句，梅山的水你到底放不放？"

万锋强毫不示弱："你梅山要用水，我花关就不要用水了？你这又算什么道理？"

"你……"陈伟华听了万锋强的话，气得说不上话。万锋强瞟了一眼梅山的村民，见他们个个手里都拿着工具，转而对陈伟华说："陈书记，县里明确说了会同各部门协调解决，难道你们就这么等不及了？还要擅自开闸？"

陈伟华不客气地说："我们的确等不及，地里的茶苗果树再不喝水就全死了。我现在明确告诉你万书记，这流往梅山的水闸你们不能关！"

梅山的村民见陈伟华在为自己这边出头，情绪也渐渐平静下来。派出所鲁所长吃惊地看了看陈伟华，没想到他竟然会用这样强硬的口气对万锋强。

万锋强冷笑着说："陈书记，你作为党委书记，准备带头闹事吗?!"

陈伟华义正词严地说："我没闹事，也不赞成闹事。我是在和你讲道理！"

万锋强气呼呼地说："你这也算讲道理？"

万锋强话还没往后说，手机响了。万锋强一看是方中明打来的，赶紧接听电话："方书记啊。是，是，到了……伤得不重……已经制止了……"

万锋强说着，把电话递给了陈伟华。方中明在电话里告诉陈伟华，现场的情况他都已听万锋强说了，让陈伟华控制好梅山群众的情绪，不能让矛盾激化。方中明又责怪陈伟华没有做好群众工作，命令陈伟华现在就把梅山的群众全部都带回去，明天一早他会亲自带县有关部门的人去现场，再决定怎么解决这个水闸问题。

挂了电话，陈伟华把电话还给万锋强，万锋强略显得意地看着他。陈伟华忍住气，扭头指挥梅山的村民回去："方书记说了，这事明天就会有解决方案，梅山只要有我陈伟华在，就不会没有水。大家不用怕，都回去吧，明天还要上山种果呢。"

村民们十分信任陈伟华，听从了陈伟华的命令。向大成指挥大家陆续散去，花关那边的村民也都慢慢离开了现场。

见人都走了，陈伟华板着脸冲万锋强说："锋强，咱们明天见！"

等陈伟华走开后，林玉芬看了看万锋强，眼中充满了担心和哀怨，可还是没有多说一句话，默默地回了梅山。万锋强看着林玉芬的背影，想追上去却又挪不开脚步。

回到梅山乡政府办公室，陈伟华忍不住拍着桌子冲向大成说："胡闹！"

向大成低着头站在陈伟华面前，卓长富、许文才和林玉芬也站在一旁。卓长富说："向大成，你现在胆子是越来越大了，不汇报不请示，想干吗就干吗呀？"

向大成赌气说："陈书记，你就……"

陈伟华似乎已经知道了向大成接下去要说什么，接着他的话头说："处分你是不是？撤你的职是不是？除了这两句，你还会说什么？"

林玉芬连忙打圆场："陈书记，向支书也是因为着急，所以……"

陈伟华更加上火："着急？着急也不能胡来啊！本来该是咱们占理的事儿，让他们这么一闹，咱们有理也说不出来了！"

许文才掏出烟，一人发了一支说："陈书记，消消气，自己人，有话好好说。"

陈伟华想都没想，脱口而出道："老许，这都是你以前惯的！"

许文才一愣，没再说话。陈伟华自觉失言，又连忙改口说："我说话直，老许，我这话可不是冲你……咱们的干部办事总不能光图一时痛快吧……"

气氛有些僵了，大家都不吭气了。陈伟华挥挥手对大家说："好了好了，既然已经这样了，咱们在这里说什么也没用了。还是先都回去吧，看明天方书记怎么说。"

众人讪讪地离去。陈伟华等大家都走了，还在办公室里，心神不宁地呆了很久。

第二天，县委书记方中明在县里干部的簇拥下来到了花关镇兰溪河水闸现场。方书记站在大闸上，花关镇的镇领导和梅山乡的乡领导分列于两旁。方书记对两边的人说："手心手背都是肉，我没有偏向哪一边。一切以莲花的经济建设为中心。我们莲花要发展经济也就是需要一部分人先富起来，但是，有些人也要做出一定的牺牲，这样才能保证大局，最后先富帮后富，才能赢得全县经济的全面发展。”

万锋强连连点头，陈伟华则板着脸不语。方书记招招手让万锋强和陈伟华上前，对二人说：“把你们这些年轻人放在基层一线，除了组织的信任，再就是希望你们能够在这里得到充分锻炼，经受住考验，为地方上的发展和稳定掌好舵，而不是为各自的利益相互争斗。”

陈伟华和万锋强对视了一眼，同时点头，却不言语。最后，方中明提出了一个解决办法：梅山继续用兰溪河的蓄水，按照国家有关规定向花关镇缴纳水资源费，花关将这笔费用用来再造水源以保证自己的用水。至于具体如何操作，两家可以坐下来商量。

这个解决办法让陈伟华很不服气。兰溪河的水本来就是两方共有的，从莲花山流出来，只是中途流经了花关，再流向梅山。而花关镇却把兰溪河的水资源占为已有，让花关收梅山的水资源费，怎么说也不合理。

方中明的态度仍然是偏向于花关镇。他认为花关是工业重镇，用水量大，还要发展兰溪河的旅游业，更需要水。把水分给梅山之后，对花关的经济发展确实会造成影响，所以适当收取水资源费还是合理的。

陈伟华说：“那我们梅山发展也需要用水啊。”

方中明有点生气地说：“我知道你们梅山搞生态农业也需要水，不是已经说了你们可以继续用兰溪河的蓄水了吗？难道还要我说把兰溪河水闸炸掉，让水全流到你们梅山去，这样你就满意啦？”

陈伟华辩驳道：“我不是这个意思。”

方中明问他：“那你想怎么办？”

陈伟华不说话了。万锋强见方中明的态度偏向于他，更是得理不饶人，强硬地说：“我们花关在没有收到梅山的水资源费之前，就不会打开兰溪河的水闸。”

陈伟华反问道：“兰溪河水闸在花关，我们用水就要向他们交钱，那好，花关工业企业的废水流向梅山又怎么处理？让我们梅山给花关交水资源费，那花关要不要向梅山交污水处理费呀？”

万锋强也不让步：“花关的工业废水早在排放之前就经过了处理，是符合国家标准的！凭什么还要给你们污水处理费？”

陈伟华和方中明各执己见，争得不可开交，方中明发怒了：“好啦，别再吵啦，你看看你们俩像什么样子。还像个领导干部吗？就按我刚才说的办。谁也不准再争！”

方中明说完，生气地走开了。陈伟华和万锋强谁也不服谁地互相瞪了一眼对方，但事情也只能照着方中明的意见来办了。

回到梅山乡，陈伟华又召集骨干们开了个会。大伙儿聚在屋子里闷闷不乐，都在思考着该怎样面对这件事。既然上面已经这么决定了，只有想办法自己解决水源问题。陈伟华问卓长富，上次联系刘董把山顶水库水引下山的事联系了没有。卓长富说他已和刘董通过电话了，应该没什么问题，可毕竟工程太大，远水解不了近渴。

陈伟华想了想，觉得把水库的水引下山的事是一个长远考虑，的确解决不了目前的问题。目前也只能先照方书记的决定办，可这水资源费从哪里来却是个问题。陈伟华皱起了眉头，让大家都想想办法。

许文才想了想：“照我看……”所有人都把目光集中到了许文才身上。许文才顿时来了精神，跟大家说，既然茶苗可以分期付款，不如水资源费也照这个办法来。是不是能和花关那边商量一下，这钱先少给点，等山上的水引下来了，茶场果园见了效益，再给他们结清。

陈伟华点了点头。卓长富却担心现在闹得这么僵，花关不会同意。陈伟华决定先试试看，实在不行再去找找方书记，要是县里能出面协调，这问题应该不大。

陈伟华又问许文才：“老许，咱们的公路眼看就要开工了，我和卓乡长怕是都分不开身。这事你看是不是能负责一下？”

许文才眼前顿时一亮，却又装出为难的样子：“我……怕能力不够吧……”

陈伟华：“什么话，你的能力大家谁不清楚？”

许文才扫视了一下屋里的其他人，见没人反对，就说：“好吧，那我尽力去办。”

事情安排得差不多了，卓长富又汇报了另一件事。刚才他接到县里一个电话，是关于一年一度统计工作的事。县政府、县统计局通知开年报会，统计局制的表很细，涉及社会经济发展各项指标。县政府办反复强调，要求书记乡长亲自参与，逐项把关，一个口径对外。

这件事想必没那么复杂。陈伟华让卓长富例行公事办理就行了。卓长富是乡长，也是党委成员，掌握的情况应该比谁都熟。陈伟华让卓长富牵个头，跟统计干事找各个口把数字拢一拢，然后签个字如实上报。

陈伟华这么一说，统计干事急了："这可不行啊，陈书记。您在双坪当镇长时也搞过统计，难道不知道这里面的窍门？如今干好干坏，功夫全在这数字里面，关键是国内生产总值啦，工业增加值呀，人均纯收入呀……要是都如实上报那……"

陈伟华不明白了，不如实上报，难道还要弄虚作假？

关于统计工作的事，卓长富却还有别的担心。梅山已经连续两年倒数第一了，如果连续三年倒数第一，书记乡长都得免职。卓长富自己倒是死猪不怕开水烫，无所谓了，可陈伟华今年才来梅山头一年，说什么也不能背这个黑锅。

卓长富不由陈伟华说话，吩咐统计干事道："你要多长个心眼，今年拖到最后报，从政府办或是统计局探听一下其他山区乡的口径，每项指标比他们多报两个点就行了，反正不垫底就行。"

陈伟华截住卓长富的话，坚决反对他这么做。陈伟华有他的态度，统计年报是综合国情的反映，也是国家制定发展规划的决策依据，如果全国的乡镇都提供假数字，那怎么得了？

卓长富劝陈伟华道："一种风气已经行成了，少数人是扭转不了的。"

陈伟华却严肃地说："老卓，这种事可不能跟风，不管别人咋吹，咱们还是要坚持实事求是，这是一个党员干部起码的职业道德。"

卓长富拿陈伟华没办法，苦笑着摇摇头不再作声了。

陈伟华接着说："这件事就这样定了，年底县委开会，我去顶雷，该咋办就咋办！最多不过还回去教书吧，这种虚报数据、瞒天过海的做法，绝对不能做！"

散会后，干部们纷纷离去。林玉芬忧心忡忡地追上正往外走的陈伟华。陈伟华以为她也要来劝他虚报统计数据，却见林玉芬四下看了看，担心地说："我不是说这个，是关于许书记……"

陈伟华没听明白。林玉芬向他提起了上次匿名信的事，提醒陈伟华这有可能和许文才有关系。陈伟华却大大咧咧地说：“行了，许书记也是乡委班子里的人，分担一点工作也是在情在理的，匿名信的事以后不许提了。”

林玉芬还是不放心，可也不好再说。陈伟华笑笑说：“好啦，你说的我留意就是了。走，咱们上街走走，我请你吃饭！”

陈伟华推着林玉芬走出了大院，来到大街上。已近黄昏时分，街上没多少人，小贩们都已早早收工回家了，只有稀稀落落的几个勤快人还看守着自己的摊子。

陈伟华和林玉芬并肩走着，谈起了修公路的事，公路计划的第一步已逐渐在进行中，目前已经把各村适合开发茶园和果园的地块都标出来了，接下去就是要把连接茶园和果园的公路线路和通往县城的道路也勘测出来。可这一动工就得用钱，尤其是修桥涵和路面的水泥急需解决。按目前的规划，两万亩茶园和一户一亩果园分布在十八个村，要设四十多个茶场，要把四十多个茶场相互之间用简易公路联系起来，要修近百里公路。碰上过不去的石崖子还是得动炸药，这又是钱。

说到炸药，陈伟华更是感到焦虑。水泥这笔钱至少要一两百万元，另外，简易路沿线有众多的河沟山溪、峡谷，用造价最低的简单桥涵，仅钢材水泥也是一笔不小的数目。

林玉芬出主意说：“按说修路的事交通部门应该支持，得派技术员来测量勘察，资金上也应该给予支持，村村通公路他们有直接责任。”

陈伟华说：“所以我在想，要不我找交通局，从修路的角度争取点扶持资金？”

如今哪个乡镇都在变着法子找各部门要钱，林玉芬感叹梅山乡跟交通局没什么关系，要不然完全可以立项向他们申请资金。陈伟华忽然想起有个同学在县交通局，不过这人不是局长，只是个办公室主任，陈伟华觉得可以找他打听打听情况。

林玉芬拍手称赞道：“好啊，你不管他是啥，只要关系好就行。弄不到多的有少的，他们哪怕表示一点，拔出根汗毛也顶我们老百姓累一年呀。”

陈伟华点点头，当即决定明天就去一趟县交通局。

第二天陈伟华起了个大早，准备到县交通局找老同学刘彪，请他帮忙规划公路，同时争取上级公路主管部门解决修公路资金的问题。陈伟华把卓长富和林玉芬叫到办公室，叮嘱他们道：“果园和修路的事就交给你们了，一定要把握质量，把握进度，安排做好修公路的计划。”

陈伟华交代完毕，大步走向吉普车，拉开车门正要跨上去。许文才匆匆赶了过来，叫住他们道：“陈书记，卓乡长！”

陈伟华停住脚步，许文才跑过来对陈伟华说：“县气象局打电话来，说他们局的一把手齐局长马上要来梅山，现在正从花关往这里赶，说是来吃午饭，要你跟卓乡长一定要在家里等他们。”

陈伟华心想，怎么这么不赶巧？卓长富建议陈伟华要不就把去交通局的事往后推一下。陈伟华觉得交通局的事是大事，不能往后拖。同时，陈伟华却又很纳闷，问卓长富：“气象局这时候来做什么？”

卓长富不屑地说：“这时候来可不是什么好事，还不是来要钱？”

陈伟华更纳闷了：“气象局找我们要什么钱？”

卓长富开玩笑地说：“收打炮费呗。”

卓长富话带讥讽，陈伟华不由得一愣。许文才补充道：“那叫人工影响天气费。”

原来，气象局年年在天旱时打炮催雨，各个乡镇就把这个收费项目叫成了“打炮费”。陈伟华听明白后，连连摇头，心想这怎么得了，各个单位都在巧立名目找乡镇收费，我们乡镇找谁去？

卓长富在梅山乡呆了这么多年，最清楚这里面的名堂。这就是小秃头上的虱子，明摆着找农民开刀。去年梅山旱了一百多天，牲畜都干死了好几十只，山上的草都干枯了，气象局倒是在花关那边打了十几炮，结果下的雨没知了的尿多，反倒把云撵走了，末了他们搞了个文件请分管县长一签，全乡平均每人收五块钱，老百姓人人叫苦不迭，田里的稻谷全干死了，还要给他们交钱。

陈伟华并不完全抵触气象局“人工影响天气”这事，要说这也属于公益事业，应该支持，可是这中间也有个谁开支谁收益的问题。他们不着边际地对天放了几炮就狮子大开口要这个“人工影响天气费”，人平五块钱，全乡就是上十万。梅山去年大旱，农民买了将近一年的供应粮，到现在元气都没恢复，从哪儿弄这么大一笔钱交给他们？

卓长富看了看陈伟华不再言语。陈伟华心想，惹不起躲得起，干脆来个人走屋空，坚壁清野，不跟气象局的人打照面。于是陈伟华跟卓长富和许文才说：“我趁现在赶快去县里要公路款，卓乡长还回果园工地上去，许书记你先跟他们耗着，本着不争论、不表态、不发火的原则，慢慢磨着。咱们躲过这村再说。”

卓长富觉得这倒是个主意，他们急得抓瞎也把咱没办法。陈伟华准备上车去交通局，卓长富骑上摩托直奔果园而去。许文才还站在原地不动，不满地问陈伟华：“陈书记，你怎么能就这么走了？”

陈伟华回过头说：“没办法啊，老许，全靠你了。”

陈伟华说完，开上吉普车离开梅山乡，上了去县里的公路。

来到县交通局，陈伟华找到主任办公室门外，对着里面喊了一声：“刘大主任——刘彪！”

主任办公室里面的一位近三十岁的干部正在伏案写作，被陈伟华的喊声惊得一愣，猛然抬头，转而露出欣喜的表情。他站起身，走到门口把陈伟华迎进：“哎呀，伟华，你到底在忙些什么，到梅山当书记这么长时间不来看我？”

陈伟华说：“这不是来看你了吗？”

刘彪狡黠地眨眨眼说：“你是来看我的吗？是想看我们局长吧？看局长手里的票子吧？”

在来交通局之前，陈伟华给刘彪打过几次电话都没找到人，他不是在局里开会就是跟局长下乡考察，今天好不容易把刘彪给逮住了。刘彪寒暄着给陈伟华又是让座又是沏茶，陈伟华却迫不及待地说起了梅山现在急着修路的事，让刘彪帮忙找交通部门来梅山规划勘测一下公路走向，同时再解决一些公路款的问题。

刘彪听清楚了陈伟华的意思。笑着对他说：“看看，我没说错吧？我就知道你是无事不登三宝殿！不过世上的事就是这样，你越是急它就越办不顺，没准你不当回事它就自个凑来了，我们局长他又去市里开高速公路建设协调会了，你看你再急有啥用？”

陈伟华说：“现在缺技术，缺资金呀！你得先把正事给我办了，咱先给局长说说吧？”

陈伟华说完掏出一张材料，递给刘彪。陈伟华让刘彪先看看这份报告，然后再帮忙找分管副局长先说说看行不行。

刘彪认真地看了看报告，告诉陈伟华这报告是要走程序的，要先交到窗口办文，然后还要转到分管领导去处理，工作得慢慢做。刘彪提醒陈伟华说："副局长肯定是要见的，按规矩得有局领导陪，不过我跟你说，目前的世道是不见真佛烧香也没用。"

陈伟华说："麻烦你帮着说说话了。"

刘彪看看陈伟华，又看看报告，让陈伟华先下去等着，他去请两个副局长。陈伟华站在交通局门口等了一会儿，刘彪从楼上领着两个干部走了下来，向陈伟华介绍说："这是我们局朱副局长、杨副局长。"

几个人相互寒暄过后，陈伟华要去开自己的破吉普车。刘彪拉住他说："你那破车就不要开了吧，你坐我们的车，才买回来的帕萨特。"

陈伟华坐进刘彪的车里，刘彪吩咐司机去戏凤酒楼。汽车驶过县城的街道，陈伟华调侃道："刘彪，你可以呀，几个月不见你就那么风光了，还开上了这么好的车。"

刘彪却说："嗨，你呀，就是不像万锋强那么会钻营，不然你也开上这么好的车了。"

陈伟华叹口气说："人各有志嘛。"

一会儿，车就开到了戏凤酒楼。几个人一进酒楼，就有一位服饰艳丽、斜披绶带的靓丽小姐优雅地迎了上来，把他们引到一个宽大的房间。众人在房间里坐下来点好菜，不一会儿大桌面上就摆满了各种菜肴。酒也上来了，都是上好的国产名酒，啤酒、饮料等也一应俱全。

陈伟华看得有点呆了，面对着丰盛的筵席和刘彪的热情颇有些不安，试探着问刘彪："你这一席得花多少钱？"

刘彪一愣，反问陈伟华："你该不是装纯洁吧？"看着陈伟华迷茫的样子，刘彪举起酒杯说，"不过我相信，你确实是个值得尊敬的好干部！敬你！"

同席的两位副局长推杯换盏，也相互敬酒，偶尔也举杯和陈伟华表示一下。陈伟华很尴尬，不知道该怎么开口。刘彪打圆场道："陈书记，现在我们两位局长都在这儿了，你有什么事就说吧。"

陈伟华定了定神说："朱局、杨局，我们梅山目前的交通比较落后，各村一条水泥路都没有，老百姓有病连救护车都进不去，其他的就更不用说了。”

两位副局长“嗯、嗯、嗯”地答应着。陈伟华继续提起修路的事，两位副局长却东扯西拉。朱副局长打着官腔说：“修路的事情是好事啊……”

杨副局长紧接着说：“是啊，现在县里各乡镇都在修路。”

朱副局长像是忽然想起什么似的说：“对了，昨天是哪个乡也说要修路来着？”

陈伟华尴尬地坐在一旁，不知道该怎样把谈话继续下去。刘彪赶紧帮忙说话：“朱局、杨局，这陈伟华是我老同学，他们梅山的条件可是比其他乡镇都困难。我知道现在大家都在修路，不过要是说着急的话，还是梅山最着急。”

杨副局长见刘彪开口说话了，也不好驳他的面子，推说局长开会去了还没回来，他们两个副局也做不了主。

朱副局长也随声附和道：“是啊，要不这样，等局长回来，我们再跟他汇报？”

陈伟华赶紧端起酒杯说：“到时候还得请两位局长帮忙说说话。”

两位副局长连连答应，应付着和陈伟华碰了杯，然后自顾自地吃菜、聊天，把陈伟华干撂在了一旁。这顿饭就这样毫无意义地结束了，两位副局长喝得满脸通红，打着酒嗝出了酒楼。

刘彪安排自己的司机把两人送走，陈伟华看着车子绝尘而去，心情十分沮丧。他止不住抱怨道：“什么干部啊，这顿饭算是白吃了。”

刘彪却说陈伟华是个死脑筋，想要到钱，单凭一张报告是不可能的。陈伟华的修路方案规划了几百里，梅山只是一个小乡，人口不过两三万，是根本无法拿下来的。即使是以茶山果山公路为名义建立最起码的基础设施，交通部门再有责任，但山区这么大，资金就那么一点，交通部门也有难处。现在交通部门的资金使用也在改革，公路实行分级管理，省道省里给钱，国道国家投资，高速公路投资股权化，谁投资谁受益，县乡公路资金十分有限，可都想修好自家的公路，钱却只有那么有限的一点。

陈伟华的意思却不是要获得多大量的资金。他的标准很低，只要把山削平能过车就行了，能通汽车拖拉机，让老百姓下山不再人抬肩扛就行了。力气有的是， 陈伟华只想交通局帮助解决技术员勘察公路以及购买开山炸药和钢筋水泥的资金。可刘彪却告诉他，这就不是一个小数目。刘彪在交通局也很多年了，这笔账不消细说他都能算出来，钢材的数量、炸药的费用，光是导火索的费用就不少，再加上修桥、涵洞，凭这么个工程量，再低的标准没得一千几百万拿不下来的。

这么一说，陈伟华有点蔫了。刘彪看了一眼陈伟华，给他另外出了个主意，他明天可以带陈伟华去找一下市交通局的汪局长。老头子是个正派人，一辈子就知道修路，谁修路他就高兴，连老头手下人都骂他死脑筋。就看这位汪局长到时候能不能帮一把陈伟华了。

陈伟华一听，高兴地对刘彪说："还是老同学靠得住。"

刘彪看着陈伟华熬上个一把手，觉得他不容易。大学同班同学中，邓清明是县委常委、组织部部长，万锋强是花关镇党委书记，剩下的就看陈伟华了，要换别人刘彪也不会管。

陈伟华感激地说："刘彪，我们梅山全靠你了。"

刘彪闭眼沉思了一会儿说："老头子有个爱好，喜欢鼓捣点字画什么的。你看看……"

陈伟华眼睛一亮说："字画？"陈伟华以前也爱好点水墨画，经常写写书法，在大学还获过奖。陈伟华决定连夜画一幅山水画并写两幅字出来，作为见面礼送给汪局长。

刘彪却说："先说好，能不能成我可没把握，全看你自己的字画水平了。"

陈伟华激动地抓住刘彪的手说："兄弟，事成之后我一定忘不了你，到时梅山出了茶叶，头茬茶我每年给你先送上五斤，不，十斤！嗨，一百斤也该啊！"

刘彪笑着说："那我要成茶叶贩子了！"

回到招待所，陈伟华立马铺开宣纸，饱蘸墨汁，誊写《滕王阁序》。写了几张纸，自己不满意，扔掉又重写，却总是不满意。陈伟华心里默默地说："陈伟华啊陈伟华，公路款的事能不能成，就看这一下了。"

陈伟华继续认真写了一晚上的字，终于困意袭来，睡着了。也不知道睡到了什么时候，突然被一阵电话铃声吵醒了。陈伟华接起电话就说："哪位，是刘彪吗？能否让我再睡会儿，昨晚我写了个通宵，不是说好九点钟出发吗？"

陈伟华说完一看表，不禁着急起来，已八点二十了。电话那边传来的却不是刘彪的声音。邓清明在电话里说：“什么刘彪刘彪，我是邓清明。告诉你个事，今天方中明书记去你们梅山检查工作去了。”

陈伟华一愣，心想怎么会这么巧？邓清明让陈伟华赶快回去一趟，这次方书记可对谁都没打招呼，看来是要来个突击检查。

陈伟华悠然自得地说：“就让他检查吧，反正梅山就那些破砖烂瓦，还有刚刚开成的一万亩茶园和果园。再说了，家里还有许书记、卓乡长他们，肯定应付得来。”

邓清明在电话里长叹一声说：“陈蛮子，你在政治上实在是弱智。”

陈伟华辩解说：“梅山乡修路的事情那么急，我还得去市交通局办正事呢，天天接待来接待去，我还干不干事了？”

邓清明无奈地说：“反正你陈蛮子理由十足，天不怕地不怕，不管你了。”

梅山乡政府办公室里，林玉芬急得像热锅上的蚂蚁。这几天陈伟华去了市里，偏偏这个时候县委书记方中明马上要来检查。林玉芬惶惶不安，副书记许文才却掩饰不住兴奋，端起茶杯喝了一口茶，问林玉芬：“林主任，准备好了吗？方书记马上就要来了。到时候汇报由我统一口径，你关键要组织好对方书记的接待，安排好生活，另外，你还要给报社写篇宣传稿。”

林玉芬想了想问道：“要不要叫人去工地把卓乡长叫回来？”

许文才说：“方书记都来了，恐怕来不及了。”

正说着，外面一阵车响。有人喊道：“县里来人了。”

许文才慌忙跑出去迎接。一辆黑色轿车停在院子的中间，县委书记方中明从车上走了下来。许文才毕恭毕敬地迎了上去，伸出双手紧紧握住方中明的手，激动地说：“哎呀，方书记可是好久没来梅山了呀，我们这些副职干部开会少，见方书记一次不容易，梅山的干部群众都想念您呀！”

许文才把方中明引进了屋里。方中明进了接待室，许文才转身对林玉芬小声说：“林主任，你跑一趟，把卓乡长叫回来。”

林玉芬答应着离开，看她走远了，许文才这才放心地跟进了接待室。方中明坐在接待室里，感到一阵寒意，不禁紧了紧衣领。许文才麻利地帮方中明手中的茶杯里续上热水，殷勤地说：“梅山至今还没有一台空调机，真要让您遭罪了。要不我让他们去拿火盆来生个火？”

方中明打量着接待室感叹说：“算了算了，梅山的条件是差呀，因为离县里远了些，我们来得也是少了些，对大家关心不够啊，怎么样，大家情绪都还好吧？”

许文才说：“您来得少，我们梅山干部群众对您可是有感情啦。大家经常在一起念叨您，说您一年到头辛辛苦苦，没有您莲花真还发展不到这么快呢。情绪嘛，基本还好，工作上认识不一致的地方也是有的。”

方中明问陈伟华去了哪里，许文才马上沉默下来，停了一会儿才说：“陈书记是一把手，忙里忙外的脚都不沾地，上了哪儿我这个做副职的也赶不上问。不过，我估计这两天他是到市里活动什么关系去了吧。”

方中明又问卓乡长他们去了哪里。许文才照实说卓长富在山上督促种果园和二期茶园开发的事情，并告诉方中明，他已经托人捎口信上去了，让卓长富尽快赶回来。

方中明吩咐许文才不必惊动大家了，他今天只是顺便来梅山看看，同时了解一下经济工作会议的落实情况。既然都不在，方中明只好让许文才简单说一说这些情况。

许文才面露难色，想了半天才说：“要说我是该说得清楚的，经济工作和农业也是由我在分管。可是……怎么说呢，陈书记是一把手，大盘子主要由他拿，他遇事喜欢思考，见解也比较独特，我们说是分管，也就只能给他提提建议，当当参谋，配合配合工作。”

方中明点了点头说：“你们梅山搞‘三高’农业，县里是肯定的，不要因为什么其他的顾虑而束缚了手脚。乡委班子也要注意团结，认识上要保持一致。”

许文才听出了方中明的话意，赶紧表明自己的观点，申明自己个人组织原则性很强，善于摆正自己的位置，有不同意见并不影响自己同党委书记保持高度的一致性。许文才声称自己作为副职，水平再高也要尊重维护一把手。

讲完了自己，许文才又不失时机地称赞陈伟华很有事业心、很能吃苦，想干的事不论结果如何都敢于坚持到底。

方中明听许文才这么说，露出赞许的目光，鼓励许文才今后要注意发挥自己作为党委班子成员的应有作用，有正确的意见要敢于坚持。只要有利于工作，只要能促进梅山经济发展，就要敢于坚持。

许文才笑着使劲点头。方中明顿了顿，突然问：“上次你也到我那儿去过了……是不是你对梅山开发茶叶还有什么保留意见啊？”

许文才一怔，支吾道：“这……既然县里已经肯定了，那我个人也没有什么意见……”

方中明大笑道：“有意见就说，就算是县委考虑问题也不可能完全面面俱到嘛，你想到的也许正是县委所没能看到的问题嘛。大胆说吧！”

许文才吃不准方中明是什么意思，犹豫了一下，小心翼翼地表达了自己的意见。许文才告诉方中明，刚开始的时候他心里也一直打鼓，后来才了解到陈伟华也是在县里开会偶然碰到土产公司一个技术员说起茶叶才想起要搞茶叶产业、果园生态农业。虽然从论证看，将来当然会有一定的效益，如果作为多种经营的一个项目是可以的，但当成一个支柱产业来搞，许文才当时心里实在没底。一下子搞这么大规模，超出梅山实际承受能力，对农民劳动力消耗太大，客观上对县委的中心工作也有冲击。不过，现在的实践证明这条路还是可以走下去的，所以他也就没意见了。

方中明赞赏地点点头说：“文才同志，你能在实践中转变思路，很好啊！不过，今后还要用更高的标准要求自己，对梅山的发展要充满信心！”

许文才心中暗自松了口气，很慎重地把方中明的话记在了本子上。接着，许文才毕恭毕敬地承诺一定牢记方书记的教诲，并邀请方中明中午在梅山用餐。

方中明推说还要顺道去花关看看，谢绝了许文才的邀请。许文才恭恭敬敬地送方中明出来，不失时机地说：“花关真是厉害呀，那万书记真是有魄力，我们梅山能遇到那样的书记就好了。”

方中明不置可否地笑笑，拍了拍许文才的肩膀离开了。

方中明刚走，卓长富就汗流浃背地赶到了乡政府。许文才正好从门里出来，一见卓长富焦虑的神情，许文才十分遗憾地说：“你怎么才下山来？早一脚就赶上了，我以为方书记要在这儿住两天的，要是早点叫人带信上去就好了。”

卓长富望着方中明远去的汽车，十分遗憾，一脸沮丧说：“完了完了，方书记怎么这么快就走了？”

卓长富恨自己晚了一步，要不就可以请方中明看看梅山的茶山基地，也好让他了解目前梅山乡的主要工作。

许文才告诉卓长富，方书记这次来主要是看梅山乡落实县委精神到不到位，许文才已把乡党委政府的工作做了汇报，对一些事也做了解释。许文才说自己也提出了带方书记上工地去看看茶山，可是方书记好像没有兴趣，估计他也是没有空闲时间，说还得去花关看看，所以也不能勉强领导。

卓长富又看了一眼汽车离开的方向，长长地叹了口气。

十六　人顺路顺

送走了方书记，许文才哼着小曲回到“老友记”餐馆，一进门就让葛小玉给他炒几个好菜，再把好酒也拿来给他喝。葛小玉感到许文才今天高兴得不太对劲，摸摸许文才的额头看他是不是烧昏了头。许文才拉开她的手说：“干什么？吃错药了？”

葛小玉说：“我看你才是吃错药了，前阵子还在夜里犯糊涂，今天怎么大白天的就犯病了呢？”

许文才说：“呸！叫你拿你就拿，啰里啰嗦的……”

葛小玉像看怪物似的看了看许文才，心中不明就里，只好去厨房炒菜。不多会儿，就把两盘菜端上了桌。许文才自斟自饮心情不错，葛小玉在他对面坐下来，又问他：“你倒是说话呀，这大中午的就喝酒，碰上啥好事了？”

许文才喝了口酒，咂巴了一下嘴，把今天他一个人如何接待方书记的事告诉了葛小玉。

葛小玉以为许文才趁接待方书记之机，告了陈伟华一状。许文才却一反常态，说不能随便把人告了。葛小玉看着许文才得意洋洋的样子，更加不解了。

许文才笑嘻嘻地说：“方书记这么一来，我总算是想明白了。古人说得好，大丈夫能屈能伸嘛……我怎么早就没拐过这个弯来呢？”

葛小玉一头雾水，催着许文才别绕弯子，快把话说清楚。许文才这才向葛小玉又提到了范升仕的事儿，这段时间他一直在想，陈伟华这个人办事倒是一直在情在理上。不跟陈伟华较劲并不是怕他，所谓识时务者为俊杰，今天方书记说的话，明摆着是支持陈伟华。要是再硬和他对着干，无疑是鸡蛋碰石头。

听了许文才的一番分析，葛小玉说：“那咋办？你就永远把这个副职挂下去？”

许文才叫葛小玉不要急，他心中已有主意。陈伟华现在是顺风顺水，不但县里支持他，那么多老板也看好他，梅山还有那么多人都跟着他，眼看事儿干得是越来越顺，这时候不搭顺风车，那还等到啥时候去？所以，许文才的想法是现在什么事都顺着陈伟华，陈伟华成天跑进跑出、忙东忙西，许文才就把乡里的事儿照着他的意思妥妥帖帖地都给办了，这么一来，他得了啥好许文才也能得啥好，他出啥成绩多少都得分许文才一份。只要这成绩出来了，他能升官别人也不会落下。

想明白了这个道理，许文才不禁感叹道："挺简单的道理，你说我早点咋就没想到呢？"

葛小玉有所顾虑地说："那要是他搞砸了呢？"

许文才信心十足地说："那怕啥，他是一把手，搞砸了有他顶着，咱们不过是跑腿办事，有啥责任？"

葛小玉嘿嘿一笑说："老东西，就你精！"

许文才吃了一口菜，又对葛小玉说："对了，你以后让葛大海也注意点，别老在外头得罪人，咱们也得搞搞形象工程。"

葛小玉乐呵呵地答应道："知道啦，以后看见谁都客客气气的，还不成吗？"

葛小玉给许文才添上酒，两口子喝酒吃饭，心里都挺高兴。

方中明从梅山出来，又顺道来到了花关。花关的接待阵势浩大，果然让梅山无法攀比。所有的干部都来了，万锋强还特地开了个工作总结会。会议室里坐满了人，万锋强为会议作总结，方中明坐在台下旁听。

万锋强在台上向大家报告说，花关镇的开发区规划面积已经达到四百亩，接下去的工作，就是请县国土部门配合，尽快将开发区的厂房用地手续办好，尽快将"三通一平"工程建设开展起来。万锋强又在会上强调这是发展花关的当务之急，一刻也不能放松。

散会后，万锋强走下台和方中明使劲握了握手说："方书记，你来也不通知一声，实在是怠慢了。"

方中明笑着说："我就是随便走走，你们的工作开展得不错嘛。"

万锋强谦虚地说："这多亏了县委的路线正确，我们才能这么顺利地发展啊！”

这时候，胡守国凑了过来，低声告诉万锋强说，梅山的水资源费现在还没兑现，问万锋强该怎么办。万锋强的脸色一变，顾及到旁边的方中明，又立刻摆出一副笑容。

方中明离开后，万锋强立刻给陈伟华拨了个电话。万锋强在电话里警告陈伟华说，梅山乡要交的水资源费一分都不能少，否则就别怪老同学无情了。

万锋强说完重重地挂了电话。那边陈伟华却皱着眉头收起电话，刘彪像看好戏似的看着他，问他是不是又被人逼债了。陈伟华苦笑着摇了摇头。

陈伟华开着吉普车，载着刘彪在城里的大街上行驶着。破旧的吉普车冒着一路的黑烟，发出“轰轰隆隆”的响声，所到之处人们纷纷掩鼻躲闪。吉普车开到一个十字路口，交警把吉普车拦截了下来。陈伟华和刘彪连连赔笑脸说好话，拦下吉普车的交警指手画脚地指着车排气管训斥，陈伟华和刘彪不停地解释、申辩，交警这才将车放行。

吉普车七弯八拐开进了一条巷子，在交通局的楼前停了下来。陈伟华和刘彪从车里钻了出来，两个人都是一头灰、一身土、一身汗。刘彪一边拍打着身上的灰土，一边跟陈伟华说：“依着我等上一天，等我们局长回来了，就能借一辆我们局里带空调的车。你这老爷车真要人命，又冷灰又大，你如今可是个大乡书记，就不怕丢人？”

陈伟华满不在乎地说：“倒回去二十年，这车还是县委一把手坐的呢。”

走到市交通局大楼前，陈伟华让刘彪走在前面带路。刘彪忽然绷起脸，带几分神秘地交代陈伟华说：“记住，别乱说，看我的眼色。”

陈伟华点头答应。刘彪在前面走着，和遇到的每个人都打着招呼，看上去在这局里的人缘颇为不错。两人上了三楼，在局办公室门前停了下来。刘彪让陈伟华在外面等一下，他先进去问问。

刘彪走进办公室，问那几位干部汪局长在不在。那几位干部跟刘彪开玩笑地寒暄着，看到门外局促不安的陈伟华，就知道又是要找汪局长办事的。干部们告诉刘彪，汪司令有事回家了，要是真有急事就上家里去找，没急事就明天再来。

干部们说完话再抬眼看，刘彪已经不见了。陈伟华和刘彪一起从交通局大楼出来，刘彪问陈伟华是不是明天再来。陈伟华等不及，要直接去汪局长家里。一天办不下来这事，陈伟华心里就悬着难受。

刘彪无奈地摇摇头，跟着陈伟华上了车。陈伟华开着吉普车出了交通局大楼，往汪局长家里开去。吉普车拐弯经过一条大街，路过财政局门口，陈伟华心里忽然一动，问刘彪道："伙计，市财政局你有没有关系？"

刘彪一下猜出了陈伟华又在打市财政局的主意。陈伟华是病急乱投医，他听说财政局每年都有农业发展扶持资金，心里盘算着梅山发展茶场、果园，能不能争取一点这类资金。

刘彪劝他别想得太天真，这种事一般很难办。陈伟华却对刘彪的劝告不以为然，觉得既然有这笔资金，梅山的项目按说就应该是扶持对象，这怎么能算天真呢？陈伟华固执地把车停在了财政局门口，刘彪觉得不可思议地望着陈伟华，问他道："你不会真的想进去吧？"

陈伟华认真地说："当然是真的了。走吧。"

陈伟华拉着刘彪就要往里走，刘彪却站着不动，问陈伟华："你认识人吗？就这么硬闯？"

陈伟华说："不认识人，但我想试一试。没办法，我这人就是这样，逼急了什么事都干得出来。"

陈伟华还要往里走，刘彪把他拽住说："算了，算了，还是我来吧，你就这么进去，肯定要吃闭门羹的。"

刘彪在财政局有个朋友，正好跟农业发展基金科是门对门，现在也只能找找看能不能帮上忙。陈伟华怕刘彪空着手跟人不好说话，赶紧从车里拿出几包梅山的土特产让刘彪带上。

刘彪带着土特产上了楼，陈伟华站在楼下焦急地等着，忽然手机响了。电话是林英琴打来的，问陈伟华今天是什么日子。陈伟华想了半天也没想起来今天是什么日子，也没心情和林英琴多说，很快挂了电话。电话那端，林英琴很不开心。这天是林英琴的生日，却没想到陈伟华连这个都忘了。

等了大半天，刘彪终于从楼里出来了，陈伟华连忙迎上去问他情况。刘彪轻描淡写地说："谈妥啦，没问题。"

陈伟华惊喜地看着刘彪，心想这事怎么办得这么容易，还是刘彪这小子到哪儿都吃得开。原来，农业发展基金科具体管事的副科长是个女的，男人前年出车祸死了，正孤单着，年初刘彪跟副县长和局长到工交科喝酒时这位副科长也在场作陪，还跟刘彪跳过几曲舞。

一听说刘彪还和这位副科长跳过舞，陈伟华就和刘彪胡乱开起了玩笑，并问刘彪刚才谈话是怎样的具体结果。刘彪告诉陈伟华，那位副科长答应倒也还爽快，说让你们弄个报告给县里研究研究。

陈伟华一听就火了："我们穷得叮当响，就盼着这点钱救命呢，哪有时间等他们'研究研究'？真他妈黑，难怪老公死得早。"

刘彪摇着头说："你呀，就你这脾气，我看你只有学一辈子愚公挖一辈子山……"

陈伟华闷着头不吭声了。刘彪劝他别耽搁了，去汪局长家才是正事，汇报工作才是要紧，把修路的事情给落实了再说别的。陈伟华心里堵得难受，别别扭扭地跟着刘彪上了车。

陈伟华开着车，听着刘彪在一边唠叨。刘彪提醒陈伟华到了汪局长那儿别乱说话，一切看他的眼色行事。

陈伟华应付着说："知道了，我又不是三岁小孩子。"

刘彪说："三岁小孩可没你这么倔。你说你都几岁了？还是这副臭脾气。"

陈伟华笑笑，突然好像想到了什么事儿，把车靠边猛然一停，一个急刹车，把刘彪吓了一跳。陈伟华掏出手机，匆匆发了一条短信，然后发动汽车，继续往前开。刘彪不明就里地看了看陈伟华，感到莫名其妙。

那条短信是发给林英琴的。林英琴正在办公室里闷闷不乐，忽然短信来了，打开一看上面写着：亲爱的，生日快乐！

看到短信，林英琴总算笑了。

陈伟华和刘彪开着吉普车在汪局长家楼下停了下来，刘彪从车里拿了两瓶二锅头，在陈伟华眼前晃了晃说："汪老爷子就爱这个，这还是我上次去北京带回来的。自己没舍得喝，今天算是替你做贡献了。"

陈伟华笑笑说："想得真周全，难怪你混得比我好。"

陈伟华拿着自己连夜弄的两幅书法和一幅画下了车，掏出手机看了看，手机上显示着一条短信："晚上回家吃饭。英琴"。

刘彪催促陈伟华快点跟上，陈伟华来不及回短信，匆匆跟着刘彪上了楼。

到了汪局长家门口，陈伟华紧张地看了看手中的字画，心里七上八下，生怕手里这些东西不行。刘彪安慰他说汪局长这人还不错，字画只是联络一下感情，关键还是要说清楚梅山的现状。

门铃响过之后，汪局长开了门，猛一见陈伟华这个陌生人站在门外，愣了一下。刘彪赶紧从陈伟华背后出来，跟汪局长寒暄问好。汪局长一看见刘彪，脸上马上堆满了笑容，和刘彪亲热地打招呼。

汪局长把刘彪和陈伟华让进家里。刘彪赶紧把手里的正宗北京二锅头贡献出来，汪局长拿着闻了又闻，很是满意地说："你小刘就知道我老汪好这一口，想当年在冰天雪地里当兵，没有这二锅头，人他妈都成冰碴子了。"汪局长这话刚说完，又连连摇头说，"哦，不行，医生昨天才给我说了不能喝酒，不然高血压准得犯。"

刘彪只顾着跟汪局长寒暄，把陈伟华给忘在了一边，陈伟华趁机打量起了汪局长家的房间。汪局长的家不算太大，但室内造型古朴，两扇格子花窗突出于墙面之外，外挂几幅书画，更显得古意盎然。陈伟华凝神注视着墙上的字画，边看边点评起来："这幅字写得丰满圆润，笔锋遒劲，外柔内刚，深得颜氏书法的精髓；这个字写得稍稍硬了点，如果用枯笔，那种苍凉的感觉可能更容易出来。"

汪局长被陈伟华的点评吸引住了，用征询的眼光看了看刘彪，刘彪赶紧做介绍说："这是梅山乡党委书记陈伟华，我的老同学，今天专门来向您请教的。"

刘彪说完，把陈伟华写好的字画恭恭敬敬地递给了汪局长，并请汪局长赐教。汪局长高兴地接过字画，把字画在书桌上铺开，一边仔细欣赏一边赞叹道："写得好啊，有王羲之《兰亭集序》的风骨，真是'飘若浮云、矫若惊龙'啊，陈老弟研习书法应该很久了吧？"

陈伟华说自己学书法是从大学时候才开始的。陈伟华从小家庭贫苦，也没上过什么书法培训班，也买不起什么纸，只是用树棍在泥地上画来画去。等上了大学，宿舍里来了个书法特招生，听说还是中国书法家协会最年轻的会员，受他的影响，陈伟华开始喜欢上写字，那时候宿舍晚上十一点就要熄灯了，陈伟华就点着蜡烛写到两三点钟，有段时间还真着了魔似的。

刘彪赶紧不失时机地接口道："我这老同学属于一根筋似的，干啥事都这样，稍稍灵活点，也不至于在那山沟里钻来钻去。”

接着，刘彪把陈伟华在梅山的情况向汪局长大致说了一下。汪局长目光犀利地打量了一番陈伟华，和蔼地说：“陈书记今天不仅仅是来向我请教的吧？”

刘彪赶紧给陈伟华使了个眼色，陈伟华本想遮掩，略一沉思，也无所顾忌了，把自己来找他的目的直截了当说了出来。听明白了陈伟华的意思，汪局长没有马上答复，起身走到书桌前，看着书桌旁边贴的一张交通地图，沉思起来。

陈伟华紧张地盯着汪局长，又看了看刘彪。刘彪朝他使了使眼色，示意陈伟华不要着急。陈伟华焦急地等了一会儿，汪局长从地图前回转身，走回沙发坐了下来，坚定地说：“你们梅山乡修公路是好事，我们支持！”

陈伟华长长地舒了一口气，表情轻松下来，赶紧伸出手上前握住汪局长的手以示谢意。汪局长却突然抓起陈伟华的手看了看，陈伟华这双手已被十字镐把磨得起了老茧，非常粗糙。汪局长震惊地看着眼前的这双手，又看了看陈伟华。

陈伟华不好意思地把手缩了回来。刘彪赶紧告诉汪局长：“司令，您看看这双手，就知道这是个什么样的干部，哪有一个乡党委书记天天跟农民一起抡十字镐的？两万亩茶山、几百里简易公路可不是个小工程，光凭他这股干劲还不行，得有资金、物资、技术上的支持才行，司令，梅山今后的发展可就指望您了。”

汪局长听后很感动，沉默了一阵说：“陈书记，冲着你这股子精神，在政策允许的范围内，我会尽力支持你。”

陈伟华眼眶红了，眼睛湿润起来，声音也哽咽起来，再次紧紧抓住汪局长的手，不停地感谢。

整个气氛一下轻松下来，汪局长的爱人从屋里出来，端来水果让大家吃，又一定要留下二人一起吃饭。

晚饭很快就好了，大家边吃边聊，刘彪提起了汪局长主张修建的莲花公路。这是一直被莲花县老百姓称道的好事。当年汪局长修建莲花公路，下了不少力气。挖路基的时候为了青苗赔偿费，老百姓要掀他的车子，幸亏当时的县长及时帮忙解决。现在老百姓得实惠了，水果、冬菇、核桃、香菌，直接就能从地头装车，一直运到广州、深圳，卖大价钱了。莲花县老百姓们后来才懂得“要想富，快修路”的道理。

县里的公路是修好了，但汪局长也承认山陵地区的修路工作不到位，这两年过于强调道路分级管理，对基层的道路建设支持不力，管理上也松。这话说到了陈伟华的痛处，陈伟华接口说：“山陵地区建路是困难重重啊，就说梅山吧，到处是悬崖峭壁、峡谷深沟，连勘测道路桥涵的专业人员都没几个。”

听陈伟华这么一说，汪局长答应帮忙帮到底，过几天他就派个工程班子去梅山乡看看。

陈伟华又连忙道谢，汪局长摆摆手，劝他喝酒吃菜。

从汪局长家吃完饭出来，已经很晚了。刘彪扶着喝多了的陈伟华走出楼门口。摇摇晃晃中，陈伟华拿起手机拨了个电话给林英琴，却没打通。

陈伟华的醉相让刘彪笑着摇头说：“你们这一老一小怎么一个脾气？一个说医生不让喝酒，结果也喝高了。”

陈伟华晕晕乎乎地说：“汪司令是个好人啊！我得快回梅山报喜去！报喜去……”陈伟华笑着往前走，可刚迈出一步腿就软了，刘彪连忙扶住他。

刘彪说：“就你这样还回梅山？别掉山沟里了。行了，我送你上招待所，明天酒醒了再回去。”

陈伟华摆着手不同意，刘彪却已经拦下了一辆出租车，把他塞进了车里。

回到招待所，陈伟华一头倒在床上呼呼睡了过去，手边的手机响了，可他却丝毫没有听见。电话的那端，林英琴守着生日蛋糕，在家等了陈伟华一晚上，却没等到他。林英琴独自对着一桌子的菜和蛋糕默默地发了发呆，拿出手机，写了一条短信：陈伟华，我永远不想再看见你了！短信写好后，林英琴犹豫了半天，最后还是没有把短信发出去。

第二天早上，刘彪拿着些东西站在陈伟华的门外敲门，却没人给开门。一个路过的服务员告诉刘彪，房间的客人一早就退房走了。刘彪愣住了，立马给陈伟华打了个电话。陈伟华在电话里嬉皮笑脸地对刘彪说：“老同学，对不住了，我这不是急着回梅山报喜嘛。”

不久，市交通局就特派技术人员来到梅山乡勘察公路走向。陈伟华带着几位干部一起陪同市里的技术员们预先勘察设计图纸，一边定线路，一边钉桩号。大家在山上忙碌着，陈伟华把目光转到了山那边，那是茶园的所在地。陈伟华心里想，等到公路修通了，两万亩茶山和果园也有收成了，光梅山的劳动力肯定不够用，到时候说不定附近乡镇的劳动力还要在梅山打工呢。

卓长富却没陈伟华这么乐观，他毕竟是上了岁数的人，他知道越是正事困难越多。

一名勘测公路的技术人员走了过来，陈伟华拉住他问："张技术员，你看这公路全线投资预计要多少钱？"

张技术员说："初步估计要投资六七百万元，预计义务建筑投工三百万个。"

陈伟华没想到竟然要这么多钱，脸色沉了下来，沉思半晌说："交通局才发来的修公路款顶多也就撑个第一期，再往后走，我们还得想办法找钱。"

卓长富说："要不咱们再找找林总、刘董和梁董他们？看看能不能想想办法？"

陈伟华思量着没答话。随后，他召集各村干部到梅山乡公路基地开现场会。等到十几个村支书到齐后，陈伟华先给大家讲了讲路通财通这个道理。道理讲明白后，陈伟华直接进入主题，告诉大家乡里已从市交通局争取到了一点资金，可以先买一些水泥和钢筋。为了加速工程建设，乡里决定组成一个修路指挥部，把乡里的全部劳动力组织起来，依照市交通局技术员的勘察图纸进行施工，先修容易修的路基，再攻难关。指挥部分成三个修路组，把任务分成三段，一是从红岩嘴到莲花岩段，再是从莲花岩到兰溪段，三是兰溪段到县城段。三个组抓时间、抢进度，大家互相比一比。

村支书们对陈伟华的意见很赞同，都认为这个主意很好。村里的男女老少都上场，只要能为修路出力的都可以上。

陈伟华欣慰地说："正是众人拾柴火焰高。集中大家的力量和智慧，没有干不好的事，梅山出头的日子快到了。"

正在这时，瞎子大爹一路气喘吁吁地跑来，走到近前对陈伟华说："陈书记，这么大的事，你怎么不通知我一声？要人要力我哪样不行啊？当年国家搞大型建设，哪一样没我的份儿呢？"

陈伟华笑着迎上去说："瞎子大爹，您不是眼睛不便嘛，不敢有劳您老！我正准备散会后再去请示您老呢，大伙儿都说要请您来当指挥呢！"

瞎子大爹哈哈大笑。别看瞎子大爹眼睛瞎，山里山外却没有他不熟的地方，公路哪一段的路况都可以找他分析。瞎子大爹神气地朝石板子上一坐，一名村长问他道：“沿红岩嘴到莲花岩再沿兰溪河进县城这一段怎么样？”

瞎子大爹说：“这段后面部分地势还算平缓，山不太高，岩不太多。可红岩嘴到莲花岩一段岩石那是出了名的多。”

陈伟华让瞎子大爹不用担心，这个问题可以用炸药解决，上级领导已经答应会支援炸药。

瞎子大爹却说：“那就不对了。分岩山，我们自有破岩法，他们莫要看扁人呢！”

陈伟华吩咐大家说后天就统一上劳力，并吩咐大家明天早点上工地，有土则挖，无土抬石头。

散会后，各村分头下山组织劳力。大伙儿举着火炬像萤火虫一样在山路上行走。陈伟华怕山路难走，担心瞎子大爹会摔着，瞎子大爹却信心十足地说：“我天天走，都熟了。这里几块田土几个山头几多树木，我再熟悉不过了，别看我眼睛不好，走起山路来比你们明眼人还麻利呢！”

瞎子大爹点燃了一把松节，松节燃烧得吡吡作响。向大成跟在瞎子大爹后面，好心劝瞎子大爹年岁大了，眼睛又不好，还是暂时不要上工地的好。瞎子大爹听着向大成的话，突然把手里燃着的松节猛地朝地上一扔，生气地快步朝前走去。向大成本来一片好心，却没想到惹来瞎子大爹不高兴，还把他远远甩在了后面。向大成怕瞎子大爹万一有个长短，赶紧在后面喊道：“喂！大爹，你这是干什么？你能摸得着路，我可看不见路，高一脚低一脚的，你想把我摔进悬崖里喂豺狼呀！”

向大成在后面一边探着路一边走。瞎子大爹往前疾走，头也不回，声也不应。

从公路基地回来已经很晚了，陈伟华正要躺下休息，忽然想到了林英琴，拿起手机给林英琴拨了个电话。林英琴听到了手机的响声，一看是陈伟华的电话号码，一声不吭地把电话给按掉了。陈伟华却不死心，继续打给林英琴，一连拨了几次，林英琴却总是不接。最后一个电话打过去，电话响了很久，林英琴终于忍不住接了，陈伟华却已挂掉了电话。林英琴把电话放到耳边，听见的却是忙音，只好挂上电话。林英琴等了一会儿又打开电话，翻出陈伟华的号码，想了想还是没有打出去。

这个晚上，陈伟华和林英琴虽然身在两地，却各怀心事，都没有睡成一个好觉。

第二天早上，梅山乡公路基地就要开工了，村民们都早早地来到了工地上。市交通局汪局长事先没有通知陈伟华，带领着一行人也悄悄地来到了工地上。经过一番考察，汪局长发觉梅山的情况与其他乡镇有所不同。汪局长认为梅山的点子比较好，梅山乡分成了三个工程排，在工地上生火做饭、开餐，工地旁搭着工棚，可供人休息。而其他的乡镇统一在附近的村子里生火做饭，尽管群众积极性高、动作快，但路上耽误了时间，人也易疲劳。

汪局长在工地上转了一圈，没看到陈伟华，顺口问路过身边的瞎子大爹。瞎子大爹不回答，让汪局长有什么事可以问他。汪局长以为瞎子大爹在开玩笑，再次说是找陈书记。瞎子大爹朝溪边指了指，汪局长朝溪边走去。

陈伟华看到了汪局长，忙放下手中的活儿迎了上来。汪局长觉得梅山的形势还蛮不错，村民们的积极性也很强，只是有一点他让陈伟华注意，年龄太大了的、行动不便的不要勉强作为劳动力上工地。另外，汪局长建议陈伟华不要让大家早出晚归，晚上到附近村子住宿，几天回去一趟，工效可能会更高一些。

陈伟华认为汪局长所说的两件事都有道理。不过，瞎子大爹是个烈属，他一家几个儿子为革命献身了，为人心直口快，全力支持修路工作，只要大家劝他不上工地，他就意见大了。对于汪局长说的第二个问题，陈伟华决定第二天执行，许诺第二天早上，劳力全部带铺盖来。

汪局长看了看围在周围的群众，对群众们说："辛苦了！"

一位乡亲说："辛苦不怕！只要能解决一些炸药和水泥、钢筋就行！这里岩山多，土质又硬，板结得很，锄头、钢钎一下二下几百下也下不去。"

汪局长关切地看着眼前的景象，叫陈伟华明天派人去市交通局领一百吨水泥来，抓紧进度，春节前完工。

群众们欢呼起来。

大家都去了工地上忙碌，乡里的内部事务就由许文才在家顶着了。这天上午，许文才坐在乡政府院子里的荔枝树下喝茶，一辆轿车驶进了院子，胡守国从车子里钻了出来。

许文才一看胡守国来了，请他进去坐。胡守国大手大脚地坐在沙发上，许文才递过一支烟，似笑非笑地说书记和乡长都不在，有事直接跟他说。

胡守国来的目的很清楚，就是来要水资源费。许文才劝胡守国喝茶，并向他解释水资源费不是不给，而是梅山现在的确是没钱。

胡守国脸色一变说："那你的意思是一辈子都没钱，一辈子就都不给了？"

许文才笑笑说："胡副镇长，你这话说得就不好听了。大家都是党员干部，怎么会赖账呢？"

胡守国冷笑，讥讽许文才这个副书记做不了主，让许找陈伟华或卓长富来跟他谈。

许文才脸立马沉了下来，对胡守国说："胡副镇长，我就实话告诉你，水资源费这事儿就是我管的，现在就是没钱，你打死我还是这句话！"

两人唇枪舌剑，互相讥讽。僵持了半天，许文才就死咬着没钱，只能等到乡里的果园、茶园有收益了才能给钱。胡守国只好气恼地拂袖而去。

等到陈伟华从工地上回来，许文才把胡守国来要钱的事照实告诉了陈伟华。两人在乡政府食堂里边吃边聊，陈伟华笑着告诉许文才，胡守国是出了名的难缠，这事还多亏了许文才，不过以后还是不要跟他硬顶，毕竟这也是县里的决定，应好好和他们商量。

二人正说着，卓长富急匆匆地跑进来，边跑边喊："陈书记，红嘴岩那边的修路工程停下来了。"

陈伟华一惊，连忙跟着卓长富匆匆离开食堂，临走时关照许文才有事自己看着办。

红嘴岩那边的修路工程要经过一家鱼塘，按要求必须得把鱼塘填掉，鱼塘主人死活不同意，坐在马路中间抗议，工程也只好停了下来。陈伟华曾经强调过，如果修路会毁坏村民们的农田、庄园、鱼塘，一定要照价赔偿，不能让村民们受损失。卓长富让村里按照市价折算给这家鱼塘赔偿，可鱼塘主人却说现在的鱼塘毁了，要建新的，得多花一倍的工，所以赔偿也得按双份来算。

陈伟华想了想说："实在不行，就按双倍给他算吧。"陈伟华的想法是，现在茶园都种上了，明年春天就能出茶，如果到时候路修不好，茶叶运不出去，那损失会更大。为了修路工程抢时间在今年年底实现通车，不能把时间浪费在这些事情上。

卓长富却摇摇头说不行。为了修这条路，全乡得赔偿多少农户的损失。他这家要是开了头，那以后别的农户也得要双倍，到时候乡里哪有那么多钱来赔偿。

陈伟华想想，觉得卓长富说得也有道理，跟着卓长富来到了鱼塘边的工地上。

工程停了下来，大家都坐在路边休息，等着解决问题。鱼塘的主人叫鱼生，他家的鱼塘已经有很多年，还是他父亲当年在世的时候挖出来的。鱼生说这鱼塘是祖产，祖上传下来的东西，能说不要就不要吗？叫乡里双倍赔还便宜了。

工地上的村民们都劝鱼生别惹事，修路是为乡里好，大家都不容易。乡里已经答应赔钱，这就行了，就不要狮子大开口要赔双倍了。何况，乡里这点修路款也不是天上掉下来的，是陈书记到处求爷爷告奶奶给求来的。

鱼生却听不进去这一套，脖子一梗，耍横说："我不管，反正这鱼塘是我爹传给我的，我不能这么轻易就让他们填掉。"

正说着，陈伟华和卓长富来了。卓长富指了指鱼生，告诉陈伟华他就是鱼塘主人。天气已经很冷了，陈伟华见鱼生坐在马路正中间，过去对鱼生说："你看这风又大、又冷，我们去那边没风的地方谈吧。"

鱼生看了看周围的乡亲，坐在地上就是不动，不信任地看着陈伟华说："你少哄我，你这叫调虎离山之计。等我一走，你们就把我家鱼塘给填了，到时候你们要是不赔钱，我拿你们还没办法。"

陈伟华笑着说："我一个书记，还能骗你？乡里修路填了你们家鱼塘，确实给你们造成了损失，你放心，乡里一定会给你适当赔偿的。但是能不能请你先把工地让出来，乡亲们接着干活，我们去那边谈。"

鱼生仍旧坐着不动，死咬着现在就得双倍赔钱。

面对鱼生的耍横不讲道理，陈伟华依然耐心地跟他说："这样，乡里要进行赔偿的农户很多，现在确实没有那么多现钱来赔你们，我们先按原价赔偿给你，等明年乡里有钱了，再把另一半补给你。"

卓长富立马把钱掏出来递给鱼生，鱼生看了一眼，把头扭开了。卓长富气得没办法，扬言要叫派出所的来抓他。鱼生却还是一副软硬不吃的样子，回敬卓长富只要敢来抓他，他就到县城告他欺压老百姓。

陈伟华拦住卓长富，捺着性子劝鱼生有事好商量，尽量满足他开的条件，并恳请他先把工地让出来。

鱼生瞥了陈伟华一眼，固执地说："没钱，什么都免谈。"

周围修路的乡亲们受不了了，劝陈伟华别跟他废话，直接把他拉开。大家说着说着就围了上来。鱼生急了，赶紧从地上爬起来挣脱众人，"扑通"一声跳进了自家的鱼塘，口里嚷嚷道："填，填，你们要填就把我一起填了。"

大家站在岸上，看着鱼生不知如何是好。陈伟华在岸上喊道："鱼生，你先上来。这么冷的天，要冻出病来的！"

鱼生将头扭开，不搭理陈伟华。忽然，人群里一个苍老的声音吼道："鱼生，你给我上来！"

大家顺着声音一看，是老红军赵老。赵老颤颤巍巍地朝人堆里走来，旁边还跟着鱼生的妈。赵老叫鱼生上来，不要胡闹，不能影响修路工程进度。

鱼生仍然振振有词地说鱼塘是自家祖产。鱼生话一说完，赵老就训斥他道："你爸怎么啦？当年在战场上，你爸负伤了，还是我冒着枪林弹雨把他救回来的。你爸去世的时候怎么跟你说的？"

鱼生扭着头不说话了。

老红军赵老紧接着说："我告诉你，当年咱们梅山出去的那批战士，就属我官最大。你爸在这儿我都敢管，不要说你了，你个小兔崽子，还反了天了，赶紧上来。"

鱼生的妈也在旁边叨叨咕咕地劝他。劝到最后，鱼生总算别别扭扭地爬上岸了。鱼生妈一把拽住他，跟他说，"赶紧跟我回家去，别在这儿丢人！"鱼生妈说完鱼生，冲着陈伟华笑笑说："陈书记，你忙你的，乡里赔偿的条件，我们都答应。"鱼生妈拽着鱼生走了，老红军赵老让陈伟华放宽心："陈书记，这小子我有办法收拾，你甭操心了。"

老红军赵老跟在鱼生后面走了。陈伟华感慨地看着赵老的背影，心里总算明白了什么叫做民心所向。陈伟华对卓长富说："有了他们的支持，我们还有什么沟沟坎坎过不去的？"

山这边的梅山乡大修公路，山那边的花关镇却是另一番忙碌的景象。花关镇高新技术产业园工程开始动工了，许多农村用地也将被铲平，作为产业园区用地。在花关镇郊外的一片菜地里，水灵灵的蔬菜长势喜人，两台推土机“轰隆隆”地开了过来，后面跟着一些神色慌张的农民，边追赶着边愤愤不平地议论。

眼看那推土机的巨型铁铲就要对着那些生机盎然的蔬菜铲下去，一个中年农民追了上来，扬起手中的铁锹嘶吼道：“快给我停下！谁铲了我的菜地我就跟他拼命！”

推土机铲不下去了，一群农民“呼啦”一下围了上来，七嘴八舌地吵起来：

“不能推呀，这么好的菜地你们就忍心给铲了？”

“这是谁让铲的？问他是不是农村人?！”

“冷静！大家冷静！”花关镇副镇长胡守国拨开人群向大家喊话，“大家要明白，这是为了建设高新技术产业园区，是招商引资的需要，大家一定要顾全大局，让个人利益服从整体利益……”

农民们不为所动，堵在菜地里坚决不让推土机铲地，胡副镇长苦口婆心劝说也未能动摇他们的决心。菜地不能被铲平，事情也只能先放下。

这天，胡守国陪同万锋强和港方投资商涂光义来到“花关镇高新技术产业园区”基地视察参观。车开到镇郊菜地停了下来，万锋强带领涂光义沿着菜地往前参观。

涂光义的意思很明确，承诺在开发区内的基础设施只要实现三通，他的二期、三期投资马上就到位。

万锋强看着满园青葱翠绿的蔬菜面露难色，把话题转向基础设施的资金问题，提议让涂光义先在开发区初期的三通工程里垫付一部分资金，这样他就把基础设施三通工程也一起包给涂光义，以市场化的方式运作。

涂光义也是个精明人，一眼看出万锋强想用借鸡下蛋的方式来发展本镇的经济。涂光义明确告诉万锋强自己不想冒那么大的风险，如果花关镇的环境能达到投资要求，他就投放项目，要是达不到，他只好再重新物色新的合作伙伴。

万锋强手里抚弄着一棵蔬菜，看着那块“高新技术产业园区”的大牌子，脸上露出了焦虑，希望涂光义能够再考虑考虑。

万锋强的急切不安让涂光义看在眼里，涂光义狡猾地笑了，给万锋强出了个主意。涂光义以自己的生意为例，告诉万锋强搞资本运营开始都是用银行的钱，没有银行支持，再大的资本家都是玩不转的。

这个主意万锋强也不是想不到，但却担心谁肯给他贷款。两个开发区的“三通一平”基础，没有上千万资金是无法启动的，最起码的贷款信誉程度也是必需的。

听清楚了万锋强的意思，涂光义笑了，点拨他道：“信用程度是什么？有价证券、不动产。从银行目前的经营理念看，他们应该更喜欢只会增值的不动产。你有这么一大片好区位的土地，还怕贷不来钱？你只要让他们相信开发区建成后的巨大效益，再加上县里必要的行政干预，银行是不会不支持的。”

万锋强若有所思地想了想，决定试一试。

不久后，万锋强把商业银行宋副行长请到了花关镇政府小会议室。万锋强照着涂光义给的主意把自己的意思说完，让宋行长表个态。

宋行长倒是没有完全拒绝，但条件是万锋强要把土地使用权完全交给开发区，土地局认了账他就敢放贷款。说到最后，这件事的关键还是要将土地赔偿费尽快发放给农民。

万锋强告诉宋行长，土地赔偿基金的事不用担心，胡守国正在处理这个事，都核实过了，很快就拨付给村民。宋行长还是有点犹豫，觉得这笔贷款数额太大，还是得到市分行去做做工作。另外，宋行长希望万锋强最好用花关镇的财政办个担保，也好给他留个退路。

听了宋行长的话，万锋强有点不悦，认为宋行长不信任他。宋行长解释说：“我不是不相信你的开发区，关键是银行本身是金融企业，不能光抵押一些不动产就放贷，银行也得考虑风险和现金流转啊。”

万锋强无奈地叹了口气，只好考虑照着宋行长的意思办。两人正说着，胡守国推门进来说：“万书记，今天多亏有关部门的同志协调配合，那些菜农的工作都做通了。”

万锋强拍着胡守国的肩，对宋行长说：“没几天，我们的土地使用权就到手了，资金方面宋行长可得大力支持。”

宋行长点头答应道：“好说，好说。”

十七　生态梅山

梅山乡的公路建设如火如荼地进行着，随着一阵阵“轰隆隆”的炮声，开山炸石的半山腰上硝烟弥漫，土石横飞。村民们在山间工地上辛勤地劳动着，大家挥舞着铁锹、铁铲，肩挑背扛，一个个汗流浃背。

市交通局汪局长及县交通局办公室主任刘彪一行在陈伟华的陪同下来到现场参观视察，汪局长注意观察着山上的一切，看得十分认真。快走到黄花山茶场了，陈伟华向汪局长介绍着茶场、果园和生态农业观光园的概况，忽然看到有人从山上用担架抬下来个病人到了悬崖要紧处，抬担架的人找出绳子，把病人手脚都捆在担架上，壁虎似的往下探。

卓长富告诉大家，这病人是马坪村的一个老汉，得了出血热，怕花钱一直挺着不看医生。他昨天到村里办事知道了此事，逼着他屋里人把他抬到乡卫生院去。这家人从天不亮走到现在还没到，这路硬是没法走。

汪局长看到面前的一切，不禁心生感慨，觉得这是自己这个市交通局长的失职。市交通局这些年一直在投资市县公路，改造高速路，没想到山区交通还有这样的死角，群众们还在走着这样的路，生存状况堪忧。

面对这样的状况，刘彪自我检讨说自己向领导汇报少了。汪局长心情复杂地对刘彪说：“刘彪，你小子编了个诓子把我诓了来，给我上了一课，诓得好呀！应该表扬你呀。”

刘彪不好意思地说：“我实在是想帮我这同学一把，在这个年代他还能像当年挖红旗渠一样搞开发，我想着也真是难得呀，所以就……”

茶山显出浅浅的绿色，汪局长看着漫山遍野的茶山和果园，不禁感慨于陈伟华打造出的阵势。看这山上的阵势，有了一期茶园一万亩，二期茶园一万亩，一户一亩果园，一村一个生态农业观光园，到时候梅山群众不愁富裕。乡镇干部要都像陈伟华这样干实事，那真就是老百姓的福气了。想到这儿，汪局长对刘彪说："刘彪，平时你给别人出了不少瞎点子，我没少骂你，这回你逛对了，伟华是我们党的好干部。"

汪局长冲着陈伟华为老百姓干出的这番事业，决定支持陈伟华。继上回拨给梅山乡一百吨水泥后，这次汪局长决定再支持陈伟华三百万元资金。另外，汪局长下月要去省厅开会，准备再帮陈伟华从省里争取一点，以后每年给梅山乡支持一部分。汪局长鼓励陈伟华大胆干，只要他在台上，为老百姓办好事他都支持。

陈伟华高兴地向汪局长表示感谢，汪局长却谦虚说路拖到今天才开始修，自己只是将功补过。说着又沉思半晌，打算把自己在省里管农业的老战友杨副书记介绍给陈伟华，让他来梅山看看。汪局长的这位老战友干事踏实，也是苦孩子出身，看到这满山的茶园和果园肯定也会心动。

陈伟华连声表示欢迎，又免不了对汪局长的好意表示感谢。已到晚上吃饭时间，陈伟华邀请汪局长一起去乡食堂吃饭。席上，汪局长举着二锅头对陈伟华说："陈老弟，我老汪这一辈子没服过谁，但我确实很服你，不容易呀。"

汪局长表示出的厚爱让陈伟华受宠若惊。以前领导们到梅山都是绕着走，梅山乡的干部们去县里开会腰都挺不起来，还没谁搭理。陈伟华不无感慨地说："我们只有自己看得起自己，才能挺直腰杆啊！"

汪局长点头赞道："说得好，我就喜欢这种有骨气的人。"

陈伟华又向汪局长诉苦道："汪局长啊，你还不知道啊，你虽然帮了我们梅山修路，可梅山修路的资金还有很大缺口，我天天愁啊……上次我们搞了个企业家洽谈会，虽然也签了些意向，可是路不通，投资环境不好，这些投资还只能是空谈。"

汪局长许诺下个月到省厅开会时，再给陈伟华争取些修路资金。陈伟华心里一块大石终于落地，忙和汪局长干杯。

晚饭结束后，陈伟华和卓长富送走了汪局长和刘彪。卓长富开心地说："陈书记，我看咱们的路可真是越走越顺啦！"

陈伟华点点头说："只要是得民心的事，就不怕办不成！"

陈伟华说完，忽然想起李学聪回母校招人的事，不知道事情办得怎样了。如果一切顺利，或许能给带几个人才回来。

李学聪回到母校华南农大已经有几天了，为了找到合适的人才，他还专门找到茶学专业的杨主任。李学聪在大学时曾是杨老师的骄傲，杨老师得知李学聪现在梅山工作，并想带些毕业生去支援山村建设后，跟李学聪说：“你学的茶叶专业，就得服务于农村、服务于山区嘛，不过我们的学生愿不愿意去那儿，就看他们的了。”

李学聪让杨老师帮忙推荐几个优秀毕业生，杨老师一口答应，专门推荐了几个学生来和李学聪交谈。李学聪和杨老师介绍来的几个学生交谈了一下，不是失望就是愤怒。有人一谈待遇，嫌薪水太低不愿意去；有人明确说自己只想留城，不愿扎根农村；有人只想去梅山玩玩，还要求报销各种费用。

最后，终于有个学生同意去看看，并表示学茶叶的注定只能在山沟里转，可也要转得有价值。李学聪点头认可，和那位学生约定这学期课程一结束就过去，到时候李学聪会去县城接他。

李学聪总算在母校找到了合适的人选，返回了梅山。

林玉芬自从上次和万锋强为那照片的事吵架之后，两人一直处于冷战状态。知道事情真相后，万锋强虽有悔意，却又迫于面子不好意思向林玉芬道歉。

这天下班，万锋强少有地提早下班回家，正要用钥匙开门进屋，却发现门半掩着，屋里还亮着灯。万锋强警惕地悄悄走了进去，刚走到卧室门口，却见林玉芬大步走了出来，手里还提着一个旅行箱。

两人僵在门口几秒钟，万锋强终于打破僵局开口道：“回来啦……”

林玉芬面无表情答道：“天冷了，拿几件衣服。”

万锋强没有接话，林玉芬提着箱子绕过万锋强往门口走去，走过万锋强的身边，万锋强眼中流露出一丝痛楚，一转身伸手拉住了旅行箱。林玉芬停下了脚步，却没有回头。万锋强挽留她说：“吃了饭再走吧……至少。”

林玉芬没吭声，留了下来。万锋强去厨房做饭，林玉芬窝在沙发里看电视，却无心关注电视里播的是什么，不时回头往厨房里望去。隔着厨房的窗户，她看见万锋强正在忙碌着，虽然有些手忙脚乱却很认真。林玉芬看着他，心里有种说不上的滋味。

不一会儿，餐桌上已摆了几个稍显凌乱的菜。万锋强腼腆地说：“你不在家，我也没买菜。好久没做饭了，也不知道咸淡……”

二人坐下来吃饭，万锋强给林玉芬夹菜，林玉芬也不说话，默默地吃着饭。万锋强打破僵局，自嘲说：“我记得还在学校当老师的时候，还经常在家做饭……后来……上次做饭是什么时候我都想不起来了……”

林玉芬小声说：“是我们刚搬到花关来的时候……”

林玉芬说完，抬头看了一眼万锋强，两人目光相触，又都迅速下意识地避开。万锋强慌忙点着头说：“对对！那天我还喝多了，结果……”

林玉芬笑了起来，却没说什么。两人各自吃着饭。万锋强不时偷偷看一眼林玉芬，林玉芬却没有抬头看他。终于，万锋强犹豫了一下说：“今天别走了吧，明天我开车送你。”

林玉芬以有事为由，拒绝了。万锋强连忙说：“没关系，再说……我也该去你那里看看。”

林玉芬很意外，抬头看看万锋强，想了想说：“不过，你倒是应该上山去看看，那些茶园，还有果树，漫山遍野的，一层层……”林玉芬说着说着，话语里透出几分自豪和兴奋，“等到开了春，一定很漂亮！你有没有见过……”

林玉芬说得高兴，忘记了刚才的尴尬，一抬头却见万锋强正低头不语，不知道他在想什么。林玉芬顿了一下，不再往下说，刚才的兴奋劲也一下子没了。

万锋强想了想问：“梅山真那么好吗？”

林玉芬说：“当然，还比不上花关……”

万锋强苦笑道：“花关有什么好？一堆麻烦事。”

林玉芬吃惊地看着万锋强。万锋强告诉林玉芬，有时候他还真羡慕陈伟华，虽然苦了点，至少能做自己想做的事。

林玉芬摇摇头说：“他也累得很。”

万锋强反问道：“所以，你离不开梅山？”

林玉芬脸色顿时一变说：“我离不开梅山是因为我不愿意半途而废！”

万锋强连忙解释道：“我不是那个意思……”

林玉芬直接把话说穿：“我知道你什么意思。我和陈伟华在大学里是好过一段不假，可那都是过去的事情了。万锋强，我希望你的心胸不要那么狭隘！”

万锋强连连向林玉芬道歉："你听我说，上次是我胡思乱想、胡说八道，都是我的不对。其实我也很后悔。"

林玉芬打断他的话，问万锋强，如果那个人不是陈伟华，他会怎样。万锋强一怔，说这事和陈伟华没关系。林玉芬苦笑着点点头，一语点破："是和陈伟华没关系。这些年来，你只不过是在和自己过不去！"

万锋强吃惊地看着林玉芬。

林玉芬没理会万锋强，越说越直接："你是恨自己没能胜过陈伟华，恨自己输掉了林英琴，恨自己一直是个失败者！"

万锋强失声叫道："不是这样的！"

林玉芬冷笑一声说："我们之所以会结婚，也不过是因为你想找一个替代品而已。可惜，让你失望了，我永远也不会变成林英琴！"

林玉芬的话像刺一样扎在万锋强的心坎，让他最后只剩下了激动的辩白："我根本不是那么想的！"

林玉芬却没有饶过万锋强的意思，坦承自己也曾希望能和林英琴一样，得到万锋强的认同。可她现在明白了，她再怎么做也没有用，到头来只能和万锋强一样自欺欺人。林玉芬把话说完，终于松了一口气，提起旅行箱头也不回地走了。万锋强呆坐在原地，双目紧闭，脸上露出来的表情不知是愤怒还是痛苦。

由于大家彼此都很忙碌，林英琴和陈伟华已经很久没见了。这天，林英琴终于忍不住牵挂，开车去梅山乡看望他。林英琴的车路经花关镇郊，忽然发现原先绿油油的菜地全部铲没了，取而代之的全是些裸露的红褐色土壤，一些废弃的砖头、钢筋凌乱地散落在路旁，原先那种勃勃生机荡然无存。

几个菜农坐在田间地头，无精打采地晒着太阳。林英琴望着窗外的景象，不由得皱起了眉头："不是说招商引资吗，怎么弄得像战场一样？"

林英琴把车开到梅山乡，刚开到乡政府大院门口，就看到林玉芬正往外走。林英琴猛按汽车喇叭，把车停到了林玉芬跟前。林玉芬这才看到了她，脸上闪过一丝不自然的表情，却又马上欣喜起来："英琴，你怎么来了？"

二人嘻嘻哈哈地说笑起来。林英琴把特地带来的护肤品送给林玉芬，挽着林玉芬的手走进了乡政府院子。林玉芬在陈伟华的办公室门口喊了半天，才把陈伟华叫出来。陈伟华跑到门口一看到林英琴，愣住了。陈伟华以为林英琴还在生他的气，完全没想到林英琴会跑过来看他。

把林英琴让进屋里，刚刚坐下来，就听向大成在外面慌里慌张地喊道："陈书记，不好啦……陈书记……"

陈伟华赶紧从乡政府院子里出来，林玉芬和林英琴也跟在后头。大冬天里，向大成急得额头冒汗，看见陈伟华像看见救星一样，跑了过来，慌慌张张地说："陈书记，你快去看看吧，田里的农作物，还有水塘里养的鱼，全死啦！"

陈伟华心中一惊，跟着向大成匆匆跑了出去。林玉芬想叫住他，却已经来不及，林英琴无奈地叹了口气，又摇了摇头。

陈伟华跟着向大成来到一片农田边。一眼望过去，往日绿油油的菜地、青翠翠的菜苗全都变成了一片枯黄。蔬菜全死了，甚至连田边的野草都死了。卓长富已在田边等候他们多时，三人来到了一片水塘边。水塘的水面浮着一层白，全是死鱼，一股难闻的死鱼腥臭味从水塘边向四周蔓延。一名农户心疼地把死鱼从水塘里捞出来，陈伟华忧心地看着这一切，不禁愤怒起来，问向大成这到底是怎么回事。

原来这河塘死鱼、田间荒苗全拜花关镇所赐。花关镇的工业废水排到了梅山的灌溉水渠里，污染了鱼塘和菜地，导致了鱼苗和蔬菜大面积死亡。

陈伟华带着二人怒气冲冲地来到花关、梅山的交界处，也就是兰溪河的所在地。几个农民早已等候在这里，一见陈伟华等人，赶忙迎了上来。农民们向陈伟华报告说已经找到了花关镇工业废水的排水管道。陈伟华跟随农民来到河边，掀开一堆茅草，里面露出一根很大的排水管，管子里正往外流出黑水，散发出阵阵恶臭。

陈伟华吩咐向大成先想办法把这条水管堵住，以免进一步污染梅山乡的水源，又打了个电话给万锋强。万锋强在办公室刚和胡守国商谈完事情，正准备出门，电话铃响了。万锋强急着赶时间，让胡守国接电话。胡守国接起电话，里面传来陈伟华愤怒的声音："锋强，你们也太过分了吧？你怎么能把你们花关的工业废水排到我们梅山的灌溉渠里，现在梅山农户的损失很大，蔬菜、鱼苗都死了！"

胡守国一手按住话筒，小声问正走到门口的万锋强："是陈伟华……"

万锋强示意他说：“就说我不在。”

胡守国赶忙向陈伟华撒谎说万书记不在。陈伟华气得在电话里吼道：“告诉你们万书记，必须赔偿我们梅山的损失！”

胡守国看着万锋强，打着官腔说：“陈书记啊，这事情还得要查查清楚再说，你可不能信口开河啊！”

陈伟华质问道：“信口开河？排污口我们都找到了！”

胡守国冷哼一声说：“陈书记，治理污水需要大笔的费用，你们梅山不给水资源费，那我们花关哪来的资金治理污水呢？”

陈伟华像是明白过来了：“我看出来了，你们是故意的。”说完，“啪”地一声挂断了电话。

胡守国挂上电话，担心地把刚才的经过告诉了万锋强，并说陈伟华要求赔偿。万锋强吃了一惊，不太相信污染会严重到这个地步。但胡守国心里却很清楚，万锋强吩咐他尽快派人去查一下，并尽快把事情解决。

陈伟华却等不及了，挂了电话就直奔乡政府大院，让王师傅把车开出来准备去县城。林玉芬和林英琴跑出来问明情况后，陈伟华气呼呼地说：“我直接上县委讲理去！王师傅，开车！”

吉普车开出了院子，林英琴和林玉芬还像没反应过来一样站在原地，你看我，我看你，十分无奈，却不无担忧。

莲花县委书记方中明的办公室里，陈伟华和万锋强分坐在两边，就排水污染问题各执一词：一个说梅山的农户因花关镇的排水污染损失惨重，一个说自己这边没有向梅山排放污水。最后，方中明一挥手，示意两人都停下，大家一起去现场看一看。

两人陪同方中明深一脚浅一脚地来到兰溪河边。万锋强心里没底，给了胡守国一个询问的眼神，胡守国悄悄点了点头，万锋强顿时有了底气，让方书记随便检查，看看花关到底有没有把污水排到梅山。

陈伟华直接朝藏有污水管的那片草丛走去，掀开草丛，草丛里却什么都没有。陈伟华愣住了。万锋强和胡守国得意地看着陈伟华，陈伟华不相信似的在河岸边到处寻找，却仍然什么也没找到。

万锋强笑着说：“方书记，伟华估计是看花眼了。”

陈伟华仍然不肯相信：“不可能，我明明看见了。”

方中明说："算啦。你们俩都是国家干部，做事要讲究方式方法，不要一有问题就吵，一有问题就闹。你们不是老同学也是亲戚吗？"

方中明的一番话，说得陈伟华和万锋强都不敢再多说。陈伟华瞪了一眼万锋强，知道自己被陷害了，却没有证据，无可奈何。

冬天来到了南粤山区，天越来越冷，特别是夜里。回到梅山乡，陈伟华独自沿着农田散步，望着那些被花关镇的工业废水侵蚀过的庄稼地摇头叹息。田里死去的农作物已经被农户铲掉，农田里稀稀落落地长着几株蔫蔫的蔬菜，一片颓败的气息。陈伟华蹲下来心疼地看着发黄的蔬菜苗，忽然，身后传来向大成的声音："谁在那儿？站起来！"

陈伟华一惊，连忙站起来，却见向大成举着铁锹走了过来。向大成走过来一看是陈伟华，铁锹却忘了放下，好像随时要砸下来的样子。陈伟华打量了一下向大成的动作，问他这是在干吗。

向大成赶紧把铁锹放了下来，不好意思地笑了笑说："陈书记，我还以为是花关的人又要来捣乱了呢。咱们把他们的污水管给堵了，他们哪能善罢甘休？"

陈伟华正在为这事心烦，他倒不是怕万锋强，可是如果老这么跟万锋强顶着，就怕他们会经常过来捣乱，到头来吃亏的还是梅山的百姓。那污水管上次他明明看到了，可和方书记检查时就不见了。再看看这些菜地，陈伟华感到一阵阵的揪心。

花关收取水资源费的问题，如果梅山有钱的话，陈伟华也不会不给，可现在茶山、公路哪样不要钱？提起这个，向大成愤愤不平地说："他们凭什么收我们的水资源费，我看我们应该收他们的水污染费才对。"

陈伟华无言以对，打算想办法找万锋强谈谈。

陈伟华闷闷不乐地回到办公室，林玉芬和林英琴还在办公室里等着他，见他回来了，赶忙迎上前询问情况。陈伟华把自己这边吃了个哑巴亏的事述说了一番，林玉芬气愤难当，要去找万锋强问个明白。

林玉芬正要往外走，被林英琴一把拉住，和陈伟华一起跟她讲道理，说这也不能完全怪万锋强。万锋强是花关的一把手，他出面也是为了维护花关的利益，每个人各司其政，这样做也算正常。林英琴和陈伟华劝说了半天，总算把林玉芬给劝了回来。林玉芬坐下来，提起万锋强好大喜功、急功近利的脾气就唉声叹气，担心万锋强这样下去早晚会出问题。

陈伟华却在想，梅山和花关的争执，自己这边是否也有责任。梅山和花关虽然是上下游的兄弟乡镇，可一直都是各自为政，大家各干各的事，遇上矛盾从来没有好好协商，只是一味地硬顶。俗话说“两虎相争必有一伤”，如果再这么下去，两边都得不到好处。陈伟华想到这里，说出了自己的想法：“现在提倡和谐社会，老这么斗下去也不好啊，做生意还说个和气生财呢，英琴，你说是不是？”

林英琴觉得陈伟华说得有道理，能商量的还是大家坐下来谈谈好。林玉芬却认为这是原则问题，明明是对方不对，这边就不该让步。陈伟华笑着问林玉芬：“那要是原则上有冲突呢？大家要是都只知道一味坚持原则的话，这问题还怎么解决啊？”

林玉芬想了想，不说话了。

林英琴觉得陈伟华说得有道理，她甚至认为，没有了解就没有理解，要想真正让花关和梅山和谐共处甚至以后有所合作，只有先让花关了解梅山的现状，让万锋强他们亲眼看看梅山现在的变化和未来的发展，才能从本质上改变两地的关系。

林英琴这么一说说到了陈伟华的心坎里，他决定请万锋强来梅山参观参观。

林玉芬十分意外：“请他们来？”

陈伟华很兴奋，他不但要请万锋强他们，还准备把县委和其他乡镇的同志一并请来，让大家都看看梅山的变化，也好给梅山多献计献策。林玉芬想了想，最终点点头说：“好吧……那我就先回去了。英琴也等你到现在了，你们好好聊聊吧。”

等林玉芬离开了办公室，林英琴这才忧心忡忡地说：“但愿这次姐能和姐夫好好谈谈。”

陈伟华有点不解，问林英琴发生了什么事。林英琴反倒怪陈伟华情商低，竟然连林玉芬和万锋强之间的问题都没看出来。林英琴说着说着，想起了那天过生日的事，闷闷不乐起来。陈伟华连赔不是：“对不起对不起，那天我在市里交通局汪局长家，所以没能去你那儿。”

林英琴气呼呼地说："那你不会打个电话？"

陈伟华支吾着说："我是想打来着……可……不是打不通嘛……"

林英琴更气了："打不通你不会多打几次？"

陈伟华无言以对，只好说："我……我不是一忙就……"

林英琴没脾气了，说："算了算了，和你这个人计较不清楚！"

陈伟华不好意思地笑了笑，拉着林英琴去兰溪河边散步。白天的喧嚣逐渐褪去，河水重新恢复了平静。河边的宁静让两个人怀念起了清闲的日子，如果大家都不是这么忙，那又是怎样的一番景象。

第二天一大早，陈伟华扛着工具来到修路工地，和大家一起干起活来。卓长富一看见他，笑嘻嘻地凑了过来，开起了陈伟华的玩笑："林总难得来一次，你也不陪陪人家？"

卓长富这么一说，周围的人都笑了起来，跟着卓长富起哄。陈伟华把大家赶开说："闹什么呢？怎么一大早都婆婆妈妈的？干活去，干活去！"

卓长富叹了口气说："陈书记，你可别净顾着挖山修路，耽误了咱们林总哟！"

卓长富笑着刚要转身，突然几个村民跑来找陈伟华反映情况，用于修路的十字镐全部卖完了，连莲花县城里的十字镐也都被梅山的修路工程给买空了。陈伟华心情为之一震，看着那些破短裤、光着膀子的山民，一种悲壮之情涌了上来。工程实在太艰巨了，把周边的十字镐都买空了。如果把梅山人的这一段历史写出来，也是惊天动泣鬼神了。可是这段历史就目前看来，外面的人没几个真正看到。陈伟华想起了昨天林英琴说的话，跟卓长富商量起请县里的领导和兄弟乡镇的干部来梅山参观的事。

不久，请领导们来梅山参观的事就定了下来，大部分县里的领导和兄弟乡镇的干部们都表示支持，唯有花关镇的万锋强没有立即表态，似乎有些犹豫。胡守国着急了，跟万锋强说："听说这次不但请了各乡镇的一把手，连县委方书记也答应亲自去看看哩！"

万锋强坐着若有所思了一会儿，只好决定随大流，去梅山看看。

县、乡镇干部们去梅山参观的这天，天气晴朗，风和日丽。方中明和邓清明坐在同一部车子里，行往去梅山的路上。方中明和邓清明聊了一下，都觉得陈伟华做大动作请大家去梅山参观，不像陈伟华的风格，却又不知道陈伟华这葫芦里卖的是什么药。不管怎样，陈伟华搞“三高”农业、生态农庄什么的，说得热闹谁也没亲眼看见，方中明倒真想去看看，毕竟他投了赞成票，这赞成票到底投对没有，今天也可以见个分晓。

山路上，县委的车子在前，后面一列长长的车队紧紧尾随，往梅山进发。车队行进了大半天之后，停在了梅山乡政府门口。方中明和邓清明下了车，其他的干部领导也尾随下了车。令人惊讶的是，梅山乡政府大院门口却没人接待。

愣了半晌，邓清明笑了笑说：“没错，这事儿准是陈伟华办的，也只有他做得出来。”

方中明也笑了：“走，咱们进去把他给揪出来！”

方中明带着干部们走进院子里，院子里同样冷冷清清。干部们交头接耳议论起来，万锋强也站在人群里，脸色阴冷。

邓清明对着里面叫道：“陈书记！陈伟华！来客人啦！”

许文才匆匆跑了出来，看见满院子的人，诚惶诚恐地说：“方书记、邓部长，怎么这么早就到了？”

方中明笑着说：“赶早不赶晚嘛，你们陈书记呢？”

许文才赶紧说：“陈书记他一早就上工地去了……我估计马上就回来了，要不请各位领导先休息休息喝杯茶？”

方中明和邓清明都笑了起来，弄得许文才一脸茫然。方中明也不喝茶了，要给陈伟华搞个突然袭击，要大家一起上山去找他。许文才很紧张地说：“这……方书记，山路难走，您还是……”

方中明让许文才不必顾虑，只管前面带路带大家上山。

车队在山路上颠簸着上山，眼前呈现出一片大好的风光，满山的茶园碧绿青翠。大家看着眼前漫山遍野的茶树，心情都格外舒畅。许文才忽然看到李学聪正在不远处，连忙叫住他，问他看到陈伟华没有。

李学聪说：“陈书记一早来看了看就走了，是不是去果园了？”

许文才急得满头大汗，心烦意乱地说：“他……他怎么这样啊！自己请领导们来参观，又跑了个没影儿……”

李学聪茫然地说：“领导参观？没听他说起过啊！”

邓清明笑了：“这倒像是陈伟华的作风。”

许文才把邓清明介绍给李学聪，李学聪连忙向邓清明表示感谢。如果没有邓清明，李学聪现在还可能在街上卖土豆。邓清明让他去感谢陈伟华慧眼识英雄，又对茶园的规模赞叹不已。

许文才不想听两人说话，来到方中明跟前告诉他陈伟华可能去果园了。方中明正沉浸在眼前的景象中，摆了摆手说：“不急不急，文才，陈伟华不在，你就给介绍介绍吧。”

许文才紧张地说：“好，好！这茶园嘛……还是请李技术员来介绍吧。”

许文才挥挥手，把李学聪招过来。李学聪信心十足地介绍道：“方书记，各位领导，大家眼前所看到的是咱们梅山乡茶叶基地的第一期工程，一共是一万亩，这一片是黄花山基地六千亩，白日山基地两千亩，凤凰山基地两千亩。第二期也开发了一万亩，其中黄花山基地四千亩，白日山基地两千亩，凤凰山基地四千亩。这两万亩茶场，可都是靠陈书记带着大伙儿一锹一锹挖出来的。”

李学聪的介绍让方中明听得连连点头，其他干部也颇为肯定。万锋强看着眼前的景象，刚才还阴沉着的脸色消失了，也不由得感慨万千。

许文才悄悄走到邓清明身边说：“邓部长，我派人去找陈书记了，应该就来了。”

方中明突然转过身来说：“不用找了，咱们也去果园看看。”方中明带干部们离开茶园，许文才连忙跟上。

一行干部在许文才的指引下，来到梅山乡果园基地。卓长富正在指挥村民们浇水，身后突然传来许文才叫他的声音。卓长富一回头，看见许文才带着方中明等一行干部，连忙迎上前。许文才还没来得及说什么，方中明主动和卓长富握起手说：“卓乡长啊，你们的茶园搞得好啊！”

卓长富有些受宠若惊，连连说：“方书记，您过奖了！这都是陈书记的功劳啊！没有他带头，我们做梦也想不到能这么快就把茶园果园给搞起来。”

方中明抬头看了看果园里忙碌的景象，由衷地点点头说：“我也听说了，你们改植树为种果，还要搞生态旅游，这个点子好得很呐！”

卓长富说：“这也是陈书记的点子，请企业和农户合作，每户都至少能有一亩果园，既安定了民心，又替大家增加了收入。大伙儿可拥护呢！”

众干部纷纷点头，被眼前的景象折服了。方中明看见有人在浇水，立刻问起水源问题解决了没有。卓长富告诉他，水源问题已经解决了。陈伟华怕水源再受污染，联系了一些企业家，赞助了抽水机和其他设备，把山顶天然水库的水引进了茶园果园，这下茶叶、水果就能保证绝对没有污染了。

邓清明听着听着，笑了起来："怎么左一个陈书记，右一个陈书记？是不是陈伟华让你这么说的？"

卓长富连连摇头说："邓部长，可不敢胡说。陈书记早就关照了，领导们来视察，咱们就照平常的样子干活，问啥就实话实说，可不敢扯谎！"

邓清明大笑起来，对方中明说："方书记，还真是陈伟华的调调。"

方中明点点头，别有意味地对在场的干部们说："这才叫以事实说话！"

县、乡镇领导们又来到了梅山乡新修的公路基地上。公路基地上一片繁忙景象，大伙儿挥舞着铁锹、铁镐，叮叮当当忙个不停，陈伟华和向大成也在其中忙碌着。林玉芬提着个水壶穿梭在人群中，给大家倒水喝。突然有人拍了拍她的肩膀，林玉芬抬头一看是邓清明。林玉芬不由得愣了一下，再往后一看，看到了方中明。林玉芬正想去叫陈伟华，却被邓清明拦住了。邓清明自己悄悄跑到陈伟华身边，对着他耳朵大叫一声："陈蛮子！"

正在低头干活的陈伟华吓了一大跳，抬头一看："老邓！"

邓清明冲着陈伟华笑道："陈书记，你这是唱的哪一出呀？"

陈伟华这才看到方中明等一行干部，"嘿嘿"地傻笑起来。

陈伟华带着方中明等人站到一处高地，用手往前指着通往莲花县城的主要公路，介绍了起来。这段公路的大部分路段已经完成，如果按照现在的进度估算，用不了多久就可以通车。接下去还要建设连接各茶场果园的公路，等到所有的公路修好后，茶叶和水果就可以运出山了。

陈伟华这边介绍着公路，万锋强的目光却一直盯着林玉芬打转。林玉芬挑着一副扁担水桶水碗，略显蹒跚地走在碎石路上。扁担被压成了一个大弧，看着都知道十分沉重。林玉芬一脚高一脚低地向前走着，几次差点被脚下的碎石滑倒，都硬是挺了过来。万锋强看着这个场面，心里又是紧张又是不忍，恨不得跑过去帮她一把。

忽然，林玉芬脚下猛然一滑，一个趔趄，眼看就要摔倒。万锋强几乎就要扑过去，可林玉芬硬是用膝盖顶在了碎石上，肩上水桶里的水没有洒出一滴。

她艰难地站起来，整了整挑子，像没事一样，一声不吭继续往前走去。

等林玉芬走过去之后，万锋强才发现那块碎石地上已经染上了星星点点的血迹。万锋强心情十分沉重，既后悔又心疼，可又一时不知该怎么办，只好用目光尾随着林玉芬，几乎忘了周围的事。

陈伟华还在向干部们介绍着公路建设。方中明无限感叹，实在没想到陈伟华竟然能够做出这样的成绩。他不禁反思，坐在会议室里谈理论、决定行还是不行，到梅山这么一看，才知道光空谈是远远不够的。

面对眼前的一切，陈伟华更感激的是那些帮助他的专家，还有支持他的领导，尤其要感谢的是市交通局的汪局长。方中明点点头说："独木不成林，没有各方面的配合，很多事都干不成。还有什么困难，你尽管说，县里一定支持！"

陈伟华马上摆出一张苦脸，提出要求："请县里帮忙解决二千把十字镐，这周边的十字镐都让梅山给买光了，可还是不够用。"

方中明和邓清明听了陈伟华的要求，大笑起来，其他干部也纷纷笑出了声。方中明当即答应十字镐的事就包在他身上。所有人当中，只有万锋强没有笑。他还在远远望着在工地上忙碌的林玉芬，心里别是一番滋味。

从山上工地上下来之后，干部们的晚饭就在梅山乡政府食堂解决。食堂里沸沸腾腾，陈伟华起身向大家敬酒，感谢大家在百忙之中抽空来梅山指导工作。

方中明举起酒杯站起来说："伟华啊，这杯酒我看还是我来敬。"接着，方中明又转向所有人说，"这杯酒敬梅山乡的所有干部群众，尤其是陈伟华同志，能够在如此艰苦的条件下自力更生，寻找到适合梅山的创新致富之路，着实不易啊！大家都举起杯来！"

大家都举起了酒杯，陈伟华激动得眼圈红了，卓长富、林玉芬和向大成抹起了眼泪，许文才也激动得抽了抽鼻子。邻桌的万锋强心不在焉，不停地往林玉芬那边看。

干了第一杯酒，方中明又说："这第二杯酒，要祝梅山乡能再接再厉，有更广阔的发展前景！"

方中明干了第二杯，又第三次举杯，但神情显得严肃起来："这第三杯酒，是罚酒！”

大家一下子安静下来，目不转睛地看着方中明。方中明说：“梅山那么多年才能发展起来，县委难辞其咎。我们只看着别人，忽略了自身的条件，造成指导思想保守单一，让不少像梅山这样的地区都走了弯路。今天，我代表县委领罚！今后，只要是符合当地条件，能为百姓造福，县委一律开绿灯！”

方中明仰头干杯，食堂里顿时响起了热烈的掌声。方中明抬手示意大家安静，又说：“梅山的成绩大家都看到了，当然现在还是处于起步阶段，要见成效还要过一段时日，所以目前很多地方还存在困难。我希望今后各部门、各兄弟乡镇能更好地展开合作，完成良性的经济联动，把整个莲花都搞活起来！”

掌声再次响起。却听方中明接着说：“今天咱们这么多人来，我估计这顿饭的花销也不少，我建议这顿饭咱们各自掏腰包，不要再给当地政府增加负担，不要让这些迎来送往的老一套成了咱们的绊脚石！”

陈伟华连忙站起来说：“方书记，来的都是客，这一顿饭梅山还是请得起的。”

方中明摆摆手说：“不光是说今天，以后也一样，工作接待不要铺张浪费，工作餐各掏腰包，有事办事，不要搞没用的客套。”

陈伟华不知该说什么好，方中明让他放心，食堂的价目表他都看过了，价廉物美，吃不穷大家。其他人都笑了，陈伟华也不好意思地笑了，食堂里的气氛更加欢快而融洽起来。

大家有说有笑地吃着饭。陈伟华走到林玉芬身边耳语了几句，然后离开了座位来到万锋强身边。陈伟华拍了拍万锋强的肩膀，万锋强扭头一看是陈伟华，愣住了。陈伟华示意他跟自己出去，万锋强想了想，跟着他走出了食堂。

陈伟华边走边说，说到梅山和花关的矛盾，表示自己也有责任，请万锋强多多谅解，并希望以后再有什么事好好商量，兄弟乡镇也要联手协作，要有经济互动，说不定以后互相还会有项目可以合作。万锋强笑笑点了点头，没有答话。陈伟华又主动说到水资源费的问题，向万锋强赔礼道歉，并请万锋强放心，只要茶场果园一见效益，就会马上付清。

两人说着说着，就到了陈伟华办公室门口。万锋强推开门，突然发现林玉芬坐在里面，吃了一惊。林玉芬看见万锋强也颇为意外，转身就要往外走。陈伟华把林玉芬拦住，把二人推进办公室，让他们好好聊，自己关上门走了。万锋强和林玉芬面面相觑，又有些尴尬。林玉芬让万锋强坐下，并给他倒上茶。万锋强不禁关切地问起了林玉芬的伤，林玉芬把水递给他说："没事，就擦破了点皮。"

万锋强听着心里不是滋味，突然拉住林玉芬的手说："玉芬，是我错了，你跟我回去吧！"

林玉芬一愣，缓缓地抽出手来，没有说话。

万锋强盯着林玉芬的眼睛问她："你就不能原谅我吗？"

林玉芬避开他的眼神，低下头说："有什么原谅不原谅的……"

万锋强痛心地说："玉芬，我今天都看见了。我真的没想到梅山的条件这么艰苦，我不应该……"

过去的都已过去，林玉芬让万锋强不要再提过去的事了。万锋强仍然紧追着问："那你原谅我了？"

林玉芬仍然不作回答，万锋强的神色又黯然下来，难过地说："也许我根本没有资格请求你的原谅。"

林玉芬苦笑了一下说："你还记得那天我临走时说的那句话吗？"

万锋强点点头。林玉芬接着说："咱们都别自己骗自己了。我要做回我自己，如果你觉得不能接受的话……"

万锋强看着林玉芬，沉默了。

天色已晚，陈伟华和乡干部们站在乡政府大院门口，欢送方中明等干部离开。万锋强看着站在远处的林玉芬有点恋恋不舍，可最终还是上了车。车队缓缓离去。林玉芬看着远去的车队，心中十分惆怅，红着眼圈进了院子。

第二天，陈伟华和卓长富照常来到茶山基地内。李学聪的科学下种方法起到了良好的作用，茶苗都长得很快，枝繁叶茂。陈伟华蹲在地上，小心地抚弄着一行行茂盛的茶树苗，想起了小学的时候读过的一篇寓言叫《拔苗助长》，感叹地对李学聪说："当时笑那个农夫，我现在的心情，就跟那个农夫一样，恨不得让这些茶树一夜就长起来。"

李学聪跟陈伟华的心情一样，不过他所用的技术手段已远高于"拔苗助长"。他的方法是前期挖的茶垅土层厚，技术上使用反梯速成法，优势就是当年投入当年收益。只要出了苗，它自己就会很快长起来。这样一来，明年春上就能少量采摘。

听了李学聪在技术问题上的解疑，陈伟华惊喜地说：“那太好了，这一年多我们投了多少劳力呀，只要让大家看到希望，明年搞开发的劲头就更大了！”

李学聪却告诉陈伟华和卓长富，现在的关键是技术和管理跟不上。茶园管理很重要，炒制工艺最为关键，现在不抓，怕等到开春采茶就来不及了。梅山乡的茶叶生产配置并不是没有开始准备，卓长富已把茶场盖厂房的事布置下去了，这两天就要动工，每个基地建一个茶场，每个茶场至少得四间厂房。当务之急还是制茶设备，各个村都在喊没钱。李学聪认为厂房可以低标准，只要干净卫生就行。设备也尽量就简，但是每个茶场一台揉茶机是少不了的，杀青滚筒机到农机厂定做也不要多少钱，高档茶炒制得靠手工，技术培训还是当务之急。

陈伟华思量了一下，让卓长富在茶叶生产上多操点心。既然把茶叶产业当成梅山的经济支柱来发展，厂房可以搞干打垒，椽木檩条可以找林业站批计划到山上伐一点。另外，陈伟华比较认可李学聪的观点，现在的主要问题还是技术力量不足。考虑到李学聪过年不回城，陈伟华打算在年前先办一期培训班，开春以后再接着办一期。

李学聪也认为培训班的计划可行，年前还有半个多月，至少能办一期。接着，李学聪又提出制茶技术不同别的，光说不练不行。应该先对各村已经确定的专职茶叶技术员集中进行理论培训，茶叶出来后再现场教练，这样虚实结合效果好一些。

陈伟华拍了拍李学聪的肩膀，同意就按李学聪说的执行。陈伟华又对卓长富说：“梅山的经济发展方向是茶叶产业，今后就要在全乡树立李技术员的权威，党委政府成员都得尊重李技术员。我早就说过了的，在茶叶生产问题上，李技术员是咱们乡的老大，我们书记乡长，只能是老二！”

李学聪感动地说：“既然乡党委那么重视，我干脆回去就让办公室下通知，茶叶技术培训班马上就开始办。学校刚放了假，正好借他们的教室。最好让各村分管茶叶的主任和基地承包经营人一起参加。”

陈伟华当即同意按李学聪说的办。三人从茶园回乡政府大院，刚一进院门就听到干部们在兴奋地谈论着什么。林玉芬见陈伟华进来了，拿着一张报纸跑了过来，激动地说：“陈书记，咱们梅山上大报了，这下咱们梅山可要出名了！”

卓长富一把拿过报纸，念了起来：“《咬定青山不放松——记莲花县梅山乡党委书记陈伟华》，陈书记，这是说你呢！”

陈伟华接过报纸草草看了一遍，笑着摇摇头说：“宣传梅山当然应该，那也应该等茶叶见了效益再说才行，我最不喜欢事还没干出来就先吹破天的作风！咱们茶园果园不是才刚起步吗？事实是明年开春才能初见效益，可你看他都写成走上了脱贫致富之路了。别人会咋看咱们，老百姓会咋看咱们？”

梅山乡从来没上过大报，卓长富看到报纸很是激动，心想这可是件大事。经陈伟华这么一说，卓长富和林玉芬反倒觉得这报上写的的确如陈伟华所说，夸大了点。

陈伟华对那篇报道毫不在意，挥挥手对大家说：“好啦，各忙各的去吧，山上的活还多着呢！”

十八 杯中景象

在莲花县委常委会议上，县委书记方中明为鼓励陈伟华的实干精神，提议将陈伟华树立为县“优秀共产党员”模范典型。

陈伟华这一年在梅山开展的工作已是有目共睹。两万亩茶山和一户一亩果园、一村一个生态农业观光园、修公路，他这一年多来在梅山干的都是实事。前不久，连全国性的报纸都刊登了梅山的茶叶大开发的事迹。方中明把县委办公室的调研报告和那篇通讯文章转发给大家参考，并让县委组织部拿了一个建议方案，准备在会议上让大家就这个问题议一议，拟出一个树立“优秀共产党员”模范典型的决定。

这个议题提出来后，会场上一片沉默。常委们面面相觑，谁也没有发言的意思。方中明对分管农业的副县长说：“你是管农业的，你先说说吧。”

分管农业的副县长还没说话，另一个县委常委抢先发了言。这位常委的意思是，现在就把陈伟华树立为优秀共产党员有点欠妥。梅山这一年的确是挖了不少茶山果园，但是茶叶和水果能不能适合梅山的实际，在没见到效益之前，还不能过早下结论。如果把陈伟华树立为优秀共产党员，那么全县的党员干部就要向他学习，这相当于肯定了梅山的经济思路。这样一来，如果全县都一窝蜂跟着种起茶来，县粮食生产就可能滑坡，或将出现重新吃返销粮的局面，全县七八十万人可不能光喝茶。

这位常委的话引起了不小的骚动，大家交头接耳、议论纷纷。方中明清了清嗓子，干咳了一声，用威严的目光扫视了一圈会场，又望了望组织部部长邓清明。邓清明目不转睛地望着桌上的材料，一言不发。

方中明只好自己表达意见：“同志们，现在是发展‘三高’农业，提倡循环经济和生态农业的发展，我们要用全新的眼光看待问题，用新的评判标准来认识问题。对于梅山，对于陈伟华，我们就要用这种眼光去看，多看这个同志的长处，多看他为老百姓办了多少好事。”

方中明讲完话，邓清明思考了半晌，站在县委的整体利益和全县工作的立场发表了自己的意见。他认为实事求是是党的作风的最基本点，因此对那些扎扎实实干实事的同志应该有客观公正的对待。

对邓清明的话方中明表示赞成，认为梅山的发展实践符合科学发展观的经济发展战略。他又征求了一下大家的意见，常委们基本不再有异议，树立陈伟华为优秀共产党员模范典型的事就这样敲定了。

不久后，一份标题为《关于向优秀共产党员——梅山乡党委书记陈伟华同志学习的通知》的莲花县委红头文件被印发下来，下达到了县里的各个乡镇。花关镇委书记万锋强看完文件，心情格外郁闷。

他心神不宁地在办公室里踱来踱去，胡守国匆匆推门而入，万锋强眉头一皱说：“进来怎么也不敲门？”

胡守国连忙道歉，说自己一时心急。万锋强不和他计较，让胡守国直说有什么事。胡守国带来了一个消息：省委杨副书记上梅山视察去了。这个消息让万锋强心里极不舒服，说不上是嫉妒还是痛心，脸色也变得难看了许多。

秋高气爽的季节来到了，梅山乡的田野里洋溢着稻谷的芬芳。金黄的麦穗在微风中摇曳着，四面的田野呈现出一派丰收的景象。远处，重峦叠嶂、白云缭绕，盘山公路像一条白色的长带，飘荡于崇山峻岭之间，与天上的白云连接起来。

山间公路上，两辆轿车沿着公路向上攀爬，不时隐入云雾之间，最后在梅山乡政府大门前停了下来。莲花县委书记方中明和组织部部长邓清明，以及其他有关领导从车上走了下来。

许文才带领着几名乡干部早已恭迎在门口，看到县委方书记下了车更是慌作一团。方中明下车后走到后面的一辆车前，恭敬地拉开了车门，一身朴素装束的省委杨副书记跟着下了车。

杨副书记向四周打量了一番说：“条件的确艰苦，可是自然环境不错呀！”

众人连连点头。方中明看到站在旁边的许文才和卓长富，向杨副书记做起了介绍，许文才和卓长富连忙上前和杨副书记握手。杨副书记和乡干部们握了一圈手，又看了看一众乡干部，想知道哪位是陈伟华。

许文才尴尬地上前说，陈伟华上茶山去了。方中明让许文才赶紧通知陈伟华回来，杨副书记却说："没关系，我觉得这样很好嘛。报纸上说陈伟华是个肯吃苦会干实事的好书记，当时我还有些怀疑，现在这种虚假报道不是没有啊，所以我才想亲自来看看。现在一看，情况确实如此啊。这就是我们所需要的好干部。"

杨副书记正说着，陈伟华和林玉芬气喘吁吁地从山上赶回了梅山乡政府，方中明连忙拉过陈伟华向杨副书记介绍。杨副书记亲切地和陈伟华握手，陈伟华笑笑说："今天是我有生以来头一回见到省里领导呢。"

杨副书记赶紧检讨："这说明我们下基层少了，工作不深入啊。"

陈伟华说："杨副书记，欢迎您到我们梅山来检查指导工作，省领导能到我们梅山乡来，这就好比给我们梅山的老百姓打了一支兴奋剂，我们的干劲更加足了。"

邓清明悄悄走到陈伟华身边，小声对他说："这是你的一个机会，要注意摆正位置，主要突出县委、县政府，你明白吗？"

陈伟华笑着点头。方中明让陈伟华带大家到会议室，让他向省委领导汇报一下梅山乡党委和乡政府是怎样坚持贯彻省委、省政府脱贫致富开发思路的有关情况的。

陈伟华犹豫了一下，说："我这里会议室本来就不像样子，平时也没怎么用，我想给领导建个议，是不是先到山上看看？我这茶叶和果园基地都在山上，数字都在我脑子里装着。"

方中明不置可否地看了看杨副书记，杨副书记欣然同意，高兴地说："好，这个做法好！边看边听，又形象又具体，也容易记住。"

陈伟华带领众位领导参观茶叶基地，边走边介绍着。领导们纷纷点头赞叹，都没想到莲花县会有这么大规模的茶叶基地，这样下去一定能逐步形成支柱产业。杨副书记认为莲花县的思路很有典型意义，应该在全省推广。省里马上要开全省山区工作会议，杨副书记让方中明准备一个材料报送省委，到时还要把莲花县的做法做个典型发言。

杨副书记邀请陈伟华也一定参加这个会议，并让他把梅山的情况好好总结一下，阐明为什么会选择大规模开发茶园和果园生态农业这条路。方中明不失时机地告诉杨副书记，陈伟华是莲花县最近推选出来的优秀共产党员典型代表。杨副书记对方中明说："有这样高素质的乡镇书记，我们的基层政权才会越来越牢固嘛。这苗子不错，要好好培养啊！"

陈伟华不好意思地挠挠头。邓清明走到陈伟华身边小声说："你小子机遇真好，杨副书记钦点的好苗子啊。"

陈伟华傻乎乎地说："你就别取笑我了，我不关心什么钦点不钦点的苗子，我只关心我的茶叶苗子。"

邓清明无奈地摇了摇头，向杨副书记建议让陈伟华一起到县里去，再好好向省委领导做更详细的汇报。杨副书记笑着说："对，我正想跟伟华同志作深入的探讨呢！"

车队就要返回县城了，云雾深处突然传来了嘹亮的山歌：

（女声）阿哥出门去过番，阿妹送郎在门前。千山万水难见面，远隔重洋转来难。

（男声）千山万水难见人，莫因过番断了情；三年五载我就转，阿哥一转就行情。

杨副书记听着这淳朴的歌声，心中感慨万千。在嘹亮的歌声中，车队徐徐离开了梅山乡。陈伟华也跟随省委、县委领导来到了莲花县委，并就梅山乡的工作向杨副书记做了一个专门的工作汇报。

陈伟华跟杨副书记实话实说，谈及自己当初来梅山的时候的顾虑重重。梅山经济落后，投资环境差，如何摆脱困境、杀出重围，寻找适合梅山发展的路子，是当时摆在陈伟华面前的一大难题。如果在梅山乡这种水电交通都没有解决好的地方，要大办开发区，也很难找到投资。另外，在梅山办乡镇工业也不可能赶上沿海地区，所以陈伟华有了自己的思路：利用本地优势，摸索出自己的路子，开展茶叶产业化、果园生态农业，走循环经济的发展道路，让老百姓真正得到好处，使剩余劳动力不用到城里去打工，解决农村劳动力就业，让他们能有细水长流的经济收入，腰包尽快鼓起来。

陈伟华把自己来梅山的工作思路简单汇报了一番，以至方中明没想到陈伟华几句话就把工作汇报完了。方中明生怕杨副书记没听明白，补充道：“梅山的情况比较落后，陈伟华到任后眼看着有经济收入的一家企业出现严重污染问题，就下决心关闭这家危害环境的污染企业，保护农村的环境资源。接着，陈伟华又因地制宜、实事求是，利用梅山的特点，以开发种茶为龙头，走产业化发展的道路，大力发展‘三高’农业，同时又发展农业果园，规划一村一个生态农业观光园，这样一来既能带动发展旅游业，又能发展农业产业化经营，走循环发展道路。”

杨副书记听了陈伟华的简单汇报和方中明的补充介绍后赞不绝口，把梅山的做法总结为两点：一是让老百姓了解到农村环境污染危害的严重性，提高村民的环保意识，帮助农民走“生产发展、生活富裕、生态良好”的文明发展道路。二是大力发展绿色生态农业，实现农业产业结构合理化，从根本上改善农业生态环境和农村人居环境，大力发展农村循环经济，全面推进农村生态建设。

杨副书记作完总结，指出梅山的精神不仅莲花县要学，全省都要学。路选对了，就要坚持走下去，这样才能真正在贫困山区建成社会主义新农村。杨副书记鼓励陈伟华，遇到什么困难可以直接找他。

方中明顺势又把莲花县狠抓产业化的工作思路做了一个简要汇报。莲花县根据各乡镇的不同自然环境培植各具特色的经济区域，形成不同的产业优势，梅山乡则是县委有意识培植的农业产业化生产试点之一。莲花县已经转发了梅山的经验，并且准备在领导干部中开展学习陈伟华实干作风的活动，以后莲花县就能看到更多的陈伟华、更多的梅山、更多的产业化典型。

杨副书记不断肯定，认为莲花县的“优秀共产党员”选对了，梅山的茶叶产业化模式和生态农业观光园的循环经济也已初步形成，要抓住这个典型推广，让它在更大范围发挥作用。最后，杨副书记强调了三点：一要科学制定农村环保规划；二是加大综合管理整治力度，积极开展农村环境污染综合治理活动，重点抓好水污染治理、饮用水源保护、固体废弃物治理、人畜粪便污染治理和综合利用，加大农村环保执法力度，对污染和破坏农村环境的违法行为，依法查处；三是要完善农村环境管理体系建设，加强农村环保资金投入和政策扶持，促使农村生态环境保护走上正常化、规范化、制度化轨道，为全面建设社会主义新农村提供强有力的生态安全保障。

向省委领导汇报完工作，陈伟华回到梅山，准备写一个梅山发展的工作规划。陈伟华正在桌前构思规划，卓长富兴冲冲地走了进来，说要报告一个好消息。

陈伟华忍不住放下笔站了起来，卓长富眼睛闪亮，兴奋地说："向大成刚打的电话，第一期工程刚刚完成了，这标志着我们梅山到莲花县城的第一条公路终于修通啦！"

听到这个好消息，陈伟华激动地在办公室里来回走了几圈，高兴地说："好，太好了！第一期工程提前完成，那后面的部分就快了。"

兴奋过后，陈伟华忽然感觉万般滋味在心头，觉得梅山能修成公路太不容易了，一定要好好庆祝一下，并准备把县里的领导和市交通局的领导都请来，为公路通车剪彩。陈伟华叫卓长富把林玉芬找来，让林玉芬准备一个公路通车典礼。卓长富答应着，兴冲冲地又去找林玉芬。

陈伟华心情愉悦地坐下来，继续写规划。没写两个字，听到有人敲门。陈伟华一看是许文才，赶紧招呼许文才进来。许文才别别扭扭地走了进来，表情有点尴尬。陈伟华给许文才让座、倒水，同时也不忘报告公路通车的好消息。

许文才仍旧是一副别别扭扭的样子，陈伟华让他有话就说。许文才却从兜里掏出一叠钱，放到陈伟华面前。陈伟华吃惊地看着钱，不明白许文才是什么意思。许文才这才说了实话，这钱是电镀厂涂光义为了来梅山投资办厂，私下里给许文才的。许文才坦承自己当时觉悟不高，糊里糊涂就收下了。

许文才把钱交给陈伟华，让他该怎么处理就怎么处理。陈伟华对许文才的幡然醒悟表示赞许。把不义之财交公，知错就改是件好事。想了想，陈伟华决定把钱交到纪委，看上面怎么处理。接着，许文才眼眶又红了，说自己对不起陈伟华，感慨陈伟华为梅山操碎了心，自己却鬼迷了心窍写了反映材料交给县里领导。许文才一边说着，一边不停地用手抹去眼角的眼泪。

他这一副悔恨难当的样子，让陈伟华反倒过意不去了："老许，你这是说的什么话……"

面对许文才，陈伟华没有任何怨言，胸怀坦荡地告诉许文才说："这事我以前就知道了，没有什么。"

许文才完全没想到陈伟华竟然早就知道自己背地里做的事，心里震惊不已。

陈伟华笑了笑，平静地说："老许，我觉得你这么做是对的。有了意见当然应该向上级反映，这没有任何问题，我能够理解，但反映的问题要真实。"

许文才羞愧难当，不知该说什么。却听陈伟华接着说："老许，我记得乡里原先还欠你们'老友记'的账呢。我已经通知办公室给你们结清。"

听了这话，许文才心里更不是滋味了。许文才从陈伟华办公室出来，回到"老友记"餐馆，皱着眉头自斟自饮起来，似乎有很多事情都想不明白。葛小玉端上菜，问他道："咋样？陈伟华咋说？"

许文才说："他说要看上头咋处理。"

葛小玉也想不明白了："钱都交了还要处理？"

许文才摇摇头，弄不明白陈伟华究竟想干啥。陈伟华知道了反映材料的事儿，既不生气又要给钱结清"老友记"的账，这举动真有点深不可测。许文才猜测这事只有两种可能：要么就是他这个人真的宰相肚里能撑船，不跟他许文才计较；要么他陈伟华根本就是只笑面虎，面上说得好听，背地里准备捅刀子。

许文才这么一说，葛小玉不禁紧张起来。既然是猜测，许文才也说不准，只能走着瞧了。许文才让葛小玉明天就把餐馆里的菜价降下来，心想只要不干出格的事儿，估计陈伟华一时半会儿也不能把他怎么样。

想好以后，许文才喝了两口酒，仍是一副心事重重的样子。

梅山乡公路通车大典即将在黄花山村举行。这天天刚亮，整个梅山乡公路线上两边的群众就从四面八方赶来，观看即将举行的通车大典。人们三五成群、扶老携幼前来观看。女人们有的抱着孩子，有的牵着孩子，男人们肩上扛着山货物资准备搭车去县城换钱。

黄花山村小学门口的通车典礼会场，林玉芬忙得不可开交，紧张有序地布置着，并给表演节目的小学生们化妆。向大成、李学聪等一众村干部则负责给会场拉横幅、挂彩球，一些提早到来的乡亲也争先恐后地帮忙。参加表演化好妆的孩子们在人群中嬉戏穿梭。现场一派热闹喜庆的气氛。

瞎子大爹手里抱着他的宝贝二胡，一大早就来了，准备在这喜庆的日子里好好露一手。他和表演节目的小朋友们一起排队站在会场边，抚摸着怀里的二胡自言自语道："好哇，咱活了这么大把年纪终于盼到了咱们梅山的出头之日。自从陈书记到了咱梅山，这梅山就是一天一个样呀！”

太阳出来了，金灿灿地照耀着大地。公路那头传来了汽车喇叭声，一队县委来的汽车载着市交通局汪局长、县委书记方中明、组织部部长邓清明、县交通局办公室主任刘彪、花关镇委书记万锋强等，陆续向会场驶来。

卓长富伸长了脖子望向公路，看到县里的车队到了，像个孩子一样欢天喜地地跑向会场通报消息。林玉芬冲着早已准备好的表演队一挥手，彩门两边穿戴整齐的师生们开始一边拍手，一边喊：“欢迎欢迎，热烈欢迎！”

锣鼓声跟着响起，几名老人吹着唢呐，瞎子大爹拉着二胡，操场里、公路旁、山头边都站满了看热闹的村民。前来参加典礼的小轿车排成一行，从人群中穿行而过。梅山乡的老百姓们从来没见过这么多小轿车一齐涌进梅山，小孩子嘻嘻哈哈地追着汽车跑，大人拥挤着争相观看。

车开进典礼现场，众领导从车里走了下来。陈伟华带领着梅山乡干部们迎上前，与来的各级领导纷纷握手。一阵寒暄之后，领导们在主席台前就座。陈伟华走上演讲台，开始主持通车典礼。

陈伟华站在演讲台上说：“我们梅山公路能通车，要感谢县委的大力支持，要感谢市县交通局的大力支持。下面，我们请市交通局的汪局长给大家讲话。”

一阵热烈的掌声响过之后，汪局长穿过人群，走上演讲台。梅山百姓们感激地看着他，掌声更加热烈了。汪局长在发言中对在这次公路建设中日夜奋战的各级干部和父老乡亲们表示亲切慰问，并号召大家学习这种艰苦创业和无私奉献的精神。

汪局长发言完毕，热烈的掌声再次响起。接下来，陈伟华又邀请县委书记方中明上台讲话。方中明在讲话中肯定了修路对致富的重要性，并向大家宣布梅山公路正式通车。宣布完毕，在喧嚣的锣鼓声中，迎宾队伍舞动起来，喜庆的气氛更加热闹。

林玉芬将一条鲜艳的红绸送到了领导手中，剪彩仪式随之开始。接着，伴随着一阵响亮的鞭炮声，事先停放在公路旁的几十辆汽车同时启动马达，向公路的另一方开去。

沿新修公路而行的汽车上插满了五颜六色的彩旗，随风飘动的彩旗让车队像一条长龙，气势昂扬地向前驶去。站在车厢里的人们向车窗外频频挥手，脸上挂满了自豪的笑容，带着他们的山货向县城进发。

车队越开越远，公路上的人们还久久不愿离去，远远地追随了很久，直到汽车从路尽头消失，人们才慢慢停了下来。陈伟华欣喜地看着这一切，脸上始终洋溢着快乐的笑容。卓长富站在他身边，突然问他：“陈书记，今天怎么没见林总啊？”

陈伟华还沉浸在通车典礼的开心之中，随口答道：“她有她的忙嘛！就不叫她了！”

梅山乡公路通车了，解决了山里山外物资运送的大问题，更为将来茶园、果园的发展做了个良好的铺垫。

茶叶基地的小茶苗也逐渐长大，即将进入收成季节。黄花山村茶叶基地上满目苍翠、万木争荣，红色的山土已被小茶树发出的嫩绿新芽覆盖，满地茶树在春风中摇曳着。采茶姑娘们正在茶园里忙碌着，色彩鲜艳的衣服和青春的脸蛋同满山嫩绿的茶树苗构成一幅美丽的风景画。

制作名优高档茶，采摘是第一关，茶头一定要匀称。李学聪挨个检查着姑娘们采摘的新鲜茶叶，并在现场指导着大家。

李学聪从一个姑娘的小竹筐里拣出几根过长的芽头，举给大家看，告诉大家这几根芽头已经长过了头，只能做特级炒青，所以要分类存放。接着，李学聪又从另一个姑娘采过的茶树上摘下几棵芽头，举起来对姑娘们说：“一定要过细采摘，像这样的芽茶今天不采，明后天就长过头了，要记住，早采三天是宝，晚采三天是草。”

李学聪正讲着，二狗子来了。二狗子跑过来告诉李学聪，陈伟华带了各村的技术员来到茶场，请李学聪传授制茶技术。

李学聪把制茶技术培训直接放在了黄花山茶叶基地的制茶作坊里。陈伟华和卓长富带领着各村派来的年轻人聚集在此，一起等待李学聪到来。

灶膛里的柴火熊熊燃烧，制茶专用的滚筒式杀青机“呼呼啦啦”地旋转着，学习制茶技术的年轻人三三两两地围在李学聪身边。林玉芬快速摇动着滚筒式杀青机，李学聪一边把握着火候，一边指挥着林玉芬加快或减缓速度。李学聪看着手表，把握好时间，看时候差不多了，挥手对林玉芬说：“停！”

滚筒式杀青机随即停了下来，李学聪凑近看了看茶叶成色，抽出滚筒机，将刚杀过青的鲜茶叶芽轻轻倒在一张干净的芦席上。林玉芬在芦席旁边蹲了下来，把冒着热气的新鲜茶叶均匀摊开，李学聪轻轻抓起一撮滚烫的茶芽向大家介绍，杀青这道工序是制茶的关键，时间长短直接关系到茶叶的色、香、味，要求高温透杀、恰到好处，为茶叶香高、色翠奠定基础。这个环节的时间要以秒计算，差三五秒，茶叶生长系统还在起作用，茶丹灵杀不死，制出的茶容易变质，人在饮用后容易引起腹胀；多三五秒钟，会导致茶叶枯焦，香气丧失，味道苦涩。

李学聪刚一说完，二狗子就叫了起来："哎呀，李技术员，照你说的这个神劲，一般人都学不会。向支书，这茶场你一个人包了算了，我这大老粗的哪能弄这细活？"

向大成鞭策二狗子道："都啥时候了你还在打退堂鼓？你主要是抓好基地茶园管理，外出联系销售，这技术上的事儿有林主任嘛。你脑瓜子笨是实，不过总归是要学，对吧？"

李学聪拿出一小袋茶叶递给陈伟华说："陈书记，我这些年一直想改变传统的茶叶整型工艺。从古到今，我国茶叶都是只重视口感，不重视观感。我就想把它改一改，把口感和观感结合起来。"

李学聪递给陈伟华的这一小袋茶是昨天做的样品，做出改良的目的，主要是让梅山的茶跟那些已经被市场认同了的其他历史名茶有所区别，形成梅山自己的造型风格。李学聪估计这种茶的潜在价值巨大，希望大家认真学习。接着，他又从那一小袋细若松针的茶叶中捏出一撮，放进一只晶莹剔透的玻璃茶杯，然后轻轻注入开水。只见"松针"般的茶叶在沸水中渐渐膨胀，逐渐还原为炒制前的鲜活翠绿本色，在水中一根根站立起来，形成一片微型的小小树林。

大家注视着茶杯里的变化，看得睁大了眼睛，陈伟华目不转睛地盯着小小的杯中世界，对卓长富说："奇了，奇了……"

正说着，杯中显出了浓郁的茶汁，嫩绿鲜亮。李学聪对陈伟华说："我顺口编了几句打油诗，你看能不能形容杯中的景象。"

大家不知道李学聪又有什么新花样，只听李学聪念道："激浪翻起漫天云，翩翩西子下凡尘，从容吐翠染江天，碧海深处现翠林。"

陈伟华一巴掌把李学聪推了个趔趄，激动地说："形象！太形象了！闹了半天你还是个诗人！你肚里的茶经我看比那古代的茶圣陆羽还强，我看你就是咱们梅山的茶圣！”

李学聪端起茶杯双手递给陈伟华说：“这是梅山的第一杯新茶，你这当书记的先尝尝味道。”

陈伟华推辞道：“论功劳该你先尝啊，我看这样，给我们各村来学制茶的技术员每人先泡上一杯，大家好好品尝一下滋味，回去自己做茶就有谱了。”

各村来的姑娘小伙子们连忙找来杯子，林玉芬给每个杯子里放上一撮茶叶，大伙儿一人一杯新茶，仔细地品味着。李学聪建议陈伟华到工商局申请一个专利，给梅山茶叶注册一个商标，并让陈伟华给梅山的新茶取个商标名。

陈伟华轻轻撮起一撮茶叶，沉思半晌说：“梅山自古就有关于凤凰起舞的传说，我看就叫凤凰茶吧。”

卓长富拍手叫好，李学聪也表示赞成，认为这名字够响亮，还带点神秘感，这牌子肯定打得出去。二狗子过来问道：“陈书记，这茶要是放在市场上卖的话能卖个什么价？总得十几块吧？”

李学聪摇摇头，告诉大家十几块可算不下来账，制这种高档茶叶费事得很，主要是鲜叶难采，一个眼尖手快的姑娘一天下来也只能摘得半斤鲜叶子，一斤干茶要五万多个鲜叶芽头才做得出来，至少也得四斤鲜叶子，二狗子说的十几块钱刚好够付一斤鲜叶的采摘工钱。

陈伟华这几天也在算这笔账，加上土地上的特产税、开发劳务费，各项开支加起来这茶叶的价格不是个小数。如今市场经济优质优价，一级西湖龙井在市场上卖到千把块钱一斤，梅山茶的茶质和工艺也不见得比龙井差多少，只不过还没打出牌子来，照这个质量，陈伟华最后把新茶定价为一斤卖四百元。

此言一出，周围来学习的姑娘小伙子们纷纷咋舌，二狗子更是“哎呀”一声叫出了声，不敢相信地说：“我的妈！黑了天呢！陈书记你不是在吓唬我们吧？”

只有李学聪认可这个价格。陈伟华对二狗子说：“二狗子，只要你能保证做到李技术员这个质量，这种凤凰茶你就卖四百块一斤。你先卖给我两斤，记在我账上，我要给市交通局汪局长送一斤，让他尝尝梅山的新茶， 老同学刘彪和邓部长各送半斤，到时候我给你结账。”

二狗子望着邻村姑娘小伙子们手中的茶杯里的茶，不禁心疼地说：“你们听见了吧？这茶四五百块一斤呢，一下子就要两斤？”

向大成取笑二狗子说：“二狗子你莫小气，这算个啥子？当初挖这块基地你硬要下山去做小工，一个月也挣不下这一斤茶钱，今年是小面积初上市，等明年茶叶大面积上市了，你盖楼房娶媳妇，钱都用不完呢。”

大家都跟着笑了起来。

梅山的第一茬新茶已精制出来，陈伟华准备去县里，把新茶带给县里的几位领导尝尝。吉普车已等在了院子里，林玉芬将陈伟华送上车，把包好的五包茶叶递给了他。陈伟华拿着茶叶挠挠头说：“怎么是五包？我只要了两斤啊。”

林玉芬笑着说：“还有一包是我买了给英琴的，你也不想着去看看人家？”

陈伟华不好意思地说：“这用不着吧？”

林玉芬脸一沉说：“怎么用不着？咱们搞开发英琴出力少了？你就知道扎在山里，过年都没想到去看看人家，还好意思说！”

陈伟华说：“我不是忙着工作嘛，这她也是支持理解的。”

林玉芬怪他道：“再支持再理解人家也是女同志啊，你就不兴主动点去关心关心人家？这个老婆你到底想要不想要了？”

陈伟华不好意思了，答应说一定会去看林英琴。吉普车开出了大院，林玉芬笑着摇了摇头。

陈伟华把新茶送给了县交通局刘彪、邓部长和市交通局汪局长。当初帮助过梅山的人都尝到了梅山的新茶，汪局长更是赞不绝口，当即要买一百斤，并建议在茶叶的包装上做出一些改善，增加茶叶的附加值。陈伟华听后十分高兴，心想这茶场应该是有奔头了，以后恐怕这两万亩的茶叶还不够卖。

回去的路上，王师傅开着车，陈伟华十分兴奋，看看还剩一包，赶忙拨打林英琴的手机。手机却无人接听，林英琴把手机遗忘在了办公室桌上。陈伟华再拨打了好几遍还是无人接听，只好挂机对王师傅说：“回梅山吧。”

梅山发展路子成了县里的学习典型，让万锋强心里不是滋味。花关镇的工业项目虽然也已投入生产，却没有实质性进展。万锋强在督促工作之余，始终不忘自我表现，频繁与上级领导接触。这天，他向方书记汇报工作，并在方书记家吃晚饭。方中明知道一些工业企业已经进驻花关镇，提醒万锋强随时注意环保这一块。方中明特别强调，如果速度快就代表效率高，这是好事，但大工业项目容易出现大污染，上次梅山死鱼的事就是一个事例，因此必须提高警惕。

万锋强让方书记放心，告诉他花关的每家企业都通过了环保部门的监测。两人正说着，万锋强的手机响了，是胡守国打来的。胡守国让万锋强赶快赶回花关镇，并带来了一个坏消息：有农民到镇里反映，已经开工的那几家企业污染太大，地里的菜长不起来，水里的鱼养不活，要求镇里赔偿损失。

万锋强赶紧捂住手机，小心翼翼地回头看了一眼方中明，额头上渗出了汗珠。万锋强确定方中明没有听见电话里的内容后，赶忙借口有急事，向方中明告辞出来。

他心急火燎地回到花关镇，冲进办公室，胡守国还等在里面。万锋强把包往桌上一摔，生气地问："到底怎么回事？不是说都通过环保部门监测的吗？怎么又会出这种事情？"

胡守国小心翼翼地回答："说是那么说，可我估计……那是花了钱的……"

万锋强气急败坏地说："胡闹！现在什么时候了？考核组可马上就来了，万一传到方书记那里，你知道是什么后果？"

胡守国赶紧说："不会的，不会的，已经商量好赔偿了。"

万锋强定了定神说："不管那些农民要多少钱，都想办法赔给他们。一定要把事情给我压下来！"

胡守国让万锋强放心，说自己马上就去办理。

梅山乡这边，陈伟华从县里回来后，就研究起了茶叶包装。这天，他把到处收集来的包装容具摆在面前，从纸盒到圆形塑料盒到圆形铁罐，一个个拿起来看了又看，反复比较。

陈伟华正在思索着用什么样的包装，林玉芬站到了他办公室的门口。陈伟华让林玉芬为他参谋参谋，看看哪个比较合适。林玉芬拿起那些包装容器这个看看，那个摸摸，最后还是摇摇头说："好像总和咱们的茶叶不是一个调调。”

陈伟华点点头，也觉得仿佛缺了点啥。林玉芬却打岔，问陈伟华去县城看到英琴了没有。

陈伟华心不在焉地说：“我给她打电话没人接，我就回来了。”说完，陈伟华继续全神贯注地研究着包装。

林玉芬替他着急：“你不会上公司上家找她呀？好不容易去一次，就这么回来了！真是的！”

陈伟华觉得烦，岔开话题说：“我知道啦。对了，茶叶是你买的，我还给你。”

说着拿出茶叶要还给她。林玉芬却让他自己留着，或者招待来梅山的客人。陈伟华想想也是，准备回头让会计把茶叶钱结给林玉芬，算是招待费。

茶叶包装终于确定后，黄花山茶场的新茶开始正式对外销售。这天，陈伟华带着从市交通局拉来的一百斤茶叶生意来到茶场，看到满场子停着的摩托车，陈伟华心里喜滋滋的。

走进门里，却见二狗子闷闷不乐地站在那儿。陈伟华问二狗子怎么了，二狗子说：“茶没卖出一分钱，都让人家有头有脸的白白拿走了！”

陈伟华一下来气了，问道：“啊？这一开园都把手伸过来了？这还得了？都是哪些人哪些单位拿走的？”

二狗子嘟囔着让陈伟华去问向支书。向大成正好进来拿茶叶，还没和陈伟华打招呼，陈伟华就劈头盖脸地问他：“向大成，梅山全乡老百姓望这头茬子茶望得眼珠子都掉出来了！难道就是为了让你这个村支书送人情？你想想咱们开发茶山的那些日子，你忍心吗你？”

向大成一下子灰了脸，喃喃地嗫嚅着：“陈书记，我……这也是没法子……你看……”

陈伟华让向大成把那些拿茶不给钱的单位账单给他，打算亲自把钱要回来。向大成却慌忙阻止，让陈伟华千万别去找。向大成也有难处，村里人得罪不起这些单位。

陈伟华气恼地说：“向大成，你糊涂哇，打墙不能坏了头一板，你有多少茶叶也经不起这样白拿白要哇！你这头一关不把住，方方面面都把手伸过来就会没完没了！你想把梅山的茶叶产业给毁了吗你？！”

向大成说："都是些领导，低头不见抬头见的，我怎能挡得住嘛……像我们这种最基层的村干部，哪方面都不好得罪，反正是不好做人。"

陈伟华告诉向大成，这样的好人做不得。从乡到县、从县到市、从市到省，这一级一级有无数的衙门，每个衙门里有无数个干部，如果起头坏了规矩，到时候都像蝗虫一样涌来就承受不了了。再往远里说，要是到时候不能兑现合同，不能给老百姓分红，完不成村里的上交任务，才是真的不好做人。陈伟华让向大成把账给他，赶紧刹住这股歪风。

向大成无奈，只好把一本学生用的算术本交给陈伟华。陈伟华拿了本子走到隔壁，正在悠闲品茶的干部们一见他都有些发虚，都试图不让自己进入陈伟华的视线，却又无法脱身，只好悻悻地硬着头皮跟陈伟华打招呼。

陈伟华没有作答，只不冷不热地说了声："哟嗬，这么多人要买茶呀，看来梅山的茶叶还真有市场，光我们乡直单位需求量就不小嘛，感谢各部门的支持！"

干部们心里惴惴不安地望着他，只听他继续说："另外我还想跟大家打个招呼，请大家买茶的时候尽量拿现钱。这几年农民们在茶山开发上的投入实在太大了，他们为了茶叶，勒紧裤腰带挖了两年的山，修路、买茶种、买机械，把家底都掏干了还欠了一屁股的账。现在他们都盼望着茶园能早点变出现钱来用于生产周转，我们得让他们尽快看到茶业产业带来的希望，所以请大家今后不要再赊账。这几天各个单位买走的茶还没结账的，尽量想办法把账给结了，我已经从向大成那里把账本要过来了。"

他这么一说，悠闲喝茶的人们再也坐不住了，各自在心里打着小算盘。陈伟华摇了摇手里的小本子，希望大家从农民利益出发，体谅农民的疾苦，把茶叶欠款结清。陈伟华给大家三天时间，让大家结清账款，说完转身走了。

陈伟华一走，屋里等着买茶的人们立刻骚动起来。财政所所长站起来说："老向，你心也太黑了，四百块一斤的茶谁买得起？"

财政所所长今天本要买的茶全都不要了，从提兜里把茶一盒一盒往外拿，一边往外拿，一边对手里长条形状的精美茶叶盒表现出爱不释手的样子。财政所所长把昨天欠的茶钱结清后，其他单位领导也把所欠的茶款给结了。向大成赔着笑脸喊着一个个干部，又是挽留，又是送别。那些干部相互说着牢骚话只管往外走，对向大成爱理不理，让向大成十分难堪。

茶叶的事情忙得差不多了，林玉芬向陈伟华请了半天假，带着马跛子的遗孤芳芳去县城买几件新衣裳，孩子在长个，衣服都小了。林玉芬带着芳芳逛了几个商场，杂七杂八地买了些东西，然后来到了一家快餐店。芳芳看着店里的孩子们和父母在一起吃饭，幸福温馨的场面让她十分失落。

林玉芬以为芳芳不喜欢吃薯条和汉堡，芳芳却摇了摇头说喜欢。林玉芬把食物往芳芳面前挪了挪，芳芳拿起汉堡，咬了一小口，偷偷地看了看邻桌的一家三口。邻桌的一家三口十分开心，小孩喂爸爸喝可乐，妈妈喂孩子吃汉堡，芳芳看了一眼连忙低下了头，不敢再看下去。

林玉芬明白过来，问芳芳："是不是想爸爸了？"

芳芳不说话，轻轻点了点头，眼泪掉了下来。林玉芬看到芳芳这个样子，心酸不已，一把把芳芳抱在了怀里，眼睛也湿了。

吃完饭，林玉芬顺道去看看林英琴，带着芳芳来到了林英琴的公司。林英琴刚开完会，带着她和芳芳到办公室里坐下，聊了起来。林玉芬把打算收养芳芳的心思告诉了林英琴，林英琴问她道："姐夫同意了？"

林玉芬还没把这件事告诉万锋强，不能肯定万锋强是否同意收养这孩子，不好回答林英琴，只好说："我看这孩子挺乖巧的，他应该没意见。"

林英琴笑了起来。林玉芬转移话题，问她道："你和伟华也有好久没见面了吧？"

林英琴却似乎另有心事："他有他忙，我有我忙，也抽不出时候。"

林玉芬劝她道："听我一句，再忙也要见见面，否则……时间久了，感情要淡的。"

林英琴一笑置之："等机会吧。"

说完，她的思绪又回到了刚才的会议室里。董事会提出派林英琴带队去西部筹备新公司，建立起来之后，再让她管理，并给她一部分股份。

公司董事会的赏识，让她不得不尽快考虑下决定。但这意味着她将和陈伟华的时空距离越来越远，对两人的感情又是一个严峻的考验。

想到这里，林英琴脸上的笑容消失了。送走了林玉芬和芳芳，她心事重重地缓缓转过身，往公司里走去。

十九 天道酬勤

花关镇的工业污染并没有因胡守国承诺给农民的赔偿条件而终止，反而更加恶化。这天一大早，就有一群激愤的村民围在了花关镇政府门外，要求镇政府就污染问题给他们一个说法。胡守国满头大汗地极力解释，告诉大家镇政府已经答应了村民们的条件，一定按照大家的要求进行赔偿。胡守国请大家先回去，并保证赔偿资金马上到位。

村民们却不吃这一套，现在已经不是损失几棵菜、几条鱼这么简单的问题。鱼整塘整塘地死掉，水和地都污染了，老百姓也就没法活了，就算给再多的赔偿又有何用？

大家的要求是，关闭造成污染的厂家，这让胡守国急得满头大汗。

万锋强在楼上的办公室里，透过窗户看着下边的情景，脸色十分难看。在办公室里踱了两圈，他打了个电话让胡守国上去。

胡守国擦着汗走进办公室，万锋强痛心疾首地戳着办公桌面对他说："你让镇财政所这一段时间停止一切开支，把钱全部拿来补偿那些受污染的农户。无论如何要在考核期间把这件事情压下去。"

胡守国说："现在的问题是，他们改条件了，不要赔偿，而是要求那几家企业停产。"

一听胡守国说农民们要求厂家停产，万锋强蒙了。他心中十分矛盾，如果这几家企业真是停了，损失一定不小。花关镇现在靠的就是这些企业的经济优势，要是经济优势没了，花关镇的竞争力也就可想而知了。

万锋强想来想去，半晌没说话。胡守国焦急万分，让他赶紧想个别的办法。万锋强忧心忡忡地说："方书记早有明确指示，绝不能产生污染问题。"

胡守国提醒他说："万书记，这都什么时候了？考核组就要来了，花关的竞争力可就是您的竞争力啊，这可是攸关县委常委候选人的大事啊！”

万锋强明白了胡守国的意思，这件事必须压下去，封锁住消息，等考核组走了再想办法解决。

这天，组织部部长邓清明到县委开会，顺便把陈伟华送来的头茬新茶带给了方中明。方中明当即泡上一杯，看到茶杯里的景致后高兴地说：“好哇，我们莲花县也出好茶了，等会儿开常委会，请大家都品一品。”

开会的时候，方中明时不时地端起茶杯啜上一小口。茶杯里的新茶根根竖起，别致的景观一下吸引了常委们的目光。吴副县长忍不住打了个岔，问方书记道：“方书记，你这是什么茶？那么鲜亮？”

方中明顺口说道：“这就是我们梅山乡出的新茶，怎么样？还不错吧？”

常委们发现邓清明的茶杯里的茶也同方书记的一样，再看看自己茶杯中褐黄色的茶叶和酱红色的茶水，心里便有了些微妙的失衡。

方中明从包里拿出一袋茶叶丢在桌子中间，让常委们都尝一尝、品一品。大家看着那袋茶叶，都缄口不言，却没人去动那袋茶叶。方中明端起茶杯，对大家说：“梅山的茶叶从目前来看，市场前景广阔，很有可能成为我们莲花县一大名产。”

常委们开始相互咬耳朵议论：

“谁说陈伟华只会蛮干，我看他很有头脑的嘛。”

“书记跟组织部部长他都抓住了，可见这人有心计。”

“这是情理之中的事嘛，在干部问题上书记跟部长是拍板人物。”

接下来的会上，方中明在讲话中重点肯定了梅山的发展，并大力推广梅山的经验。最近莲花县委发出的关于推广梅山经验的文件反应都很好，梅山的经验也将在全省山区开发交流会上推广，方中明说这是墙内开花墙外香。他号召县委班子成员保持一致认识，马上行动起来，像梅山一样在产业结构上多动动脑子，帮助各个乡镇都像梅山一样找到一条既切合本地实际，又能赢得市场的主导产业，全面解决“三农”问题，让老百姓真正得到实惠。

方中明的讲话让常委们对梅山乡的发展有了新的认识。邓清明看着常委们欣喜的表情，意识到大家对陈伟华的误解和曲解去除了不少，也不禁备感欣慰。

不久，林玉芬从报纸上看到了省城将要举办中国茶叶博览会的消息，非常兴奋，于是拿着报纸找到陈伟华和卓长富。二人看完报纸，一致认为这是梅山的一个绝好机会——要是能在博览会上找到大客户，梅山的茶叶推广就不用愁了。

陈伟华决定参加这次茶叶博览会，并组织一个参展小团队。团队由卓长富负责组织参展，林玉芬负责经营销售，李学聪负责茶叶技术。为了准备参加茶叶博览会，林玉芬每天亲自在制作车间里严把茶叶质量关。

这天，林玉芬又亲自在灶前杀青机前看火候，把鲜芽中超过长度的茶叶分拣出来，并不时提醒二狗子，鲜芽分类是保证质量的第一关，李技术员曾反复交代鲜芽超过长度的茶叶不能做特级芽茶，只能做一级毛尖，因此应该特别注意。

二狗子却满不在乎地说："嗨呀，一斤芽茶几万个芽头，掺这几根算个啥？林主任，你只管帮我把好杀青关口就行了。"

参展的时日已近，李学聪等人准备装车出发。陈伟华和乡干部们来为他们送行，卓长富和李学聪上了车，林玉芬却还蹲在芳芳面前依依不舍。林玉芬已经决定收养芳芳，已把她接到了自己宿舍同住。马上就要离开了，林玉芬对芳芳说："阿姨要去省城几天，芳芳在家要乖啊。"

芳芳点了点头。林玉芬正要转身上车，芳芳突然拉了拉她的衣角，林玉芬转过身来，芳芳说："阿姨，早点回来。" 林玉芬笑着在芳芳额头上亲了一下，上了车。

陈伟华在车下向他们挥手道别，并祝他们旗开得胜。卡车载着梅山的新茶和乡干部们的殷切祝福驶上了新修的公路，来到了省城。

中国茶叶博览会场馆入口处热闹非常，写着"祝贺中国茶叶博览会成功举办" 的红色条幅在会场上方格外醒目，周围插满了各色的彩旗。场馆内，全国各地茶叶厂家都在博览会展馆内设置了展台，布置得各具特色。

莲花县梅山乡的茶叶展台位于入口处的一个显眼位置，展台上摆满了各村茶叶基地生产的茶叶品种，有包装粗糙的粤东莲花县梅山乡黄花山茶场"玉皇剑"春茶、粤东莲花县凤凰山"凤凰"茶、梅山乡秦家畈茶场"秦剑"春茶、梅山乡茶场"金蜂"春茶、梅山乡白日山茶场"玉簪"春茶、梅山乡黄花山茶场工艺茶、梅山云雾山茶场"云雾金针"春茶等等，品类繁多。

博览会已经开幕两天了，展馆内人山人海，梅山茶叶展台前却无人问津。李学聪看着这种情况，心里发慌，对卓长富说：“卓乡长，我们的茶叶质量那么好，一斤标价才四百元，两天来展馆的人那么多，怎么没有一个人来跟我们洽谈啊？”

卓长富担心再等两天展会结束了，要是还没有一点成绩，回去不好向陈伟华交代，决定先给陈伟华打个电话通报一声。

陈伟华接了电话也很着急，跟卓长富说他明天就赶到博览会，看看情况再想办法。陈伟华刚放下电话，电话铃又响了，是林英琴打来的。陈伟华问林英琴有什么事，林英琴却支支吾吾，说没什么事。陈伟华正在为去博览会的事焦头烂额，告诉林英琴自己正忙着收拾东西去省城，匆忙挂了电话。

这个电话，林英琴是犹豫了很久才打给陈伟华的。对于去西部成立新公司的事，公司董事会一直在等她的回音，她反复考虑了很久，却一直没有把这件事告诉陈伟华。董事会一直在催她做决定，林英琴在十分矛盾的心情下打电话，本想告诉陈伟华这件事，却又被陈伟华给了个冷板凳。她心情郁郁地挂了电话，忽然觉得身上有点冷，或许是寂寞和不安让她觉得心也有些冷了的缘故。

第二天，陈伟华匆匆赶到了茶叶博览会的现场。展会上，参展的人群熙熙攘攘，陈伟华穿过人流来到梅山的展台前，看到的景象却是冷冷清清、无人问津。卓长富、李学聪、林玉芬三人愁眉苦脸地站在展台前，看见陈伟华都是一肚子的委屈。卓长富把参展情况仔细说了一遍，陈伟华回想起品茶行家汪局长的评价，认为梅山的茶叶味美甘醇、色香味佳，出现这种无人问津的情况，应该还是茶叶的宣传包装上需要改进。陈伟华拿起别人的茶叶包装，又对比了一下自己的茶叶盒，递给卓长富说：“你看看咱们的，再看看别人的。”

卓长富向会场里别的展位望去，不少生意兴旺的展位上，人们手里拿的茶叶无一不是包装精美。

卓长富说：“咱们的包装是粗糙了点，可这一时半会儿也只能这样啊。”

陈伟华打断他说：“我看这样，老卓，你马上去找生产包装铁罐的厂家，找到最漂亮最高档的铁罐，你就买回来，咱们再做决定。”

卓长富当即去找包装厂家，陈伟华、林玉芬和李学聪三个人在展位上枯坐着，仍旧没人来关注他们的茶叶。面对这样的情形，李学聪有些急头急脑，林玉芬也闷闷不乐。

陈伟华说："李技术员，我看干等着也没用，要不你去其他展位上转转，一来摸摸现在的行情，二来也听听人家的经验，否则咱们可真是白来一趟了。"

李学聪想想也是，站起来去了其他展台。陈伟华叫林玉芬也去转转，林玉芬不肯，怕陈伟华一个人应付不了展位。两人坐在展位上有一句没一句地聊着，林玉芬突然告诉陈伟华一件事，她想收养芳芳。陈伟华有些意外，建议林玉芬考虑清楚，最好再征求一下万锋强的意见。芳芳本来寄养在村民老何家，老何家最近新添了孙子，林玉芬觉得再寄养在那儿也不是个事。芳芳这孩子乖巧懂事，和林玉芬又投缘，林玉芬因此也就有了想收养她的心思。

但她还没有把收养孩子的事告诉万锋强，觉得说不说都一样。自从那照片的事之后，她和万锋强之间的关系说不上的微妙，总有种貌合神离的感觉。陈伟华劝林玉芬还是把这件事告诉万锋强，收养孩子是一个家庭的事儿，不是一个人单方面的事。陈伟华也察觉到林玉芬和万锋强的关系不太对劲，却又不便多问，劝说林玉芬抽空和万锋强好好商量商量。

正说着，陈伟华的电话又响了。陈伟华接电话道："喂！英琴啊，怎么？找我有事？昨天？昨天我在办公室啊……打不通？不会吧？"

陈伟华的电话还没说两句，就见卓长富满头大汗地跑了过来。陈伟华看见卓长富，对着电话说："我现在在茶叶博览会，有点事，要是没急事的话我先挂了，回头再说吧！"

陈伟华慌忙挂断电话，急忙问卓长富包装的事情。卓长富擦着汗，从提包里拿出一个设计精美的四方烫金硬纸皮包装盒，打开包装盒，里面是两个漂亮的圆形金色铁罐。

陈伟华拿着包装盒，爱不释手地不停赞叹："漂亮，真漂亮！用这装茶叶，不用喝茶，光是看着就舒服！这东西是哪个地方产的？"

卓长富能找到这包装盒，也是费了老鼻子劲。他一个上午走遍了广州市北京路所有的商场，最后还是在一家中药店看到的这玩意儿，原本是用来装冬虫夏草的。卓长富跟他们经理攀了半个老乡，人家才同意把这铁罐卖给他。

卓长富把这包装的两百套存货都给买了回来，陈伟华叫他再辛苦一趟，以最快的速度找到最有名的设计公司，让他们设计梅山茶叶包装标签。然后到数码快印，印两百套不粘胶的。

卓长富答应着，慌忙出去办理，赶在展会闭幕前的一天把新的包装盒摆放进了梅山乡的茶叶展柜。陈伟华估算了一下成本，将每个铁盒二两包装的茶叶定价一百八十八块钱。

茶叶展览的最后一天，卓长富找来的一套套设计精美的四方烫金硬纸皮包装盒一下子吸引来了很多客户，两百套梅山乡茶叶不仅被一抢而光，而且签下了不少订单。这是展会开展以来的最后一天，梅山乡来参展的四个人忙得满头大汗，却满心欢喜、干劲十足。

从省城茶叶展回来后不久，关于茶叶展的报道就在报纸上宣传开了。这天，李学聪上气不接下气地跑进会议室，把手里的报纸递给陈伟华，气喘吁吁地说："陈书记……你自己看吧……不过可别晕过去了！中国茶叶博览会……这下咱们梅山又有文章写了！"

陈伟华展开报纸，慌忙浏览起来。报纸是一张套红的专版，醒目地刊登着"中国首届茶叶博览会金奖名录"。

在这个金奖名录里，梅山各个茶场的所有茶叶品牌都赫然位列其间，和浙江的西湖龙井、云南的大益普洱共占一席之地。陈伟华一边看着报纸，一边把梅山的获奖品牌茶叶统统念了出来，脸上的表情也发生着急剧的变化。最后，他脸上的笑容凝固了，拿报纸的两手微微发颤，把报纸递给卓长富说："天道酬勤，苍天开眼哪！老卓，你看看，我们在这次茶叶博览会一炮打响！"

卓长富连忙抢走了报纸，在场的干部们也都围拢了过来。不知哪位干部喊了一声："今天我们去乡政府食堂搓一顿，好久没去了，我去叫厨房师傅弄只又滑又嫩的白切鸡。"

陈伟华高兴地接着说道："好啊，为庆贺我们的茶叶获奖，今天我请大伙吃饭！"

乡干部们兴致高昂地向食堂走去，准备好好喝几杯庆祝庆祝。陈伟华让人去把许文才和林玉芬也叫来，却见一辆奥迪车开进了院子。林英琴从车上下来，看着大家兴高采烈的样子，问道："什么事儿这么高兴啊？老远就听见笑声了。"

卓长富说："咱们梅山的茶叶得了大奖啦！陈书记要请大家喝酒呢！"

陈伟华已经高兴得顾不上说话了，林英琴看看陈伟华说："那得恭喜你们了！"陈伟华开心地让林英琴跟大伙儿一起去庆祝庆祝，林英琴却说："等等，我有点事儿和你说。"

闻言陈伟华愣了一下说："哦？那……咱们去办公室说吧。"

林英琴点点头，两人来到陈伟华的办公室。林英琴把自己要去西部筹建新公司的事告诉了他，陈伟华很是吃惊，一下子不知道怎么说才好。林英琴已经深思熟虑过了，这几天打陈伟华电话，陈伟华却总是没空接听，林英琴只好自己跑过来告诉他。

陈伟华问林英琴是不是已经真的决定了去，林英琴看了看陈伟华，淡然地说："决定了。"

陈伟华急了，问林英琴："那我们的事怎么办？"

林英琴镇定自若，告诉陈伟华今天她来就是想谈谈这个事。

陈伟华急躁地说："谈有什么用？你会改变决定吗？难道还想要我辞职跟你去西部？"

林英琴并不想强迫陈伟华为她做什么，她所考虑的已不仅仅是去西部这个决定，而是彻底和陈伟华分手。林英琴提出"分手"这个词的时候表现得很平静，陈伟华顿时就愣住了，苦笑着说："你今天来就是为了和我说这句话？"

陈伟华让林英琴给他一个分手的理由，林英琴的理由是这样对大家都好。陈伟华认为这不是理由。林英琴进一步解释说，分手之后大家都可以专心干自己的事业，这对谁都是好事。陈伟华仍然不能理解，为什么林英琴非要跑到那么远的地方才能专心干事业。林英琴不想再做过多解释，站起来就准备离开。

林英琴要走，陈伟华叫住了她，对她说："你还没给我能接受的理由。"

林英琴硬下心说："因为那里没有你陈伟华！"林英琴说完继续往外走，陈伟华冲过去拉住她，激愤地说："这又算什么理由？你是为了躲我？我哪里做错了？"

林英琴冷冷答道："你什么都没做错，因为你什么都没做。"

陈伟华松开了手，自言自语道："我什么都没做？我这么辛辛苦苦的是为了谁？为了谁？"

林英琴不作回答，一声不吭地站在那儿。陈伟华接着说："一年半！这是你说的！我是不想让你失望啊！可难道你连这最后的几个月都等不下去吗？”

林英琴转过身来说：“不让我失望？这半年来你从来没给我打过一个电话就不会让我失望了？我打电话给你，你从来没一次说超过十句话就不会让我失望了？大过年的我一个人等了你一夜你却连影子都没有就不会让我失望了？”

陈伟华无言以对。

林英琴接着说：“你知不知道，有时候我甚至怀疑这个世界上是不是真的有一个陈伟华存在。你知不知道和一个自己都不能完全肯定存在的人谈恋爱是多么痛苦的一件事情！”

陈伟华苦笑起来：“那你让我怎么办？我照着你说的做也不对，不做也不对，你告诉我，到底要我怎么做？”

林英琴摇摇头说：“你根本不明白为什么我要和你签那份合同，你根本不明白我想要的是什么！”

陈伟华劝林英琴理智一点，不要那么孩子气。林英琴却说：“我现在很理智，与其空守着一个不知何时才能兑现的承诺，倒不如去做一些自己能掌握的事情。世界上是没有不需要经营的感情的，陈伟华，需要成熟一点的是你。”

陈伟华又说不上来话了。林英琴转身走出了办公室，陈伟华没有跟出去。沉思了许久，陈伟华才忽然反应过来，转过身追了出去。当他追到院子里时，林英琴的车已经开走了。

望着空荡荡的院子，陈伟华颓然地站着。林玉芬正好走了进来，叫了他两声。陈伟华回过神来，却听不远处有人喊：“不好了！陈书记！不好了！”陈伟华一怔，这又是咋啦？和林玉芬一起往食堂跑去。

食堂里一片混乱，一群人气势汹汹地对着卓长富等人叫嚷着。为首的一个大汉胡乱喊道：“谁是陈书记？谁是陈书记？”

陈伟华赶紧过去问有什么事。大汉拿出一袋茶叶，把茶叶倒在地上说：“你们梅山怎么这样坑人呢，你看看，这是什么茶叶?!”

陈伟华一看，除面上一层茶叶还算不错外，下边的茶叶长短不一，颜色也不均匀，一看就知是弄虚作假。这些买茶叶的顾客是从大老远赶来的，冲着梅山的茶叶好，排队排了一天一夜才买到茶叶，没想到茶叶拿到手了却是这样。顾客要求退货，并要求赔偿一切损失。

陈伟华让那些顾客少安毋躁，答应等他把事情调查清楚了，如果情况属实，会照价赔偿。陈伟华说完，吩咐卓长富和林玉芬赶快去查明是哪个茶叶加工场在弄虚作假。

林玉芬和卓长富赶到黄花山茶场的制作车间，对一袋袋的成品茶进行抽样检查。林玉芬蹲下来，聚精会神地检查着墙边摆放的编织袋里的成品茶，突然在一袋茶中发现了几根细长的茶树枝。

林玉芬捏着那几根茶树枝，问二狗子怎么把这些粗茶混装到好茶里了。二狗子一副漫不经心的样子，说自己不留神放错了地方。林玉芬严厉地要求二狗子把那些混了粗茶的茶叶都挑出来，二狗子急了："这么认真干吗？你到隔壁去看看，排了那么多人，又那么急，我们不要太认真了，现在茶叶根本供不应求，再说送上门来的人民币还能不要？"

正好这时候向大成火急火燎地跑过来催货，嫌二狗子做茶的速度太慢。二狗子看了一眼林玉芬，对向大成说："我正在跟林主任说这事呢，她还要让我返工。"

向大成走到林玉芬跟前说："林主任，该灵活的地方就灵活点，抢季节抓钱要紧哪，你们也过去开开眼界，乖乖，那才叫来钱……"

林玉芬说："向支书，不是我要卡，质量问题那是李技术员再三嘱咐、陈书记反复强调的。"

向大成不耐烦地说："领导们讲的是个大原则，我们不能拿鸡毛当令箭嘛！"他话还没说完，卓长富的声音就到了："向大成，你说什么，你是要钱啥都不管了？"

卓长富要求向大成把不合格的茶叶统统收回来，重新返工。向大成不敢吭声，只好照办。

卓长富回到办公室，将向大成在茶场弄虚作假的事向陈伟华做了详细汇报。陈伟华向卓长富再次强调："老卓，对投诉的商贩你等一会儿去处理赔偿。我们梅山的茶叶要保质、保量、保信誉。"

当天晚上，陈伟华把向大成邀到乡政府食堂一起吃饭。食堂里已没什么人，陈伟华和向大成坐在一个简陋的包间里，食堂师傅将菜和一瓶酒在桌上摆好后，小心地退了出去。

陈伟华启开酒瓶，对向大成说："我来梅山也两年多了，在你家里喝了好几回包谷酒，吃了好几只腊猪蹄子，今天我也该给你敬一回酒。来，先给你斟满。”

向大成受宠若惊地站起来说：“陈书记，这不是打颠倒了么？该是我给你敬酒呢……”

陈伟华让向大成坐下，将向大成杯子斟满，然后给自己也斟上酒，端起来说：“来，我先敬你一杯。”

陈伟华举起酒杯一饮而尽，向大成赶紧端起酒杯回敬。两人你来我往，顾忌渐少了。陈伟华首先回顾起了在梅山期间的往事，开发茶山、种果园、修公路，每一件事都加深了彼此的了解，交情也越来越深。在做成功的每一件事上，向大成对陈伟华的支持最坚定，功劳也最大。

他说：“你们黄花山村应该立功德碑呀，挖茶山、救险情，你们都走在最前面，说实话，开始那一段日子最难熬，连我自己都快动摇了，幸亏你们这些基层党支部书记态度坚定，要不然梅山茶叶产业就搞不起来。”

向大成谦虚地站起来说：“也说不上，只不过我们挖得多些而已。”

“可以看出，梅山茶叶产业的前景一片光明。这一年头茬茶所卖的钱，就抵上了往年种田两年的收入，而这一年的受益面积才一万亩，还只是试采，等到明年两万亩采茶的目标实现了，茶叶产业就成了梅山乡的支柱产业。”陈伟华分析了梅山茶叶的远景，语重心长地对向大成说，“梅山的茶叶前途宽着呢，不能为眼前几个钱就把眼蒙住了，大钱还在后面呢。”

向大成知道陈伟华在说茶叶掺假的事，心情十分沉重。

陈伟华接着说：“向支书，你是明白人呀，只是怪我自己给你说晚了，我们做干部的，只有自己腰杆硬，群众才看得起，才会拥护你呀。”

向大成有点不明白陈伟华的意思。陈伟华告诉他，群众的眼睛里揉不得沙子，你这次为了追求茶叶利润，不顾质量，掺杂作假，这消息传得很快。好事不出门，坏事传千里，给梅山造成了很不好的影响。

一听这话，向大成知道错了，要求陈伟华给他处分。陈伟华让向大成自己说该给他个什么处分，向大成一时语塞，惶恐地看了看陈伟华说：“不让我再负责茶场的事了？”

陈伟华给他的处分比他预想的还要严厉，他打算建议党委撤销向大成的村党支部书记职务。

向大成错愕地抬起头看着陈伟华，脸上写满了问号。

以前向大成动不动就让陈伟华撤他的职，陈伟华舍不得，是因为向大成是全村全乡人的榜样，撤了向大成，大家都会寒心。今天陈伟华要撤向大成的职也是一个同样的道理，也想让他做个榜样，让大家都明白啥事是不能做的。

陈伟华又给向大成的杯子里倒满了酒，心里很难过。凭良心说，陈伟华觉得这处分也确实重了些，可是为了杀一儆百，陈伟华必须让所有梅山人都明白，质量、信誉才是命根子。为了梅山，陈伟华只好对不住向大成了。他端起酒杯，对向大成说："这杯酒算我向你赔罪了！"

向大成犹豫了下，举起酒杯对他说："陈书记，您说得对！是我的错，我领罚！"说罢一饮而尽。

自从梅山的茶叶打出名号后，来梅山批发、购买茶叶的客商络绎不绝，简陋冷清的小街也变得喧闹起来。一辆辆摩托车、小货车不时从梅山乡小街上穿过，不断卷起阵阵烟尘。不时有汽车、摩托车停在"老友记"餐馆门前问路，向葛小玉打听茶场的位置，让葛小玉一次次把手指向山里头。葛小玉望着购买茶叶的摩托车、小货车绝尘而去，心里暗想："看来陈伟华说得没错，咱们梅山要发大财了。"

此时在梅山乡茶山公路上，梅山乡政府的吉普车正往茶场驶去，吉普车上挂了个牌子："梅山乡打假专项组"。吉普车上，陈伟华和卓长富并排坐着，讨论着买茶顾客的投诉情况。乡政府的茶叶打假行动起到了很好的作用，好茶里面掺劣茶的行为基本上已被杜绝。可最近又有了新情况，有人少开发票，把钱往自己口袋装；还有人拿茶走后门，送亲戚；更有茶场做假账，问题十分严重。

这些情况不用卓长富讲，陈伟华已有所闻。这些问题，陈伟华归结为管理跟不上，乡干部们没几个懂管理的。昨天听李学聪说，从农大招来的三个大学生都想留在梅山，其中何小林还是学茶叶管理的，陈伟华打算让他挂职培训。

卓长富同意陈伟华的想法，并建议也可以公开招聘，到市报或省报做点广告，说不定能招到更好的人才。

为了及时遏制住一些歪风，陈伟华借早点名的机会，把对向大成的处理决定通报给了乡干部。陈伟华跟大家说："梅山乡黄花山村的村支书向大成同志，因弄虚作假，已被撤职。”

这个处理决定让乡干部们一片哗然。陈伟华告诉大家，尽管创业时期大家都很辛苦，但不能为了暂时的利益弄虚作假、以次充好。现在茶场的管理都很混乱，有的人把茶叶款装进自家兜里，有的干脆把茶叶当礼物，送领导，送亲戚。今后凡是发现干部队伍中有此类行为，坚决开除出干部队伍，报上级审批，绝不姑息养奸。

梅山乡面临的是茶叶管理问题，一山之隔的花关镇面临的却是日益严重的污染问题。

对于污染，花关镇一直没有给村民们一个能够接受的说法。每天都有人聚集在镇政府大院门口，怎么赶也赶不走。

这天，胡守国的车开进政府大院，一看到门前聚集的人，脸就沉下来了，问身边的干部道：“怎么还都在这儿？不是让先把他们弄回去吗？”

那位干部苦着脸回答：“胡副镇长，我们实在是拿他们没办法啊。”

胡守国眼珠子一转，对那干部说：“你给派出所打电话，叫他们来人支援。能劝回去的就劝回去，劝不回去的看找个什么理由先关两天，等考核组走了，再放出来安抚。”他吩咐完，转身走进镇政府大楼万锋强的办公室。

万锋强正在接电话，是县里打来的，给他带来了一个不寻常的消息，县委即将要对干部进行考核。去年县里调走了一个县委常委，市委要求县里尽快配齐班子的缺额。

市组织部门的意思，是需要县委推荐一名干部人选。县委书记方中明把推荐工作交给了组织部部长邓清明，邓清明给了两个后备人选，一个是陈伟华，另一个就是万锋强。

两个人选中，县里各部门对万锋强的支持面较宽。不过，万锋强的做法总让人心里不踏实；而陈伟华埋头苦干，事迹突出，省委领导也是肯定了梅山的做法的。

方中明的选拔意见主要还是要看政绩，提出先对候选干部进行考核，再择优选取。能让群众认可、有实实在在的政绩，是主要的考核标准，但少数服从多数的民主原则还是要遵守。

邓清明根据方中明的提示，定下了几条考核标准：一、民意推荐；二、民意调查；三、民意测评；四、个别谈话；五、实绩考评；六、综合评价。

在这个标准的基础上，方中明又补充了一条：环境指标。方中明说："国家文件已经明确将排污控制等环境指标纳入了干部政绩考核。对超标排污单位，不仅要追究领导责任，环保部门还要暂停对该地区建设项目的审批，采取一票否决。"

万锋强在接到县里的干部考核通知后，心里面翻腾起来。这次考核绝对是意义重大，不能有半点差错。

这件事不用万锋强说，胡守国也心知肚明，小心地在旁边轻声说："考核组的接待安排是件大事，这事不用您操心，我知道轻重。关键是选好参加座谈的人，该找谁、不该找谁我都清楚，等他们来了，您交给我全权安排就是了。"

对于花关镇目前的工作，万锋强心里有数：开发区进展得很好，虽然有一些曲折。在农村办工业肯定没有在山上挖山那么顺利，但是现在高新技术工业园已经办起来了，所有投资企业已全部上马。旅游风景区的开发由涂光义的公司直接投资，并去香港订购了娱乐设施，可以说这个最大的投资项目也已启动。

现在开发区只需按部就班，等着上面来考察。万锋强唯一不放心的，就是污染问题。就这个问题梗在他心头很久了，问胡守国现在到底处理得怎样？胡守国有些心虚地说："您放心，都解决了。"

听到这儿，万锋强松了口气，但还是有些不放心地看了他一眼，胡守国信誓旦旦地保证不会在考核组来的时候出任何问题。

万锋强再次叮嘱他道："你赶紧安排考核组的接待，吃住都按最高标准。除了座谈人选以外，参观路线也要选好。"

胡守国连连点头答应。

梅山乡的茶叶生意越来越好，以至当初在茶叶博览会上购买的包装盒供不应求。卓长富已经查明那包装盒来自于温州，是一家私人企业生产的。温州有很多的私人企业，规模都不大，但是效益都好得很。尤其这种茶叶包装盒，好几个省都在那里订货。

从温州回来的卓长富拎着提包，满头汗水地走进了陈伟华办公室。他对陈伟华说："那个姓施的包装盒厂家老板听说梅山要发展几万亩茶园，很愿意跟我们做生意，我留下了身份证复印件，只付了五千块钱定金，人家就要送过来一车。"

陈伟华问他道："供货能不能保证？运这一车要多少钱运费？"

卓长富歪着头算了算账说："从温州到这里一趟得三千多元运费，每个铁罐要增加一元钱，供货不敢说，那得看人家销售形势。"

陈伟华认为不能保证供货不行，明年几万亩茶叶都要上市，需求量可不是个小数字，弄不好一天就得一车。这样算下来，得花多少运费？他让卓长富先辛苦一下，通知各村茶场把包装盒领回去，先解决目前急等着用的问题。

卓长富很快就把各村茶场领用茶叶包装盒的事通知了下去，一群村干部却为包装盒的分配抢得不可开交，有的一个人屁股下面坐几只箱子，有的干脆整个身子躺在箱子上护着，还有的两人同时扯着一只箱子，拉锯似的扯来扯去。看到这样，卓长富气得发火，冲那些争抢的干部吼道："你们不听我的就算了，怪不得人家说'锣儿小了不押韵，面子小了不转弯'！你们扯吧，我不管了！"

大家正闹得不可开交，陈伟华从外边走了进来。村干部们立刻把他围住，七嘴八舌地向陈伟华叫屈，抱怨茶叶包装分配不公，有的分得多有的分得少。陈伟华让大家不要误会，这回分茶叶包装是按各村茶叶基地的面积大小来进行的，乡政府一定会保证供应茶叶包装，如果缺口实在是大，会派卓乡长再去温州订货。

一个村干部说："温州那么远，再怎么来回也得六七天，这点包装罐也只能管三天。"

陈伟华挠着头皮说："嘿嘿，这才叫有银子无纸包呢。这样吧，大家不要你争我抢的，都发扬点风格，恪守本分，按卓乡长分配的数先领回去，用完没有了你们来找我就是。"

村干部们没办法，嘴里虽嘟嘟哝哝，也只好招呼各自的村民把分到的包装罐扛走。

等人都走了，卓长富说："看来我只有马上去温州，但是还不一定能拿到货。"

陈伟华却在考虑老这样跑到温州买包装罐也不是长久之计，一是路远运费高，加大了销售成本；二是供货没有保证，过两年梅山全乡的四万亩茶园上市，包装的量更会增加，那一定是远水解不了近渴。

思量半晌，陈伟华想动员温州包装厂老板来梅山办一个包装罐分厂。卓长富却担心温州那么繁华的地方，人家怎会到这山区里来。陈伟华倒有几分信心。这里是茶叶产地，梅山明后年见效面积就是两万亩，今后我们茶叶产业化，这市场将会更大，这应该是吸引包装厂来这里驻足的理由。

卓长富觉得有道理，点头答应去温州找施老板谈谈。陈伟华却没打算再让他去，让他好好休息几天，决定叫许文才去办理这件事。卓长富听从安排回家休息了，陈伟华来到许文才办公室。

许文才正在看报纸，见陈伟华来了，客气地让座倒茶，然后问陈伟华找他有什么事。陈伟华说要请许文才帮个忙，而且这事也只有许文才能办成。

许文才吓了一跳，没想到陈伟华这么看高自己，连忙叫陈伟华只管布置任务，千万别说帮忙的话。乡里的茶园全部开张后，茶叶生意供不应求，许文才也是看在眼里，对陈伟华的眼光心服口服。

陈伟华点名让许文才去联系招商开厂，是因为许文才有过招商开厂的经验。虽然过去许文才招来的是一家污染厂，但这回和以往不同。吃一堑长一智，那他就更知道该怎么把关。陈伟华相信他一定能把这事儿办成，因此对许文才说："梅山的茶叶虽然质量好，可没有好的包装也上不了档次。咱们现在用的包装每次都要到温州去买，不但运费成本高而且还不能保证货源稳定，所以我想，是不是由你去请人家到咱们梅山来开家分厂。"

许文才对出去招商办包装厂的主意拍手赞成，但一听说要让自己去，还是有点没信心，怕自己干不了。毕竟他以前招的是一个重污染厂家，总觉得是一次失败经历。陈伟华要他不必计较过去，鼓励他大胆去试试，相信他曾有过的招商经验一定能让他办成这件事。

看许文才做出一副为难的样子，陈伟华说："老许，算我求你了。只要把这事儿办成了，你就是咱们梅山眼下的第一功臣！"

许文才心中暗喜，这才决定去试试看。

陈伟华非常高兴，从口袋里掏出一封信对他说："这是我给施老板写的信，你带上给他，表明乡委、乡政府的诚意。你啥时候能启程？"

许文才还想回去好好准备准备，陈伟华却等不及了，直接帮他下决定说：“好，明天我让王师傅送你！”

许文才苦着脸说：“明天？”

陈伟华问他：“有问题？”

许文才勉强笑着说：“没问题，没问题！”

和许文才商量完招商的事，陈伟华回到办公室，继续坐在案前写东西。写着写着停下了笔，拉开抽屉，拿出和林英琴签的合同看了看。低头沉思了一会儿，他离开办公室去乡政府食堂吃饭。

正一个人闷头吃着，林玉芬满怀心事地走到他身边，坐下来跟他一起吃。林玉芬想说什么却欲言又止，几番下来，最后还是忍不住对陈伟华说了：“英琴今天给我打电话了。”

陈伟华一怔，答应了一声，继续埋头吃饭，可却不似刚才那么有滋有味了。

林玉芬接着告诉他，英琴下个星期一就出发了。陈伟华顿了顿，却没任何表示。林玉芬急了：“你倒是给句话呀！”

陈伟华抬起头，激动地说：“她要走让我说啥嘛！”说完站起身，头也不回地走了。

林玉芬看着陈伟华的背影，心里又是焦灼又是无奈。

二十 硕果累累

陈伟华回到宿舍没一会儿，林玉芬过来了，又是为了他和林英琴的事。陈伟华坐在桌前，闷闷地抽着烟。林玉芬劝陈伟华道："你俩也这么多年了，也不能说完就完了吧？"

陈伟华不作声。

林玉芬打算去劝劝林英琴，让她和陈伟华好好谈谈，到底是怎么回事儿，两个人最好把话说开。陈伟华摇了摇头说："别费心了，既然她已经决定了，我尊重她的选择。"林玉芬真急了："伟华，英琴也许就是要要小脾气，希望你能哄哄她而已，你怎么就当真了呢？"

陈伟华苦笑了一下："她说我根本不明白她要的是什么，你觉得这是要小脾气吗？"

林玉芬一怔，忙说："这不是带着情绪说的话吗，你怎么能真往心里去呢？"

陈伟华不回答，默默地从抽屉里拿出那份合同，放在林玉芬面前。林玉芬有些不解，拿起合同看了看，眉头不由皱了起来。陈伟华觉得自己真的是越来越不了解林英琴的想法了，当初签这个合同的时候，只是一心想要替梅山争取到这笔投资，根本没想太多。他确确实实是努力想要完成合同中这个不可能的任务，想让林英琴知道他有能力为他的承诺负责，可林英琴却说他根本不明白为什么要签这份合同。他把合同翻出来看了很多遍，发现自己真的弄不明白。他问林玉芬："你能告诉我是为什么吗？"

林玉芬看看陈伟华，欲言又止，最终摇了摇头，不知道说什么好。

第二天，林玉芬来到林英琴的办公室。林英琴正为筹建西部新公司的事忙得不可开交，让林玉芬有事尽快说。林玉芬开门见山，问她和陈伟华之间到底怎么了。林英琴一怔，淡然问道：“他让你来的？”

林玉芬说：“我自己来的，他不知道。”

林英琴脸上划过一丝失望，问道：“他和你说什么了？”

听到这话，林玉芬有些不自然，说：“也没说什么……他这个人你也知道……”

林英琴苦笑着说：“那我还有什么好说的？你是妇联主任，应该明白吧？”

林玉芬有些意外，但转念一想也明白了，劝林英琴能够包容理解陈伟华，很多事不能全怪他。林英琴倒不是怪陈伟华，她只是突然明白，她和陈伟华是不可能有结果的，所以只能自己先给自己一个结果。

但林玉芬觉得林英琴的决定有点草率，至少应该先和陈伟华好好谈谈。林英琴却笑了，反问道：“你觉得我有那个机会吗？”

林玉芬也笑了。梅山来来去去那么多书记，陈伟华是她见过最忙的一个，一忙起来，顾不上吃饭，顾不上睡觉，顾不上看病，顾不上一切，陈伟华的时间都给了工作。

林英琴说：“这样的人也许是个好干部，好同事，可未必是……”

林玉芬自嘲地笑笑说：“这点他和锋强倒是挺像。”

林英琴看了看林玉芬说：“也许吧……姐，你觉得你和姐夫的婚姻幸福吗？”

说起万锋强，林玉芬沉默了，不知该说什么好。

从林英琴那里告辞出来，林玉芬下意识地回到了自己的家中。一进家门，家里乱七八糟的样子就让她直皱眉头。沙发上扔着换下的衣服，家具上也积了一层灰，厨房的水槽里满是未洗的碗筷。看着这些，她忽然觉得心酸起来，立刻动手收拾起了房间。没多久，散乱的衣服被丢进了洗衣机里，客厅地板桌面被擦洗干净，厨房里的锅碗瓢盆也被洗刷完毕。

家里很快恢复了往日的整洁，但是仍旧是空空的。林玉芬在沙发上坐了一会儿，转身离去。

晚上，万锋强拖着疲惫的身体回到了家中，几乎是闭着眼睛走进了屋里，边走边解开衣领的口子，瘫坐在了沙发里。片刻之后，他仿佛觉得哪里有些不对劲，睁开眼睛向四周一看，脸上顿时闪出一丝惊讶的表情。

接着，万锋强看到茶几上有一罐茶叶，茶叶罐下压着一张纸条。万锋强拿起纸条，见纸条上是林玉芬的字迹：衣服已经都洗了，干净衬衫放在最上层的抽屉里。按时吃饭，小心身体。这是梅山新茶，多提意见。——玉芬字

万锋强把那罐茶叶握在手里，忽然觉得十分温暖，心里百感交集，眼眶也渐渐湿润了。他把茶叶罐打开，泡了一杯梅山茶，痴痴地看着，脑中却浮现出林玉芬渐行渐远的背影，不知不觉间夹在指间的烟已烧成了长长的灰。

春天的梅山风景秀丽、生机盎然，茶园、果园里绿树红花，采茶的姑娘们东一群、西一群地活跃在绿色的茶园中，到处散发着清新的气息。茶园、果园、美丽的兰溪河，吸引了众多来这里旅游的人，茶场外面停着汽车和摩托车，来这儿批发茶叶的客商也络绎不绝。

一辆旅游大巴车载着游客们行驶在往梅山乡的公路上，车上的女导游不时向大家介绍道："梅山是我旅游公司新开发的生态农业旅游观光线路，它的特色是美丽如画的茶园、果园，等到荔枝成熟的时候，不仅可以观赏大片美丽的荔枝园，还可以免费品尝呢，这里的生态农业观光，让人流连忘返，心旷神怡。"

旅游车驶进梅山的茶园果山，女导游兴奋地说："大家看，这边是梅山的果园生态农业观光园，那一边是茶园，新茶已经上市，泡出的茶味道不仅甘醇甜美，而且包装也很精美。"

游客们跟着导游参观了农业观光园，然后一起到茶场去品茶。茶场作坊里，女导游安排游客们参观茶叶的制作过程，并让大家品尝和购买这里独具特色的凤凰茶。茶场作坊的隔壁屋里已经坐了一屋子人，都是来梅山乡参观生态农业的游客，他们悠闲地喝着茶，等待着购买茶叶。

一位游客焦急地对二狗子说："你能不能搞快点？我等了好久了。"

二狗子搔了搔头皮，从屋里又拿出几盒茶递给他说："您别急，您先拿着吧。"

那位游客把茶装进一个大提包，另一个游客把二狗子拉到一边说："我跟你说实话，我来一次梅山不容易，这五斤茶我全要了。"

二狗子擦了擦头上的汗，口里应着："好好，先等等，茶还没做好。"

正说着，陈伟华走了进来，像往常一样笑嘻嘻地对二狗子说："忙呢？生

意不错呀！”

二狗子连忙打招呼：“陈书记！托您的福呗！您坐啊……”

陈伟华问了两句生意状况，没看到林玉芬在里面帮忙，问她到哪儿去了。二狗子说林玉芬早上来转了一圈就去县城了。陈伟华心里明白，林玉芬该是去县里找林英琴当说客去了。

陈伟华又找到李学聪一起检查着茶叶生产的质量。忽然，卓长富慌慌张张地跑进来说：“陈书记，不好了，突然袭击……”

卓长富跑得上气不接下气，陈伟华让他平静下来把话说清楚。原来，县委的考核组来了，事先也没有通知，搞了个突然袭击。陈伟华笑了，对卓长富说：“那就让他们袭击吧。”

卓长富却没那么轻松，急得快哭了。他知道陈伟华一向都坚持不搞面子工程，对这种检查不会刻意安排。可这次情况真的不一样，听说这次是县委对提拔进入县委常委的候选人员的考核，要是出现什么差错，必然影响到陈伟华的政治前途。

陈伟华却满不在乎地说：“梅山我还没呆够呢，我不急着去县里，说实话，我还不想离开梅山。”

卓长富在一旁气得哭笑不得，也只好听之任之了。

云雾山村希望小学这两天就要完工了，卓长富问陈伟华是不是搞个剪彩仪式。陈伟华想了想说：“还是一切从简吧，稍微布置一下有个气氛就行，与其花钱大操大办还不如给学生们多置办点文具呢。你说呢？”

卓长富点点头，不过还是有些不放心。这个希望小学是林英琴捐建的，卓长富担心林英琴会不会不满意，生意人总是希望热闹些。

他还不知道陈伟华和林英琴之间出现了问题。陈伟华脸色略微变了变，又马上恢复正常，告诉他林英琴也是个干实事的人，她应该不会有啥大意见。

听了这话，卓长富笑着说：“也是，林总嘛……还不是都听您的？”

陈伟华尴尬地笑了笑，也不多说什么。卓长富把通知林英琴的事交给了陈伟华，陈伟华无奈，只好硬着头皮答应。

接着，两人又商量起了茶场的管理问题。茶场虽然获了奖，名声出去了，销路也有了，可管理好像还是跟不上。连向大成这样的干部都弄虚作假，这件事必须好好考虑考虑。陈伟华认为必须实行严格的公司化管理，聘请专门的管理人才，制定严格的规章制度。

茶场需要统一管理，不能分散经营。如果各自为政，这好不容易树起来的牌子没几天就得垮了。陈伟华定了一个实施管理的方案，具体要从两方面入手：一是由企业派驻高级管理人才到梅山，建立完善的管理制度，对梅山所有的茶厂进行科学化管理。二是梅山要培养自己的管理人才，可由企业派驻的专业管理人才代为培养。

卓长富认为实施方式中的第一点没什么问题，而培养自己的管理人才这一点可能比较困难。毕竟乡里学历高的人太少。梅山乡仅有的几个学历高的人当中，李学聪挺能干，也是乡的功臣，就是心地太善良、太软，不适合做管理，只能让他主要负责质量和技术把关。其他的就是请来的那三位学茶叶管理专业的大学生，如果他们愿意留下来，倒是可以考虑让这班大学生来参与管理。

两人正说着，电话响了。陈伟华接起电话，脸上突然出现了一丝兴奋的笑容，卓长富很奇怪地看着他，陈伟华摆摆手，示意卓长富先别问。

陈伟华对着电话边听边点头："好哇老许！我没说错吧，就你能办这事！你只要把包装罐包装厂引进梅山来，就是咱们乡招商引资第一大功臣！一定要重重地奖励你……行！你把施老板先安排到县招待所歇着，我马上就开车子到县里去接你们！"

包装厂的事已经事成八九，陈伟华放下电话仍掩饰不住兴奋的心情，连忙把车开出来，直奔县城而去，准备亲自把许文才和浙江温州老板施大发接回梅山乡。

吉普车在山间行驶，一座座茶园从眼前掠过，看得施大发非常有兴致，操着浓重的浙江口音跟陈伟华喋喋不休。施大发认为陈伟华能够开发这两万亩茶山，的确很有气魄。同时他也觉得陈伟华待人真诚厚道，因此决定在梅山办一个茶叶包装罐分厂，而温州老家的厂子让他二弟打理。

施大发准备立足梅山，开发广东、湖南和沿海的市场，这让陈伟华非常高兴。但厂子办起来得花二百多万，考虑到种种因素，施大发决定拉陈伟华合伙，算是他们两个人办的厂。陈伟华不用掏钱，只帮施大发打理税收、治安方面的关系就行了。此外，施大发还送陈伟华百分之十五的股份，这样用不了几年陈伟华就是老板了。

许文才听在耳里，觉得有些意外，偷眼看了陈伟华一眼。

陈伟华肯定了施大发愿意来梅山投资的眼光，却婉言拒绝了施大发拉他入伙的好意。陈伟华的本意是要发展茶业产业、致富梅山百姓，如果接受了施大发的股份，老百姓还没脱贫，自己倒先成了老板，这是他陈伟华做不出来的事。

因此他对施大发说："施老板，你要真信得过我，就请相信我们梅山乡党委政府，你就跟我们乡里企业合作吧。"

施大发听罢，好一阵没吭声。沉默了片刻才说："我说咱们共产党的政权为什么越来越巩固呢，原来就是因为有你们这样的干部们撑着！我今天算是服了。"

陈伟华谦虚地笑了笑，向施大发推荐把梅山农机厂作为厂房。梅山农机厂关门几年了，但厂房围墙都还完好，位置又好，可以让厂方作为固定资产参股进来，这样施老板既省了盖厂房的现金投入，又有了地方政府的依靠，是一件两全其美的事。

施大发点头同意考虑梅山农机厂，又对陈伟华说："我们生意人一是讲信用，二是讲效率，你们的茶叶急等着要包装，我的投入也急着见效益，我这头我是老板我说了算，这边你又是能拍板的一把手，咱们宜早不宜迟。设备资金你不用操心，各种手续和盖章的事我得指望你了。"

陈伟华赞赏施老板快人快语，满口答应所有手续乡政府全包了，就等着施老板马上回去运设备了。

施大发一脸真诚地说："真正让我下决心的还是因为这儿有你这个党委书记，你这人跟我投缘，这回呀，我们老家那些老板背后不知怎样看我呢。"说完和陈伟华同时大笑起来，许文才应付着也笑了两声，却总显得有些想不通。

到了梅山乡黄花山茶叶基地，施大发在陈伟华和许文才的陪同下来到基地上参观。看到满山遍野的茶树以及各个村里的茶叶制作坊，施大发更加相信这是一个投资办厂的绝好机会，相信许文才把他带到这里来并没有骗他。

许文才被夸奖得不好意思，连忙说是施老板有眼光。施大发连连摆手，指着一片片茶山说："真有眼光的还是你们梅山，这次我来梅山的路上看到沿路到处都在建开发区，到处都在办工厂，我真为他们担心，这环境污染问题到时候怎么解决。可你们梅山乡就不一样，全乡人均一亩茶山，一户一亩果园，实际上等于一户一个绿色工厂，过几年不富那才怪哩。”

陈伟华也被施大发的话激起兴致来，对梅山走上富裕之路更加有了信心。现在已到了茶叶销售旺季，每个村都在等着要包装，他催促施大发尽快在梅山投入生产。

施大发让陈伟华放心，厂子办起来快得很，设备都是现成的，只要有厂房、有电，一拉来就能生产。陈伟华拍手赞道：“那真是太好了！我看这样，您回去好好考虑一下，考虑好了咱们就签合同。”

施大发当即拍板说：“还考虑什么，我都等不急了，咱们这就签！”

陈伟华两眼放光，连说施老板爽快。三人当即转身返回乡政府，去办理签合同事宜。

从乡政府出来，许文才提着出差的行李回到自家“老友记”餐馆。葛小玉迎来送往，正忙得不亦乐乎。自从梅山旅游发展起来后，餐馆的生意也越来越红火。

许文才走进餐馆，没发现一个熟悉的面孔。葛小玉掩饰不住兴奋地迎上来，告诉许文才说餐馆里的客人都是来梅山旅游的外地人。

末了，葛小玉很高兴地说：“你说这陈伟华倒还真是有两把刷子，还倒真把生意带到咱梅山来了！”许文才笑了笑，进到屋里。葛小玉给许文才倒上茶，又帮他收拾行李，顺口问起他招商办厂的事情谈好了没有。

许文才点了点头，葛小玉又赞道：“陈书记的眼光还真不差，要是换了别人去呀，我看这事儿也没这么容易成。能办成的也就你了！”

许文才笑着说：“你这到底算是夸谁啊？”

葛小玉说：“我能夸谁呀？当然是夸你咯！不过陈书记也真的是……”

自从许文才进门，葛小玉每句话都没离开过陈书记，葛小玉这么大的变化让许文才还真有点奇怪。葛小玉现在是真觉得陈伟华的好了，当初骂陈伟华是因为他坏了“老友记”餐馆的财路，现在陈伟华又帮她把生意找回来了，她当然又开始夸起他了。

许文才把去招商这一路上的经历跟葛小玉说了一遍，最后很想不通地说：“你说陈伟华怪不怪？人家施老板送他百分之十五股份他都不肯要，还真有肥肉到了嘴边都不吃的人？”

葛小玉好像一点也不意外：“有啥怪的，清官不都是这样？电视里都演了。”

许文才看看葛小玉，觉得这不像她讲出来的话。葛小玉乐呵呵地出屋做饭去了，许文才喝着茶，一副若有所思的样子。

新的一天开始了，清晨的梅山乡薄雾晨曦，群山叠翠。乡干部们早早来到了乡政府会议室，陈伟华正给大家开一个关于梅山乡新规划的会。陈伟华、卓长富和林玉芬将一张图纸摊开在办公桌上，陈伟华在上面用铅笔粗糙地勾出了一个井字形的街道鸟瞰图。

这张规划图是陈伟华专门找县规划局做的，是未来梅山镇的主要街道规划。卓长富瞪大了眼睛，不敢相信梅山也要建镇，觉得这里连一点街型都没有，建镇这种话让人听去岂不是笑话死？林玉芬却很自信，梅山连公路都修了，修几条街应该更不是问题。

陈伟华问卓长富：“梅山为啥不能建镇？想当年改革开放刚开始，深圳也不过是个渔村嘛，为啥现在发展得那么好？”

卓长富歪着脑袋想了半天说：“去的人多呗！”

陈伟华一拍手说：“对！一点都没错！就是因为去的人多！只要人气旺了，人来人往，不怕发展不起来！”

陈伟华想走建镇这步棋，是因为他相信梅山的人气会越来越旺。梅山的几万亩茶山、果园虽然是刚见效益，却已经吸引了那么多人来。未来若照此发展下去，一定会吸引更多的人来梅山参观旅游。

大家纷纷点头赞同，更加佩服陈伟华的见识和胆魄。陈伟华所想的还不仅仅是建镇规划，还考虑到以后来梅山的人多了，要买茶也不能总往各个茶场跑，因此陈伟华想搞一个专业的茶叶大市场。茶叶大市场里可以设置茶庄、饭店、宾馆，让观光的客人吃好住好，玩得开心买得满意。人气聚拢了，进出的人也会多起来，到时候旅游山庄和街市也就自然形成了。

卓长富又担心上面不会批，陈伟华笑着摇摇头说：“老卓，按照新时期的发展规划思路，发展农村中心小城镇是方向呢！你要加紧学习咯！”

卓长富挠着脑袋笑了。

散会后干部们纷纷离去，陈伟华想和卓长富再谈谈规划的问题，让卓长富先到他办公室等他，然后把林玉芬叫到一边，小声问林玉芬昨天是不是去县城了。林玉芬告诉陈伟华她昨天回县城主要是去问芳芳的收养手续问题，顺便也回家看看。

陈伟华看了看左右没人，不好意思地跟林玉芬说，不要把他和林英琴的事再跟其他人提。林玉芬会意，点头答应。

陈伟华回到办公室，卓长富已把那张鸟瞰图摊开在桌子上，前后左右仔细地看。陈伟华指着鸟瞰图兴致勃勃地对卓长富讲解说："你看，把梅山食品公司门前那条路取直，作为主干道往四面延伸就有了十字街，再把河沟子护上石头岸坡、架上水泥石拱桥，把街道跟乡政府、乡卫生院、乡中学连接起来不又是一条街？河沟两岸栽上跟杭州西湖一样的垂柳，河沟中间栽上荷花，在河的上游跟下游修几个亭子，栽些花木，不就成了公园了？"

卓长富听陈伟华这么一说，想象梅山到时候真可能就跟城市一样了。可他也有疑问：把那些街道建起来要盖很多房子，盖房子总得要钱来支持，可钱从哪里来？再说了，梅山到处是荒山野岭，就算有钱人家也不会把房子往这里盖。

陈伟华叫卓长富看问题不要这么死。陈伟华举了个例子说起了深圳，深圳当时也比较荒凉，能够建成像现在这样的大城市就是靠的政策吸引。道理都是一样的，到时候把规划一确定，请乡人代会通过，任何单位要新建扩建都按规划往街两边修，这样就整出一条街来了。到时候再把整个街道规划成仿古建筑，留一条街专门设计成茶庄，各村茶场都来街上盖几间门面，就形成了一个茶叶交易市场和水果批发市场，再鼓励有能力经营的茶农们把房子盖到街上来，等到游客一多，还可以规划出购物一条街和饮食一条街。

卓长富笑笑说："山里人靠山吃山过习惯了，谁愿意搬到街上来？"

陈伟华说："你这可是老脑筋了！让人口相对集中，好处多着呢。小孩上学，大人看病，称盐打油做生意都方便。家里来了客人，买猪肉蔬菜也新鲜。这人气一拢，百业兴隆，干啥不方便？谁会不愿意来？这才叫提高人民生活质量呢！"

陈伟华见卓长富目光中还有疑虑，越发认真地说："怎么，还不信？我不是说大话，你看当今社会，中国农村就要走小城镇化的建设方向，到时我要你根本分不出城里乡里！”

卓长富听了这番解释，高兴地说：“真有这么好？我都不敢想哩！”

陈伟华对梅山乡未来发展充满了信心，这有他自己充分的理由。社会发展往往是出乎人们意料的，陈伟华还记得当年上初中那会儿，富裕的镇里才有几台黑白电视，稀奇得不得了。他那时还在想，不知道自己这一辈子买不买得起一台电视呢。可是现在才不过十多年而已，城里人家家户户都有了彩电，现在还兴起了液晶电视、数码电视、家庭影院，外面经济发达的农村也早就普及了数码电视。梅山原来就是个落后地方，现在“三高”农业、两万亩茶叶产业以及生态农业逐渐发展起来，而且都见了效益，电视、楼房也没什么稀奇了。

卓长富被陈伟华的情绪感染，激动地说：“陈书记！梅山要真富起来，你就是大功臣啊。”

陈伟华摆摆手：“梅山要是能富起来，在梅山的每个人都是功臣！”

卓长富突然想起来什么，对陈伟华说：“对了，陈书记，咱们云雾山村希望小学今天上午已经算正式竣工了，这剪彩的事……”

陈伟华一听，拉着卓长富离开办公室，去了云雾山小学。

新建成的云雾山希望小学的新校舍红砖黑瓦，水泥铺就的操场上还配置了崭新的篮球架。陈伟华和卓长富来到希望小学教学楼前，看着崭新的校舍，心情很是激动。陈伟华心想，这下咱们山里娃也能和城里的孩子一样安安心心地上学了。

卓长富感叹着多亏了林英琴的慷慨解囊。一提及林英琴，陈伟华的脸色变了变。卓长富并没有察觉，陈伟华赶忙岔开话题问：“这校舍啥时候能正式启用？”

卓长富说：“已经在内部粉刷了，过两天新的课桌椅一到就能用了。”

陈伟华点点头，吩咐卓长富找林玉芬准备一个简单热烈的落成仪式兼开学典礼，然后再让她邀请一些人参与。

从云雾山小学回来的路上，陈伟华和卓长富一边走一边谈起了乡里以前的欠款问题。梅山乡如今已足以还清所有的银行欠款，卓长富根据乡里的工作安排，已将欠工商银行的九十万贷款和其他的债务全部结清，目前只差一些手续还没有办完。

陈伟华称赞卓长富这件事办得好，让卓长富把这些财务情况张榜公布，叫群众都心知肚明。卓长富忽然带几分神秘地问陈伟华："陈书记，县里情况你听说了没有？"

陈伟华摇摇头。这段时间县里没开会，陈伟华也好久没进城了，邓清明曾要他抽空去一趟，可陈伟华一直没空。卓长富批评陈伟华太不关心政治，听卓长富说了后，陈伟华这才知道县委常委班子增补成员，他和万锋强都是考核对象。万锋强积极搞好关系，上次的民主考评，他就比陈伟华多了不少票。

得知情况陈伟华愣了一下，表情茫然地望向远处。

卓长富接着愤愤不平地说："这次考核组下来，我们党政班子都一致反映你的作风扎实，就是有人想下蛆他也找不到缝！咱们梅山的变化谁不看在眼里？论实际政绩，他万锋强除了吹牛皮究竟干成了什么？虽然工业企业办了不少，但是现在环境污染那么严重，有关部门还在调查处理这些问题。可咱们梅山的工作哪一项不是一斧头一凿子的？连省里领导都表扬咱们路子走得对，全省山区脱贫开发会上不是把我们树成典型了吗？……"

陈伟华苦笑着摇了摇头，让卓长富别说了。涉及人事制度这样深层次的问题，不是像他们这样的基层干部能讨论的，还是静下心来踏踏实实为老百姓干点实事才是正经。他脑海里已经构思好了一个蓝图，下一步他想让向大成到镇建设办抓街道规划建设，到时候拿到党委会上议一下。向大成虽然没什么文化，上次还为了贪图小利益茶叶掺假，但撤职以后反省很深刻，干事确实很扎实了。陈伟华把自己的想法一提出来，卓长富便拍手赞成。

梅山乡改建梅山镇的文件很快就被批复下来，对于未来梅山镇的城建建设，莲花县建筑公司中标承建。对此，陈伟华和莲花县建筑公司的刘董事长进行了一次深入的谈话，双方意见初步达成一致后，陈伟华对刘董事长说："刘董，这回我们梅山很快就要建镇了，镇的建设由你中标承建，你一定要保证质量啊，原黄花山村支书向大成，现在担任镇建设办公室主任，会配合镇城建工作。"

刘董向陈伟华保证质量一定会放在首位，并为自己能够亲自参与梅山的建设感到非常荣幸，许诺会将梅山变成一个美丽的现代化新城镇。

不久之后，梅山镇建设办公室成立了，陈伟华正式任命向大成为镇建设办公室主任，配合莲花县建筑公司刘董事长对梅山进行城建改造工作。

梅山镇的建设工作如火如荼地开展起来，陈伟华现在的工作重点就是一手抓茶叶管理，一手抓小城镇街道建设。这天他来到一片山坡附近的建设现场，向大成正在指挥大家进行爆破。乡食品公司经理沈三从附近的一排土瓦屋里跑出来喊道："陈书记，不能再炸了，再炸下去我们食品公司的后院墙就要埋在土里了。"

陈伟华正要找沈三说说食品公司的房子问题。那还是土改前地主的老瓦屋，陈伟华建议扒了重盖，但沈三搔搔头皮说："得几十万呢，我们哪拿得出这么些钱？"

陈伟华让沈三去找一下县食品总公司的领导，让县食品总公司拿点钱出来盖栋商场。沈三却说县食品总公司的领导不同意他们建新楼，因为这里的营业额太少，要盖也只能原地把瓦房翻新一下。

乡食品公司虽名为乡直单位，实际上却是县直派出机构。乡政府和食品公司虽然没有隶属关系，但陈伟华希望沈三无论如何再做做主管局的工作，支持梅山的统一建设规划。他表态说，只要梅山食品公司改建了，就把规划中最好的地段划给他们，到时把公司的商场修在繁华地带，就不愁没有营业额了。

沈三听了马上改变态度，说："规划上不是说十字街要修茶叶经销公司的大楼吗？"

陈伟华说："十字街有四个方向能盖四栋楼，茶叶公司只占一面，剩下的按先来后到次序竞争，不论是单位还是个人，谁先立项就先给谁。"

沈三一听更是来了精神："那你把东街口坐北朝南那块给我，我盖个四层楼的梅山商场，马上就动工，年内争取搬进新楼营业。"

陈伟华和沈三击掌为誓，说："你可要说话算数！只要你在年内把商场盖起来，我就跟国土局说情，减你一半土地征用费。"

两人拉钩打赌，陈伟华又用手指捏在一起做了个乌龟爬行动作，举在半空里做了个滑稽相，对围观群众说："你们大家都看见了，我跟乡食品公司经理沈三打过赌了，今年咱们要到沈经理的梅山商场购物呀，到时候谁说话不算数，那他就是这个！"

陈伟华手里的"乌龟"夸张地爬了几下，逗得众人都笑了起来。

随后，陈伟华把卓长富和向大成叫到办公室，共同讨论街道的规划布局。林玉芬敲门，一进来就说："陈书记、卓乡长，你们这是啥态度吗？"

两人都很纳闷，不知道林玉芬是冲着谁。林玉芬说：“就是冲你们两个呗！尤其是陈书记你，一把手带头不服从组织安排。”

陈伟华丈二和尚摸不着头脑，不知道自己哪里又不服从组织了。原来，县里让各乡镇领导干部定期体检，乡卫生院已经通知了好几次了，可陈伟华和卓长富却一直拖着不去。陈伟华说自己又没什么病，检查不检查也无所谓。卓长富看看陈伟华，又看看林玉芬，尴尬着不晓得怎么说好。向大成劝陈伟华和卓长富还是去检查一下，花不了多少时间又不是啥坏事，也好配合一下林玉芬的工作。

陈伟华笑着对向大成说：“老向，你的工作作风倒是越来越圆滑啦！”

向大成笑笑，说：“这不是一切服从组织安排嘛！”

陈伟华和卓长富只好听从林玉芬的安排，去卫生院进行身体检查。两人进到乡卫生院，向安勤见陈伟华和卓长富从吉普车下来，赶紧说：“陈书记，卓乡长，你们总算来了！”

陈伟华看着向安勤一下子笑了：“难怪老向也催我们，原来是为了配合你的工作哟！”

卓长富也笑起来，向安勤反倒有些不好意思了。卫生院院长迎了出来，对二人说：“陈书记，卓乡长，你们可总算来了，你们要再不来我只能亲自去乡政府请你们了。”

向安勤去做体检准备，院长陪着陈伟华和卓长富走进里面。卫生院院长满面笑容，不停地感谢乡里为卫生院向县卫生局申请改善硬件设施的事，说县局已批了二十万。

接着，院长又感谢起了林英琴对卫生院的帮助与支持。这件事陈伟华毫不知情，院长告诉他说林英琴上次来卫生院考察，见医院设备简陋，就专门派人到省城购买了几百万的先进医疗器械和设备捐献给了他们，还把医院病房里里外外装修了一番，所以现在这里一般的病也不用去县里了，村民都说乡医院甚至可以和县医院媲美。

院长滔滔不绝地说着，越说越激动。陈伟华十分惊讶，完全没想到林英琴为梅山乡做了这么多事。院长还在讲着林英琴，感激之情溢于言表：“她可是莲花县知名的女企业家！不光人长得漂亮，而且非常有爱心。我们卫生院决定赠送林老板一块致谢的大匾，以表我们的敬意。”

陈伟华听了院长的描述，心里一颤，神色顿时凝重下来。院长看到了陈伟华忽然间的变化，紧张地说：“陈书记，有哪里不舒服吗？”

陈伟华笑着摇了摇头。院长让他和卓长富跟着他向里面走。

检查完身体，陈伟华回到办公室，林玉芬又拿着一份文件走了进来，文件的内容是希望小学落成仪式的嘉宾名单和议程。陈伟华接过来仔细看了看说：“行，没什么问题。”

林玉芬趁陈伟华看文件的时候，仔细观察着他的表情，陈伟华却似乎一如往常。林玉芬想说什么，却欲言又止。

陈伟华问她：“还有什么事？”

林玉芬说没事，心神不安地退出了办公室。等她走了之后，陈伟华继续看着规划图，忽然感到非常疲惫。他揉了揉太阳穴，又从抽屉里拿出和林英琴签的那份合同，心里唏嘘不已。

希望小学的落成典礼开始了，小学生们穿着校服整齐地列着队，打起锣鼓，欢迎林英琴和镇里其他干部的到来。林英琴的车在即将落成的学校校门前停了下来，两名小学生迎上前，向林英琴行了个队礼，并给林英琴戴上了鲜艳的红领巾。

望着身旁笑颜如花的孩子们，林英琴心情格外激动。随后，领导们走上了学校剪彩仪式的主席台。校长看看时间差不多了，走到支起的麦克风前大声宣布：“由莲花县女企业家林英琴投资建设的‘梅山云雾村希望小学’落成仪式暨开学典礼现在开始！现在请出林英琴林女士、刘董事长、梁董事长、陈书记、卓乡长、林主任为落成典礼揭匾！”

震耳的鞭炮声“噼里啪啦”地响起，遮挡在校门口校牌上的红绸被揭了下来，白底红字的校名大匾赫然出现在众人面前。陈伟华带头鼓起掌来，接下来更是掌声雷动。

学校落成典礼结束后，学生们回到教室里继续上课。大家在走廊上视察参观，陈伟华和林英琴不知不觉落到了人群的最后。两人几乎并肩而行，却都没说什么话。陈伟华看看教室里的学生，终于开口对林英琴说：“谢谢你啊！”

林英琴淡然一笑说：“谢什么？”

陈伟华说：“谢谢你给了孩子们这么好的学习环境。”

林英琴说："也不光是我一个人，刘董、梁董他们也有份的。"

两人又陷入一种无言的尴尬，继续默默往前走着。陈伟华忽然问林英琴是不是下周一就要走了，林英琴告诉他还有些事没办好，可能会晚一个星期走。"是吗？"陈伟华说完，两人重又陷入了沉默。

琅琅的读书声中，两人走到了走廊的尽头。

中午过后，企业家们的车陆续开出了院子。林英琴临上车时回头看了一眼陈伟华，似乎有些不舍，却还是上了车。看着林英琴的车缓缓开出了院子，陈伟华反倒格外平静。

花关镇的水污染问题一直摆着，到现在都还是没有得到妥善解决。这件事让万锋强实在无奈，只好采取眼不见心不烦的消极办法对待。再加上每天事务繁忙，一时他也管不了那么多了，能拖一天就是一天。

这天清晨天还没亮，鲍鱼养殖场的单经理就被一阵急促的电话铃吵醒了。他接了电话，才知是自家养殖场里的很多鲍鱼都爬到了养殖筐的顶部。这可不好！听到这消息，他顿时半天说不出话来。等回过神来后，他果断地说："马上排放池子里的旧水，送进新水。我随后就到！"

放下电话，他马上起身，鞋子还没穿好就往外跑。赶到养殖场一看，只见爬上水面的鲍鱼已经大面积死亡。养殖场的管理员告诉他，已经按照指示在做了，可是效果不大。

单经理立即让用高锰酸钾消毒养殖场的地面，并快速检查、分离、处理死鲍。管理员赶紧照着吩咐去做，单经理又赶到鲍鱼苗的池子边，这一下他更心痛不已，鱼苗竟已死了大半。

养殖场的管理员小心地清理着池子，大家都在痛惜，搞不清怎么会这样。

一名管理员对单经理说："养殖场的过滤装置早该换了，这些普通的过滤工序根本没办法净化海水。加上鲍鱼本身就脆弱，一旦水质受到污染，必死无疑。"

养殖场的员工议论纷纷，单经理听后更心急如焚，冲养殖管理员嚷道："吵什么？快点抢救没死的鲍鱼苗吧！还有工夫瞎议论。"

可是抢救鲍鱼苗的急救行动却也不怎么管用，不到半天时间，又死亡了很多。到了中午时分，成品鲍鱼已经损失一半左右，经过消毒并用塑料袋密封起来的死鲍鱼出现脱水、干瘪的状况，发出了阵阵恶臭。员工们连续作战了一个上午，忙得没有喘息的时间，对此却无力回天。

单经理的心像锥子扎一样阵阵刺痛，只好有气无力地对身边人说：“马上清点，统计一下我们目前的损失如何，还有多少存活的。然后，把死的消毒处理，掩埋到附近的海滩。”

安排完，他颓丧地回到办公室，一屁股坐在了老板椅上。完了，全完了！他简直欲哭无泪。这几年的投资全打了水漂，叫他怎能不伤心难过！

兴建这鲍鱼养殖场并不是那么容易的！当初为贷款建场，不知求了多少人才把这块地给批到手。发展到今天的规模更不是一朝一夕的事，堪称费尽了他全部心力。

一只鲍鱼苗养殖成为成品鲍鱼，至少需要一年半时间。眼见着这八千公斤的宝贝马上就要有收成了，可以拿到市场上去卖了，却突然出现这样的意外，怎能不叫人心痛？鲍鱼场的全体员工也早就盼望着鲍鱼大卖的这一天到来，谁曾想天有不测风云，厄运怎么就落到了他的头上？

单经理心烦意乱，不知道自己该怎么办。只怪老天太会捉弄人，他胡思乱想了半天，突然决定去查查这件事到底是谁在作乱。他脑海中忽闪出一个人，猜测这污染可能跟他有关，那就是花关镇工业园的涂光义。

他正想着，一阵敲门声响起，打断了他的思绪。一名养殖场的工作人员进来，递给了他一份损失的统计数据。据初步清点，估计有四千公斤的成品鲍鱼死亡。按照目前市场价每公斤二百元计算，这项损失约八十万元人民币。而更惨重的损失是鱼苗，一百五十个池子的有一半以上死亡。按照每个池子大约有五万只、一只一元钱来计算，这笔损失将近四百万元。

加起来五百多万哪！损失有这么惨重，单经理差点晕倒。

现在一定要找到根源，不能白白吃了哑巴亏。他吩咐把公司技术员小马叫上，要先到花关镇工业园涂老板那里做个调查，然后再到镇委找万锋强。

一行三人到了花关镇工业园涂老板的厂里，先查看了排水口。这下可好，发现全都是黄泥水，还夹杂着很浓的油污味。单经理立刻叫手下取证，然后用手机拨通了涂老板厂的工程部负责人的电话。

工程部负责人的解释是，工厂冲洗锅炉的水一般会加入氨水，即使加入了也是符合标准的计量。原来厂里工人近期为了赶工，的确使用了部分氨水，但他们保证所加的计量都是合乎标准的。

单经理又拨通了工厂运行部的值班电话。值班人员回答说，他们从上个星期就开始调试机器了，调试机器的污水都排到海里去了。接下来的几天，他们还将继续调试。

了解到基本情况之后，单经理这才拨通了涂老板的电话，要涂老板对他的鲍鱼大面积死亡事件负责。涂老板一听是五百多万的大单，慌了，拒不认账，说排污问题是整个镇工业园区处理的问题，他的工厂不需要负责。

跟着他倒打一耙，反怪单经理的鲍鱼太金贵，让他有本事去找镇里的万书记去，别跟他瞎扯。单经理强忍心中的怒火，愤愤地挂掉电话，决定要为此事讨个说法。

很快他又拨通了街道办应急指挥中心、县农业局、县环保局的电话，向他们反映了情况。县环保局水质检测中心接到举报后，立刻派了一位工作人员到场取了水样。接着，环保局监察支队有关工作人员也来到了现场调查，报社的记者也来了。

监察支队工作人员共取了鲍鱼场养殖池、排水口、取水口、水塔、涂光义的工厂排污口等多处地方的水样，拿回去检查。单经理带领记者和环保监察人员到涂光义的工厂工地查看，发现工厂靠近鲍鱼养殖场的一面有一条沟渠，沟渠里的水呈浑黄颜色，还夹杂着很浓的油污味。

在此之前几个小时，万锋强满脸笑容地带领着花关镇委、镇政府的干部以及离退休的老同志参观了由港商涂老板投资的花关镇工业科技园。

涂老板见到万锋强一行，赶忙迎上前代表科技园全体员工表示欢迎。万锋强谦虚地感谢涂老板投资工业科技园，让花关镇的经济又上了一个台阶。

万锋强带领着一行人参观，看到工业科技园井井有条地生产，到处是一片繁忙的景象，露出了满意的笑容。参观完后，他又带领着一行人回到了花关镇政府，在镇政府会议室里顺势召开了老同志和镇干部座谈会。

会议室里，桌上摆满了花生、糖果、水果、饮料，大家兴高采烈地相互交谈着，会场里充满了喜气洋洋的过年气氛。万锋强请在座的各位老同志、老领导畅谈参观工业园的感受。大家畅所欲言，纷纷表示自从万锋强来了花关以后，花关的经济又上了一个新的台阶，镇里的就业问题也全部解决了。

大家正在兴头上，会议室的门突然被撞开了。鲍鱼养殖场的单经理和一个养殖工人挑着一担装满死鲍鱼的木桶闯了进来，气冲冲地把木桶摔在了万锋强面前。

满桶的死鲍鱼散落一地，会议室里到处弥漫着腐臭气味，万锋强顿时惊呆了。参加花关镇座谈会的干部和老同志们都感到十分惊诧，本来还很热烈的座谈会一下子陷入了僵局。

大家停止了讲话，眼睛里都充满疑惑和不解，气氛显得很紧张。

看着满桶的死鲍鱼散满了会议室的地上，单经理激动地说："万书记，你看看这些死鲍鱼，全是镇里企业排放的污水给害死的。我早上起来去养殖场一看，大面积死鲍鱼浮到了水面，快上市的鲍鱼死了一大片，鱼苗也死了将近一半，初步估算最少要损失四百多万元，这可让我们怎么过？"

单经理语无伦次，说着说着，竟蹲在地上痛心地哭了起来。

此时此刻，万锋强最担心的还是自己，怕这事对自己将来的考核不利。他虽然心里暗骂胡守国做事不得力，但此时在慌乱中，只得再把他叫来处理这件事，让他代表政府对养殖场的损失给予适当的赔偿，并要求涂老板那边负大部分责任，且工业污水排放问题要尽快拿出解决方案。

吩咐完，万锋强扶起单经理说："老单，你别生气了，你的损失镇政府会协调企业具体赔偿的。你先起来！"

一位参加座谈会的老干部说："万书记，污染问题你要好好重视啊，这关系到花关镇的子孙后代，不要为了眼前的经济利益，把咱花关的环境给毁了。"

万锋强擦了一把额头的汗，连连点头。

二十一　惜别梅山

这天，县委书记方中明召集县委常委专门开了关于增补常委人选的讨论会。会议还没进行到一半，就已处于僵持状态。对于增补人选的标准，方中明已阐述过多次，要求一定要把真心为人民谋利益、干实事的干部选拔出来。至于此次增补常委的人选到底定谁，他还是把权力交给了在座的常委，希望大家能认真履行自己的职责。

有人认为选拔县委常委新成员还是万锋强最符合条件，因为万锋强所在的花关镇招商的规模大、声势大，报纸、电视宣传得不少，这是全县皆知的事。每次不管县里布置什么任务，花关镇都是作为典型走在前面。

另有人却认为梅山乡的陈伟华干事扎实、吃得苦，为梅山找到了很适合的发展路子，这足以证明他是十分优秀的，完全符合进入县委常委领导班子成员的条件。而万锋强在开发区建设中，把污染严重的企业盲目引进，造成环境污染严重，并且以股份制为目的搞群众内部集资，带来很多负面影响。

常委们滔滔不绝地发言，组织部部长邓清明认真听取每个人的意见，并把大家的发言摘要记录下来。他时不时地用目光想要征询方中明的意见，但方中明的脸上却看不出任何评判的表情。

在认真听取每个人发言的过程中，方中明目光威严，永远保持着那种冷峻。

会议进行到中途时，一位秘书慌慌张张地走进来报告说，花关镇鲍鱼养殖场的鲍鱼全死光了，民用水也遭到该镇工业园区工业企业废水污染，花关镇的万锋强书记被养殖场的工人围在了办公楼里。

方中明拍案而起："怎么回事，这么严重的污染，怎么之前一点消息也没有？这万锋强简直是在胡闹！"

他让秘书赶快给万锋强打电话，要他一定要保障群众的利益，并马上派县环保部门到花关镇进行调查，对污染企业进行查处、关停整顿，表示对造成严重环境污染的工业企业及相关责任人，一经查实追究一切责任。对镇里涉及此事的主要负责人不但不能提拔，还要就地免职。

处理完花关镇的事，会议继续进行。

方中明传达了上级批准梅山乡改为梅山镇的通知后，说梅山在陈伟华同志的带领下，近些年的发展和变化已经是有目共睹，梅山已不是当年的梅山，它的人均国民收入翻了几番。梅山的农业产业化发展道路结合发展旅游业的思路，会再造一个更合理、更有实力的梅山，因此上级批准了梅山正式由梅山乡改为梅山镇。

会议进行到最后，常委们以无记名投票的方式，进行了增补常委人选的投票。方中明冷峻地说："既然是发扬民主，咱们就民主到底，现场统计，当场公开结果。"

统计结果很快出来了。经县委常委会集体投票，一致通过梅山镇陈伟华书记当选为莲花县委常委，并报上级审批。

此时，陈伟华正开着吉普车，带着卓长富行驶在梅山乡的盘山公路上。车开到了山顶，两人从车中下来，放眼观望远山近景。

梅山在普照的霞光之下，已是旧貌换新颜。远处是波光粼粼的兰溪河和往来的船只，近处是盘山而上的茶园和点缀其间的不知名树木。望着满眼的壮丽景色，陈伟华和卓长富虽沉默不语，心中却如波涛般翻涌。

突然，陈伟华的手机响了，是邓清明打来的。邓清明在电话中恭贺陈伟华被上级批准任莲花县委常委，并告诉他万锋强落选的消息。

陈伟华向邓清明致了一声谢，平静地合上了电话。

卓长富问陈伟华有什么事，陈伟华眺望着远处的群山，一脸肃穆和平静地说："没事。"

这天，在梅山乡政府每天例行早点名的时候，陈伟华宣布了一个好消息，告诉大家上级已经批准梅山乡改为梅山镇了。也就是从这天开始，梅山乡正式改称为梅山镇。

乡干部们发出一片欢呼声。早点名结束后，大家就忙着把乡政府大院门口原来的牌子撤了下来。只一会儿工夫，原来的梅山乡政府门前的一溜木牌子全都不见了，换上了“中共莲花县梅山镇委员会”、“莲花县梅山镇人民政府”以及镇人大、政协、人民武装部等宽大气派的牌子。

接着，在镇政府大院里举行了“梅山乡创全国名优茶品牌庆功表彰大会”。镇政府大院里搭起了一个简易的台子，台下坐满了各村的干部、茶叶生产人员及部分群众。陈伟华在台上发表了慷慨激昂的讲话：“同志们，父老乡亲们，梅山从一个乡发展到今天的梅山镇，完全是干部、群众一斧头一凿子干出来的、一镐一镢头地在山上挖出来的，所以我特别感谢大家。乡亲们，如果没有李技术员这样的专家指导，我们梅山茶叶也没有这样的发展前景，没有这样的名声！这意味着我们的茶叶产业化前途无量啊！为了表彰茶叶开发中的有功之臣，今天召开庆功表彰大会，现在颁奖开始！”

在接下来的颁奖表彰中，骨干技术员李学聪获得了特别表彰。李学聪在梅山跟着村民们一起辛辛苦苦干了几年，为梅山茶叶产业化生产以及全国性的茶叶博览会上捧回了六个金奖，为创建名茶之乡和生态农业立下了汗马功劳。当卓长富在发言中宣布李学聪获得了莲花县优秀科技知识分子称号，并向李学聪一次性发给三十万元奖金这一决定的时候，会场里的气氛一下子热烈起来。

接着，卓长富又继续宣布了一个消息，李学聪因科技创业工作突出，县科委转发省科技局文件，推荐他为全省优秀科技知识分子，正在上报上级审批。卓长富宣布完，广播里播放起了欢快的音乐，李学聪在众人的掌声中上台领取了奖项。下面的群众羡慕不已，纷纷议论道：

“啧啧！我的天，一家伙奖三十万！李技术员这下可是发财了！”

“嘿！三十万啦！要是回到咱们以前的穷梅山，一辈子都挣不够……”

表彰大会结束后，李学聪回到茶场制作坊里继续忙碌。二狗子兴奋地向李学聪开玩笑说：“李技术，这回咱们梅山在全国出了名，你是头功啊！乡政府一家伙奖给你三十万块钱，你也算发了，什么时候你也请我们好好喝顿酒?”

李学聪笑着说：“行啦，你说啥时候吧，要不你买了东西来茶场里做，我出钱就是。”

林玉芬也随即掺和进来，调侃二狗子说：“不行，要请也该你二狗子请。李技术这点奖金你看着眼馋是不是？你算算你自己春茶夏茶加秋茶三季下来要赚多少钱？不赚八万，怕也要赚上六万？明年怕不是十几万？就说你二狗子，前几年你长疮连膏药都买不起，现如今你都在梅山镇街上盖楼房了，马上还要娶媳妇，这喜事一桩接一桩的，你还不该请一场？”

李学聪接着说：“大家把茶厂管理经营好，今年咱们梅山有一半的农户要盖楼房。”

二狗子兴奋地说：“没承包茶园的农户单凭茶园开发劳务股的分红一年就有好几万，加上采茶工钱，贩茶叶赚的差价钱，这一下来家家户户都变成富裕户了。陈书记和李技术员真是咱们梅山人的福星哪！”

李学聪不好意思地笑了笑。林玉芬却突然触电一样地跳起来说：“不好！”说完就往外冲去，弄得李学聪和二狗子莫名其妙。林玉芬没时间多做解释，她要赶紧去找到陈伟华。

陈伟华正在参加梅山镇与浙江老板施大发合资的茶叶包装厂开张仪式。茶叶包装厂已落户于倒闭多年的农机厂，经过修葺的厂房干净整洁。在一阵“噼噼啪啪”的爆竹声中，陈伟华和施大发两人举着一块红绸蒙着的厂牌庄重地走到厂门口，挂在厂门口的门楣上。二人轻轻揭去红绸，用黑漆写着端正楷书的“莲花县梅山镇浙江茶叶装具股份公司”看上去十分醒目。

厂牌挂好后，陈伟华和施大发紧紧握手。陈伟华向施大发祝贺道：“祝你生意兴隆发大财，也感谢你支持我们梅山的经济发展！”

厂院大门口已经围满了看热闹的群众，陈伟华把目光转向群众说：“施老板来我们梅山投资办厂，是先富起来的老大哥对我们贫困山区农民兄弟实实在在的支持。这个茶叶装具厂不仅有我们梅山镇农机厂百分之三十的股份，而且还是我们梅山镇发展茶叶支柱产业的一个重要组成部分，希望我们各有关部门和梅山人民把这个厂当成我们自己的企业，关心它，支持它，爱护它！”

施老板抱着双拳向四周致意，操着一口温州普通话向周围的群众表示感谢，殷切希望梅山的群众多多照应，并邀请领导和乡亲们进到厂子里观看生产过程。

众人跟着施老板和陈伟华涌进厂子里，几台车床已开始生产，一卷卷铁皮一放进不同的车床，流水线上便流出一串串或圆或扁的铁罐来。人们看着印制精美的铁罐，“啧啧”不已，交口称赞。

陈伟华也看着流水线上的工作频频点头，一抬头却见林玉芬风风火火地跑了进来。林玉芬拨开人群，挤到陈伟华身边，气喘吁吁地说："陈书记，来不及了！快！"

林玉芬说着，拖着陈伟华就往外走。陈伟华这才晃过神来："怎么了？"

林玉芬上气不接下气地说："英琴……下午……飞机……"

陈伟华一怔，心里一下子没了主意，由着林玉芬拉着他出了车间。

林玉芬拽着陈伟华匆匆赶回镇政府大院，叫王师傅赶快把车开出来。卓长富听到声音，从办公室里跑出来，见林玉芬拉着陈伟华匆匆跑进来，以为出了什么大事。林玉芬顾不着多说，不由分说把陈伟华塞进了吉普车里，并关照王师傅："马上去省城机场，要快！无论如何一定要把陈书记送到！开车！"

王师傅看看陈伟华，有些莫名其妙。林玉芬赶紧在王师傅耳边低语了几句，王师傅一下子茅塞顿开说："行！包在我身上！"

陈伟华坐上了车上，还犹豫不决地说："林主任，我看还是……"

林玉芬冲他挥挥手说："废话少说！开车！"

吉普车一阵风似的开出了大院。车开走后，许文才和施老板等人也都匆匆赶到大院，看着远去的吉普车，不知道发生了什么事，都很奇怪地看着林玉芬，林玉芬总算喘匀了气，说："省城机场……"

等林玉芬把事情说完，众人这才恍然大悟，默默祝福陈伟华能赶上林英琴的飞机，并能把林英琴留住。

陈伟华坐在吉普车上十分焦躁，心中犹豫着是不是不该去。他让司机王师傅把车转回，王师傅的态度却很坚决："陈书记，平时都听您的，这回不行！我答应了林主任，就一定要把您送到！"

陈伟华心里虽然矛盾，却也只好由着王师傅去。

林英琴已提前到了机场候机楼。办完登机手续，她坐在候机室里静静地等待。手机突然响了起来，林玉芬在电话里说："英琴，你先别急着走，我找人给你送咱们梅山特产去了，估计快到了，你稍微等一下啊！"

林英琴感到奇怪："梅山特产？不必了吧？"

林玉芬却说："送都送出来了，千万要收到了再走啊！"

林英琴还想说什么，电话却被挂断了。林英琴哭笑不得地说："搞什么嘛。”距离飞机起飞的时间不久了，她看了看手表，提起行李准备离开。

王师傅开着吉普车，在城市的车流中左穿右绕、艰难前进着，偶尔遇到交通拥堵，王师傅拼命地按着喇叭，飞速地驶过大街小巷。陈伟华望着车窗外的景色，心里七上八下没了主意。

吉普车一路飞奔，终于赶到了机场。陈伟华却没有立刻下车，还是有些不知所措。王师傅催促道：“陈书记！快啊！再不去就来不及了！”

陈伟华继续犹豫着，王师傅急得汗都出来了。陈伟华一咬牙，终于决然地下了车，向候机楼跑去。

他气喘吁吁地跑进候机楼，四下寻找着自己心爱的人。透过候机楼的落地窗望去，眼见一架飞机滑向了天空，陈伟华的心忽然十分失落，颓然地趴在了落地窗上。等他缓缓地转过身来，低头却见一双熟悉的高跟鞋出现在了眼前。陈伟华赶紧抬起头，惊喜地发现站在眼前的正是林英琴。

这一瞬间，时间像是凝固了。林英琴的脸上挂着淡淡的微笑，凝视着惊喜交加的陈伟华。陈伟华愣了半晌，冲上去紧紧地抱住了她，就像抱着世界上最宝贵的珍宝，久久不愿放手。

许久，两人都没说话，眼睛却都湿润起来，整个世界似乎都已属于他们两个。窗外湛蓝的天空中，又一架飞机划向了天空，但这好像已和他们无关。

王师傅坐在车里等候，眼睛一眨不眨地望着候机楼门口。当陈伟华一个人的身影出现在楼门口的时候，王师傅一下子泄了气。等王师傅再不经意地抬起头，却发现向自己走来的陈伟华身边竟然多了个人，是林英琴。

王师傅一下子激动起来，兴奋地按了按喇叭。陈伟华和林英琴上了车，驶向回去的路。

坐在吉普车上，陈伟华和林英琴手握着手，二人感受着从未有过的甜蜜。陈伟华忽然问林英琴：“身份证带了没有？”

林英琴没反应过来，不知道他是什么意思。陈伟华笑了笑，突然探头问王师傅：“王师傅，你知不知道去民政局怎么走？”

王师傅一愣，马上领悟道：“知道！”

陈伟华转头对林英琴说：“愿意陪我去吗？”

林英琴不敢相信地说：“你这算？求婚？”

陈伟华继续问：“愿意吗？”

林英琴害羞地低下头，对王师傅说："王师傅，你可把路认准了。"

王师傅笑逐颜开地答应着，把车往民政局开去。陈伟华激动地握着林英琴的手，两人相视而笑。

陈伟华和林英琴把结婚证办完，回到梅山乡已经很晚。吉普车刚刚开进大院，院子里的灯就突然全亮了，整个院子被照得如同白昼。卓长富、许文才、林玉芬、李学聪、向大成、施大发和村民们纷纷从院子里的各个角落涌了出来，鼓着掌把吉普车团团围在了中间。

陈伟华和林英琴下了车，一阵鞭炮声随之"噼里啪啦"地响了起来。陈伟华看了看周围，吃惊地问大家："你们怎么……"

卓长富笑呵呵地说："王师傅汇报军情有功，要好好奖励！"

大家都笑了，陈伟华和林英琴这才明白是怎么一回事。林玉芬上前向他们恭贺，弄得林英琴忸怩着，十分不好意思。大家簇拥着陈伟华和林英琴进到屋里，哄笑嬉闹着让陈伟华讲述追回林英琴的详细过程。

第二天一大早，陈伟华早早起来。茶场里依旧忙碌着，他春风满面，不时地和过路的村民们打着招呼。远处的大山一座连一座，近处的茶园更是层层叠叠。望着远近的景色气势，陈伟华心胸更加开阔起来。

花关工业科技园的污染问题经莲花县环保部门严格检查，两家工厂被查出严重超标。环保检测人员把对工厂的水、空气的质检报告记录在表格中，提交给了万锋强。对于那两家工厂，检测人员的处理决定是：必须马上停产整顿。

听到要求停产整顿的消息，胡守国极力向检测人员挽回道："同志啊，这两家工厂有那么严重吗？它们可是我们镇财税收入的龙头，我们通知他们进行污水处理，不停产行不行？"

检测人员不听胡守国辩解，要求立即停产整顿。对于环保检测部门下达的决定，万锋强没有作声。胡守国无奈地看着他，等着他说话。过了许久，万锋强才小声跟胡守国说："马上停产。"胡守国只好垂头丧气地答应。

晚上，万锋强身心疲惫地回到家里，一进门就闻到了饭菜香。桌上已经摆好了丰盛的晚饭，万锋强忽然感觉到一种久违了的温馨。他激动地走进厨房，果然看见林玉芬正在厨房里忙碌着，身边还多了一个小女孩。

林玉芬看到万锋强进来，像往常一样问他道：“回来了？”

万锋强下意识地点了点头。林玉芬赶忙对芳芳说：“芳芳，快叫叔叔！”

芳芳很乖巧地向万锋强问好，万锋强看到孩子如此可爱，心里暖洋洋的，向芳芳慈爱地点了点头。

林玉芬看着两人，笑着说：“芳芳和叔叔一起去洗手，咱们准备吃饭了。”

万锋强意外地看看林玉芬，突然觉得很是高兴，拉着芳芳的手说：“来！跟叔叔洗手去。”

稍后，三人已围坐在餐桌边，不时互相夹着菜。多了个孩子，更有了家的感觉，这顿饭吃得其乐融融。晚饭过后，万锋强一下子忘了工作上的那些烦心事，逗着芳芳，很是开心。

夜已深了，林玉芬把孩子哄睡着了，蹑手蹑脚地从房间里出来。万锋强说：“这孩子真可爱。”

林玉芬笑了，看得出来万锋强很喜欢这孩子。一会儿，万锋强却渐渐收起了笑容：“玉芬，我想过了，如果你真觉得……真觉得我们不合适的话……我尊重你的意见。”

林玉芬却说：“我也想过了，我觉得芳芳不只需要一个妈妈，也需要一个爸爸。”

万锋强一愣，有些不敢相信地说：“你是说……”

林玉芬点了点头：“芳芳好像也很喜欢你啊，我相信你会成为一个好父亲的。”

万锋强激动地握住林玉芬的手，话却在嘴里打结：“玉芬……我……”

林玉芬用手轻轻捂住他的嘴，不让万锋强再说下去，自己却说：“别说了，过去的就由它过去吧。我们一起从头再来，我相信自己，也相信你！”

万锋强把林玉芬紧紧搂进怀里，鼻翼抽动着，心里既是心酸又是温暖。

梅山公路上，一辆桑塔纳轿车在宽阔的公路上飞驰。县委组织部部长邓清明在陈伟华的陪同下再次来梅山参观。邓清明这次前来，既是以老同学、老朋友的身份，也是以组织部部长的身份。

一栋栋小楼和成片的茶园从车窗外不停地闪过，邓清明看得出神，感慨于梅山一天接一天的新变化。而陈伟华却好像一点也没变，当初来到梅山是什么样子，现在还是什么样子。

如今全县十七八个乡镇的领导中，可能也只有陈伟华和卓长富还在用旧款式的手机，说起来的确有点落伍。邓清明作为陈伟华的老同学，送给了陈伟华一个新的。陈伟华并不是不喜欢新款手机，只是梅山这个环境不允许他用这么昂贵的物品。邓清明把新手机递给他后说："这是一个早年闯深圳的朋友送我的，他完全是另一个圈子的人，跟我们没任何利害关系，就转赠给你了。"

陈伟华向邓清明道谢，把玩着说："咱们茶园见效益了，现在梅山人人都买手机了呢！"

车经过一个山坡，山坡上种满了茶树，陈伟华指着车外告诉邓清明："这片是黄花山村的，村里有茶场一万二千亩。这个村人口少，现在每年人均收入都超过一万五。"

轿车又翻过了一座山，陈伟华向邓清明介绍说："山这边属于凤凰山，这个村有茶山面积一万一千亩。"

看到这一座座茶山，邓清明忽然想起了李学聪，李学聪的"全省优秀科技知识分子"称号已经批复下来，近期就会向全县公布。这些茶山有李学聪的心血在里面，他已经提出了调到梅山来的正式调动申请。如果邓清明签字批准，李学聪就有可能再也回不了城了。邓清明有点犹豫批还是不批，因此征求陈伟华的意见。

陈伟华笑着说："李学聪的态度坚决得很。我看啦，他调来梅山也是件大好事，有利于梅山茶叶发展，更有利于他自身事业的发展，一举两得的事，我看你这个部长就成人之美吧。"

另外，邓清明告诉陈伟华最近省委刚开完干部交流工作会，万锋强已经停职检查了。县委根据省委的精神，研究决定把陈伟华作为副县长人选推荐交流到外县去。这也算是给陈伟华换个环境，创造一个更大的舞台，让他尽可能地施展才华。

这个消息有点突如其来，意味着陈伟华将被调离莲花县，交流到异地进行锻炼。方中明书记对陈伟华在梅山的工作是肯定的，并向省市有关主要领导汇报了陈伟华的情况，县委组织部也把陈伟华参加干部交流的有关材料上报了省市组织部门。

是否离开梅山，陈伟华暂时还没想过。在梅山这一段时间，陈伟华得到当地老百姓的大力支持，做了一些事情，每次下乡老百姓那股热情都让人感动，从内心讲陈伟华还真不想离开他们。上次党校学习时他曾想，如果哪天不当书记了，就在梅山承包一片茶山，经营一个茶叶公司，在市场经济的环境里参与竞争，凭着自己的能力也能干出点效益。

想到这里，陈伟华面色凝重地问邓清明："这么说，我还非得离开梅山不可了？"

邓清明感慨地摇摇头："你呀你，你对梅山的感情我能理解，但是我郑重地告诉你，这次我还是送你八个字——'组织决定，工作需要！'"

陈伟华恳求道："邓部长，老同学！不要动不动就拿这八个字压人嘛！难得你也手下留次情，让我留在梅山好不好？"

从另一角度考虑，陈伟华留在梅山也是为了林英琴。林英琴为了陈伟华放弃了去西北成立新公司的大好机会，要是陈伟华现在这么一走，是说不大过去。可邓清明也没办法，上头的决定他也无法改变。

陈伟华让邓清明给他想想办法、帮帮忙。作为老同学，邓清明是理解陈伟华的。邓清明想了半天说："要不这样，县里的决定是改变不了了，但是毕竟今天我来主要还是来和你通通气，也不算正式下调令。我就自己做主了，给你点时间考虑考虑、准备准备，也可以和英琴商量商量。"

陈伟华苦着脸说："那不是等于没说？不还是照样要走？"

邓清明说："陈伟华，你怎么还一根筋啊？我说了只能考虑多久吗？"

陈伟华顿时明白过来，笑着说："明白了，明白了！等我把梅山的事儿都安顿好了，觉得安心了，到时候县里指哪儿我就上哪儿。怎么样？"

邓清明和陈伟华一言为定，邓清明又告诉他，不管他陈伟华什么时候离开梅山，梅山的班子总得作调整。目前的调整意见是，对于许文才，县纪委的调查情况查实了，原先拿电镀厂涂老板两万元现金虽然主动交给了组织，但这种受贿行为应该严肃处理，经组织部门研究决定就地免职。而林玉芬，通过上次对全县副科级干部进行的考评，县里一致认为她是个有才华、有能力的妇女干部。这几年在梅山也锻炼出来了，帮陈伟华干了不少事，对全镇的下一步发展思路也比较清楚，根据庸者下能者上的原则，邓清明认为她完全有能力胜任镇党委书记的职位。

他把调整意见说完，陈伟华郑重地点了点头说：“不愧是组织部部长，我没意见。”

二人把车停在了一处山坡上，从车里走了出来。陈伟华长长地舒了口气，把眼睛向高处望去，映入眼帘的是郁郁葱葱的茶树和层峦叠嶂的苍翠青山。

不久，在万锋强家里进行了一个小小的家庭聚会。林玉芬和万锋强正式收养了芳芳，并把陈伟华和林英琴邀请来一起庆祝。杯子碰到了一起，气氛欢快起来，芳芳穿着新衣服，像过年一样开心。

林英琴调侃道：“芳芳，从今以后可要改口咯！”

芳芳羞怯地笑了，不好意思地看了一眼林玉芬。林英琴鼓励芳芳道：“芳芳，快叫妈妈。”

芳芳看看林玉芬，小声地叫了一声：“妈妈。”林玉芬激动之情溢于言表，一把将芳芳抱在了怀里。

林英琴紧追不舍，继续逗芳芳：“还有呢？叫爸爸啊！”

万锋强满面笑容地看着芳芳，眼神中十分期待。芳芳大声地叫了一声“爸爸”。万锋强高兴地答应着。

陈伟华笑着说：“都说闺女和爹亲，真是一点都没错，这声爸爸叫得多响！”

万锋强有些不好意思了，对陈伟华说：“伟华，那你也抓紧啊。”

陈伟华傻笑着看了看林英琴，林英琴只当不知道，转身和林玉芬一起逗芳芳去了。

陈伟华摇摇头，端起杯子向万锋强说：“锋强，恭喜啊！”

万锋强举起酒杯应和道：“伟华，应该是我恭喜你才对！”

两人把酒喝下去，万锋强自嘲地笑着说：“还是你行啊！把梅山搞得有声有色，你看我……”

陈伟华摆摆手说：“俗话说不以成败论英雄。你的能力大家都是知道的，现在不过是走了点弯路，只要你有信心，将来机会多的是！”

这些天以来，万锋强也曾在家面壁思过，更加想明白了一些事情。他告诉陈伟华，以后要是再有一次机会，他一定不会再输给陈伟华。

陈伟华大笑着和万锋强干杯说：“好！我就怕少了你这样的一个好对手

呢！”

万锋强已听说陈伟华即将调任，劝陈伟华道：“听我一句，别光顾着工作，也该顾着点家了。”

陈伟华不置可否。芳芳乖巧地拿着杯子给万锋强敬酒，万锋强乐不可支，开心地一饮而尽。陈伟华看着此情此景，心中若有所思。

从万锋强家吃完晚饭出来，陈伟华和林英琴手牵着手，在街边慢慢地散步。夜晚的天空是那样宁静，两个人好半天都没有说话。终于，林英琴提起了陈伟华即将调离梅山的事。

陈伟华以为林英琴还蒙在鼓里。既然林英琴已经知道了，他也不好隐瞒，只好把自己的想法和盘托出。最后，他对林英琴说：“我是觉得……这对你不公平，我是希望能留下来别走。”

林英琴看着陈伟华紧张的样子，心中暗自好笑，嘴上却说：“你说怎么办吧。”

陈伟华说：“好不容易把你留下了，我怎么能随随便便就走了呢？”

林英琴摇了摇头没说话，继续往前走。陈伟华连忙跟上去说：“怎么了？我又哪里错了？”

林英琴说：“你到现在还不明白我的意思？”

陈伟华不解地看着林英琴。林英琴说：“以前我要你离开梅山是为什么？就是希望你能有更好的发展。现在机会来了，你倒怕我拦着你？”

陈伟华非常感动，担心自己这样一走，又要和林英琴分隔两地。林英琴摆出一副毫不在意的样子说：“我身上有腿，手里有证，还怕你跑了？”

陈伟华打趣道：“我是怕你不在我身边，我晚上会失眠。”

林英琴嗔笑着说：“再油嘴滑舌，我可真不放心让你去了！”

陈伟华对答道：“那我就解甲归田，陪老婆带孩子！”

林英琴捶了他一下，两人都开心地笑了。陈伟华告诉林英琴，等把梅山的事都安顿好了就动身离开。两人约好，等他离开的那天，她将亲自去送他。两人甜蜜地牵起了手，在夜色中渐行渐远。

林玉芬在家休息了一天，准备返回梅山就任新的党委书记。万锋强把林玉芬和芳芳送到车站，把给她们买的大包小包的东西递给林玉芬说：“可惜我现在已经被停职检查了，要不然应该我送你们回去的。”

如果不是因为这一点愧疚，万锋强会感到更加开心。万锋强逗着芳芳，芳芳笑着，三人就像一家三口，显得十分和谐。林玉芬鼓励万锋强道：“没事的……锋强，其实我一直都觉得你是个聪明人，也很有事业心，只是有时候只顾到眼前却没能想得更远一点。不过也许这次并非都是坏事，希望你也能学会更理智冷静地面对问题，以后的路或许可以走得更踏实一点。好好调整，从头再来，我相信你一定能有所作为的。”

万锋强十分感动，用力地点了点头说：“我知道，我不会再让你失望了！”

一阵汽车喇叭声传来，汽车进站了。林玉芬和芳芳准备上车，三人挥手道别。万锋强依依不舍地叮嘱林玉芬道：“路上小心，工作别太累，注意身体。”

林玉芬点头笑笑，带着芳芳上了车。万锋强用力挥舞着手臂，直到汽车走远。送走了林玉芬，万锋强转过身来，脸上的沮丧不见了，换上了一副充满信心的模样。

又一个春天来临了，梅山镇已经变得焕然一新，一座座新楼拔地而起，不时有豪华的小轿车从街头开过。陈伟华坐在刚买回来的一辆广州本田轿车里，司机王师傅正带着他穿越梅山的大街小巷。车窗外，街上的行人来来往往，有的抱着孩子，有的提着大包小包。车子经过茶叶一条街，又经过饮食一条街。透过车窗，陈伟华看到葛小玉站在自家的高级酒楼前忙前忙后，热情地向客人招手。

陈伟华马上就要离开梅山了，在他离开前，他让王师傅带着他最后再看一眼这地方，看看在梅山经过的一切。

二狗子的婚礼即将举行。他家新落成的农家小院里热闹非凡，楼顶上的喇叭里鼓乐齐鸣，播放着欢快的粤东“百鸟朝凤”民乐合奏曲，小楼前贴上了大大的红双喜，门口也贴上了喜气洋洋的红对联，对联上写着：权为民所用造福百姓得人心，利为民所谋茶兴富裕谢党恩。横批是：奔向小康。

二狗子一扫往日的土气邋遢，穿着新买的西装，头发抹得油亮，胸前戴着别有“新郎”字样的胸花，不停地向前来送贺礼的亲朋好友们打拱作揖、发香烟。

院子外，一个唢呐班子有板有眼地吹着迎宾曲，迎接着一拨又一拨的宾客。楼的一侧支了张桌子，是专门用来收礼金的“礼房”。一个戴缺腿眼镜的老先生正忙着收礼金，收一份便大声吆喝道：

“吴有财，亲姨爹，二百元——”

“王富德，表叔，一百元——”

“李山虎，老表，八十元——”

一阵鞭炮炸响之后，唢呐声大作。一簇人举着一个贴满人民币的新床单，放着鞭炮走过来，被单上用五十元面值的人民币贴成了一个大大的“囍”。一行人走到近前，唢呐班子也跟着迎了上去，跟在后面一直吹着，路过“礼房”前时吹得更加卖力。记账的老先生扶了扶断腿眼镜，更加夸张地吆喝着写账：“秦富家——亲姑爹，一千元！”

宾客中立时响起一片“啧啧”的赞叹声。鞭炮声又一次炸响起来，另一队人打着一床被单走过来，这张被单上贴的人民币面值比前一次更高了，换成了一百元的大面额人民币。另一班唢呐队伍吹着唢呐迎了上去，满场的宾客都赶出来看热闹，一看见被单上的面值，人群中又发出更多的赞叹声：

“乖乖——这是舅舅来了，两千呢！还是姑爹舅舅亲，上的都是大礼！”

“嗨——要我说，礼性出自富足，有钱谁都会大方。”

“什么富足不富足的，茶盘子里生豆芽，谁不晓得谁的根底？他秦富家要不是连包了几年茶园，还不是穷得没裤子穿……”

“要我说，整个梅山都发的是茶叶财，这二狗子前些年长疮连膏药都买不起，现如今是又盖新楼又娶亲，都换了一个命。”

“这跟命扯不上，都是人家梅山有个好书记。原来梅山什么地方？要饭的都不朝梅山来……”

大家七嘴八舌地议论着，有人不禁感叹道：“人家能摊上个好书记，这还不是人家命好嘛。就说我吧，本来是梅山人，那几年穷得住不下去了，才托付人帮忙从山这边搬到山那边。把户口落在花关镇街边的蔬菜队，只说到那边能把日子过好一点呢，谁晓得去了个叫万大吹的书记……”

大家继续听那人说：“那位万书记只在山那边干了几年，就把好好的花关给整毁了，肥漉漉的菜园子他给你推了搞开发区，现在一直被银行扣着长了满园蒿子，花关镇的老百姓五年都返不过阳来哟！唉，你说这梅山跟花关一山之隔，才几年工夫呢，就打了个对调——穷的变成了富的，富的呢又变成了穷的。我呢，是个没财运的人，活生生从米缸里掉到糠桶里。什么时候你们跟陈书记说说，让我搬回到梅山来就好了……”

这边正说着，门口又热闹起来。只听有人喊道：“瞎子大爹，你这阵子在哪里赶场，好久都没回梅山来唱‘本头’了？”

唱曲的瞎老汉背着二胡、拄着拐杖，高一脚，低一脚，磕磕绊绊地走进了楼门。二狗子听见动静连忙迎了出来，向瞎子大爹寒暄问好。他找来一把椅子让瞎子大爹坐下，请瞎子大爹先打个闹台给乡亲们助兴。瞎老汉坐下来调了调二胡，精神抖擞地拉出一段激越的过门，亮开沙哑的粗嗓门，使出全身力气一字一顿地唱了起来：

人逢啊喜事呀是精神那个爽哎，
亲朋那个好友啊是聚呀一堂呃，
雀鸟那个都朝是旺处里个飞呀，
瞎老汉我无钱也要来捧个人场……

这时“知客”出来了，抖了抖手中的大毛巾，伸出另一只手朝前夸张地一划，向宾客们用顺口溜喊道：

梧桐树上落凤凰，
莲花湖中凫鸳鸯，
亲朋好友来恭贺，
紫气东来福满堂。
膳食师傅手艺巧，
珍肴美味请品尝——
各位宾客——请自己入座，马上要开席啰！

正在这时，楼房客厅里传来电话铃响声，又是找二狗子买茶叶的。二狗子接过电话，对着电话大声喊道：“哎呀，李经理，对不起得很哪，你要的一级毛尖茶数量太大，硬是赶不出来，呃，对不起呀，至少得个三四天。我茶场里只有点一级炒青，你放心，我们是老关系了嘛。我今天结婚办酒席，实在上不了山，哎呀，感谢！感谢！说句话都经当不起，免礼免礼！好！好！过几天我在山上等你。"

二狗子正在接电话，林玉芬和卓长富、李学聪一起来了，饶有兴趣地参观着他的新楼房。

林玉芬笑着说："向主任，我们还没上礼呢。"

向大成说："你们这么大个领导，能到场就是他二狗子天大的面子，他还在乎你们上不上礼？再说以后要是家家户户娶媳妇嫁姑娘都请你们，你们那点工资够掏几回呀？"

林玉芬："话是这么个说法，可是俗礼不能免嘛。"

林玉芬和卓长富说着，每人掏出一张一百元的票子递过去。"礼房"记账的老先生扶了扶断腿眼镜问："请问什么名啊？亲道上怎么称呼？"

林玉芬说："镇政府的，姓林。"

那老汉把眼镜正了正，仔细看了一眼林玉芬，惊讶地喊道："哎呀，这不是林主任吗？前年冬天在山上挖茶山，您还在工地上跟我们一口锅里吃饭呢！没想到您当这么大的干部还这么重礼性……"

向大成把接完电话的二狗子叫了出来。二狗子一见几位领导，慌忙迎上前说："哎哟哟，镇领导都来了，你们给我哪门子礼哟，我能有今天还不全靠了镇领导和陈书记！能请到你们喝我的喜酒就是我二狗子天大的脸面了，你们这……这叫我怎么经当得起呀！"

林玉芬打趣道："陈书记刚调来的那年冬天挖茶山，为了一天五块钱你要去城里打小工，说是要挣钱讨老婆，陈书记给你打了保票要给你保媒的，没想到你小子这么快就自己瞄上了，听说是从采茶妹子里头挑的？是江西的还是四川的？"

二狗子不好意思地说："是湖南湘西的。"

林玉芬无限感慨地说："自从陈伟华书记调到梅山来，为官一任，造福一方，改变了我们这里落后的面貌，今天看到乡亲们日子红火了，我心里十分高兴呀！"

梅山镇政府大院里，陈伟华提着一个简单的行李包准备离开。门口已经停着一辆奥迪车，林英琴从车中下来，接过他的行李包放进汽车后备箱里。林英琴已向公司请了个长假，专门送陈伟华到新的岗位上任。

陈伟华冲林英琴一笑，转过身远远望了一眼远处的村庄。

村庄里热闹非凡。“梅山镇茶庄一条街”竣工了，剪彩仪式即将进行，仿古建筑的牌楼前已经聚满了看热闹的群众，期待着牌楼揭匾。

葛小玉和许文才挤进人群里，眼睛不停地寻找着陈伟华。林玉芬迎上前问道：“许书记，你也来了？”

许文才连连摆手说：“快别这么叫，我已经不是啥书记了。”

林玉芬笑着说：“那也是老领导啊。”

许文才说：“你可别羞我了，陈书记在不在？我是来谢他的！没有他，我许文才可真是要糊涂一辈子了！”

卓长富也凑过来：“老许，你倒不记仇呀？”

许文才笑笑说：“老卓，你这话说的。我那时迷了心窍钻了钱眼，陈书记不计前嫌还让我戴罪立功，我哪能记仇呢？我还要多谢陈书记让咱家的小饭馆开到了镇上，现在生意红火得不得了呢！”

时间差不多了，林玉芬、卓长富和村民们为牌楼揭匾。李学聪在人群里寻找着，希望能够看到陈伟华的身影，却没有找到。

陈伟华已经上了车，离开了人们的视线。大家意识到陈伟华已经调离了梅山，也许很久也不会回来了。

车在梅山新修的公路上奔驰着，陈伟华感慨万千，眼里饱含着热泪在心中说道：“别了，梅山；再见了，乡亲们……”

鞭炮声中，仿古牌楼竣工剪彩完毕。在挂着“梅山茶艺馆”匾额的古色古香的建筑前，瞎子大爹拉起了二胡，唱起了歌：

今天我不把别的（事来）唱，
单表那经济发展（里个）新气象，
过去的梅山（它）是个啥模样？
梅山镇——人人心里都有一本（那）账。
自从（啊）来了（那个）陈书记，

梅山人发生（里个）大变样。

他一心一意为咱们百姓（里个）想，

这才是真正的（那个）共产党！

一凿（那个）一斧啊来创业，

一镐（那个）一镢、一镢一镐——

你用那真情血汗兴梅山。

开山（那个）种起了茶园修起了富裕路，

梅山人家家户户（他就）奔了小康。

过去是兔子拉屎它也不来梅山，

如今是棵棵树上落凤凰。

家家户户盖楼房，

个个光棍娶新娘，

汽车（那个）摩托满街转，

镇里手机一拨通世界，

买卖茶叶农产品如今也上了网。

老山农场如今大变样呃——

梅山今日胜（哪个）天堂……

瞎子大爹的曲声道出了梅山的新气象，也道出了建设梅山的旧事沧桑。听曲的人们心有所感，忍不住掉下了泪水。卓长富转过身去偷偷擦掉眼泪，向大成抬起了头不让自己的眼泪流下来，脑海里陈伟华远去的背影久久挥之不去。

一辆辆轿车从仿古街边驶过，有老农打着手机联系生意。有一家新的茶叶专卖店开张营业，茶艺馆里，一群穿着古典盛装的年轻女孩正在为客人们表演茶艺。旁边的茶叶加工厂里，工人们进进出出，紧张地忙碌着。

陈伟华自驾一辆帕萨特轿车，在梅山乡间奔驰着。他的眼睛舍不得放下所看见的一切：漫山遍野的茶园，栋栋小楼点缀其间；天空中，飞鸟一群一群地飞过；由莲花县建筑公司刘董事长投资的一组落差近五百米的大型发电机组水管悬在半山腰；梅子已经结出青果，荔枝硕果累累满山红；茶山公路两边已盖起了漂亮的楼房，路边的广告牌上赫然写着“莲花县梅山镇茶叶股份发展有限公司”的字样；不时有旅游车开过来，游人站在梅树下合影留念，操着南腔北调的口音；再往前开，便看见了梁董事长投资的一个矿泉水工厂，坐落在马路的一侧。

陈伟华满含着留恋的泪水，不时地从车里探出头来，眺望着梅山的山山水水，往事一幕幕地在脑中掠过，定格在他永远牢记的那一句：老百姓给我们巴掌大的地方，我们要为百姓撑起一片天!

一望无际的茶垅间，采茶的姑娘们活跃其间，像满山飞舞的蝴蝶。陈伟华乘坐的轿车渐行渐远……